U0811551

反转人生

when you be me

上

缘何故 著

北京时代华文书局

图书在版编目（CIP）数据

反转人生. 上册 / 缘何故著. -- 北京 : 北京时代华文书局, 2019.9
ISBN 978-7-5699-3031-3

Ⅰ. ①反… Ⅱ. ①缘… Ⅲ. ①长篇小说－中国－当代 Ⅳ. ①I247.5

中国版本图书馆CIP数据核字(2019)第087842号

反转人生 · 上册

FAN ZHUAN REN SHENG SHANG CE

著　　者 | 缘何故

出 版 人 | 陈　涛
选题策划 | 赵　雷
责任编辑 | 田晓辰　王雨沉
特邀策划 | 号　号　李姣姣
装帧设计 | 苏　荼　西　少
责任印制 | 刘　银

出版发行 | 北京时代华文书局 http://www.bjsdsj.com.cn
北京市东城区安定门外大街 136 号皇城国际大厦 A 座 8 楼
邮编：100011　电话：010-64267955　64267677　57735442
印　　刷 | 北京盛通印刷股份有限公司　010-52249888
（如发现印装质量问题，请与印刷厂联系调换）
开　　本 | 880mm×1250mm　1/32　印　　张 | 24.75　字　　数 | 749千字
版　　次 | 2020年4月第1版　印　　次 | 2020年4月第1次印刷
书　　号 | ISBN 978-7-5699-3031-3
定　　价 | 69.80元（全2册）

版权所有，侵权必究

目录

Contents

目录

Contents

第1章

新学期报名日当天，沐想想又被同学方伶俐带人锁在了厕所里，由于类似的荒唐闹剧在上半学年已经持续了整个学期，沐想想这回刚发现自己推不开门，就立刻聪明地放弃了挣扎。

幸运的是，英成外国语学校是全A市硬件最好的私立高中，就连卫生间也整洁无比。

因此沐想想对自己的遭遇毫无情绪，和从前几次一样，她淡定地打开书包，就着良好的采光开始背单词。

背到第三节结尾的时候，她听到外头走廊清洁车滑动的声音，于是敲敲门，示意清洁工放她出去。

大概是因为高二上半年经常出现类似的情况，校工们大多已经认识了她，沐想想道完谢顶着背后同情的目光前往教室，意料之中地看到自己那洒落一地的新书。

不停弯腰捡东西是个累人的活，平常几乎从不锻炼身体的沐想想感触颇深。

捡完再一清理，又发现有两本书封面被擦破，她虽一贯冷静自持，此时也不免心疼地叹息。

她长那么大，对什么都表现得不太在意，唯独对书本是很爱惜的。

看来这些教材也不能放在教室里了。擦干净书本上的灰尘，沐想想费力地背起跟她体形显得不成正比的书包，摇摇晃晃地向外走，离开时恰好遇到两个进教室的同学。

其中一个看清状况后显得有些不忍，想要说些什么的时候却被另一个拉住。

沐想想朝他们笑笑，离开时听到背后的讨论声——

“她到底怎么得罪方伶俐她们了？”

“你说呢，除了姜海，还能是为什么？”

正月，街上的年味还没过去，寒风有些刺骨地吹着，沐想想沿着墙根儿，边走边拢着外套叹息。

她实在想不通方伶俐为什么会觉得她跟校草姜海有暧昧，明明去年除了几次竞赛巧遇，她甚至都没有跟姜海私下说过话。

可学校里的风言风语就这么像煞有介事地传播着，所有人都对此深信不疑。直到某次姜海在学校主动和她打招呼之后，方伶俐就彻底发疯了。

沐想想刚开始觉得冤枉——她初中时确实喜欢过一个男孩，但首先那个人早在高一就转学了，绝对不是姜海。其次，即便在那时，她理智的大脑也在短暂的骚动之后，绝对冷静地将这种“喜欢”控制在了“暗恋”阶段，没有生出更进一步的想法。

毕竟在她能够自食其力之前，所有可能影响成绩的东西，都毫无必要。

可惜不管她怎么解释，方伶俐都脑子进水似的听不进去。她这种只有大脑发达，连跑八百米都上气不接下气，且社交无能的渣渣，正面对付一群家世显赫的太妹，赢面几乎为零。

沐想想看着昏黄的天际线发了会儿呆——算了，谁让英成的奖学金发得多呢，交完学费之后还有剩余能补贴家里，而她当初正是为此而来。

最多挨到高考就可以解脱了。克制和忍耐，对她来说轻而易举。

而现在，她要做的是前往她的秘密基地收拾好自己，避免狼狈回家引起爸妈的担心。

沐想想尝试对自己微笑，却被一辆从耳边呼啸而过的摩托车的声响打断。

她愣了愣，遥望着那辆摩托带着轰鸣的尾气呼啸而去，公交站台上已经出现了猜测这辆摩托车价值不菲的声音，沐想想没什么概念，但那似乎是一个很让人津津乐道的数字。

城西的一处公园，南边坐落着这座城市房价最高的豪宅之一，西边就是沐想想家所在的城中村。

沐想想找到湖水边偏僻的亭子，这里连广场舞的音乐声都传不进来，简直是发呆背单词的不二之选，至少她从未在此见到过除自己之外的人。

但今天，坐下还不到半个小时，就有陌生而强大的气息逼近。

沐想想后背肌肉猛然绷紧，她将目光从辅导教材中强制抽离，回头看去——一道高大的身影踩着石子路从弯道另一头出现，敞开的黑色羽绒服下露出十二中那配色一言难尽的校服。但宽松的丑校服并不影响他的气质，路灯照亮那张英俊的面孔时，他正拿着电话在说些什么，眉眼充满戾气，嗓音颇有质地。

“我没事。”他语气和眼神如出一辙的讥讽，“我巴不得他们一辈子都不回来，全部去死最好。”

像是没想到这里会有别人，与沐想想眼神相对的一瞬间，他的声音停顿片刻，目光快速在沐想想非常显眼的校服上扫过，是看陌生人的那种。

“没什么，”然后他很快对着电话解释，“遇到了一个英成的学生。”

“英成？哈哈，那不是你高一的学校吗？”

好哥们儿还在电话那头为他亲爹和大哥正月放鸽子的事情喋喋不休，乔南忍耐着没挂断，说实在的，他已经习惯了，想想一年到头都冷冷清清的房子，一个人过年似乎也没什么大不了。而且出门前他还把家里客厅砸了个稀巴烂，又出来飙了两圈车，情绪现在已经平缓许多。

亭子角落里那道身影已经沉默地站起来开始收拾东西，看来是准备离开了。乔南不以为意地在亭子里随便找了个地方坐下，余光漫不经心地扫着对方。

偏瘦，很普通的黑长直发，戴个眼镜，白白小小的脸。手上拿的好像是英文教材，来公园还看书，书呆子一个无疑。

正在拉书包拉链的那只手，手腕莹润雪白，纤细到不堪一折，乔南心不在焉地捏捏拳头，这胳膊他一次怕是能捏碎俩。

不过想到自己上学期期末加在一起都不到二百分的成绩，乔南又觉得四肢发达似乎没什么可骄傲的。

他对这种和自己不在一个世界的无害生物毫无兴趣，不过此时却忍不住多看了两眼。除了一点点奇怪的熟悉感，还因为对方身上那种明明毫无力量，却似乎承担了许多的特殊气质。

对方拎起那个大到有点不正常的书包慢吞吞起身，除了第一眼，全程拒绝与他对视。乔南总觉得那种拒人于千里之外的气息似曾相识，但尚未来得及深想，就听到了一阵不正常的水花声。

他下意识转头，夕阳的余晖下，凉亭前方的湖水里，正扑腾着一个小小的身影。

有孩子落水了！

电话那头哥们儿还笑嘻嘻地说着一起喝酒为他开解情绪的邀约，乔南一个字也没听进去，他几乎是下意识翻越了围栏，跳进水里的那一刻，耳边还听到落后自己一秒的扑通声。

半分钟后，湿漉漉的孩子被齐心协力送上水面，岸边的人大呼小叫乱成一团。乔南趴在岸边，半个身子浸泡在冬天寒冷刺骨的湖水里，他大口大口喘着气，只觉得自己四肢都快脱力了，累得有点不正常。

水里是下淀粉了吗？到最后他居然连胳膊都差点抬不起来，健身房卧推的那一百公斤白推了？

乔南抹了把糊在脸上的水，想要按捺住自己暴躁的情绪，下一秒，他摊开手掌，不可思议的目光落在了眼前纤细的不堪一折的手腕上。

他猛然转头，半米不到的距离外，是一张写满茫然的英俊面孔。

没有尖叫，没有惊慌，两个年轻人在呆滞结束之前被公园保安拽出了湖水。不同性别的工作人员协助这两位似乎冻傻了的好心人换下衣服，然后让他们进办公室喝姜汤。

孩子的母亲伏在岸边哭泣磕头的模样犹在眼前，几秒钟之前呼啸而来的救护车把他们带走了，公园里的工作人员惊魂未定地分享着各自的见闻，然后他们跟记者一起趴在窗口小心翼翼地感受着办公室里诡异的气氛。

“他们怎么了？一直盯着对方看，怪吓人的。”

“应该是被冻坏了吧？今天外头最低温零下五度呢，刚才换衣服的时候男孩子的身体都是木的。”

“那个女孩子是英成外国语的，我认得她的校服，是全A市最好看的校服了。”

“另一个好像是十二中的，这年头的年轻人真是热心肠啊！”

乔南和沐想想听着飘进耳朵的议论声，盯着对面那张恍惚的、本属于自己的面孔，面面相觑。

从未想过自己会遇上如此超现实的剧情，但此时用什么样的情绪来表达震撼似乎都不太对，除了发呆，他俩都不知道该做些什么。半晌之后，还算冷静的沐想想率先开口，她听到自己发出极有质地的、带着一丝颤抖的男声：“可能是刚才在湖里出了问题。”

“要报警吗？”话音落地后，乔南立刻觉得自己是个智障，他捏紧手上暖融融的杯子，强忍住摔碎它的欲望，心烦意乱地摸了摸脑袋——意识到自己抓到的是一把长发后，他越发暴躁，“不是，那你说怎么办？”

沐想想看着自己的脸上露出那种陌生的凶悍神情，这一刻居然神奇地想笑，在乔南诧异的目光中，她思索片刻，轻声回答：“得先搞明白我们现在……是暂时性的还是永久性的。这里人多眼杂，先找个安全的地方。”

以自己非常疲惫为借口，留下联系方式的两个人从公园脱身。沐想想检查一下自己的状态，发现她的二手老年机在泡水后已经罢工。

好在乔南的手机防水，于是乔南发微信让一位叫作猴子的哥们儿来送一串A市某空置房的钥匙，然后在那位同样吊儿郎当的少年到场时，躲在树后指挥沐想想去拿。

沐想想回忆起他发微信时十分熟稔的措辞，想到自己没有什么跟要好朋友相处的经验，思考得多少周全些："一会儿他估计会跟我说话，不会被看出来吧？"

乔南这么一听也觉得是个问题，他努力镇定地思考了一会儿，沉着开口道："没事，没办法应付的时候，你直接用脏话骂他。"

沐想想："……"

第2章

第二天睁开眼睛，意识到眼前荒诞的现实并不是一场噩梦，两位年轻人终于绝望。

乔南顶着满头糟心的乱发，愣愣地看着沐想想用不知道从哪儿找到的纸笔不停写写画画，他已经被打击到崩溃，只剩喃喃自语："你还在写什么……你这个女孩子……怎么一点都不知道矜持……"

他说的是早上的事。今早他蹲在厕所门口苦大仇深了半个小时，还是沐想想看见后一脚把他踹进去解救了膀胱。

出来的时候，乔南满脸通红，看着平静越过他走进卫生间的沐想想，一个上午都没缓过劲来。

沐想想完全没有理会他的别扭，她接受现实，打开电脑，搜出本市地图，找到公园水塘的经纬度，回忆事件发生的具体时间，然后打开各种玄学软件，输入数据，点击分析："昨天下午，我跳进水里，大概二十秒左右，忽然觉得身体很有力量，你呢？"

乔南不明所以，但看她如此郑重其事，也立刻跟着回忆："我也是，身体变得跟废柴似的，游都游不动，我当时全凭意志到岸边的。"

废柴身体的主人："……"

菊花转动的玄学网站此时跳出数据分析结果——"大吉"。

沐想想直接关掉这个网页，重新打开一个，在搜索引擎里输入"现实中穿越被发现会怎么样"，然后她抬起胳膊，将写满"解剖""研究院""精神病院"等关键词答案的显示屏转了个方向。

"乔南。"她语气理智到近乎冷酷，"我想听听你的想法。"

双方很快达成共识，沐想想轻松地提着那个原本重到双肩背起都让她重心不稳的书包，跟着乔南去了他家。

意外的是乔南家居然离她家很近，正是事发公园另一头那片与城中村截然不同的豪华住宅。

这是沐想想第一次知道这座城市竟还有面积堪比别墅的高层，然而当下的她连室内的装潢都无心欣赏："你们家没人？"

寂寞的空气从开启的大门内扑面而来，乔南扫了眼已经完全看不出破坏痕迹的整洁客厅，冷淡地"嗯"了一声，不想多说："密码是××××××，你记一下。"

回到家的乔南变得格外沉默，进入书房后他就躺在沙发上开始发呆，最后还是沐想想率先掏出那本笔记本："交换信息，我先来吧。"

半小时后，结束发呆的乔南非常不满地打断沐想想对自己日常生活的叙述："你一整天都在看书吗？从不锻炼身体？"

沐想想皱眉："那种事情有必要吗？"

"天啊。"乔南可算理解她连个书包都背不动的状态是如何培养出来的了，"不行，以后你每天必须抽出至少一个小时做力量训练，保护好我好不容易锻炼出来的腹肌！"

厌恶运动的沐想想当即拒绝："不可能。"

又过了十分钟——

沐想想难以置信地翻阅着乔南丢给她的上学期期末试卷："你这个分数是怎么回事？"

乔南吊儿郎当地抛动手里的一盒烟："不挺好的？至少这次英语及格了。"

沐想想思索了很久："乔南，你得补习。"

乔南叼根烟在嘴上，说话时跟着一晃一晃的："你做梦吧。"

一想到他将来会用自己的身体考出门门挂科的成绩，沐想想整个人都要窒息了："乔南，算我拜托你，你知道英成制度的。我不求奖学金，但你至少别让我被开除。"

"嘁。"乔南不屑一顾，"你被不被开除关我什么事？"顿了顿又问，"你对我门儿清啊，还知道我在英成上过学？"

"啊，这个啊……"沐想想提起这个，语气倒是波澜不惊，"主要是高一的时候我暗恋过你。"

话音落地，她看到一张写满震惊连嘴上的烟都没能叼住的面孔，想了想又觉得自己的回答有些歧义，加上一句："哦，不过现在已经不恋了。"

乔南明显没把沐想想后半句话听进去。

两人赶在天色彻底变暗之前到达城中村，看到那栋破楼时，乔南停下脚步，目光还是避开沐想想："你回去吧，有事我们电话联系。"

来的路上乔南给自己买了个新手机，换上沐想想的卡，两个人算是正式开始合作。

沐想想眺望远方，有那么一个瞬间她几乎冲动地想要放弃合作，这种冲动却又被回炉的理智死死拉住——她的父母近些年身体和精神的状态都不容乐观，未必能接受这种变故。

从小到大，沐想想已经习惯为脆弱的家庭尽可能多地去承担。她叹了口气，将一直提在手上的书包交给乔南，语气郑重："谢谢你了，我会遵守承诺每天锻炼的。"

乔南的身体被那个大书包压得发歪，闻言浑身戾气地道："关我什么事！"

他现在还对自己居然因为被当面告白而不知所措，最后以让沐想想锻炼身体为交换条件同意自己会好好学习而对此耿耿于怀。

沐想想并不在意他的不坦率，离开前不忘请求："虽然知道我的要求有点过分，但如果可以的话，还是请尽量别在我爸妈面前抽烟喝酒吧。"

品学兼优的乖乖女一夜之间变得五毒俱全，对那对思想传统的夫妻来说刺激性估计也小不到哪儿去。沐想想多少有些忧心，但也做好了有朝一日可能要背锅的准备，毕竟乔南的作风从在英成起，就已经是相当著名的我行我素。

乔南的回答果然是一声冷笑，接着，他头也不回地扛着书包走了。

沐想想只能放弃，她站在原地目送对方离开，深深地叹息一声。

当初她以为乔南的气场那么强烈，多少有身高、体形、外表都很显眼的因素在里头，可如今对方换进了她羸弱纤瘦的身体，却依旧势不可当。气质这种东西，果然是一种奇妙的存在啊。

只希望生活回到正轨之前，对方不要给自己捅出什么大娄子才好。

乔南扛着那个奇重无比的背包，已经想不起自己究竟有多少年没负重负得这么吃力了。他一边愤愤地规划着接下来的体力训练，一边靠近目的地。片刻后他停下脚步，默默打量那个坐在单元门门口，正借着夕阳的余晖扎一丛竹枝的男人。

来之前他在沐想想没泡坏的内存卡里看过对方的照片，这是沐想想的父亲，一个跟沐想想看上去同样无害的中年男人。

乔南忍不住拿自己的父亲跟对方比较，越比越是皱眉——他记得上次见面时爸爸还是精神焕发、斗志昂扬的老样子，那家伙醉心事业，成天都在琢磨该怎么大干一场。可同样四十多岁的年纪，沐想想她爸却像极了一棵等待枯萎的老树，他鬓角花白，后背弓起，那张还能看出清秀轮廓的面孔上写满疲惫。

他的脚边堆满了各式各样的竹制品，手上扎的那个东西似乎是一蓬扫把的头？哦，对了，沐想想说过的，她爸很多年前因为意外落下了残疾，行动不便，只能做一些手工补贴家用。

一个厚睡衣外穿的妇女此时正在他面前挑拣："老沐啊，家里刚好缺个锅刷子，反正也是不值钱的小东西，我拿走一个了啊。”

乔南皱起眉头，他脑子转得很快，立刻意识到这位大概就是那个沐想想特意提醒他需要注意的房东大伯母。

沐爸爸多年前出意外那会儿，家里筹不到医药费，只能开口向亲戚好友借，平常与沐想想一家关系不错的大伯立刻跳了出来，提出买下沐家的房子，可以当场结清房款，条件是价格要比市售价低三分之一。

沐妈妈当时痛哭一场后答应了，沐爸爸靠着妻子这个果断的决定成功捡回性命，但也正因如此，一家人从此无家可归。那个年代，A市还少见供应租赁的房屋，他们为了落脚，颠沛流离了好一阵。

后来迫于亲朋好友的指责，沐想想的大伯同意将这栋房子的一层长租给沐家，沐想想和弟弟这才告别了辗转奔波，得以像正常孩子那样上学、生活。

大伯一家自认为雪中送炭，因此表现得很有优越感，常在沐想想一家面前做些奇怪的事情。

沐想想是个相当直接的人，她一点不认为残疾的父母和贫穷的家庭令她羞耻，因此她解释得十分详细，也是为了避免乔南日后因为大伯一家古怪的言行表现出什么过激反应——比如直接揍上去之类的，沐家没能力搞定这种段位的麻烦。

听故事的乔南果然气得够呛，直接砸烂一盏台灯，沐想想作为当事人，反倒非常平静地安慰他，不管怎么说，一套房子能换回父亲的生命，他们全家还是觉得很值的。至于平常的小矛盾，其实就跟学校里方伶俐那帮人的存在一样，在没有能力还击之前，忍耐是唯一可选的方式。

但乔南从小要风得风、要雨得雨，除了缺失亲情，当真是什么样的亏都没吃过，他哪里懂得升斗小民的气弱？因此即便被几番规劝，看到故事里的主人公时，他还是一阵阵的不爽。

不过不等他按捺好情绪，那边的两个人就发现了他。

沐爸爸看见女儿回家，疲惫的面孔上立刻露出温和的微笑，他抖开身上的东西站起来招呼乔南：“回来啦？”

乔南酝酿到一半的怒火莫名被这声满是慈爱的问候打散，他没什么跟家人相处的经验，有些不知所措地应道：“嗯。”

大概是因为沐想想平常也很寡言，得到回应的沐爸爸并没有注意到有什么不对，他拍拍围裙朝乔南一瘸一拐地走了过来，然后伸手拿走了乔南肩上的书包：“哟，这学期书比上学期还多哪。”

乔南多少年没被这样对待过了，居然完全没预料到他的意图，紧接着他回忆起那个书包的重量，伸手想拿回来：“我自己来……”

后脑勺被对方枯瘦的大手摸了一把：“就你那个小肩膀，别逞强啦，总共也没几步，爸爸帮你背回家就好。昨天跟同学玩得开不开心？”

沐想想夜不归宿的理由是要跟同学聚会玩个通宵。

乔南有些恍惚，很多很多年前，母亲还没去世那会儿，他和他现在形同陌路的父亲似乎也曾这么相处过。

说不上是怀念还是别的什么，他来前因为即将和一群陌生人共同生活而冒出的排斥忽然就消退许多。乔南快走几步追上对方，由于暴躁惯了，此时居然不知道该说什么，只能木讷地回答刚才的问题：“挺好的……”

“哈哈哈！”一旁飘来的声音打断了他没能说完的话，那位大伯母拎着不打算给钱的锅刷子，笑得花枝乱颤，“看不出来啊老沐，残废得都快走不动了还能帮女儿背书包，我说你也太娇惯想想了吧！”

这位奇葩一开口，果然风味十足。沐爸爸听得脸上的表情都变了，只觉得在女儿面前越发抬不起头，但想起对方越挫越勇一击毙命的毒舌，又实在招架不住，只能露出个苦笑，想像以前那样先自嘲一番，让对方心满意足后主动离开。

出人意料的是，还没等他开口，旁边忽然伸出一条胳膊，将他揽了过去。

大伯母有些诧异地看向迈步挡在自己和沐爸爸中间的少女。她对沐家冷嘲热讽了十多年，还从未见沐想想有过什么反应，说实在的，她因此一直以为沐想想跟他爸妈关系不好呢。

但这一刻，那张面对她向来平缓无波的面孔，却无端多出了叫人难以招架的锐利。

乔南憋屈了好几天，难得找到一个出气筒，戾气不要钱似的挥洒出去。按照他往常的作风，面前站着的但凡是个男人，他直接一脚踹上去就开揍了，此时虽然不能动手，但眼神也是寒光闪闪的，什么话也不说，只盯紧对方一步步逼近。

大少爷跋扈多年的纨绔气质哪里是随便什么人都能招架的？大伯母被他恶鬼似的目光吓得直接后退了两步，脚下踉跄，一屁股坐进花坛里。

乔南弯腰伸手，似乎是要给她一拳的模样，最后却只是拽住衣领，将她用力地扯了起来。

“注意安全。”乔南定定地盯着她，半晌后松开手，嘴角缓缓扯出一个满是恶意的弧度，“知道了吗？”

他说完这话，神情恢复平静，转身回到沐爸爸身边：“走吧。”

沐爸爸转头看向怔在原地好半天没有动作的大嫂，然后将目光缓缓转回女儿身上，他张了张嘴，却说不出话来，只能借着开门的工夫，抬手飞快地擦了擦眼角。

乔南特别眼尖，他看到了，于是越发地不自在，简直连表情都不知道该怎么摆。

他给沐想想发微信说了这件事情，本来只是想报备一下而已，顶栏显示了好一会儿“对方正在输入”，似乎删删改改了好多次，最后却只发来几个字——

“谢谢你，乔南。”

啊啊啊啊！

乔南浑身发麻，简直想把手机直接从窗口丢出去！

这对父女，为什么都那么肉麻，动不动就又表白又掉眼泪？

第3章

沐爸爸帮乔南把书包提进房间后就出去了，似乎是要继续做刚才没做完的手工活。

这让不知所措的乔南暂时得以解脱——刚才老是动不动被摸头，他被摸得整个人都快不好了。

可眼看房门轻轻合拢，他坐在床沿，又觉得怅然若失。

似乎从母亲去世父亲再婚开始，他就再没跟长辈这样亲密过。小时候还有大哥陪在身边，和他相依为命、同仇敌忾，后来慢慢地，就连大哥也……

他叹了口气，心烦意乱地站起身，踱步到窗边，伸手从口袋里掏出一个烟盒，打开来，掏出一根叼在嘴里。

摸到打火机之后，他的动作顿了顿，脑子里响起某人蹬鼻子上脸的请求——“如果可以的话，还是请尽量别在我爸妈面前抽烟喝酒吧。”

啧，哪儿那么多事？

成功把那头乱发撸得更乱，乔南不耐烦地推开窗子，下一瞬间窥见外头因为听到开窗声转头看过来的沐爸，双方对上视线之前，他以前所未有的手速将叼在口中的烟一把扯了下来。

不速之客已经离开，甚至把刷子都丢回了摊位上没敢拿走。沐爸借着路灯看到女儿站在家里的窗后盯着自己，微微一愣，露出温和的笑容："怎么了？"

"没事！"乔南着实被吓了一跳，心怦怦跳着，香烟在汗湿的手里已经被捏得不像样子，"我就透透气。"

啊啊啊没出息！

他迅速关上窗户，把烟盒揣回兜里，困兽般在原地转圈，过了一会儿才平静下来。

算了，外头那个肉麻兮兮的男人看起来那么弱不禁风，万一气死他……还是先忍忍吧。

于是无事可做的他开始探察周围地形。

沐家很小——城中村的自建房是什么样不用说了，沐家四口人的活动范围还只在第一层。

来之前沐想想非常详细地为乔南手绘了家里的平面图，这使得乔南进门之后并没有两眼一摸黑。他现在所在的是沐想想的房间，目测不超过十平方米，一张床、一张书桌、一个书柜加一个衣柜，将这个狭窄到不可思议的房间塞了个满满当当。

房间虽小，收拾得却很整洁，乔南背着手环绕房间审视一圈，卫生方面至少能过得去。

不过女孩子的房间不应该放满各种粉色玩偶吗？乔南掀开被子，伴随着一股清爽的香味看到了这张床上除了枕头、被子外唯一的生活用品——两本书。

拿起来，《新标准德语强化教程3》。

另一本是全英文的杂志，杂志名里有生僻的专业名词，翻译稍微有点障碍，大概是什么药的当期论文刊载。

什么东西？他一把丢开。

乔南又打开衣柜，这衣柜老得都开裂了，柜门嘎吱嘎吱响，他把里头孤苦伶仃的“住户”拿出来——一件灰色羽绒服，一套英成校服，两条牛仔裤，几件灰色、白色、黑色的衬衫，一件纯色毛衣，没了。

乔南已经做过了沐家会非常穷困的功课，但此时心中仍是说不出的滋味。他裤子口袋里还塞着沐想想还给他的钱包，里头有无数张卡，装着他爸和他哥按时汇来的零用钱。五位数六位数，每一张都不够他花。

毕竟花钱的地方那么多，一辆摩托车什么价？酒吧里开瓶礼炮都得两万了。

他想起沐想想她爸穿着的那件又脏又旧的围裙，第一次发现，自己居然一直被庇佑在他深深憎恨着的父亲和大哥的羽翼下，以至于他都不知道这座城市的某个角落里，有些人过的竟是这样的生活。

乔南沉着脸将那些衣服塞回衣柜，不那么用力地合上柜门，然后打开衣柜下方的两个抽屉，左边那格放的是一双双叠成规规矩矩正方形的袜子，右边的那一格——

他拉开一半，然后迅速关了回去。

乔南咳嗽一声，第一次那么主动靠近书桌，昏暗的灯光照亮他有点红的耳朵，乔南一边拉开那个大到奇葩的书包，一边在心里不着边际地想：果然还是有女人的天性吗？沐想想那样性格的家伙居然也会买带碎花和蕾丝的……咳咳。

稍微平静了一些的乔南在半小时后再次暴躁起来，他一把推开满桌的“天书”起来转圈，兜里的烟盒几次拿出来又塞回去，烦躁挠头，挠到一手长发——

从看过乔南刚才发来的有关爸爸的消息后，就一直坐在乔南家小区楼下凉亭发呆看月亮的沐想想感觉口袋里的手机振动了一下，她拿出来——

乔南：“记着你欠我的！”

沐想想试着分析了一下，然后茫然地回了几个问号。

乔南不回复了，过了一会儿他发了几张照片过来，沐想想点开，满脸无奈。

一桌子乱七八糟摊开的新教材。

沐想想思索片刻后，点开键盘。

沐想想：“寒假作业我已经做完了。”

乔南：“所以呢？”

沐想想:“你只要预习一下就好。”

乔南:“呵。预个屁。”

入夜后的寒风扑面而来，沐想想叹了口气，起身返回公寓，她低头打字。

沐想想:“你的作业呢？”

乔南:“……”

沐想想:“做了多少？”

乔南:“……”

沐想想:“没做？”

乔南:“书房书桌第二格抽屉里。”

乔南:“嗯。”

沐想想:“今天正月十三。”

乔南:“嗯。”

沐想想:“后天就开学了。”

乔南:“嗯……”

沐想想踏进电梯，刷卡，望着亮起的数字键，她难得尝到了力不从心的滋味。

过了一会儿——

沐想想:“我帮你赶完。”

乔南:“……”

沐想想:“预习物理第一课，明天会帮你补完。”

乔南:“嗯……”

沐想想收起手机，低头在大门的密码锁上按下一串数字，脑子还在思考刚才的话题，直到下一秒大门拉开，洒出一室光辉。

她立刻意识到了问题，出门前天还亮着，她和乔南都没有开这座房子的灯。

在进去和离开之间权衡了一会儿，沐想想还是迈开脚步走了进去，不过没有关门，她谨慎地边朝里走边注意四周，然后就见一道纤瘦的身影从厨房位置绕了出来，穿着围裙，拿着锅铲。

四目相对的那一刻，对方明显愣了愣，然后站在原地，露出了迟疑和忐忑的神情。

沐想想立刻认出了这人的身份——乔南的后妈罗美生。乔南点开他爸的朋友圈给她看过照片，真人比照片上还要漂亮点。

不过此时她并没有欣赏对方美貌的心情，波澜不惊的面孔下已经掀起了滔天巨浪——乔南不是说他的家人在正月里不会回来的吗？她还没来得及做好准备就忽然空降战场，现在该怎么办？

于是乔家灯火通明的大厅里，两个人就这么遥遥对视，半晌无人出声。

罗美生对上玄关处继子深不见底的视线，胸口的忐忑险些要从嘴里冒出来。总觉得一个来月不见，那张本来就很盛气凌人的英俊面孔看起来越发冰冷了，竟然到了她都明显招架不住的地步。看来他父亲和大哥没回来过年这件事，真的触怒了这位小公子。

可是这一次也是实在没有办法，明明年前家里的男主人们已经计划好要回A市陪乔南过年，为此甚至连续半个月加班加点忙碌不歇。哪知道本以为万事俱备，大年三十前一晚大洋彼岸的分公司却忽然出了乱子，那对父子不得不拎着已经整理好的行李箱登上另一架飞机。

整个正月他们都在各个大洋的上空穿梭，直到今早，不容乐观的局面才终于得到控制。

乔南他爸立刻安排妻子先回国看看——家里的钟点工昨天打电话告诉他们，乔南又把客厅砸了个稀巴烂，然后就不知所踪。

砸坏点东西事小，乔南他爸主要担心小儿子盛怒之下，会做出伤害自己的事情。

此刻罗美生张了张嘴，她想要说些什么，又不知该如何开口，因为她很清楚乔南并没有耐心听她解释。

这孩子敌视他们很多年了，从她嫁进乔家开始，就没见他有过好脸色。只不过那时候他年纪小，大家都以为那只是暂时的不适应，加上他爸工作忙碌，谁也没真当一回事。

后来意识到问题的严重性，却已经晚了。

他哥还好些，叛逆期过去后渐渐意识到自己的偏见，逐渐转变了态度。乔南却完全钻进了牛角尖里，他敌视的对象从继母扩大到父亲，最后连儿时亲密的大哥都没能逃过去。

说实话，罗美生大概也知道一些原因，当初她和乔南他爸新婚，由于都有工作，没时间照顾两个孩子，乔南和他哥哥乔见被送去亲戚家生活过一阵。大家族的亲戚们，可想而知会有多少风言风语。

罗美生很无奈，因为直到现在仍有许多人在背后嚼舌根，说她是在乔南他妈去世前就攀上的乔家。再看看乔南每次面对她时表露出的毫不掩饰的厌恶，和哪怕跟亲爹、大哥在一起，也三句话不到就动手砸东西的暴躁，可想而知在他的眼里，他的家人是个什么形象。

罗美生一瞬间想了很多，权衡之下，还是决定保持沉默。这孩子好不容易回家，还一副冷若冰霜的态度，万一惹怒他让他再跑出去飙车喝酒，他爸和他哥又该担心了。

于是罗美生打破了僵持，她后退一步，表露出了示弱的姿态。

沐想想还没琢磨明白该怎么办，她面上纹丝不动，头脑却光速转动，拼命回忆跟乔南交换的信息。对于彼此的家人，当时他们交流的状态好像是这样——

沐想想："我家除了爸妈，还有个弟弟，你回去后估计会经常跟他们碰面。不过没关系，我平常不爱说话，你跟他们尽量减少交流就可以了。"

当时乔南怎么说的来着？

哦，他当时好像是这么说的——

"啧，那太好了，我也不爱跟我家里人说话。"

说完后，还满眼讥讽地盯着天花板冷笑了一声。

回忆完毕。

沐想想由此发起分析，数秒内快速得出一个结论——她跟乔南和家人的相处状态估计是差不多的！

于是在罗美生彻底转身离开之前，她试图补救一下刚才因为自己大脑空白而出现的死寂场面。她抬起胳膊扶着鞋柜，一边换鞋，一边若无其事地开口："我回来了。”

罗美生像是被抽打的陀螺那样迅速转身，目光落在继子身上时神情甚至是错愕的。

但为了力求自然，沐想想此时的视线正落在鞋子上，并没有看她。

罗美生几乎以为那声如同普通家人一样的招呼只是自己的错觉，但紧接着，换好了鞋子的继子竟一边朝楼梯方向走，一边再次开口：“我回房间了。”

没有剑拔弩张，没有恶语相向，没有冷嘲热讽！

罗美生这一刻由衷感到了什么叫“受宠若惊”，她喉头哽了一下，甚至说不出话来，直到那道清俊的背影快要消失在视野里，才如梦初醒般回应了一句：“你……你早点休息！”

本以为不会得到回应，片刻之后，楼梯转角飘来了清朗的声音：“知道了。”

这简略的三个字让她眼眶一阵发酸，罗美生捏着鼻梁，非常努力才没让自己泪如雨下。

沐想想钻进书房，心说好险，顾不上打开抽屉找寒假作业，迅速翻出手机。

沐想想：“你后妈回来了。”

乔南：“啊？！”

一秒之后，来电铃声响起，沐想想接通。

乔南：“怎么回事？她不是正月结束之前不会回来吗？”

沐想想：“你问我？”

“她……”乔南顿了顿，“她没烦你吧？少搭理她。”

沐想想回忆了一下，确定自己全程只说了十二个字，寡言程度比在自己家人面前有过之而无不及，又有点担心：“我几乎没跟她说话，会不会冷淡过头？”

乔南闻言放下心来：“没事，冷淡就对了。”

两位根本没意识到信息交换出现纰漏的年轻人就这么愉快地结束了谈话，沐想想认定自己的分析没什么问题，于是放下心来，开始做乔南的寒假作业，以此放松心情。

乔南挂断电话，松了口气，刚才看到沐想想微信那一刻，他差点直接在餐桌上表演原地起跳。

现在意识到危机已经解除，他情绪松懈下来，从站立的姿态，转变成了蹲在花坛上。

这种电话当然不可能在人前打。

夜晚的城中村黑漆漆的，好像连路灯都比外头要暗一些，寒风扑面而来，乔南琢磨着自己家里的事情，焦躁的情绪再度升起。

他伸手摸摸，从裤子口袋里掏出烟和打火机，打算抽一根冷静一下。

结果刚要打开烟盒，前头不远处忽然传来了一声不确定的呼唤："想想？"

乔南下意识抬起头，就见到一个穿着厚棉服的中年女人由远处走来，看清对方被路灯照亮的面孔的一瞬间，乔南头皮一阵发麻。

结束今天最后一场零工的沐妈妈见蹲在花坛上的人竟真是自己女儿，不由露出一个略带担忧的温柔微笑，她走近后伸手摸了摸自家女儿被夜风吹得冰冷的脸蛋："傻孩子，这么冷的天你蹲在外头干吗？"

乔南把捏着烟盒的手拼命朝背后藏："呃……"

沐妈已经脑补出了答案，愧疚地捏了捏自家孩子的耳朵，解下脖子上的围巾为女儿戴上："是在等妈妈回家吗？对不起啊，今天确实晚了点。"

尚带着体温的围巾绕在脖子上，一种淡淡的、非常奇妙的、阔别多年的、似曾相识的，或许可以被称之为"母亲"的气味飘散开来。

乔南的头脑彻底空白，他的一只手被这个比沐爸看起来还要肉麻的女人牵住，一同朝大门方向走去。

被牵住的力道其实很小。

但这一刻，乔南却觉得自己根本无法挣脱。

半小时后，正在奋笔疾书的沐想想再度听到手机的振动，她瞥了一眼——

乔南："你！欠我！"

又来了。

沐想想皱着眉头打过去几个问号。

片刻后又是几张照片传来，沐想想点开后，有些意外地愣住。

画面上一个被捏得皱巴巴的烟盒躺在垃圾桶里，看起来相当可怜的样子。

乔南：“在你爹妈活动范围之内，OK？”

沐想想拿起手机删删改改，半天后仍只发了几个字——

“谢谢你。”

又来了！这让人怎么回！乔南蹲在垃圾桶前，觉得自己现在简直是智障。但他最终还是没有丢掉手机，只是顶着一头刚才被自己扒拉得乱七八糟的长发，冷飕飕地回了一句——

乔南：“用不着，我只是想剪个短发，跟你等价交换而已。”

剪头发？

沐想想愣了愣，倒不觉得有什么，随手回了句：“可以啊，那就明天吧。”

这条信息发过去后乔南就再没声音了，沐想想等了一会儿，见手机屏幕不再亮起，继续埋头沉浸在知识的海洋中。

正在奋笔疾书的她没有发现书房虚掩着的大门被缓缓推开了一点，有道身影正站在外头，从缝隙偷看进来。

正是乔南的继母罗美生。

罗美生激动过后，回忆着继子今天对她的态度，在开心的同时，也不免有些担忧。

她有点担心继子是不是出了什么问题，思来想去，还是决定偷偷来看一眼。

结果就这一眼，她竟看到了如此不可思议的画面！乔家小少爷居然在非常认真地写作业！

罗美生感到恍惚，她头重脚轻地下了楼，头脑空白地拨通了丈夫的电话。

几秒钟后，听筒里传出乔家那位生意场上所向披靡的男主人震惊的声音：“什么？你说什么？！南南居然开始学习了！”

罗美生颤声回答道：“是的！而且他今天还跟我打招呼了！非常友好地打招呼了！”

“天哪——”

这对隔着大洋的夫妇，开始借着电话抱头痛哭。

沐想想总觉得听到了什么奇怪的声音。大概是错觉吧？她用笔帽挠了挠太阳穴，重新沉浸在了由于某人整个寒假只字未动，因而积攒得格外深厚的题海里。

第4章

沐家的生存环境太恶劣了，窗户居然都没安遮光帘，就用那么一张普普通通的布帘子罩着。

于是六点不到，乔南就被窗外透进来的阳光照醒。

他坐在床上，屋外车轮和人的脚步碾压地面的噪音清晰地钻进耳朵。顶着那头因睡过一夜而变得更加糟心的乱发，他再次无比清晰地意识到自己已经转变的生活。

火大。

一边挠头一边起床，换衣服的时候还是脸红了一下，加快速度。

十分钟后，乔南换上一件简单的长袖T恤和一条牛仔裤，把头发胡乱扎起，顶着对他目前的着装而言有些过于凛冽的低温，打开窗户，一撑窗台，从屋里轻快地跳了出去，然后稳稳落在窗外的绿化带里。

规规矩矩走大门还算什么校霸，开玩笑。

城中村的绿化带形同虚设，乔南踩着脚下的黄土略做拉伸，然后小心地绕开邻居们种下的小葱大蒜，沿着街道慢跑起来。

开始真是冷得要命，正月里的寒风刮在脸上近乎刺痛。但五分钟之后，血液奔腾的身体就逐渐抵抗住了外界的低温，甚至还微微冒出汗来。

乔南感受着自己加速的心跳和越发急促的呼吸，他真是一点点、一点点也没有高估那个书呆子。

十分钟不到的慢跑，居然就能让这具身体感受到那种自己以往至少卧推六组七十公斤才会有的运动到身体承受临界点的压力。

曾经最高到达过一拳打出一百四十二公斤纪录的校霸，计算着自己重新练出这种力量至少需要花费的时间，简直想立刻打电话再跟沐想想敲诈些补偿。

七点整，沐想想床头的手机发出熟悉的嗡鸣，一声接着一声。

沐想想写作业写到凌晨，此时在半梦半醒中挣扎了一会儿，出于对紧急情况的担忧，还是伸手拿起手机，勉强睁开惺忪睡眼，然后她就看到了一大堆莫名其妙的文字。

乔南："喂。"

乔南："起来跑步。"

乔南："昨晚睡觉之前有没有锻炼？"

乔南："人呢？"

沐想想爬起来，脸色阴沉地敲击键盘——

"……"

乔南："你忘了吧？"

乔南："你忘了吧！"

乔南："你反省一下！"

沐想想："我今天早上四点睡的。"

沐想想："为了补你一个字都没写的作业。"

沐想想："所以，物理第一课……"

沐想想："昨晚预习得怎么样？"

乔南："……"

沐想想面无表情地看着这串省略号，见对方似乎是不想聊了，于是丢下一句“我去洗澡”，就将手机抛回了床上。

等到她并不那么羞涩地打理好自己，从乔南巨大的衣帽间里挑选完自己要穿的衣服时，话题已经悄然改变。

乔南：“喂！”

乔南：“你不要对我的身体做什么奇怪的事情！”

沐想想拉开窗帘，抖平被子，踩着能感受到地暖温度的柔软地毯坐进窗边的沙发里，她迎着晨曦暗自反思，自己高一时的品味到底出了什么问题。

但不管怎么回忆，她脑中不断浮现的，仍然是第一眼看见对方时，那张漫不经心又英俊至极的面孔。

那时的乔南是英成学生们最津津乐道的风云人物。他从不缺少朋友，出行时总是前呼后拥，无论站在什么地方，身边跟着多么出色的人，都毋庸置疑地被锁定为群体当中的焦点。

那样的一个人。

沐想想无言地低头看向屏幕。

总觉得有什么东西在这一刻彻底坍塌了。

早上还有个值得一提的事情，那就是沐想想又一次遇到了乔南的继母罗美生。

对方不知道是什么时候起来的，总之桌上已经放满了早餐。不过看到沐想想下楼，她并没有主动出声，还是沐想想换鞋的时候多抬了下头，才发现了这位站在餐厅中神情犹豫的女人。

沐想想吓了一跳，而后很快镇定下来。由于昨晚睡前已经突击过针对对方的总结，此时她已经没有了不知所措，只是一边换鞋，一边非常自然地开口打招呼：“早。”

话音落地，对方黯淡的目光瞬间满是光彩。

昨晚跟丈夫通过电话后，罗美生激动得一宿没睡，既因为继子突然转变的态度而开心，又害怕这种珍贵的和平只是自己的理解偏差。

思来想去，不知道该怎么办才好的她还是决定趁这个机会拉近和继子之间的距离，于是凌晨五点她就起来，直奔最近的菜市场。

鱼片粥、小笼包、锅贴、油条、煎饺、鸡蛋饼，她不太会做饭，只能把几乎所有能看到的早餐全部搬回家里。她是真的真的很想获得一点认可，然而在努力了几个小时后，看到那道身影出现的瞬间，还是不由自主地想要退缩。

对方下楼时面无表情、冷若冰霜的模样简直比从前易怒的状态更加让人难以承受，仔细想想，昨天似乎也只是得到了几个短句而已。罗美生十分担心，倘若她对对方的态度理解错误，那么这份殷勤，很有可能会弄巧成拙。

讷讷地站在角落里看着继子目不斜视地离开，罗美生心里说不出的失落，又只能安慰自己：没关系，至少这是个好的开头。

没想到就在快要绝望的时候，她竟然又一次听到了对方的问候。

“早！早！”罗美生甚至是惊慌的，她按捺着心潮澎湃，磕磕巴巴地问：“要出去吗？”

沐想想见她可怜巴巴的样子，犹豫一下，还是“嗯”了一声。

然后就听对方更加小心翼翼地开口：“肚子饿吗？我买了早饭回来，出去之前……要不……吃一点吧？”

吃完两个小笼包后，再度出门的沐想想总觉得哪里不太对，乔南后妈殷切到让人几乎受不了的嘘寒问暖，潮水一般争先恐后地从大门里涌出来，等她离开电梯踏进大堂，手机又叮的一声，收到了一条短信——

95588：您尾号××××的储蓄卡账户3月1日收到账户尾号××××用户人民币100000.00元转账，当前余额100299.50元，请注意查收，及时入账核对金额。

乔南看见短信的时候也很茫然，沐想想现在用的是他的手机和电话卡，绑定的自然也是他的账户。仔细确认过转账方确实是熟悉的卡号后他挠了挠头：“今天不是给零花钱的日子啊。”

而且还一次给那么多，真是蛮少见的。

零花钱……

沐想想回忆起那一大串零，收起手机，无言以对。

乔南琢磨了一会儿也没能琢磨明白家长突然给零花钱的用意，只能把原因归于前几天微博转发的锦鲤上。于是他不再多说，只在前头带路，领着沐想想找到自己经常光顾的理发店。

店里的发型师认出老主顾的面孔，立刻上来招呼。沐想想被一群陌生人围住，忍不住皱起眉头，指指乔南，神情冷淡："她剪。"

自称托尼的发型总监目光迅速地在那颗扎了乱七八糟马尾的脑袋上掠过，然后露出笑容："哎呀，这位小姑娘皮肤那么白，脸又小，真是做什么发型都合适呢。"

乔南脸上没有露出一点点被夸奖的高兴，他大马金刀地找到一处椅子坐下来："剪短。"

然后在脑袋上比画了一道："到这个长度。"

"这样会不会太短啦，我觉得最近流行的那个波波头也很好打理，还适合你的脸型……"

话音未落，接收到对面递来的一道目光，托尼老师瞬间变成了哑巴。

"我说剪短。就这么短。"镜中的少女摘下眼镜，满脸的戾气清晰可见，那张原本清秀恬淡的面孔顿时显现出一种说不出的威严，总让人觉得再不快点满足她的要求，立刻就会被打。

店里人渐渐变多，沐想想待了一会儿忍不住出去透气。她坐在花园的休闲椅上边晒太阳边发呆，脑子里全是刚才乔南不耐烦瞪视发型师的模样。

这是她的脸，沐想想在镜子里看了十几年，但那一刻，却陌生得让她不敢辨认。

原来这样强大的气势，并不需要依托健壮的体格吗？

半小时后，她从那道步出大门的身影上找到了答案。

一头长发已经不见踪影，取而代之的是两侧鬓边几乎被推平的寸头，寸头往上，是同样不怎么长的碎发，非常轻巧地飘在额边，自然地蜷曲着，根本挡不住那双写满桀骜的眼。

原本就很纤瘦的少女一下子挺拔了起来，似乎连身高都无端多出了几厘米，以至于她那样懒散地站在店门口，气场仍格外令人不敢招惹。

进店的客人几乎都在转头打量她，她也一点不觉得拘束，有几个人盯得太过分，她直接转头就骂："看个屁啊！"把那几个染着各色头发似乎很不好惹的青年直接吓得仓皇逃走。

这一幕简直如同梦境。

阳光落下来，洒在那对不耐烦皱起的眉头上，然后沐想想听到熟悉的声音和陌生的语气："喂，走不走？你长凳子上了？"

几秒钟后，沐想想站起来。

乔南拎着眼镜，扒拉脑门，一边走一边骂娘："简直智障，说了推平推平，一个个听不懂人话，还留那么一撮喂鸡啊？"

沐想想收回恍惚的视线，她望着地面，心情复杂，忽然开口："其实挺好看的，很适合你。"

气氛安静得只能听到两个人的呼吸。

下一秒，乔南突然加快脚步："神……神经病啊！"

第5章

正月十五，清晨。

这座城市仿佛在一夜间苏醒。

未扫尽的爆竹屑跟积雪胡乱堆在路边，被安静了十多天后忽然出现的人流踩得泥泞不堪。回乡过年的早餐摊儿尽数摆了出来，尤其在各大学校周围，随处都能嗅到油炸物浓郁的香气。

开学了。

放眼望去,A市成了被各色校服塞满的世界。

居民区、人行道、公交站，到处都是去往学校的学生，清冷的空气里还能听到稚嫩的抱怨——

“冷死啦，我快一个月没那么早起来了！”

“啊啊啊啊，学校就不能多放几天假吗？”

“老板，煎饼再加个蛋啊——喂！你寒假作业做完没有？”

“还差两篇作文，算了，死就死吧。”

“那到学校物理试卷借我抄。请你吃糯米饭。”

“啊啊啊啊啊啊啊啊，车要开了，你跑快点啊，师傅等等！”

买完早餐的一群少年刚抬头就瞥到站台外已经启动的公交，看到熟悉的数字，立刻大呼小叫地携手追赶起来，清亮的叫喊声响彻交通规划混乱的城中村。此时，一声轰鸣的油门声忽然响起，瞬间盖过了这片喧闹。

嬉闹的年轻人不由自主地抬起头，将目光朝这奇异声音的源头望去。

几乎同一时间，一辆摩托利剑般滑进视野。流线型的车身裹挟着一阵令人窒息的飓风，它高调地穿进车流，带着深黑色车漆反射出的刺眼晨光，又转瞬间消失不见。

路旁的年轻人为这场短暂的相遇片刻无言，几秒后，原地爆发开热烈的交流——

“NTT KMH？NTT KMH！”

“有生之年居然真能看到有人骑这个快一百万的车！”

“这哥们儿帅得我快尿裤子了……”

“不对！不对！”

议论声忽然一顿。某位少年竭力回忆几分钟前的记忆，在那短暂的画面里挖掘出了一道戴着头盔低伏在摩托车背上的倩影。

“骑车那人，是个女的！”

A市城南，最风景宜人的区域，老远开外就能看到围墙里制式特殊的建筑。

冬日里依然苍翠的绿荫绵延至足有十几米高的校区大门处，大门的穹顶下伫立着无数立柱，气派到令人生畏。穹顶上方，龙飞凤舞地镌刻了一排大字——A市英成外国语中学。

开学日，这里似乎和A市其他的学校没什么不同，大门口挤满了身穿校服的学生和送孩子上学的家长。

可这里似乎又与别处很不一样。

放眼望去，目光所及，能见到的代步工具里只要是四个轮胎的，就无一不是豪车。

英成，A市唯一一家教学质量可以与公立重点高中相媲美的私立学校，以高昂的学费和特殊的生源闻名。这里的入学机制十分严格，除了沐想想这种由于升学成绩太过出众而被吸纳的超级学霸，剩下的学生无不来自非富即贵的家庭。

值得一提的是，乔南的初中也是在这里念的，直到高一，才出于某些原因被强制转学。

重新回到这个地方，他的心情多少有些复杂。

突然出现的摩托车引发了不小的骚乱，女孩们三五成群地停在校门口投来目光，从小到大都生活在人们目光焦点里的校霸毫不在意，直接目不斜视地踩着油门从她们面前驶离，一个漂亮的甩尾停下之后，那些目光越发地灼热了。

抬起长腿从摩托上跨下来，摘下头盔单手拎住，乔南抖了抖脑袋，顺手扒拉过额发，在远处隐约飘来的各种内容不明的惊呼中，背对这些人一脚蹬着车梁懒洋洋地靠坐下来，掏出兜里的手机，拨通。

那边很快传来沐想想的声音，背景还能听到喧闹的汽笛："你到了？"

乔南："嗯。"

沐想想说："我可能还要一会儿，老城区早上堵车，还有两站才到。"

乔南嗤笑一声："说了早上送你，是你自己说不要。"

"……"那边的沐想想停顿了两秒，"乔南，我们沟通一下，你真的很想被全校同学看到自己坐在摩托车后座抱着一个女生的腰？"

乔南："……"

沐想想："那我下次可以答应你。"

乔南："我进去了。"

沐想想："记得交作业，上课要听课，笔记做好，课堂手机录音，放学之后，我要用来自学。"

乔南心说哪儿有那么多事："你觉得可能吗？"

沐想想："你的寒假作业。"

乔南："嗯？"

沐想想："我两天没有睡觉，直到今天早上六点，才赶完最后一张试卷。"

乔南："……"

沐想想："所以，交作业，听课，笔记，录音。"

乔南："知道了……"

沐想想满意地"嗯"了一声："谢谢，辛苦你了。"

乔南从靠在车上的懒散状态一下变得脊背挺直，好一会儿才再次开口，语气凶巴巴的："啰唆什么！"

沐想想想起了什么，挂断电话前再度提醒："还有，别忘了我跟你说过的，在学校里要注意安全，不要被方伶俐她们堵到。"

虽然乔南始终不觉得一个太妹帮有什么值得被自己放在眼里的，但见过昨天沐想想难得紧张到反复告诫，还特地去搜索对方照片的状态，为了避免被唠叨，他还是轻轻"嗯"了一声。

没想到沐想想这样冷淡的个性还能结下仇家，乔南觉得挺稀奇的，他还以为对方在学校肯定是个独行侠呢。毕竟沐想想从性格到气质都肉眼可见地和英成格格不入。

这么想着，他顺口就多问了一句："对了，你跟那个方……方什么的，到底是什么恩怨，能让她去年找你一学期的麻烦？"

"哦，这个啊。"虽然一直觉得那种乌龙的起因没必要特地提起，但乔南既然特地问了，沐想想也不觉得值得隐瞒，"我们学校有个校草，叫姜海。"

"嗯。"乔南点头。姜海他知道，没转学之前那小子也成天跟在他屁股后面转悠来着。

沐想想接着解释："方伶俐喜欢姜海。"

乔南："嗯。"

沐想想："然后她觉得我和姜海有暧昧。"

乔南："……"

电话另一头的沐想想眉毛皱了一下，莫名其妙地看着忽然结束通话的手机。

乔南将电话丢回口袋，手肘夹着头盔，一手把摩托车上的大书包提下来，胳膊一甩，单肩背好，随后他在一众热度依旧的目光中面色阴沉地朝校门迈开脚步，边走边骂："骗子！"

不远处，他身后一辆停了有一会儿的黑车旁，几个穿着英成校服的学生正勾肩搭背看着这个方向。

"嘿，骑NTT KMH来？可以哈。"其中一个吊梢眼的惨绿少年啧啧称奇，"自从乔哥转学，我多少年没见哪个小子敢那么嚣张了，新来的？"

旁边的胖朋友白了他一眼："首先乔哥是去年才走的，你别搞得好像很久没见他老人家似的。然后，你是不是瞎，那是个女的。"

惨绿少年一副震惊的表情："怎么可能！你看他走路的样子，跩得简直要起飞好不好？而且他穿的是裤子，头发还那么短！"

英成是A市唯一一所把女生校服设计成裙子的学校，女孩们的风格非常特别。

小胖子朝天翻了个白眼："走得跩、穿裤子、头发短又怎么样？你自己看她鼻子下巴，还有那个小细腰大长腿，白得都要发光了，体格还那么秀气，你家男的长这样？你是白内障？"

他说完这话，望着那道渐行渐远的背影，脸上露出了疑惑的表情："不过怎么回事，我怎么觉得她给我一种特别……熟悉的感觉？"

惨绿少年阴阳怪气："发骚的感觉吧？"

"滚。"小胖子给了他一拳，转头看向另一个模样格外英俊的同伴，"姜海，你觉得呢？"

"应该不是新来的，她外套的袖章是高二的，高二今年没有转学生。"姜海一边分析着，一边微微皱眉，好看的面孔上浮现出些许困惑，一个模糊的答案在心中浮动着，却始终难以戳破。

乔南是在教学楼下被叫住的，一开始他还没反应过来，毕竟对方叫的是"沐想想"。

等到回头看到那张清朗的面孔，他的眉头立刻高高挑起。

"姜海？"

姜海见他回应，立刻笑了，目光有点复杂，在他的短发和抱着的头盔上停留了一会儿:“我老远看着像，没想到真的是你。”

刚才关于熟悉感的疑惑仿佛得到了答案，可这么说着，对上对面女孩眼中越发莫测的视线，姜海却总觉得哪里还是不太对。

姜海还没理明白，对面的乔南却已经开始暴躁了。

校霸当然在哪里都是校霸，乔南从六年级起入学英成，直到高一才转学十二中。他在这儿打遍天下无敌手，读了多少年书，姜海他们这群小子就跟在他屁股后面叫了多少年哥。

结果这才多久没见，面对面都……呵呵。

又上下扫了一眼，他忍不住挑毛病，还是那个柔弱体格，不就是眼睛大点吗？长得还不如自己呢，也不知道沐想想这些女生看上他什么。

肤浅。

这样想着他顿时没了好气，不耐烦地问:“有事？”

“啊？”姜海被他一瞪，脑子都木了，简直跟遇上了天敌的麻雀似的，下意识摇头,“没有没有。”

乔南懒得理他，转身就走。

沿途当然是收获了无数打量，不过他这会儿心情不好，板着张脸，根本没人敢看得太过分，连楼梯上靠近他的一小块地方都是空的。

就这么走进高二（一）班，乔南拿出沐想想给他画的座位图，开始找自己的位置。

不过随后他就发现自己根本就不用找，全班只有沐想想一个人把新学期所有的书都带回了家，因此堆得满满当当的书桌间唯一一个空旷的就是目的地了。

此时教室里已经坐了不少人，几乎所有目光都凝聚在他身上，大家脸上清清楚楚写着“这个人是谁”，但与此同时，并没有人胆敢出来阻拦或者询问他。

乔南把摩托车头盔朝桌上一丢，大马金刀地坐下，随后打开书包，翻出那堆沐想想叮嘱过无数遍要上交的寒假作业。

他一手撑着脸颊，一手把其中一叠试卷卷了起来，敲敲桌子，示意班里正在挨桌收作业的班委过来。

那女孩满脸莫名，小心翼翼地走过来，打量着他的表情，小声问："同学……你？"

乔南盯着她，片刻后眯起眼，还是那副吊儿郎当的模样，嘴角却勾起了一点弧度。

他抬手把试卷丢在桌上，问："认不出我啦？"

班委听到熟悉的声音，先是愣了一下，随后目光迅速地在摊开的试卷署名上掠过，眼神变得满是错愕："沐……沐想想？"

她这一出声，四下里注意着这边动静的同学都跟向阳花似的，"唰"地一下转过头来。

乔南偏头，额前微卷的碎发划过眉骨。他嘴角的弧度越勾越大，双眼略微眯起，盯着面前那女孩的眼睛，几秒钟后露出个不怀好意的坏笑来："叫我干吗？"

轻佻的女声尾音简直像带了钩子。

还在发呆的班委脸一下红了，她下意识摇头，慌张地收拾好桌上的那几册作业，逃也似的跑了。

嗨呀——

乔南喉咙里发出低低的笑声，随后懒洋洋地趴在了桌面上。

英成的这群小动物们，果然还是老样子啊。

第6章

那位害羞的女班委抱着作业慌不择路地逃走之后，高二（一）班的学生们陷入了短暂的沉默。

随后犹如一滴冷水不慎掉入油锅——

“啥玩意儿？”

“怎么回事？”

“沐想想？”

“别逗了……”

“可是刚才班长好像没否认？”

“不会是真的吧？”

“说不定是联手逗我们。”

“是她吧！刚才没认出来，不过现在看看……沐想想不也那么白那么瘦，从背后看起来还是一样啊。”

“你真信了？沐想想长什么样谁不知道，你是不是智障？”

“说那么多，来个人上去直接问啊！”

“你怎么不去！”

“呃……”

“你厉害你去，你去你去你去——”

众人都处于强烈质疑又不敢当面确定的状态，只能你推我挤地想要选个勇士出来，嗡嗡的讨论声一波盖过一波，越发清晰可闻。

直到被学生们相互推搡碰到的桌子第三次撞上后背，所有的推搡和争论结束在了乔南回头看去的目光里。

好好坐在自己的座位上还能被人骚扰，此生从未有过这种经历的校霸都快没脾气了。那三位跳脱的男生被他盯得当场僵在原地，乔南看了他们一会儿，淡淡丢下一句：“警告一次哈。”

他转回头后，那三名男生齐齐倒退三步，接着便泪汪汪地扑回了人群里。

乔南发现沐想想的人缘是真不好，到校那么长时间，除了一个目的不明的姜海，居然没有其他同学主动过来打招呼。不过看周围人的态度，这种躲避似乎又不是带着恶意的，再看那些人打量半天都没能确认身份的生疏样子，最大的可能是沐想想自己平常就不爱跟他们来往。

嗨，这性格可真是让人操心。

乔南有一点担心对方在自己学校会被欺负，毕竟十二中校风比起英成还不如。他摸摸手机，想要给沐想想发个短信，紧接着就感觉几道格外灼热的目光忽然打在了脸上。

教室也猛然一窒，随后气氛立刻变了。紧张的空气中，乔南抬头看去。大门方向，几个容貌各异的女孩正面无表情地站在那里，为首的是个长头发，裙子好像比周围人要短上一截，长得嘛……应该还行，不过对乔南这种身边美女如云的校霸来说也就一般，因此他非常挑剔地在心里评价——眼睛比沐想想小，腿没沐想想长，皮肤虽然也挺白，但仔细看还是沐想想的更通透一点。

六分，不能更多。

“六分”盯着乔南，先是用讨债般的语气喊了一声：“沐想想？”

这辈子敢用这种语气跟他说话的，现在都贴墙上了。乔南眉头微挑，他放下手机，懒洋洋地朝后一靠："干吗？"

"真的是你？"或许是不敢相信的猜测变成了现实，"六分"看着他的双眼立刻充满了浓浓的恶意。她上下打量乔南，目光从他头顶的短发到身上的裤子，越打量脸色越难看，片刻后阴森森地开口："你出来。"

哟。

乔南顿觉有趣，手机也不玩了，新奇地歪头看她："你谁？"

像是根本没预料到会得到这样的回答，"六分"脸上迅速划过错愕的神色，她身边一个像是学生头的跟班此时开口："伶俐，别跟她那么多废话。"又口气凶恶地转向乔南，"还有你！装什么大头蒜！叫你出来你就出来！"

哦，乔南恍然大悟，原来这就是那个沐想想非常忌惮的英成小太妹。

不过他转学之前根本没听过这号人，对方真人的样子跟照片又有些出入，导致他第一眼看到时，根本没认出来。

乔南收起懒洋洋的姿态，通常来说他是不会跟女孩子计较的，但自从知道对方就是逮着沐想想那个笨蛋欺负了一个学期的方伶俐后，他开始有点不高兴了。

手机咚的一声被丢进桌斗，他撑着桌面慢悠悠地站了起来。

方伶俐明显紧张了一下，神情忽然带上了戒备，剑拔弩张的紧绷感迅速在他们之间蔓延，整间教室鸦雀无声。

恰在此时，一个意料之外的女声打破了沉寂："方伶俐？何晓葵？"

一个穿着职业套装的中年女人说话间单手抱着几本教材走了进来，一边走一边用狐疑的眼神打量门口的几个女孩："马上都要上课了，你们还站在我们班门口干什么？"

所有人都松了口气，包括来时气势汹汹的方伶俐。方伶俐在她质疑的目光中掩饰性地拢了下鬓角，随后警惕的目光再度迅速从乔南身上划过："没事，来拿点东西而已，王老师再见。"

说罢转身就走。

已经迈开脚步的乔南不得不悻悻停下，不爽地靠在桌边，目送那几道背影离开。

王老师看到他时也吓了一跳，抱着教案停下脚步，迟疑地开口："这位同学，你……"

班级里立刻掀起一片"哎呀原来班主任也认不出沐想想新造型"的笑声，有几个胆大的迅速从刚才被气场支配的恐惧里挣扎了出来，还大声朝班主任解释："王老师，这是沐想想呀！"

王老师转回乔南身上的目光满是惊讶："咦？"

乔南与她对视着，他并不在意自己成为焦点，心里想的是其他问题——这位班主任，既然能叫出方伶俐的名字，那她是真的不知道沐想想被欺负吗？

不可能的，没有人能比从初一开始就在英成为非作歹的乔南更清楚这个学校了——由于大部分学生特殊的背景，这里遍布监控，教职工比家长更害怕学生受到伤害。

但凡把被方伶俐霸凌的对象从沐想想换成这个班里任意一个学生，恐怕上学期的各种闹剧都不会存在。

但这又有什么办法，无论是沐想想还是这位班主任，认真说来，似乎都没有真正可以和方伶俐的家世抗衡的能力。班主任在退去工作状态后不过是一个普通人，沐想想身后也没有能为她出头的朋友。

作为英成曾经的金字塔最顶端的一员，乔南太清楚这里的规则，他瞬间想到了很多令他烦躁的内容，直到桌斗里发出一声信息的振动。

他停下思考，抬头时无意识扫过黑板上方的时钟，八点四十，距离九点钟开课其实还早。

那么刚才对方在如此恰好的时间出现，又对方伶俐说"马上要上课"……

乔南的神情再度松弛，他甚至露出了点笑容，抽出揣在兜里的手漫不经心地晃动一下，朝那位仍不敢确定自己身份的女老师打了个招呼："好久不见啊，王老师。"然后乖乖地坐下，连二郎腿都没跷。

手机上是沐想想发来的短信，她说："我找到你的教室了，你好好上课，记得录音和记笔记，对了，作业帮我交上去没有？"

看来没有遇到麻烦啊，这个笨蛋。

乔南非常嫌弃地敲回去两个字:“没有。”

王老师教的是化学，不过开学的第一堂课，她并没有说太多书本上的内容，整堂课大多是寒暄，以及叮嘱学生们尽快进入学习状态。

乔南听了一会儿就昏昏欲睡，不过想到沐想想反复强调不许上课睡觉，他还是强行睁着眼，懒洋洋地歪在桌面上看书。

英成的教学进度比一般公立学校要快一些，教材内容也有所不同，好在乔南看起来也不是很吃力，他虽然不爱写作业、看书，但转学前也曾经蝉联过英成年级榜单前十名多年，只是转学到十二中以后，越来越怠惰学习而已。

不过这不妨碍他晕书，啊啊啊，要是能抽根烟就好了。

赶在昏睡之前第一堂课终于结束，王老师离开前还略带担忧地看了他一会儿，等这位女士的背影消失，乔南无比迅速地站起来，前后左右的同学立刻侧目。

乔南先是踹了空间格外宽敞的前桌凳子一脚:“往前挪点。”然后带着手机和他拆都没敢在沐家拆的烟盒匆匆离开了教室。

另一间教室，高二（四）班，姜海还在为早上跟沐想想的见面发呆。

说句老实话，看到沐想想一甩书包踩着楼梯离开前的那个表情，他连肝都颤了一下，整片后背的汗毛都竖了起来，差点没当场跪下。

这太奇怪了，他跟沐想想顶多是在竞赛经常碰面的关系，此前的印象大概就是这个女生很聪明，很冷淡，比起其他一看到他就叽叽喳喳的女生要安静得多。

印象不错，所以在学校遇见时还主动打了几次招呼。可这难道不是好感吗?再怎么着也不该是这种见到天敌的反应吧？太奇怪了。

他单手托腮靠着窗台，英俊的脸庞上满是困惑，惹得教室内外诸多女生跟着满腹忧愁。

正思索间，一个胖乎乎的男孩忽然出现，拨开堵在门口的一群女生跑了进来。

“姜海！”他像是经历了一场长跑，停下后站都站不稳，又显得很慌张，扶着姜海的桌子气喘吁吁，“你……你快去看看吧，你早上说的那个沐想想，方伶俐又带人去找她麻烦了！”

英成的厕所空无一人，乔南对此非常满意。他洗干净手，然后跟没转学前一样，踱步到明亮的窗边，将窗户打开一点。

终于，校霸热泪盈眶地撕开烟盒叼出一根烟，伸手去摸兜里的打火机。

这里终于没有神出鬼没的沐想想她爸和沐想想她妈了！

抱着这样强烈的感动，他的手指颤抖地按在打火机上。下一秒，他敏锐地听到卫生间门口传来凌乱又密集的脚步声。

方伶俐脸色阴沉：“你确定她在里面？”

“有人亲眼看到她进去的！”何晓葵努力追上她的步伐，“今早也是有人亲眼看见了姜海跟她说话，看来锁锁门、丢丢书包已经吓不住她了，今天一定要好好教训她一顿！”

七八个女孩仿佛找到了什么难得的乐子，顿时亢奋地附和起来。

方伶俐并不理会她们，到了卫生间门口，留下两个人看门，带着剩余的人推开门走了进去。

入目是一片空荡。

几个人迅速挨个儿推起了隔间门，遗憾的是每一扇后面都没有人。

片刻后她们又聚在方伶俐身边，方伶俐眉头紧锁：“怎么回事？你不是说有人亲眼看到沐想想进来的吗？”

对上一众质疑的目光，何晓葵顿时语塞，正在她也摸不着头脑时，众人身后忽然传来一声低哑的轻笑。

方伶俐瞳孔一缩，立刻转身，当即汗毛倒竖。

只见她身后半人高的洗手台上，一道身影如同正在捕食的猎豹那样矫健地蹲在上面。

身影的主人形状漂亮的双眼微微眯起，似乎觉得眼前的场景很有趣似的，对上她目光的瞬间，还咧开一嘴白牙，露出个意味不明的笑容。

咬在齿间未点燃的香烟随着那张说话的嘴唇微微晃动。

“我确实在啊。”乔南笑眯眯地问，“找我有事吗？”

第7章

那一瞬间方伶俐所受的惊吓程度，说是毛骨悚然都不为过。

她在短暂的几次呼吸里甚至连头脑都是空白的，强烈的被侵略的恐慌如同一只无形的大手扼住她的喉咙，她的瞳孔深处死死地倒映着那张连笑容都充满危险的面孔，回过神来的第一反应就是——逃！

但她逃不掉了，下一秒，蹲在洗漱台上姿态懒散的乔南忽然脸色一变。在何晓葵等人慢半拍才反应过来的尖叫声中，方伶俐瞳孔中的人影已经近在咫尺，她几乎连反抗的念头都还没来得及生出，就已经被颈部的一阵大力掼进了身边的一处隔间里。

她的后背被狠狠拍在隔间壁上，与利落的上栓动静同时响起的，是耳边一声令她浑身一震的巨响。

“啊啊啊啊啊——”

何晓葵她们吓傻了，开始在外头惊慌失措地拍门。

“喂！”

“开门开门开门！”

“方伶俐——方伶俐——”

“沐想想你找死吗！你想干什么！快开门！”

隔间大门在各种撞击中脆弱地晃动起来，乔南充耳不闻，他只是垂下眼，面无表情地看向被自己抵在手臂和隔板之间的女孩。

作为一个对自我道德约束还算严格的男人，乔南从小到大肯定是没打过女人的。即便以前有时候打群架对方带的女伴特别烦人，他也最多只是在自己的目标身上多踹几脚。但此时此刻，对着眼前这个上学期给沐想想找过不少事的姑娘，他很难得地发现自己的暴戾情绪居然蔓延到了肢体上。

但这种冲动很快被他的理智克制住。

不仅仅出于“不打女人”的自我约束，更重要的还是他很清楚自己现在用的是沐想想的身体。

倘若他还是当初那个肆无忌惮的校霸，这会儿揍了也就揍了，出了这个门顶多被哥们儿嘲笑几句，谁也拿他没办法，但沐想想不行。

一开始听到对方说起自己对校园欺凌的应对，乔南的第一反应是这姑娘是笨蛋吗？性格也太懦弱了吧，被人蹬鼻子上脸成这样居然都不报复回去。

但现在他忽然理解了对方的隐忍，而且这种隐忍不但丝毫不懦弱，还充满了一种叫他心生敬畏的坚强。

不过话虽如此，他肯定是学不来这种坚强的，即便此刻双方交换了身体，从小在不同的家境中长大，乔南习惯的手段仍旧是直接用力量说话。

因此即便不出手伤人，他也得用直接一点的手段告诉这群小动物，以后不要再像烦人的跳蚤那样时不时到自己跟前蹦跶。

乔南并不觉得这会很难。

毕竟在这所学校为非作歹了那么多年，他有太多办法可以避开校方的耳目。

假校霸对上真校霸，气场就不在一个等级。他一不按套路出牌，此前表现得十分好勇斗狠的方伶俐果然开始怕了。乔南的一条胳膊撑在她耳侧，这样的姿势能给人带来非常强烈的侵略感，这让她既羞耻又慌张，她反应过来后立刻就想动手。

乔南这会儿虽然身体没了力量，打斗的意识却还在。如果让他对付外头的所有人，那肯定得吃不少亏，但眼下就一个方伶俐，那肯定没什么难度了。避开对方踢高的膝盖，两人在狭窄的空间迅速地对了几招，乔南阴着脸用胳膊肘在她锁骨上方的位置敲了一下："老实点！"

"啊！"方伶俐被这一敲，半边身子都麻了，尖叫一声，当即脸色煞白，"你想干吗！给我滚开！"

乔南笑了笑，甚至还好心地抬手扶了一把，令她不至于在慌乱中摔倒："怎么了？不是你主动来找我的？"

方伶俐想要避开他的搀扶却没能做到，终于彻底没了底气，她贴着墙缓缓蹲下，看着乔南的目光简直像见了鬼似的，连话都说不利索："我……沐想想，你……你别得意……"

就见站在面前的少女低下头，脑侧的发丝划过前额，精致的面孔上再不见任何表情，只剩那一双不带任何情绪的黑曜石般的眸子定定地盯着自己。

"方伶俐！方伶俐！"刚才响起的尖叫声吓坏了撞门的跟班们，外头已经有人发出哭腔，"你没事吧？伶俐！伶俐！你说句话啊！你没事吧？你别吓我们！"

乔南抬手朝大门砸了一拳："闭嘴！"

待到鸦雀无声后，他的目光转回方伶俐身上，声音也随着神情变冷："我再问一遍，你们来找我，想做什么？"

这问题让人怎么回答？身体发麻站不起来，对手的一举一动也全然超出掌控，方伶俐感觉自己在看一部恐怖片，心理防线这一刻终于彻底崩溃，她咬着下唇发出了惊惧的呜咽。

脑补到一些可怕的场景，外头的女孩有几个也开始跟着哭起来，但当中明显还是有理智的人，到这时仍不忘寻找对策："你们守在这里，我现在去找校工！找老师！"

"对！对！"六神无主的众人立刻响应。

方伶俐听到这话也是浑身一震，大概是觉得自己找到了靠山，看向乔南畏惧的眼神里立刻充满了掩饰不住的怨恨。

她实在不愿意承认面前这个让她如此恐惧的女孩会是上半学期在她的各种挑衅欺凌中一直表现得逆来顺受的沐想想。居然因为轻敌折在这种人手里，丢尽颜面的方伶俐心中几乎要泣血了。这件事情被校方知道，她出去后肯定还得挨一顿批评，但现在最重要的事情无疑是先脱离困境，等出了这个地方，她自然会有成千上万种办法狠狠报复回去。

她实在是不怎么聪明，心里的想法几乎全都写在脸上，乔南将她瞬息万变的神情尽收眼底，用脚趾头都能猜出她之后的打算。

四目相对，外头传来挂断电话的女孩们喜极而泣的声音："找到了找到了！她们找到李主任了，说是立刻就过来！"

乔南在方伶俐越发明显的冷笑里，忽然再度勾起嘴角："你看起来挺高兴的嘛。"

外头正在满心期待老师到来的女孩们忽然听到隔间发出清脆的咔嗒声，紧接着，大门打开了。

所有人都错愕地看着大门后面露出的两道身影。

蹲坐在地上的方伶俐先是发愣，随后一个激灵，赶忙抓着门框从地上艰难地爬起身。她的半边身体仍旧是麻的，但此时却已经恢复了底气，她以为乔南是忌惮即将到来的老师才主动服软。

于是她遇弱则强，语气一下子又变得嚣张，一边踉踉跄跄地推开想来搀扶自己的朋友，一边放狠话："沐想想，我记住你了！别以为你这次识相我就不会把你怎么样……"

乔南慢悠悠地从隔间里出来，脸色倒是没变，也不知道听没听进去这一番威胁，居然还优哉游哉地踱步到窗边，将刚才只开了条小缝的窗户彻底推开，探头看了看。

他喃喃自语："二楼啊……"

卫生间大门外头已经隐约能听到奔跑的脚步声。

方伶俐脸色发青："你有没有在听我说话！"

乔南缩回脑袋，若有所思的目光在她身上转了一圈。

方伶俐忽然看到那张从刚才起就很给自己压迫感的清秀面孔再度露出了一个不怀好意的笑容。

危险感在那一瞬间迅速从脚底攀上身体，意识到这一点的时候，她的身体已经被一股大力拽向窗边。少女校服上的洗涤剂味钻进鼻腔的同时，失重感接踵而至——

乔南搂着她，单手一撑窗台，就这么毫不犹豫地从二楼窗口跳了出去！

卫生间里所有的人都吓疯了，女孩们几乎同一时间惨叫着扑向窗口。

不远处正朝这座教学楼跑来的几个男孩也被这一幕吓得停下脚步，满脸煞白。

但他们想象中的惨案并没有发生，乔南在空中借了把力后，身体非常灵活地落在草丛里，即便带了个人，动作仍显得游刃有余。

落地后他先是漫不经心地理了理额发，回头仰首，朝挤在卫生间小窗的女孩们送去一个飞吻，随后就毫不留情地将死死贴在身上还在强烈颤抖的方伶俐一把扯了下来。

方伶俐直接双腿一软跪坐在草丛里，她一句话也说不出来，肌肉在生理性战栗，头脑更加空白。她觉得自己刚才似乎是尝到了与死亡无比接近的滋味，但此时此刻，能够回忆起来的，只有抱着自己的那个少女身上好闻的香味，和对方跳窗那瞬间疯狂又闪亮的眼神。

乔南在她面前蹲下，伸出一根手指，点在她的下巴上。

方伶俐发现这一刻她的内心只有恐惧，于是非常顺从地配合对方抬起了头。

就见面前女孩那张姣好的面孔上，终于缓缓拉开了一个叫她永生难忘的赞赏笑容。

“警告一次哦。”那道悦耳的女声拖长了尾音，语气俏皮到仿佛在说什么亲昵的话题，内容却……

“再有下一次，我就把你一个人，从那里丢下来。”

乔南拍拍那张已经木然的面孔，缓缓起身，在温暖的阳光里旁若无人地伸了个懒腰。随后他回头，目光从不远处那几个浑身僵直的少年身上扫过，挑眉，并不理会地走了。

回到教室的时候，那个座位宽敞得很嚣张的前桌已经很识相地把椅子挪到了正常的位置，甚至还顺手把乔南的桌子朝前拖了拖。乔南审视过后满意地落座，先是没正形地靠在椅背上翻了会儿书，临上课前，又忽然想到什么，在周围从他早上到校起就没停下过的隐晦打量里回头："哎。"

后桌是个戴着眼镜的男生，对上他的目光后紧张地推了推眼镜："干……干吗？"

乔南随便拿了他一本书翻开，看了眼写在扉页那字迹工整的名字："罗用？字不错啊，平常记笔记吗？"

罗用："啊？"

乔南随便找了本看起来没写过东西的本子丢给他，脸上露出个笑容："下节数学，顺手帮个忙？"

短发少女姣好的面孔上毫无遮掩的笑容相当地自来熟。

而那个一本正经的眼镜男生忽然红着脸转开了头，好一会儿才轻轻回复了一声："哦。"

第8章

“人呢！不是说被关在隔间里了？”

“跳窗户？这里是二楼！你们骗谁呢！”

“沐想想是谁？你们说了半天结果人在哪儿？楼下不就一个方伶俐？”

“你们这群孩子真是越来越不像话了！恶作剧一点儿分寸也没有！居然搞到老师头上！我一定要好好跟你们家长谈谈！”

尽管已经打响了上课铃声，园区内仍能听到二楼卫生间传来教导主任的怒喝声。

邻近的班级大概只能从片段的文字里听出，他是在办公时被一群女生十万火急地拉了出来，本来还以为出了什么大事，结果发现她们的目的好像只是为了骗他进女厕所。

听到的学生皆是啧啧称奇。

方伶俐在草丛里跪了好久才失魂落魄地被人带走，不远处围观了全部过程的几位同学瞠目结舌，小胖子过了好久才找回自己的声音，转向自己英俊的同伴：

“姜海……刚才带着人跳楼的那女的……是你说的沐想想吗？”

姜海回忆起对方离开前扫向自己的那个看起来轻描淡写，实则全是“小心点别乱说话”的眼神，一脸木然地抬起胳膊，撑在同伴肩上。

小胖子：“怎么了？”

姜海：“借我扶会儿。”

不然他就得跪下了。

乔南对这边的一切当然一无所知，第二节顺利下课后，他满意地从后桌小四眼罗用那儿得到了完美的课堂笔记。

所以接下来当然是……跟沐想想炫耀啦！

想到沐想想那副非常不相信他会好好上课的嘴脸，乔南就超级不爽，于是他掏出手机，咔嚓拍照，点击发送。

正在此时，他听到身后传来小心翼翼叫自己名字的声音，转头，是早上那个在班里收作业的女班委，周围同学都叫她林珑。

“沐想想同学。”对方和他对视一眼，很快移开视线，“我们在讨论周末给高妍办生日派对的事，地址在外海山庄，你……你要一起来吗？”

这话一出口，附近的几个同学都纷纷将目光转了过来，林珑后头那几个聚在一起的女生更是一脸紧张。

这是班级里第一次有人主动邀请沐想想参加私下活动，大家都挺意外的。

这个以全市中考前三入学的学霸，在班级里一直是非常特别的存在。长相清秀，话也少，几乎不会主动发起交际，思维更加直接，直接到会在被人问起度假问题的时候回答自己没有护照。

但她的优点也很鲜明，比如成绩好，个性随和。

遗憾的是，这里是未来将近三分之二的学生会选择出国而不是参加高考的英成，此前的相处基本只是发展人脉的需要。在这里，成绩好坏绝对没有社交重要。

总而言之，这是个去了普通公立学校估计会很受老师欢迎，但和英成画风格格不入的存在。班级里大多数人对她的印象与其说讨厌，倒不如说更贴近束手无策。

高妍是女班委林珑后头那几个女生里个子最高的姑娘，班级中家世数一数二的大小姐，她的生日派对每年都是大场面，会早早开始筹备，因此对宾客的通知在开学之前实际就已经结束了，沐想想从去年起就不在里面。

高妍实际上在林珑开口的时候就后悔了，毕竟按照之前的经验推断，沐想想应该是不会出席这种活动的，当众被人拒绝这种事，即便是她也会觉得很没面子。

没想到的是，座位上那个女孩在听完林珑邀请后只略微思索了一下，就很痛快地点头："好啊。"

大家为这意外的结果瞪大眼睛时，乔南将目光转回手机上，脑子里还在莫名其妙地想，这个高妍怎么回事，过年那会儿不是已经邀请过自己了吗？

紧接着转念一想，哦，对了，当初邀请的是乔南，现在他却变成了沐想想。

这些人难道之前都没想起来要请这个笨蛋吗？

气死了，真是气死了。

沐想想在收到炫耀笔记的照片后，忽然又收到信息——

乔南："啊啊啊啊啊啊啊！"

乔南："你真的是……"

乔南："怎么会那么笨啊？"

不明白对方为什么突然又发脾气，沐想想不为所动地忽视了这段情感宣泄，毕竟她这会儿也很忙。

忽然置身一个完全陌生的环境，沐想想所承受的问题难度一点儿也不比乔南那边小，并且她还是一个很认真的人，跟乔南吊儿郎当的应对方式一点儿都不一样。为了避免穿帮，她来之前的两天，除了赶作业，还得铭记乔南身边的关系网，因此从今早起床，整个人就绷着神经，而且不知道是不是错觉，从她今早出门起四周的气氛就一直怪怪的，比如来学校的公交车上总有人若有似无地打量她，尤其在她半路给一个老爷子让了座之后。

沐想想不是很擅长应付这个，好在来之前乔南说过，遇上搞不定的情况可以用三种办法解决，那就是一盯，二骂，三动手。

骂人和动手什么的……沐想想还是选择了面无表情地对视回去。

没想到公车上立刻骚乱起来，没多久后门那边一群穿着十二中校服的学生就下了车，像被鬼追似的，撒腿就跑。

真奇怪，明明距离目的地还有好几站呢。

收回目光的沐想想很是摸不着头脑。

下了公交车后她又被十二中校门口的所有同学致以崇高注目礼，一直持续到班级门口。要不是她心理素质过硬，估计会被这些灼热的目光盯到走路同手同脚。

十二中是个规模不小的公立高中，虽然比不上英成那么有名气，但在A市实际地位也不差。

与英成不同的是，这里采取的是实验班制度。每个班级的教学进度都有所不同，每个年级的一班二班，也就是所谓的实验班，接收的都是本年级的尖子生，是未来高考拉高重本率的主力军。

而现在，沐想想再次抬头，看向班级大门口高高悬挂的那张牌子。

高二（九）班。

真的无话可说。

开学第一天的十二中并没有英成那么有秩序，从上到下都乱糟糟的，大半个上午都过去了还没开始上课。于是沐想想对乔南的人缘有了全新的认识，她甚至无须走动，冷静沉默地坐在位置上，就会有源源不断的同学过来主动问好。

这只是第一天，沐想想没有跟他们说太多话，大致结束一轮后就低头开始翻看书本，果不其然，十二中用的统一教材内容比英成浅显不少。

一连翻了半本书都没能找到特别棘手的内容，沐想想这一刻尤其庆幸自己此前要求乔南课堂录音。一时又觉得无聊，于是翻出一册辅导试卷想要解闷，结果还没来得及提笔，“扑通”一声，身边坐下了一个男生。

彻夜未眠铭记照片的沐想想只用零点一秒就认出了对方俊秀的面孔——晏之扬。

乔南最好的哥们儿之一。

沐想想冷静地抬手将对方搭在自己肩上的胳膊拂了下去。

晏之扬顿时愣了，他从进校门起就听到无数人奔走相告今天南哥心情不好，以至于路过九班门口的不少人走路都猫着腰，但这会儿亲眼见到，他才意识到有多严重——那张英俊的面孔上居然一丝表情都没有，这使得本来气质就很强势的对方看上去越发瘆人了。

沐想想怕露出破绽，心底发虚，斜眼瞥去，心说这个人为什么还不走。

被锋利眼神横扫一刀的晏之扬吓得差点尿出来："南……南哥，你……你是不是还在为一班那个白英杰陷害你的事生气？"

沐想想愣了一下，想起乔南似乎也提起过这个人，还给自己打预防针说到学校估计得背个处分，当时的原话是："老子揍了一个看不顺眼的人，你到学校去估计会挨批，算我欠你一回。"

他当时说得很模糊，似乎那件事情完全是他自己的责任似的。

沐想想这会儿一听晏之扬的话好像另有隐情，立刻来了好奇，缓缓移开落在试卷上的目光："你说什么？"

她用惯了的平静语气和冷静眼神，用乔南的身体发挥出来的效果似乎总是有点超出控制。

晏之扬这下彻底吓精神了，一个屁股蹲从座位上摔了下去。

他眼泪汪汪。

南哥这次，果然不是一般的生气啊。

第9章

沐想想从晏之扬零零碎碎的内容里得出一些线索。

大致就是高二（一）班有个叫白英杰的男同学，喜欢自己班的一个姑娘。那姑娘以大学之前不想谈恋爱为由拒绝了他的追求，转头却堵着乔南主动送了封情书。

白英杰也不知道从哪儿听来了这件事，心态就崩了，上半年好几次使绊子不说，寒假里大概又受了刺激，居然喝得烂醉摸上门找麻烦。

乔南当时根本懒得搭理他，谁知道平常老实巴交的白英杰那天仿佛吃了熊心豹子胆，见他们要走，直接骂骂咧咧扑上去给了晏之扬一拳。

晏之扬要是能忍他就不叫晏之扬了，于是白英杰那天直接鼻青脸肿回的家。

按理说少年们热血沸腾的小矛盾到这里就可以告一段落，但之后的发展让九班的年轻人深深意识到了什么叫天外有天。白英杰回去不知道怎么跟家里人说的，没多久乔南就接到了十二中的电话，说一班有学生家长向学校控诉孩子遭受了校园暴力。

一边是实验班成绩年级排名前三的学霸，一边是九班吊儿郎当的问题学生，校方打电话来的目的说是调查情况，但话里话外似乎已经认定谁是责任方，还让乔南和涉及这场麻烦的九班学生们开学之后叫家长到学校面谈，商议赔偿和处分。

乔南能把这种丢人事告诉家人才怪，又懒得跟摆明不相信他的校方反复解释，直接就撂了电话。

按照晏之扬的说法，他当时就气得披上外套出门飙车了。

“犯到小人手上真憋屈，早知道那天就不手下留情了，真该多给他几拳。”

谈起这个话题，班里几个原本坐在自己座位上的同学也围了过来，其中一个名叫郭志，皮肤特别苍白的少年还弯腰卷起自己的裤腿，露出小腿上的伤痕：“我爸知道之后把我一顿揍，跟鬼迷心窍似的，跟他说了不是我们主动挑事他就是不信。”

班里几个女孩心疼地围上去探望伤情，晏之扬闻言自嘲地笑道：“该信谁那不明摆着吗？人家什么人物，我们什么货色。”

场面安静了两秒，他又立刻露出惊吓的表情，朝沐想想连连作揖：“南哥南哥，我说的不是你，我说我自己，我自己。”

这群年轻人似乎已经习惯了被这样对待，很快从低落的氛围里恢复了元气，一伙人嘻嘻哈哈地扑上去对晏之扬拳打脚踢，晏之扬赶紧补救：“哎呀我说的也不是你们，老莫！老莫不是说了相信我们吗！”

老莫是九班的班主任，一个温和好脾气的中年男人，跟班里的学生相处得非常融洽，大家平常都没大没小地随便叫他。

沐想想立刻发现了身边这群年轻人情绪的改变，虽然还是压着晏之扬骂骂咧咧，但他们明显真正发自内心地高兴起来，就连腿上挂满鞭痕的郭志也是一脸的神采飞扬。

哪怕身边那么多的长辈里，只有班主任老莫一个人选择相信他们。这形单影只的信任，也已经足够满足他们的渴望。

然而这份短暂的愉快并没能持续多久。

九班的一个同学飞扑进教室，满脸焦急地通风报信：“一班那个老太婆刚刚进办公室去找老莫麻烦了！”

十二中不光学生分班，教职工之间也有三六九等。

行政岗位先不提，实验班的班主任跟普通班的班主任就不在一个办公室。九班众人赶到办公室门口的时候，正听到班主任莫文好脾气的声音："王老师，你冷静冷静。"

王老师的语气有些咄咄逼人："莫老师，放假的时候你说等开学再说，今天已经开学了，你总得给我个交代吧？"

莫文叹了口气："我总得找学生了解了解情况啊。"

"了解什么情况？"王老师一拍桌子，"情况明明白白摆在这里，你们九班的学生，在假期围堵殴打我们班的白英杰同学！赶紧把那几个小混混给处置了，学生家长那边还在催着要说法呢。"

莫文皱眉："王老师，这只是白英杰单方面的说法，我们是不是不要那么武断地下结论？"

王老师愣了一下，冷冷地看着他："你什么意思？"

莫文以为她听进去了，立刻解释："是这样的，这件事情发生之后我也很重视，立刻联系了我们班的同学，发现他们说的情况跟白英杰同学说的有些出入……"

"哦，我懂了。"王老师没等他说完，就冷笑一声打断他的话，"他们是不是说，是我们班的白英杰同学主动挑衅了他们？"

沐想想靠在栏杆上，听到扒着门框的晏之扬小声嘀咕了一句："可不是嘛。"

紧接着就听到里头再度响起刀子般锋利的话语："莫文！莫老师！不是我说，你有点自知之明吧！你们班那群渣滓给自己开脱的话，你也信啊？"

这种来自老师口中赤裸裸的评价和刚才的自嘲性质完全不同，外头所有九班同学的脸色齐刷刷地变了。

下一秒莫文愤怒的吼声响起："王老师！你怎么可以……请你放尊重一点！我承认我们班的同学们成绩可能不如你们班的那么好，但他们都是心地善良的好孩子，我相信他们绝不会无缘无故做出欺负同学的事情来！"

王老师嗤之以鼻："我懒得跟你争论这个，白英杰上学期期末总分全年级第三，是我们班未来的社会栋梁，总之我不希望因为你的包庇给他留下什么心理阴影。趁着现在事情没闹大，我们班里的同学也都不知道，该处分的赶紧处分了，给人家赔礼道歉。你要是继续拖延，我可就直接去找新校长，让他来处理了。”

十二中的上一任校长去年高升，这学期直接空降了一位。人家走马上任第一天，王老师把状告到御前，九班班主任会给新校长留下什么印象，不言而喻。

学生的成绩就是班主任的奖金、脸面乃至一切，一班跟九班的地位差得太远，这简直摆明了是在威胁。

门口的九班学生们一片沉默，沐想想见晏之扬身侧的拳头松了又紧，忽然迈开脚步。

她一把拉住他，静静地凝视：“你想干吗？”

“南哥你别管了。”晏之扬咬牙说，“她不就想找个人给白英杰解气吗？”

沐想想没松手：“事是冲我来的。”

“让你去给他道歉我不如去死。”晏之扬道，“更何况当时你根本没打人，人是我打的。”

“南哥你回去吧。”郭志他们也把沐想想朝教室方向推，边推还边故作轻松地劝她，“不就是一点小处分嘛，早就债多不愁了，更何况我脸皮厚，道个歉而已，小菜一碟。”

沐想想微怔，她还记得这个苍白少年腿上触目惊心的鞭痕。虽然名义上都是乔南的朋友，但这一刻他们的热情和内心是呈现给她的。

感觉像是触到了一包柔软的物体，不知该怎么呵护的同时，又忍不住对那些粗暴戳弄他们的力量生出怒意。

为什么他们要这样习以为常地接受莫须有的指责？

从小到大，哪怕在最低谷时期也始终做着所有家长、老师口中“别人家孩子”的沐想想难以理解，但她知道，被冤枉的滋味肯定比被方伶俐欺负还要难受。

她语气平淡地说：“不是我们的错，我不会道歉的。”接着一抬胳膊拨开了那些抓紧自己衣摆、袖口的手，在晏之扬扑上来阻拦之前，敲响了办公室的大门。

莫文正在为自己同事与往常表现出的公正严肃形象完全不同的嘴脸感到错

愣，一转脸，便看到了一张更令他意外的面孔。

王老师下意识跟着他的视线转头，就见到一位年轻人。他个子很高，体格恰好，把十二中配色一言难尽的校服都穿出了亮眼的效果。他笔挺地站在门口，精致的英俊面孔上没有一丝表情，从脚底到头发丝，无一处不给人强烈的冷酷感和克制感。

王老师对上那双眼睛，下意识起身站直："有事吗？"

莫文也几秒钟后才回过神，虽然不知道自己平常一向没个正形的学生为什么忽然变得那么严肃，但这不妨碍他莫名感到拘谨："乔南，有什么事吗？"

这就是乔南？

听到这个白英杰提起过无数遍的名字，王老师难掩错愕，她上下打量门口的年轻人，怎么都无法相信对方就是他学生口中那个吊儿郎当、心肠歹毒的混混学生。

"老师好。"沐想想很礼貌地问好，进屋，站定，看两位老师还站在那里，贴心地一抬手，"坐。"

两位大人膝盖一软，屁股啪嗒粘进了椅子里，怔怔地看着她。

从来没受过来自师长压力的三好少女松了口气，看来十二中的老师虽然比英成市侩一些，但还是挺好沟通的。

于是她单刀直入，盯着座位上神情呆滞的女教师："王老师，我清楚您的来意，实不相瞒，我和白英杰同学对那场矛盾确实见解不同。具体谁对谁错，希望您能把他叫来，跟我当面对质。"

"啊？"王老师被那双平静的眼睛盯得脸都白了，下意识就要点头，很快被理智叫停，"你……你想干吗？你要当面威胁他吗？"

她为什么会这么想？沐想想茫然地皱起眉头："什么？"

王老师被越发严肃的气场弄得一头冷汗，这一刻简直觉得自己在跟恶势力斗争，她满腔孤勇，正要严词拒绝，忽然又被门外再度响起的声音打断。

"莫老师，咦？王老师也在啊？"胖乎乎的政教主任推开门，扫了眼屋里的场面，被奇妙的气氛弄得后背一寒，来不及多想就笑嘻嘻地让开身体，"孙校长说要在学校里逛逛，看到你们办公室门口全是学生，就顺便进来看看，这是在忙？”

他口中的孙校长无疑就是本学期空降本校的一把手了，两个被沐想想“粘”在椅子上的老师闻言下意识跳了起来。

就见一个男人从政教处主任身后慢悠悠地走了出来，又高又瘦，皮肤还黑，看起来特别显老。

孙校长原本只是想来熟悉熟悉教师办公环境，因此姿态十分悠闲，没想到一抬头就愣住了。

他直直地盯向办公室两个老师后头那个穿着十二中校服的男孩。

咦，这不就是早上在他熟悉校园公交路线时在车上给他让座的那个小孩吗？

说起来真是尴尬，孙校长知道自己长得显老，但第一次发现自己居然已经显老到了在公交车上可以被让座的程度。当时他内心复杂，其实并不想接受这份好意，但对上那双平静却意外给人压迫感的双眼，不知道怎么回事就道谢坐下了。

一路连挪都没敢挪。

沐想想此时也认出了这是早上车上那位爷爷，略有些意外但还是很礼貌地开口：“校长好，主任好。”

孙校长：“你好你好，哈哈，原来是这位小同学，早上谢谢你在公交车上给我让座。”

“咦？”主任闻言很是高兴，“不错不错，你是哪个班的学生？品德很不错。”

王老师：“……”

主任再度哪壶不开提哪壶：“对了，你们这是在干吗呢？”

沐想想被夸奖后有点高兴，因此难得殷勤了一把，伸手从办公区域那边又推了两把椅子过来：“请坐。”

话音落地，四张屁股齐齐粘进了椅子里。

本来打算陪新校长巡查全校区的政教主任：“……”

真的只是顺便进来看一眼而已的孙校长：“……”

第10章

办公室里的画面就跟评委选秀似的。

还没反应过来发生了什么的政教主任摸摸后脑勺："哎？这是怎么……"

怎么大家忽然就坐下了？

孙校长望着前方没说话，只见那个模样漂亮的年轻人在他们落座后就去饮水机那边翻找，没一会儿翻找出四个纸杯来。

政教主任对接下来端到面前的热水越发意外——十二中毕竟是所公立中学，生源复杂，这个年纪的孩子们大多出于对权威充满戒备的青春期，而他政教处这个职位，又注定了日常接触管理的学生群体肯定是最活泼的那些。任教多年，他很少会遇到对自己这样周到的学生，于是双手接过纸杯，喝下第一口热水的那刻，他居然有点羞涩，在心中不住欣慰地想，长得好看又品行端正，不愧是他十二中出来的好学生。

孙校长叹了口气，也释怀了，这孩子虽然眼神不好，但看他一言一行，确实无可挑剔，是个尊师重道的好孩子。

于是孙校长也不琢磨着该怎么走了，开口问道："门口站了那么多学生，你们这是在谈什么问题？不如也让我听听？"

王老师这一刻居然如坐针毡起来，在安然站立的沐想想平静地注视下，她刚才还用新校长来威胁同事妥协的胆色也不知去了哪里。

莫文对自己学生的信任倒是一如往常，在王老师的陈述结束后，对上两位校领导微皱的眉头，他很是迫切地也重复了一遍刚才被王老师打断的解释，然后总结说："我还是选择相信我们班的学生，他们都是好孩子，绝不可能做出集体欺负同学这种事情。"

王老师冷笑着重复了一声："好孩子？"然后不以为然地转开目光，"孙校长，您刚来学校可能还不清楚，我们班的白英杰同学真的非常优秀。上学期期末，他的总成绩排在我们高二全年级第三，这一点，您问庄主任，他可以证实。"

庄主任点了点头："确实有点印象。"

孙校长沉吟片刻，将视线递向前方："乔南同学吧？你有什么话说吗？"

沐想想仍是面无表情的状态，平稳的情绪甚至在王老师充满偏向性地发言时都没有出现波动，她仍旧坚持一开始的要求："我申请跟白英杰同学对质。"

王老师想都没想地一口回绝："不行。"

然后才在孙校长和庄主任看过来的目光里为难地解释："这不是我的意思，是白英杰他妈妈说的。白英杰同学因为这次被打的事情留下了很深的阴影，最近精神状态都不太好，甚至连我提出让九班的同学上门道歉都拒绝了，这种情况下他们双方根本不适宜碰面。更何况这个年龄的男孩子，您也知道，自尊心很强的，他特地请求我不要把他挨打的事情让班里知道，说是害怕被同学嘲笑。我不太希望这件事情对他未来的学习、生活和心态再造成影响。"

"那我们班呢？"她话音未落，就听到莫文微怒的质问声，"不搞清真相就胡乱下定论，您就不怕对我们班的同学造成学习、生活和心态上的影响？"

王老师嫌恶地皱起眉头："你们班那群学生能有什么学习心态？"又朝孙校长郑重道："孙校长、庄主任，真相已经明摆着了，我不知道莫老师还在自欺欺人些什么。"

没想到听完她的话，对面的两位校领导脸上却没有露出赞同的神色。

庄主任沉吟了一下："这个，王老师啊，我觉得吧，既然两边的同学都对这场矛盾有疑义，那么当面对质一下其实也是个好办法。"

他总觉得对自己始终有礼的乔南不像是对方口中所说的那个会莫名殴打同学的人。

王老师愣了愣，露出错愕的表情："庄主任，您……不是，我觉得真的没有这个必要吧？我已经教书十多年了，我可以跟您保证，我们班的白英杰真的是个非常优秀的好孩子，您看看他的成绩……"

她后面的半句话终究是未能出口。

因为办公室里最大的领导在此时开口，打断她的声音："小庄，你去门口叫个人，上一班把那个学生喊来。"

在王老师难以置信的目光中，他喝了口茶，淡淡地对视回去："王老师，大家都客观一点，我觉得一个会在公交车上给人让座的学生，不管怎么样，都该得到点信任。"

白英杰从早上到校起就莫名惴惴，连喜欢的女孩都没心思多看。

他心里既憋闷又痛快：憋闷在于心上人不喜欢自己，而自己去主动约架居然还被揍了个满脸开花；痛快则在于挨揍后他也没让对手好过，从班主任王老师这几天的话锋里分析，乔南那群人这回怎么着也得落下个留在档案里的记大过处分。

但即便如此，白英杰仍神色阴郁，他实在是想不通那个乔南到底比自己强在哪里？为什么明明成绩一塌糊涂，吊儿郎当，身边还能围绕着那么多的好友，就连自己班里那些眼高于顶的女孩都对他青眼有加。

长得帅？家世好？

这些他也有啊！可他明明那么努力地学习，还主动结交班里成绩好、家世不错的同学，身边却一直只有泛泛之交。

他自己都说不清当时驱使他去找对方麻烦的是一种什么动力。但无论如何，结果是好的，这件事至少会让九班一大群人都跟着受牵连，也不知道乔南那群好哥们儿会不会因此心生芥蒂。

而他，仍旧是那个稳坐年级三甲，所有老师、家长交口称赞的“别人家的孩子”。

白英杰构想着畅快的未来，眼皮却仍旧分秒必争地跳动着。

总觉得会有什么不好的事情发生。

毫无缘由的危机感里，他听到教室外头传来一阵古怪的骚乱，班级里不少女生暗含喜意的惊呼声里，他从书本里抬起头来，正对上被一脚踹开的教室门。

几个九班男生站在外头，极具震慑力的出场方式和风格各异的英俊模样让实验班的女孩们骚乱起来，随后她们听到领头那个肤色苍白的帅哥阴郁的声音：“白英杰？出来，校长和你们班主任找你。”

白英杰慌乱得几乎走不稳步子，尤其在对上办公室里新校长深沉的双眼之后，再怎么心机，他也只不过是个还在象牙塔里的普通高二学生，对校长撒谎和对熟悉、信任的班主任撒谎，心理压力完全是不一样的。

好学生们是很少会被老师点名叫去批评的，白英杰表现出来的状态太奇怪了，一班不少好事的人都跟了出来，躲在办公室外面偷听。

大家还以为会是考试成绩或者竞赛活动不理想之类的问题，这对他们而言很常见。

但不过片刻，外头的一班学生们的脸色随着传来的那些只言片语渐渐难看起来。

对质根本没什么难度。

沐想想跟为了要酷时常选择将委屈憋在心里的乔南不同，或许是从小就要保护格外老实笨拙的家人的原因，她在某些原则上认真到锱铢必较。她的提问冷静而尖锐，办公室里又坐镇了四位对学生而言具有绝对威慑力的师长。白英杰只在刚开始时以沉默负隅顽抗，等到孙校长也看出不对劲后，他就彻底溃不成军了。

王老师难以置信地看着自己的得意门生，后者在心态全崩的陈述里已经涕泗横流，还是沐想想左右看看，从办公桌上找了包餐巾纸给他。

白英杰一向学习刻苦，人也老实，实验班那么多男孩子，可以说王老师最偏爱的就是他。因此此前对对方告诉自己的“真相”，她真是一丝一毫也没有怀疑过。

她气得头昏眼花，简直想把自己学生的头盖骨敲开来看看里头的构造：“你，你到底是怎么想的？为什么要那么做？”

白英杰接过递到眼前的纸巾，泪眼婆娑地一抬头，意外看到假想敌冷漠而英俊的面孔，面前拿着纸巾的那只手修长白皙，他心里说不出的滋味，转开视线哭得更伤心了。

王老师得不到回答，气得脸色苍白，“唰”的一声站起，焦躁得连对领导的礼貌都难以保持：“不好意思，孙校长、庄主任，我得跟这孩子单独聊聊，可能要先走一步了。”

孙校长和庄主任对视一眼，说实在的这个真相连他们都未曾料到，也实在不知道该说些什么，只能放行。

“等等。”沐想想却在对方理所当然地忽略第三人意见迈开脚步时皱着眉头叫停了她，“王老师，您还记得您刚来这里时对莫老师说的那些话吗？我觉得您至少应该向他道个歉再走。”

一直表现得很沉默的莫文闻言倏地抬起头来：“啊？我？”

怒火攻心的王老师这才想到什么，一时间自己刚才趾高气扬的各种言辞尽数涌入大脑，羞耻得她几乎无地自容。身为实验班的班主任，手下带着十二中高二最优秀的一批尖子生，平心而论，她此前真的非常看不起莫文，有时候甚至对方主动打招呼，她都未必会赏脸回应。

莫文显然也知道她高傲的心气，对自己学生的这个提议不知所措地摆手：“不用不用，王老师，您也是被蒙在鼓里……”

“不。”没想到这次王老师却主动打断了他的推辞，“乔南说得对，之前是我对九班的学生怀有偏见，太不客观，说了很多不像样的话。”

她撒开拽着白英杰胳膊的手，站直身体，肃容朝莫文鞠了个躬。

“莫老师，对不起，请您别往心里去。”

莫文怔怔地看着她，双手还举在胸口位置摇摆。

孙校长也算是从这摊烂账里发现了些许十二中的问题，他叹了口气，站起身来，拍了拍莫文的肩膀："你很不错，教出了一个好学生哪。"又转头对神情平静许多的王老师说，"王老师，你也是个老教师了，我相信你的师德。我们教书育人，培养国家栋梁，除了眼前的成绩，还有很漫长的道路要摸索啊！"

王老师神情变了，眼眶也红了，她点点头，一言不发地拽着白英杰朝外走，路过门口两个班神情各异的学生时，她脚步微顿，还是转向九班那些对她满是排斥的孩子："对不起，这次是老师错了，老师之后会带白英杰一起跟你们道歉的。"

她说罢，也不等回应就匆匆离去。望着她的背影，门外的众人都有些回不过神，片刻后一班的学生们满脸羞惭地追了上去。

九班也一反常态地安静。

孙校长淡然地喝光了杯里的热水，然后朝庄主任招招手："好了，我们走吧。"

他背着手朝门口走去，感觉自己像是上了堂人生课，由神情到内心皆是一片深沉，离开前再度回头深深地看了眼办公室里的年轻人。

四目相对，年轻人平静的面孔上眉头微挑，嘴唇微启。

孙校长期待着对方会朝自己说些什么，少年人的满腔志气吗？

下一秒，便听到清越的声音钻进耳里："慢走，庄主任，校长爷爷。"

孙校长："……"

门口不少九班的同学也听到了这声道别，虽然不怎么擅长跟师长们相处，但既然是老大带的头，在场的同学们还是不怎么熟练地稀稀拉拉跟着开口："庄主任慢走，校长爷爷慢走。"

庄主任一边跟同学们点头示意，一边转头看向身边正当四十五岁壮年的新校长。

走马上任第一天的孙校长望着天空忽然有点彷徨。

沐想想跟一群学生在十二中教学楼后头荒无人烟的台阶上找到了说自己"去

上个厕所”的班主任莫文。

莫文正坐在台阶上吹着风抹眼泪，心中的激荡久久不能平静，脸颊忽然一热，转头看去，就见自家班霸正居高临下看着自己，一手插兜，一手拿着个纸杯。

莫文怔怔地接过纸杯，低头一看，里头漂着几颗枸杞。

他忍不住发笑。这孩子高一转来，相处了那么久，他一向知道对方不是外表看上去那么冷漠，但也是第一次如此直接地感受到对方的关心。

往后一看，九班那群跳脱的孩子们躲在教学楼后面你推我挤的，似乎都不好意思过来。

“谢谢啊。”莫文的神情比以前还要柔软，“真的谢谢。”

沐想想人生中没有遇到过坏老师，但也是第一次碰上脾气那么好的，她盯着对方发红的双眼看了一会儿，想起不久前对方为了乔南他们在办公室跟强势的王老师据理力争的模样，虽然不知道对方为什么要跟自己道谢，但还是歪了歪头：“老莫。”

莫文被眼前这家伙难得透出点天真的状态搞得愣了愣：“嗯？”

沐想想发自内心地赞叹：“你是个好老师。”

她话音落地，面前端着纸杯的男人突然呆滞，等了一会儿除了对方颧骨处浮起的微红外没得到任何回复，沐想想耸耸肩走了。

她回到教室，百无聊赖地翻了会儿书，实在没事干，索性从抽屉里翻出套《黄冈密卷》开始做。

正做着，后头推推搡搡过来几个人，她抬起头，就见为首的晏之扬和郭志他们一脸感动：“南哥，为了我们让你受委屈了。”

他们太清楚乔南的个性，这个人骄傲到绝不可能主动跟不相信自己的人辩解清白。之前校方找他了解情况，他根本就没有搭理，对被处分的可能也是完全放任。所以要不是后来一班班主任非得为难老莫和九班的其他同学，他肯定不会主动出面自陈。

看着眼中骄傲的老大为了自己在办公室里给一群校领导端茶、倒水、搬凳子，晏之扬他们奇异地发现，乔南的形象不但没有丁点儿受损，相反，这道身影在他们心里更加高大了，高大到令他们羞愧酸楚。

或许是感动太多，此时此刻，他们竟然不知道该对乔南说些什么，第一次痛恨自己不好好学习，导致词汇量如此匮乏。

受委屈？没有啊。沐想想茫然了一下，不知道这些人在说些什么，于是摇了摇头。

晏之扬见他一副若无其事的神态，眼眶一下红了，抬手重重地擦了下眼角："南哥，我知道错了，你劝过我的，让我别跟白英杰计较，是我当时太冲动，给你惹了麻烦。"

沐想想再怎么着也是个正常女生，一个长得好看的男孩子在跟前抹眼泪还是有些超出承受范围。她也不知道该如何安慰同龄的小男生，只好放下笔拍了拍对方的脑袋："别说了，不是你的错。"又想到不久前在办公室外的场面，一脸认真地说，"而且，刚才，嗯，在进办公室之前，我很高兴你们维护我。"

她说得很认真，也确实是发自内心地感动，说实话这是她有生以来第一次感受到来自朋友的关心。

没想到场面居然直接暂停了三秒，就连被她拍了头的晏之扬也是一脸呆滞。

三秒钟后，全班表演倒着走！

人群唰唰唰倒退三步，四仰八叉地挤到了教室的后墙上。

沐想想满脸疑惑。

真的是物以类聚，这些人怎么跟乔南一样一惊一乍的。

看起来像是已经安抚好了，于是她放下心来，继续提笔写试卷。

教室最后几排位置，几十个学生挤成一小坨，大家都满脸通红。

"哎！"郭志轻轻地扯了下晏之扬的袖子，苍白的脸蛋已经爬满红晕，"南哥刚才跟我们道谢哎！"

"闭嘴！"晏之扬嘚瑟得浑身发飘，"他还摸我的头呢！"

众人小心翼翼地探着脖子，如同观赏奇珍异兽那样看着教室里唯一端坐着的那道身影。

"哎，南哥在干吗啊？"

“好像是写试卷。”

“我去，真的假的？”

“你没见一班那个老太婆跟老莫说得有多难听！南哥这是想给老莫出头吧。”

“是啊，我们成绩太差，老莫压力也很大吧，刚才还在偷偷地哭。”

“总觉得南哥忽然成熟了好多，他肯定被刺激到了。”

“老大都开始学习了，你们在干什么！”晏之扬忽然挣脱人群，带着被摸头的骄傲振臂一呼，“赶紧的，哥几个一起上！给老莫和老大争口气！”

第四堂课终于可以正常上了，铃声响起后九班的数学老师抱着教案匆匆走向教室，才踏进一只脚，便被突如其来的光芒闪得整个人差点倒飞出去。

好不容易站稳身体，他呆在原地，第一反应是先抬头看一下班牌。

这是怎么回事啊？

苍老的数学老师平静的面孔下内心疯狂咆哮。

只见以往混乱如同猪圈的九班教室居然鸦雀无声，那些平日里满屋乱爬、满地乱拱的“小猪崽们”，今天居然全在啃着笔头写试卷！

第11章

开学首日，各科任课老师无一例外地受到了不同程度的惊吓。

冷静些的还好，顶多在前所未有的井然秩序中将课上得更加仔细认真，有几个比较感性的，下课道别时都是哽咽的。

比起始终如一的循规蹈矩，浪子回头总是更显珍贵。

又一个老师红着眼睛离开教室，九班的学生们心里都有些不是滋味。这个“差生班”里的孩子，一直以来似乎已经习惯了处于家人和师长的对立面，天长日久，叛逆已经成为连他们自己都意识不到的保护色。

而今天，他们只不过是因为受到了点刺激，略微收敛了一些而已，世界却仿佛出现了天翻地覆的改变。

那个教数学的老头，以前只要看到他们，眉头就要皱起老大的疙瘩，今天离开前却目光温和地凝视他们好半天，无比认真地说：“同学们再见。”

那个平常总按部就班陈述书本内容，似乎一秒也不想在九班多待，每次都在下课铃响的同时迅速收拾好东西准备离开的英语老师，今天却在后半堂课，一直很开心地用英语给他们讲故事和笑话。

以往外界尖锐的恶意忽然就变得那么柔软，柔软到让这群很少能获得赞扬的年轻人不知所措。

九班后排，通常不论上课下课都扑克乱飞的神秘地带，一群叫老师头疼的孩子难得没有在课余时间撒欢乱跑。

桌上摊开的书本扉页手写着各种漂亮的花体英文单词，这是刚才在课上，英语老师为他们每个人起的英文名，又亲手写在了他们的英语书上。

不想弄脏原版的文字，晏之扬特地找到草稿纸照描，描了好几次后才搞懂该怎么写。放下笔后他又觉得自己这样显得很幼稚，故作镇定地左右看看，才发现旁边的几个同学也都跟他一样，在装模作样地默念自己的新名字。

他觉得有点不好意思，但这种感觉似乎又挺好的。

沐想想发现十二中根本没有乔南之前吓唬她的那么可怕。

说起来乔南这个人真的很喜欢夸大其词，之前就是这样，说什么他很少跟家里人说话，沐想想还以为他们关系是有多冷淡，结果不也跟她家差不多嘛，乔南他后妈还特地起个大早，做一桌子早饭等她吃。

后来又告诉她九班跟任课老师关系紧张，班级风气混乱，说不定会有人上课打牌、打架。沐想想也没见着啊！老师们的教学水平确实是差了一点，但都很和蔼，周围的同学们除了成绩不好，没看出有什么出格的地方。

差点被骗。

沐想想觉得有点无奈，毕竟在对自我生活、学习情况的交代上，她是一点也没跟乔南掺假的。乔南却这样捉弄她，很有可能导致她在关键时刻做出错误判断。

她觉得自己应该跟乔南好好谈谈，对方却一点愧疚的意思都没有，听完她的申诉居然还理直气壮地问:“你是不是在犯癔症？”

沐想想本来还要据理力争，但没说几句，就听听筒那边传来乔南暴躁的脏话。紧接着对方很迅速地说了句“等会儿再聊，我这儿有点事”，就把这场未能真正展开的谈话终结了。

沐想想无奈之下，只好作罢，跟九班一群算是认识了的同学们告别后登上回家的公交车，其间再度发挥三好学生的优秀作风，给一位乘客让了座。

回到乔南家，乔南的后妈罗美生正坐在客厅沙发上接电话，看到她的瞬间“噌”地一下就站了起来，紧张得简直像会见领导。

“好的好的，我知道了，晚上赶路，你们注意安全。”她匆忙结束通话，从茶几处绕出来，隔在几步开外又停下，一副想接近又不敢靠近的样子，“回来啦？”

沐想想还深陷在自己是否被乔南欺骗的疑云里，一时也不知道该用什么态度才对，只能朝她点头：“嗯。”

但光这样罗美生就已经喜不自胜了，她紧张地搓搓手，上前一点又退开，眼睛盯着继子提在手里的书包，欲言又止。

沐想想猜测了一下她的意图，迟疑地把手里的书包递了过去。

罗美生露出特别惊喜、感动的眼神，接下来后还小心地抱在怀里，左右张望，似乎想找个供桌来放。直到沐想想上楼，她才从这种激动里缓过神来，追到楼梯口：“对了，南南，你爸和你哥已经回国了，现在在B市，说是忙完了手上的工作，今晚就能赶回家。”

沐想想闻言一愣，心想乔南这个骗子果然又骗人，说好的亲爹和亲哥一年到头也未必能见几次面呢？

事到如今，她也不敢确定对方之前告诉他的关于自己父亲和大哥的性格能有几分准确了，只能点点头，想了想，又叫住罗美生。

“那个……”称呼问题是最难拿捏的，叫妈肯定不可能，叫阿姨也未必十拿九稳，沐想想只能愧疚地选择了这个在她看来有点没礼貌的称呼。

不过罗美生似乎并不觉得有什么不妥，相反还非常殷切：“怎么了？”

沐想想回忆起今天早上那一桌自己只吃了几口，剩下几乎注定会被浪费掉的早餐，自小在贫困环境里养出的勤俭心态很是无法接受。她摇了摇头，神情平静：“没什么，你以后不要买那么多早饭了。”

另一边，挂断电话的乔南站在校门口，拎着头盔看向远处。

英成大门不远处的一棵榕树下，停靠着一辆外形相当抢眼的摩托车，深黑色的车漆精致到几乎能反射出夕阳的余晖，十分赏心悦目——倘若旁边没有多出个方伶俐那就更好了。

看着对方低着头在自己车边晃来晃去，乔南有些烦躁地眯起眼，说起来，他很少会去讨厌那些不相干的人，尤其对方还是个女生，但不知道为什么就是对方伶俐一点耐心也没有。

上午那样还吓不住她吗？听班里的人说她还被拎去风纪办公室一趟，这会儿还想干什么？找麻烦吗？

乔南是一点儿不惧的，他把头盔夹在胳膊肘里，手上一甩钥匙，直接冷着脸迎了上去："喂。"

没想到会听到他的声音，对面低着头的方伶俐跟被蜂蜇了下似的浑身一震。

乔南看她的神情又是意外又是惊慌，复杂得一塌糊涂，眉头皱得更紧了："你想干吗？"

方伶俐仍是怔怔的，手指在背后紧紧绞起，目光落在面前少女精致而暴戾的面孔上，停顿片刻后，又转向对方抱着硕大的头盔那放肆不羁的站姿上。

乔南不耐烦地等了一会儿，在以为她会说些什么的时候，方伶俐忽然转身跑了。

还跑得飞快，一转眼就消失在了校门的拐角处。

乔南："……"

毛病。

他分析了一会儿没能分析出什么内容来，心说方伶俐不会在自己车上动手脚了吧？于是警惕地围着车子检查了一圈，却没能在外表上看出什么不对。

乔南仍是不放心，偏偏怎么样都找不出问题所在，一时间更加暴躁了。

抬腿跨上车身的时候，他被暴躁塞满的脑子非常短暂地停顿一下，想起了刚才跟沐想想的那则通话，对方也是说了一大堆奇奇怪怪的东西，不过因为看到方伶俐太恼火了他听得并不清楚。

内容好像是质问自己骗人什么的，乔南莫名其妙，他什么时候骗人了。

他使劲回忆了一下，总算依稀记起几个要点，似乎是罗美生早上特地去买早饭、九班的课堂气氛很融洽、晏之扬他们热爱学习尊重老师。

脑子里闪过自己那几个恨不能化作蹿天猴的哥们儿一脸乖宝宝状说老师好的画面。乔南赶紧晃晃头，甩开脑子里令他浑身发麻的念头。

完了，十二中果然是个大染缸，沐想想这才进去半天，精神就跟着不正常了。

深黑色商务车的灯光划破A市的沉沉夜色，驶入某小区大门。

车上，一老一少两位男士正在后座片刻不歇地敲击电脑键盘，被安保亭的灯光晃了下眼睛后，年轻些的那个转头看向窗外。

“爸。”那张沉稳俊朗的面孔上短暂地划过几分紧张，“到家了。”

“啊？”他父亲立刻停下工作，抬手看了眼手表，副驾驶的助理非常贴心地提示，“乔董，现在是深夜一点十五分。”

中年男人叹了口气：“这么晚了啊。”

父子俩下车，带着助理从停车库进电梯，其间一路无话，两张相似的面孔皆是绷得死紧，吓得一旁的助理也跟着噤若寒蝉。

温暖的灯光和女人的嘘寒问暖一并从门内涌来，进屋后中年男人的第一句话就是：“南南呢？”

罗美生看着丈夫的目光有些责怪：“你们也回来得太晚了，他明天还要上课呢，早就睡了。”

乔父露出失望的表情，但很快又恢复精神拉着妻子开始询问小儿子的近况，他身边的大儿子倒是看不出异状，只是平静地换鞋脱衣，脸上冷峻的神情令助理越发慎重。

他为乔董事长工作将近八年，差不多是看着这位大少爷一路成长的。时至今日，乔家大公子乔瑞的威名已经蜚声业界，他在商场上的狠辣手段，与他的外貌和家世同样令人津津乐道。

说起家世，那就不得不提到乔家的另一位小主人乔南了。

助理在这对父子身边待了那么多年，对那位小公子却仍然不甚了解，只能从短暂的几次碰面中知道对方脾气不好，并且跟家人感情一般。

乔父偶尔在外面还是会谈起自己的小儿子，虽然说得不多，但依稀还是能听出父子亲情来。

至于乔瑞这位大少爷嘛……

助理瞥到对方那副一如往常的冷面，忍不住缩了缩下巴。

大家族成员们一天到晚忙的不就是争夺财富、遗产那点事儿嘛，那么多年来他根本就没见过乔家兄弟俩互相联系，见面也是没有一次不摔摔打打。总之有钱人家的事，不说他也能猜出个一二。

乔父那边已经跟妻子聊起乔南的日常，得知小儿子今天在睡前一直待在书房里写作业，脸上满是欣慰。

乔瑞换好鞋子，没在客厅多留，只淡淡说了句自己去洗澡睡觉，就抛下众人不紧不慢地上了楼。

助理离开之前忍不住跟司机对了下视线，两人都认定乔瑞的情绪明显不妙，大概是因为父亲过分关注弟弟而生气了。

二楼，沐想想在浅眠中嗅到一阵清爽的水汽，她昏昏沉沉地睁开眼，黑暗中依稀看到床边蹲了个人。

以往在沐家，爸妈也偶尔会进房间，因此她并没有被吓到，只是半梦半醒地看着对方。

面孔轮廓分明，眉眼依稀跟乔南有些像？

沐想想想起他是谁了，迷迷糊糊觉得自己该打个招呼，于是蹭了蹭枕头，费力地让自己睁开眼："大哥……"

下一秒眼睛就被蒙住了。

那双大手挡住外头的光亮，轻轻拨开她的额发抚过头顶，非常缓慢地摸了两下，柔和的声音微微发颤。

"乖，没事，睡吧。"

第12章

沐想想依稀觉得自己做了个梦，梦里爸爸妈妈就像以前那样，在她睡着后进屋为她掖被子。

思念来得如此绵长，醒来后她甚至还恍惚了一下，跟着转头去看闹钟，目光在床头柜上安静沉睡的德语自学教材上停顿了两秒——如果没记错的话，这本书本来应该在枕边。

她想起来了，那个昨晚蹲在床前摸她脑袋的人，应该是乔南的大哥乔瑞没错，她记得自己叫了一声，对方也没反驳。

昨晚自己是十一点左右入睡的，对方进房间那会儿至少是凌晨。结合乔南的后妈罗美生给出的信息，乔瑞和乔父应该是一路风尘仆仆从国外飞到B市再回A市的，任何人在经历过这么长时间的奔波后都势必会疲惫不堪，乔瑞却没有第一时间回去休息，而是选择了偷偷进房间看弟弟。

还又是摸头又是哄睡的。

沐想想不禁仰天长叹，越发想不通乔南为什么要拿跟家人的关系来跟她恶作剧。想起昨天两人匆匆结束的沟通，她摸出手机给对方发了条短信，告诉乔南他哥和他爹回家的事情。

信息石沉大海。

六点半，乔南忙着跑步，哪有时间去看手机？

沐想想等了一会儿也只能作罢。

二楼的某个房间，乔远山起了个大早，洗漱完毕后开窗对外吐纳。

他闭着眼睛，深呼吸的同时也在想家里的事情。

从妻子打电话说了小儿子的转变开始，这几天他的情绪一直很激动，要不是这样，他也不会破天荒地将海外没有完全结束的工作直接丢开回国。路上的这几十个小时，他几乎掩饰不住面上的喜色，就连来接机的助理都一眼看了出来，还以为是海外的项目有了很大进展，一路拿这个话题奉承他。

只有乔远山知道他自己在期待些什么。

他的发妻去世至今已经超过十年。那是个温婉美丽的好女人，还为他生下两个珍宝般的孩子，乔远山依稀能记起和发妻一起带着乔瑞和乔南玩耍的画面，美好得就像梦境。

那时候的乔瑞没有现在能干，乔南也不像如今暴戾。

是什么时候变成现在这样的呢？老实说，连乔远山自己都没有答案。他是个典型的事业型男人，除了家庭，还有太多事情需要关心。不说别的，光公司里那无数嗷嗷待哺的员工就注定他不得休息。乔远山不是富二代，他如今拥有的一切，都是凭借自己的双手奋斗出来的。

小时候饭都吃不饱，他真的穷怕了，只想给自己的孩子尽量提供最优渥的经济条件。

那段时间乔瑞和乔南是托付岳家照顾的，后来某次听到一位教授说，孩子的生活中不能缺少母亲这个角色，他就把当时在做自己秘书的罗美生娶了，让她专职在家带孩子。

结果怎么一回头，就物是人非了呢？

乔远山想不通，他知道儿子们对他肯定有什么误解，但步入青春期的男孩却已经拒绝跟他沟通了。过了几年，大儿子的态度终于有所软化，同意听他的安排读商科进公司，他本以为这是个好兆头，哪知道小儿子接下来的反应却激烈到令他措手不及。

乔南大概是觉得自己遭受背叛，直接连相依为命的大哥都不要了。

唉，乔远山睁开眼叹口气，胸口发闷。

昨晚回来听到罗美生说起乔南最近的转变，他真的很高兴。可这份高兴维持到现在，更多的已经转化为忐忑了。

那孩子愿意重新跟以前那样好好学习，或许是想通了什么，这是好事没错，可这却不代表他会同样接纳自己。

面对商场危机都很少感到焦虑的乔远山拼命告诫自己，这次千万不要像以前那样跟儿子针锋相对。长期身居高位，他被温驯的下属们惯出了不少臭毛病，说不了软话，有时候脾气上来了还口不择言。对上一点儿不怕他的小儿子，吵起架来砸车、砸屋子都是寻常事。

在此前已经进行过无数次但明显毫无作用的自省里，妻子罗美生从隔壁房间过来帮他换衣服。

乔远山问她："南南起来没？"

罗美生点头："刚才听到他在楼下背单词的声音。"

乔远山脸上立刻露出欣慰的神情，随后想到什么，说："这孩子，又不爱家里有外人，搞得连个驻家照顾他的人都没法请。不用管我，你先去买点早饭，可别让他饿着肚子上学。"

罗美生闻言手上一停，露出忧虑的表情："我正想跟你说呢。"

乔远山愣了愣，便听妻子忧心忡忡道："我昨天起来就给南南买了点早饭，可晚上回来他让我以后别买那么多。你说他是不是不喜欢我乱给他安排？"

罗美生脑子里是绝对没有"乔家小少爷舍不得浪费粮食"这一概念的，因此昨天沐想想"别买那么多"的原句到了她这里立刻慎重了很多。她从早上起来就开始分析对方的用意，几次试图出门又都停下脚步。那么多年了，也就这两天她才终于从继子那儿得到几个好脸色，实在担心自己一不小心又弄巧成拙。

果然就连乔远山听到后表情也变了变："这样啊……"

夫妇俩一时相顾无言，片刻后乔远山披上外套道："算了，我先去看看他吧。"

那么久没见，看一眼儿子也好。

乔远山很快感觉到了失望，因为打开房门后他并没有听到楼下有什么背单词的声音，下楼梯时朝着客厅方向看去，同样不见人影。

罗美生很是意外："人呢？刚才我还听到声音的。"

乔远山叹了口气："应该是走了吧。"

早知道儿子出门那么早，他肯定不会在屋里磨蹭那么久。赶了几十个小时的路回家，昨晚又因为到家太晚没能跟孩子碰面的乔远山难掩失落。

被客厅空寂的氛围扑了满脸，屋里静悄悄的，早起的精气神一下子不知道去了哪里。乔远山在还剩几级台阶的时候转了个身，不想再朝下走了。

恰在此时，他敏锐的鼻子却捕捉到了一股陌生的香气。

乔远山微微一怔，还没来得及猜测这是哪儿来的味道，下一秒就听餐厅方向厨房滑门被推动的声音。

楼梯底层这个位置对一楼的公共区域基本一览无余，就这么循着声音转过头，他意料之外地对上另一双眼睛。

他的小儿子站在厨房大门位置，手上端了个面碗，正迈开脚步要出来。

看到他时那孩子也明显愣了一下，脚步都跟着顿了顿，随后才神情平静地接着把面碗搁上餐桌。

伴随"咔嗒"一声，乔远山站直身体，他被这孩子跟从前暴躁模样判若两人的沉静搞得有点不知所措，犹豫着自己是不是该在对方发怒之前先行避开。

紧接着下一秒，令他更手足无措的一幕出现了。餐桌边放下面碗的小儿子居然再度看向他的位置，俊俏冷静的面孔微微皱起。

"爸……"年轻的声音带着迟疑，却还是慢吞吞地继续了下去，"你们要不要，一起吃点？"

这一刻，好似满世界的烟火气全从他的背后涌出，铺满了整间屋子。

沐想想木着脸用筷子搅拌面条，目光落在中心位置沸腾的水花处，搞不明白自己为什么要做这种事情。

其实昨天罗美生买回来的早餐还是很好吃的，只要量别再那么多，她绝对欢迎这种没有早餐开支的生活。

谁知道美梦只是昙花一现，今早起来餐桌就空空荡荡的。

沐想想倒也没有不高兴，毕竟一大早让长辈去买早餐这种事情确实太不像话了一点。但这并不影响她感到失落，A市这几年物价与日俱增，外头一套鸡蛋饼都得卖六块钱，以往她吃一个就能饱，可换成现在的身体，饭量增大三倍不止。

一顿早饭就花掉十多块，每一分生活费都是靠着奖学金和竞赛奖金挣出来的沐想想很是心疼。意识到未来应该不会再有免费早餐供应后，她还是不死心地试图另辟蹊径，结果在乔家的冰箱里发现了惊喜，有面有蛋有蔬菜，各色食材一应俱全！

沐想想赶紧一边背单词一边开火，她吃完还得去上学呢。

谁知道好不容易煮好一碗面，还没来得及吃，乔远山跟罗美生就从楼上下来了。

干不出自己吃东西让长辈眼巴巴看这么缺德的事，三好学生沐想想纵使百般不愿还是出口邀请了一声。

不过讲道理，哪个爹妈会真的让马上要去上学的孩子给自己做早饭吃啊！贫困如沐家，这个时候沐妈也会上前接下孩子手中的锅铲！

沐想想想到这里，忍不住转头看向餐厅，三道身影坐得整整齐齐，她的心情诡异地平静。

算了，反正食材也不是自己买的。

将煮好的面条夹出来，她顶着六道难以忽视的目光淡定地把碗端出去："好了。"

下一秒，桌上假装在看报的一老一少"唰"地收起报纸，罗美生则仍是刚刚被她邀请时那张放空的面孔。

沐想想惦记着上学，自顾自吃得很快，她煮面条的手艺是跟沐爸学的，没什么天分，做得远没有原版好吃，但沐爸残疾之后，沐想想已经很多年不曾同意父亲进入厨房了。

或者说她在尽其所能地让父亲远离一切需要操劳的工作。

想到爸爸，她吃得更快了一些，三两口解决完毕，抬起头来，却发现桌上的几个人神情都很是郑重。

尤其坐在对面的乔家大哥，一筷子面条，一勺面汤，步骤精细，简直像在对待什么珍馐一般。

饶是沐想想也不由得沉默了两秒，而后她站起身道："你们先吃，我去上学了。"

"等等。"乔瑞放下筷子，目光似乎在面碗上挣扎了几秒，但还是坚定地转向她，"我送你。"

"啊？"沐想想虽说猜到了乔南跟家里人关系没那么差劲，但还是没做好太亲密的准备，立刻摇头拒绝，"不用，我自己走。"

乔瑞光看面相就知道是个不好相处也不好说服的人，意味不明的目光依旧深深落在她身上："你拿着书包，怎么骑车？"

乔瑞说的当然就是那辆所有熟悉乔南的人都知道的摩托车。

然而万万没想到，听完他的关心后，他可爱的弟弟英俊的面孔上却露出了疑惑的神色："骑车？我不骑车，我坐公交啊。"

乔瑞、乔远山："啊！"

罗美生："啊？！"

然后沐想想就拎着书包走了，出门时恰巧遇到从电梯里出来的昨晚见过的助理，她礼貌地点点头。

助理有点惊讶但也立刻回了早安，一大早的情绪都被这个意料之外的问好带高了，直至拉开大门，又被乔家诡异的气氛弄得顿住。

怎么一大早这家人就这个画风？他迟疑地回头看了眼身后已经关闭的电梯门，难不成这位脾气暴躁的小公子又发威了？

他正惊疑不定，便见自家老板"唰"的一声从餐桌前站起："小楼，准备车。"

怎……怎么了？

助理小楼顾不上错愕的情绪，赶忙一边答应一边掏出手机联系司机，就见几秒之内自家董事长已经开始穿外套了。

他一边穿外套一边绕出餐厅，没走几步又忽然顿住，转身大跨步回到餐桌旁，端起桌上的面碗稀里呼噜地吃。

直到把碗里的汤都一滴不剩地喝干净，董事长才一抹嘴痛快摆手："走！"

离开前助理小楼忍不住回头，看了眼那个空荡荡的面碗，又转向对董事长的言行视而不见、仍自顾自仔细喝汤吃面的大公子。

这个面得有多好吃啊？有钱人真是奢侈，一大早就吃那么宝贝的东西。

乔远山都快流泪了，他居然眼睁睁地看着自家锦衣玉食的小儿子，跟着一大堆人挤上了公交车！

早高峰的公交车人多得不可思议，他的宝贝儿子直接被挤到了右侧窗口，抓着吊环，一路跟随车辆摇晃，一眼就能看出有多不舒服。

尽管儿子的神情一直表现得很平静，似乎并不因为周围恶劣的环境感到不快，甚至在中途某次到站时还腾出手搀扶了一位老人。可乔远山依旧满心酸涩——这是他的儿子啊，那个又可爱又乖，早上还特地起来给爸爸做了早饭的儿子啊！

乔远山捂着胸口一脸阴沉的模样把助理小楼吓到了，小楼小心翼翼地看向公交车窗内那道正在搀扶老人的身影，一边感觉赏心悦目，一边摸不着头脑。

这位小公子今天闹的动静似乎不小，居然能把董事长气成这个样子。他可是很少看到这位商界老江湖流露出如此鲜明的情绪呢。

一路目送儿子下车直到进入十二中校门，乔远山平复了一会儿情绪，这才心情复杂地收回目光："走吧。"

助理小楼没敢揣测老板的目的，直到司机调转车头时他的余光扫到什么："咦？乔董，那不是……"乔瑞的车吗？

不远处一辆银灰色的商务车似乎比他们落后一步才到，此时并未来得及掉头，双方碰了个正着。

乔远山也看到了，指挥司机开过去，在两车并排时停下。

银灰色商务车的后座车窗缓缓降下，果然是乔瑞那张冷漠到让人不敢接近的面孔，对方这会儿似乎心情还不怎么好，眼神格外的锐利，刺得这边的助理小楼忍不住缩了下脖子。

乔远山也降下车窗，平静地跟大儿子对视，父子俩相顾无言，片刻后乔瑞转开目光："我路过。"

乔远山点了点头："刚好，你跟我一起去公司吧。"

说着就关上车窗，示意司机离开。

后视镜里那辆银灰色的车子果然没一会儿就跟了上来，助理小楼忍不住回忆方才这对父子交锋的场面，连连心悸。

这一家人的争斗果然随着小公子乔南见长的年纪进入白热化了啊，董事长越发神秘莫测不说，大公子也显得野心勃勃，只不过父亲对弟弟的关注稍微多了一些，他居然就坐不住了，做出当街跟踪这种蠢事。

豪门啊豪门，永远是他这种小老百姓无法理解的存在。

银灰色的车开出一段距离后，乔瑞仍回头看着十二中校门的方向，那辆挤满人的公交车继续启动，晃晃悠悠地前往下一个目的地，喷出的尾气一瞬间刺痛他的心。

刚到学校还没来得及进入教学楼的沐想想忽然感觉裤兜震动了一下，她掏出手机，就见锁屏页面处跳出了一条通知短信——

95588：您尾号××××的储蓄卡账户3月4日收到账户尾号××××用户人民币200000.00元转账，当前余额298299.80元，请注意查收，及时入账核对金额。

她的脚步一下顿住，目光落在那一堆数字上，还没来得及反应过来，下一秒，铃声再度响起——

95588：您尾号××××的储蓄卡账户3月4日收到账户尾号××××用户人民币500000.00元转账，当前余额798299.80元，请注意查收，及时入账核对金额。

沐想想："……"

第13章

沐想想盯着那堆数字五分钟没能眨眼。

继前几天那条转账十万的短信后，这是她此生第二次接触如此巨款，虽然只是一串虚拟的数字，仍旧给她带来深深的震撼。

之前各自清点随身物品的时候，乔南好像说过，这只是他收家里零花钱的账号。

回忆起因为第一笔转账偷偷诧异了一整天的自己，沐想想终于明白什么叫“贫穷限制想象”。她当时还惊叹乔南一个月零花钱居然有十万那么多，可现实却告诉她，少女你真的太年轻。

要不是交换完各自的私人物品后，她身上属于乔南的东西只剩下一部手机，沐想想这会儿非得把那张银行卡找出来好好观摩，看看里头存了七十多万金额的卡片，和她那余额只有四位数的到底有什么不同。

外头估计包了一层金边吧？

沐想想依依不舍地再度翻看好几次短信后，一边把信息界面截图发给乔南，一边胡思乱想，直到撞上一个人。

她赶忙回神，一见之下，立刻摆正姿态，肃容问好："校长爷爷早。"

几个此时从他们旁边擦身而过正在打闹的学生闻言也停下脚步，在十二中校霸的带头下七嘴八舌地跟着问候："校长爷爷早。"

沐想想本以为校长至少会回应一下他们，还特地等了一会儿，没想到这位老爷子居然比她想象中还要严格，只是深深地看她一眼就沉默地离开了。明明应该是活力满满的清晨，背影却说不出的萧瑟，甚至比前一天看起来还要疲倦许多。

这位可敬的教育者一定为十二中的学生们操碎了心吧，才上任几天就累成这个样子。

沐想想不禁肃然起敬。

放学后两人约在A市某处商场见面，沐想想一下公交车，老远就看见那个靠在摩托车上面无表情玩手机的少女，忍不住恍惚了一下。

说起来很奇怪，虽然明知道那是自己的身体，可每次面对面时，沐想想却总觉得乔南还是以前的形象。对方给人的压迫感似乎并不因身高和面孔的改变而减弱，就像现在，那个一身黑衣站得吊儿郎当的少女明明除了没戴眼镜，外表跟以往没有任何不同，可就是浑身闪着光似的引人注目。

干脆利落的短发让她看上去英气勃勃，前额的几簇头发打着卷落下来，衬得本来就小的那张面孔越发白皙精致。她什么都不需要做，只站在那里，与周围频频回首张望她的那些路人们，便自然生出泾渭分明的壁垒来。

这是独属于乔南的气质，不可谓不神奇。

沐想想忍不住回忆起当初的自己，直到那位处于众人目光焦点当中的少女满脸不耐烦地喊他："你站岗啊？"

她才笑了笑，顶着周围同样跟随了她一路的女孩们花痴的目光上前："你在干吗？"

"转发锦鲤。"乔南又看回手机，"我跟你说这条锦鲤真的特别灵，上次转发完隔天我爸就给我打钱，我还以为是巧合，又转了一次，结果怎么样你也看见了。"

沐想想搞不懂他的思维:“钱是你爸给你打的，你应该谢你爸才对啊。”

乔南想到自己平常几乎没交流，一交流必以吵架砸东西结束的亲爹，嗤了一声:“你懂什么。”

他俩约在这里见面是为了给周末过生日的高妍买礼物。英成的学生们大多从父辈那里就有交情，因此乔南很早就收到了邀请。这下又换成了沐想想的身体，所以得买两份礼物。

沐想想很不解:“高妍为什么会邀请你……我的意思是，她怎么会请我去参加她的生日会？”

乔南瞥她一眼，在心里骂了句笨蛋，轻车熟路地拐进几家店:“谁知道，说不定就是单纯看你顺眼想请你。”

沐想想不知道乔南在学校顶着自己的身体做了什么奇葩事，她按照正常的思路分析，当然毫无头绪。乔南给的理由太牵强，毕竟去年高妍的生日会就跟她一点关系都没有，还是隔天到学校偶尔听到班里同学的讨论，她才知道前一晚还举行过如此盛大的活动。

从那一刻起，她真正意识到自己和英成的其他同学间犹如天堑的距离，那样的一群人，怎么会突然就看她顺眼呢?

想不明白原因也只能放弃:“算了，你没受委屈就好。”

“我？受委屈？”乔南差点听笑,“就你们班那几个？”

哪怕在校风一塌糊涂的十二中，也从来只有他校霸让人受委屈的份儿。从他顶着沐想想的壳子到英成开始，从头至尾也就一个方伶俐稍微放肆些，被他三两下解决后，现在高二（一）班那群小孩不知道多乖。

女班长林珑一大早就红着脸主动问好，后桌的四眼仔罗用每堂课的笔记都抄得漂漂亮亮，比起九班那群上蹿下跳的狗崽子，说是天差地别也不为过。

沐想想亲身经历过在一群家境优渥的同学里格格不入的滋味，不明白他冷笑的点在哪里。她顺手拿起一个货架上的钱包，看到吊牌上的价格时脑子都木了一下。

“乔南。”她轻声问,“不能送点便宜的礼物吗？这里的东西我好像买不起。”

乔南淡淡道："谁说让你买了？"

沐想想皱起眉头，刚想理论，乔南似乎就看出了她的排斥，直接打断她的诉求："首先，去生日会是我答应的，你本来就没有买礼物的责任。"他的表情还是像平常一样臭，语气却出奇地耐心，"更何况，随便买点东西，你是顶着我的身体送，还是让我亲手去送？"

沐想想居然找不出理由反驳他，眼睁睁看着他让人拿了两个加在一起已经够五位数的东西去结账。

乔南出来后把其中一个袋子分给沐想想，这就是沐想想届时要代表他送出去的人情，然后目光一转，看到不远处的一家男装店。

沐想想总觉得手上的袋子里装的就是重若千钧的人民币，她心不在焉地思考着前段时间看到的关于社会贫富差距的议题，听到前头突如其来的问话："你爸平常穿什么码的外套？"

"165，怎么了？"沐想想下意识回答一声，抬起头来。乔南回了句"没事儿"，然后非常随意地跟店里的营业员打了个手势，后者立刻一脸殷勤地拿来一件衣服。

沐想想追看过去，那营业员拿着的衣服是一件深棕色的外套，表层是莹润到几乎能发光的皮质，里头满满都是羊毛，连傻子都能看出价值不菲。

紧接着便听柜台处传来柔和的声音："您好，一共五万八千八，您刷卡吗？"

乔南"嗯"了一声把自己的卡递过去，沐想想愣愣地问："你买给谁？"

乔南没理她，沐想想一把抓住他的手腕："不会是给我爸的吧？"

"你管那么多干吗。"乔南示意营业员刷卡，心里还有点高兴。他今早跑步的时候就打算有空给沐爸买件新外套穿，没想到立刻就碰到了合适的。这都过完年了，那小老头还穿着一身又脏又破的大棉袄，最近这几天回寒，异常得冷，乔南有一次看他被冻得直缩肩膀。那小老头还装作没事儿，早上偷偷给乔南塞钱，说是昨天生意好连卖了三把扫帚，让乔南别省钱，上学路上买杯奶茶喝。

一把扫帚六块，沐爸自己一分没留，乔南当时捏着那十八块钱心中真的五味杂陈。

他只记得被塞钱时碰到的那双手，冰得脑子都清醒了三分。

这件新外套一看就保暖得不得了，沐爸穿着它坐在楼下估计能舒服不少。

他这么想着，便听身边的沐想想非常激烈地反对道："不行，乔南，这件衣服太贵了，等等，先别刷卡……"

营业员当然不可能听，手上的动作一刻不停，乔南接下营业员递回来的卡和纸袋，神情平静地朝外走："你那么激动干吗？"

五万八千八……沐家一年的房租也没那么多。

沐想想快要崩溃了，抓着乔南试图制止他的任性："乔南，乔南，这个真的太贵重了,你赶紧把衣服退回去,算我求你,送这种衣服给我爸你是要吓死他吗？"

乔南有点不高兴，他这辈子头一次给人花钱听到这种反馈："至于吗？不就一件衣服？"

可那真的不只是一件衣服啊！先不说这么贵重的礼物本来就不该随便收，单单是这种贵重物件将会引发的城中村居民们的热议就足够令人后背发麻了，闲言碎语有时候像刀子一样锋利，沐爸万一听到，估计要愁得睡不着觉——自家一向贫困的女儿忽然如此大手笔，谁家爹能不担心？

但双方价值观的差异根本不是几句话能够解释清的，这件五万多的外套在乔南眼里，真的只是件衣服而已。

沐想想无奈下只好拉着乔南找到商场二楼一处正在打折的羽绒服店："你听我说乔南，我知道你是好意，我也很感谢你，但我真的不能让你送我爸那么贵重的东西。你看周围的这些羽绒服不是也很好？你看看这件，还有这件，我身上的钱刚好够买，我买下来，你去把那件皮的退了好不好？"

乔南不说好也不说不好，目光沉沉地看着她。

沐想想被他盯得发毛，知道他这是在生气，也不知道该怎么办，只好叫来营业员去拿自己刚才提到的某件羽绒服准备买单。

营业员过来的瞬间，乔南直接将手上的袋子丢到沐想想脚边，他什么话都没说，收回目光沉着脸转身走了。

乔南气得恨不能当场找个人来打一架，再不走他担心自己会朝沐想想发火。

出商场门时他撞到一个鬼鬼祟祟的家伙，戾气不要钱似的砸了对方一脑袋，看着那个似乎有点面熟但想不起来在哪儿见过的家伙抱头鼠窜，他的情绪可算缓和了些许。

跨上摩托车，他心里仍有种说不出的懊恼，因为沐想想说的那些仿佛三八线一般壁垒分明的话——你爸我爸，你买我买。

沐想想叹了口气，朝营业员示意不用再服务后，拎着那个纸袋下了楼。

她找到刚才那家店提出退货，营业员态度倒是很好，但拿出衣服检查时却为难地表示不能退只能换，因为刚才结账的时候乔南直接让他们把吊牌拆了。

沐想想看着那件衣服，真的是肉眼可见的舒适，又厚又软，她知道爸爸从来没有过这样好的衣服。她有一瞬间甚至意志不坚定地想，要不就别退了，拿回去给爸爸穿多好。

但即便在如此贫困的家庭长大，她仍谨记父母灌输给她的尊严，这和那个与乔南的面子有关的礼物不一样。

于是她在漫长的思考后缓缓开口："那换个尺码吧。"

"多大尺码？"

沐想想回忆了一下乔南他爸的体形："175。"

拎着换好的衣服出门的时候她突然就有点难过，各种心情纷至沓来，她望了会儿天空，觉得自己现在需要梳理一下情绪才行。

另一边，马路上正在疾驰的摩托忽然发出刺耳的刹车声，乔南一脚踏地，猛然想起了什么。刚才在商场门口撞到的那个人，当时真的气糊涂了，只觉得眼熟。现在却忽然记得清清楚楚，那不就是隔壁体校的贺鹏程吗？

早两个月前，对方因为一点私人恩怨带着一群人把郭志堵到学校后头，恰好被他碰见，领着一帮哥们儿直接把对方揍了个半死。

这地方离体校可不近，贺鹏程怎么会出现在这里，还鬼鬼祟祟的？

乔南心中猛然生出不妙的念头，第一次尝到什么叫心惊肉跳，他抖着手去摸手机，努力镇定地给自己之前的号码拨电话，接通之后直接问："你在哪里？"

沐想想声音怪怪的："啊？"

“我问你在哪里！”乔南没忍住当街吼了一声，反应过来赶忙放柔声音，“沐想想，你快告诉我你在哪儿。”

沐想想抽了下鼻子：“我在之前跟你遇见的亭子这里，怎么了，我手机快没电了……”

“你怎么了？”乔南被她像是抽泣的声音吓了一跳，而后赶忙道，“听着，想想，你现在赶紧……”

嘟嘟嘟嘟……

他话音未落，听筒里传来忙音。

乔南看了眼屏幕，赶忙再拨过去，始终无法接通。

乔南气得直接一脚踢在自己的宝贝摩托车上，他迅速地思考一下，然后立刻登录自己的微信，调出号码给晏之扬打了个电话。

那边晏之扬接起来：“喂？”

“晏之扬。”乔南这会儿居然感觉自己情绪异样冷静，“你现在立刻打电话把所有能找到的人全都叫到××公园，乔南被贺鹏程带人堵在那儿了。”

“什么？”晏之扬先是发出高八度的惊呼，随后才想到什么，“你谁啊……”

乔南已经伸手再度启动摩托车，声音平静得吓人：“少废话。”

沐想想看了眼黑屏的手机，想起刚才乔南说到一半的话，实在不知道对方想说什么。

不过她这会儿也没心思去猜测对方海底针一般的少男心了。

沐想想看着眼前这片熟悉的池水，她跟乔南就是在这里交换的身体，从那之后一切都不一样了，她还必须装作若无其事的样子，去适应完全陌生的环境和人群。

好像从小到大都是这样，她必须肩负起比同龄人更多的责任，可至少那个时候，爸爸妈妈都能陪在身边，就算她再怎么少言寡语，半夜里也会有人偷偷进房间为她掖好被子。

紧绷的神经在这一刻忽然就不堪重负，沐想想也不知道自己是怎么回事，忽然就哭了起来。好在周围也没有别人，她坐在亭子里，把自己缩成一团，本来还想克制一下，想想还是发泄出来比较好。

哭完了就好了，就跟以前一样，再多的难题，再大的委屈，哭完就好了。

石子路的尽头，刚才被乔南撞到的贺鹏程正小心翼翼地跟被自己带来的一个高大的年轻人说话。

“大哥，那小子就在里头，我亲眼看他进去的。”

大个子哼了一声，声音很是洪亮：“就他一个？”

贺鹏程点点头，脑袋立刻被拍了一巴掌，力道大得他头昏脑涨。

大个子怒骂：“你是想群殴啊？还讲不讲江湖道义了？你不要脸我还要呢！”

贺鹏程捂着自己嗡嗡作响的脑袋，恍惚了一会儿，脸上露出愤愤的神色：“可这小子真的很能打。老大你不知道，他当时把我踹得肋骨都差点断三根，凶得不行。老大我要不是没办法我真的不会来找你给我出头，实在是太憋屈了，那小子哥们儿抢我女朋友，凭什么我还挨揍。”

一旁有人没眼色地提醒道：“哎呀，老贺，我听说是张娜娜主动给那个郭志递情书的……”

贺鹏程气得快要哭了：“你到底是哪边的！”

“都给我闭嘴！”大个子一抬手制止了底下的喧闹声，然后在贺鹏程期待的视线里，他再度问了一遍，“你确定那小子很能打？”

贺鹏程小鸡啄米似的点头。

大个子冷哼一声：“行了，那我非得去会会他不可。”说着一马当先地迈开步子，果然一个转弯，就看到了凉亭里背对自己坐着的年轻人。

背影倒是挺帅气的，可是怎么抱着腿埋着头坐得娘兮兮的？

大个子看得莫名一愣，随后才一身战意地大步上前，抬手朝那人的肩膀用力一拍：“喂！”

对校霸们来说，这就是开战的信号，他浑身的肌肉同时紧绷起来，为接下来的一场恶斗做好准备。

但下一秒，那个坐在他面前的家伙却并未立刻跳起来给他一拳，而是随着他的巴掌身体歪了一歪，然后慢慢抬起头，转过脸来。

大个子看清他的模样，当即狐獴般站直了身子。

沐想想正哭得兴起，忽然被打断，心情非常委屈，回头一看，又是个完全不认识的看起来凶巴巴的家伙，体格相当健壮，站在后头几乎能挡住她全部的阳光。

这谁啊，没看到自己坐在这儿正难过嘛。

沐想想眼泪掉得更凶了，捂着被拍的肩膀抽抽噎噎地问："你讨厌！你干……干吗突然打我……"

大个子盯着面前这个小白脸哭得发红的鼻头和眼睛，两排睫毛湿漉漉地眨巴着，俊俏的面孔丝毫不遮掩委屈的神情，说话的声音也很含糊，整个人泛着一股莫名的娇俏味道。

那神情，简直像……像……像女孩子一样……

大个子的脸忽然红了，然后他在沐想想泪蒙蒙的目光注视下，讷讷地张口道："对……对不起啊……"

第14章

乔南把车飙成了一阵风，半路路过一处空地时停下了，进去找了两根废弃的钢管。

晏之扬那边效率也很高，他正巧跟一群哥们儿在网吧排位，和贺鹏程有直接恩怨的郭志一听到消息差点爆炸，七八个年轻人甩开鼠标起身就跑。

幸好网吧离公园不远，他们赶到也没用多长时间，然而新的问题很快出现——郭志抬头看着公园一路绵延开的外墙，脸色苍白："老羊，那个人有没有告诉你南哥被堵在哪里？"

晏之扬骂了一句，赶忙掏出手机想给刚才那个号码打电话，下一秒耳边听到一阵熟悉的发动机声，立刻惊愕地抬起头来。

他身后的所有人也差不多是同样的反应，各自茫然对视，然后朝着声音的源头看去，视线里很快出现了一道深黑色的闪电。

这风骚高调的画风他们真的不要太熟悉，全A市都未必能找出第二个可与之比肩的。

可刚才那女的不是说南哥被人堵在公园了吗？这是他们被耍了，还是南哥自己跑出来了？

但立刻晏之扬就意识到自己想岔了什么，因为那道出现在视野中的黑色闪电已经以不可思议的速度逼近到面前，利落的甩尾伴随刹车声扬起一阵尘土，从上头轻灵地翻下一道身影——并不是他本以为的车主。

晏之扬愣在那里，一时间很多例如“南哥不是说这辆车是老婆绝对不给第二个屁股碰吗？”“怎么是女的？”“有点帅啊……”“刚才那个车技真的帅炸天！”“老子居然被比下去了……”之类的问题爬满脸：“你……”

他当然没能问完。

下一秒，从摩托车上下来的女孩取下头盔，用一个睥睨的眼神震碎了他的膝盖。

乔南扫了一眼自己一如既往满脸蠢相的哥们儿，这会儿没心情多说，直接把手上的钢管分了一根朝他丢去：“跟我来。”

不知道为什么，忽然很想下跪的晏之扬下意识抓住钢管跟上他的脚步，走出几步后才反应过来，回头跟身后同样茫然的哥们儿交换眼神。

大家的眼睛里都分明写着“这是谁”，却没有一个人敢主动问，作为唯一被对方给予武器的幸运儿，晏之扬在小伙伴们鼓励的目光里默默转回身子。

他小心翼翼地打量前方那个浑身散发着冰冷气质的少女，她走得很快，步伐潇洒，宽敞外套下两条被牛仔裤包裹住的腿行走间格外引人关注。这腿笔直修长，漂亮得有些过头，脚上又蹬了一双黑色的皮质短靴，跟她给人的气质如出一辙的利落。晏之扬下意识回忆起对方潇洒取下头盔露出被遮挡住的面孔的一瞬间，那双漂亮的眼睛当时只斜睨了他一眼。

熟悉的压迫感就扑面而来，让他心惊肉跳到现在。

晏之扬头一次碰到这样的女人，明明比他矮大半头，浑身上下却没有一个毛孔不散发着嚣张的气焰。关键还长得好看，真是……真是……真是跟南哥一样，叫人没脾气。

晏之扬嫩脸一红，余光掠过那只纤瘦白皙的手掌里捏着的钢管，脸立刻又白了，他谨慎地在肚子里措辞，打算用委婉一点的语气询问对方跟自家南哥的关系。

然而对方却在此时忽然停下了脚步。

只见她朝右转头，瞬间迸发出几近狰狞视线的双眼直勾勾盯着一处。晏之扬还没反应过来，她已经捏紧钢管走远了，然后就以迅雷不及掩耳之势飞起一脚——

伴随着被踹者的号叫，晏之扬跟郭志几人同时叫出了一个名字："贺鹏程！"

对方也认出了晏之扬他们，立刻开始互骂脏话，血气方刚的年轻人二话不说撸起袖子，场面乱成一团。

"啊！"

"再扯我裤子试试！"

群架就是这样，分不清是谁在骂谁。双方的战斗意识都很敏锐，混乱中晏之扬和郭志他们放倒了几个人，同时自己也被人放倒了几次，脸上挂了彩，拳头却毫不犹豫："我再问你一遍，南哥呢？南哥呢？"

贺鹏程被他一拳打得头朝后仰，但反应迅速，立刻制住晏之扬的胳膊，青肿的面孔上扯出扭曲的笑容："这次威哥也来了，你说呢？"

威哥全名叫曹威，A市体校著名的扛把子，一米九多的个头浑身腱子肉，是全体校最能打的一个了。晏之扬听得双眼发红："你们有种别偷偷堵人，光明正大地来啊！"

贺鹏程想起几个月前自己被乔南一脚踹翻痛揍的场面，笑容越发快慰，继续跟晏之扬缠斗，嘴里还不干不净地说着气人的话。

论个体力量，十二中的学生肯定没有天天训练的体校生来得健壮。晏之扬又气又急，一个不慎就被钻空子摁在了地上，他死死地看着压在自己上面举起拳头的贺鹏程，几乎想跟对方拼命。

紧接着，一阵破空的风声。

贺鹏程大声惨叫着被一根钢管从晏之扬身上抡了下来，原地滚了半圈，捂着胸口一时站不起来，就听一道女声冷冷响起："摁住他！"

晏之扬在零点五秒的怔愣后飞快起身照做。

贺鹏程的手脚被束住，一边挣扎一边投以愤怒的目光，面对身边居高临下站着的少女出乎意料的好样貌愣了愣，然后就见那张面孔上的表情由冰冷慢慢转变成令他心生不妙的残暴。

她缓缓开口："乔南在哪里？"

贺鹏程咽了口唾沫，目光扫过她纤细的体形，侥幸地想对方或许只是虚张声势而已。

然后他立刻意识到自己错了，因为对方直接抬起胳膊，用与外貌截然不同的凶狠，抓着那根钢管，朝他的脸不要命般抡了下来。

一瞬间仿佛皮肤都感受到了被钢管劈开的气流，贺鹏程目眦尽裂。

但钢管在触到他鼻尖的那刻，停下了。

"最后一遍，乔南，在哪里？"

A市体校就在十二中隔壁，不良少年的矛盾由来已久，作为十二中的校霸，乔南太清楚这帮对手有多难缠。

贺鹏程能因为女友单方面的花痴就带着一大帮人堵着郭志往死里揍，他们是真的无知者无畏，对暴力毫无分寸。

这群人都已经这样了，又何况那个传闻中打遍体校无敌手的曹威？

一瞬间难言的懊恼和担忧如同海啸般兜头盖下，乔南一边狂奔，一边简直恨不能给自己来上两棍子，怎么就没第一眼认出贺鹏程！又为什么要莫名其妙发脾气把沐想想一个人丢在商场！

他带着对自己深深的憎恶，捏紧手中的钢管，拨开最后一道遮挡视线的枝叶，领着人双眼血红地冲了出去——

旋即铺天盖地的静默。

不远处，凉亭里，两道身影正并肩坐在长凳上玩手机，高壮些的那个负责操作，长得好看的那个则凑过头去看，身上还披了一件非常宽松的大外套。

没穿外套、只披着单件卫衣的大个子面颊微红，拼命把手机朝好看的那个眼前凑，间或还能听到他掩饰不住表现欲的吹嘘："我跟你说，这几个菜鸟，连我一根手指头都挡不住，以后我每天带你上分，保证随叫随到。”

乔南过了一会儿才找回自己的声音，忍不住打断眼前的剧情：“你们在干什么？”

凉亭里的两个人都意外地抬起头，沐想想先是一愣，紧接着又看到跟在乔南身后的晏之扬几个：“哎？你们怎么……会在这里？”

乔南：“……”

晏之扬：“……”

所有参与了打架事件的少年们忽然尴尬！

第15章

谁都没有说话，很快沐想想跟曹威又都发现了各自的小伙伴脸上、身上狼狈的状况，气氛一时凝滞。

最终打破这份平静的人果然是乔南，他拎着棍子站在最前方，目光在对面的两人之间来回转换，最后停顿在沐想想身上尺码不合的外套上，眼皮微跳：“过来。”

沐想想下意识起身，手腕被一把抓住，她回头，曹威扫了眼外面未散尽的剑拔弩张，神情跟刚才有点不一样：“你认识？”

乔南盯着沐想想被拉住的那只手再度出声：“过来！”

沐想想看了他一眼，转头朝浑身绷满警惕的曹威解释：“他们是我朋友。”

曹威松开沐想想的手腕，还是坐在那里，过于健壮的体格很能给人威慑感，沐想想却并不提防他。毕竟这个一脸凶恶的大个子刚刚还在因为打哭她的事情而手足无措。沐想想没把自己掉眼泪的具体原因告诉他，因此欣赏到了好一出“壮汉面红耳赤图”，对这个似乎有点一根筋的单纯家伙印象并不坏。

乔南站在几米开外，一副她再不出去就要动手揍人的画风，沐想想犹豫了一下，还是把身上的外套脱了下来，还给曹威："时间不早，我得走了。"

曹威反应迟缓，"哦"了一声，打量着沐想想已经看不出哭过的面孔，迟疑道："那个，你没事了吧？"

乔南忍无可忍，钢管朝地面捣去，发出尖锐的噪音。

"知道了，知道了！"沐想想朝他喊完，安抚地拍了拍大个子的肩膀，"没事，别往心里去，我走了，你们也早点回去吧。"说着拎起脚边的袋子挥挥手，转身靠近乔南。

乔南定定地注视着她，双眼里很难分析清是什么情绪，直到沐想想走到距离他只剩三步远，他才冷冷地掀起眼皮扫过曹威，调头离开。

沐想想平静地跟上，人群如摩西分海般让成两边，晏之扬他们在左，贺鹏程他们在右。

一矮一高两道身影踏着石子路渐渐消失，原地的众人们这才回过神来，场面再度遇冷，过了好一会儿才有人咳嗽一声打破僵局。

晏之扬眼神游移，不知道为什么打了个招呼："那个，我们也走了啊。"

贺鹏程虽然不知道为什么他要打招呼，但也磕磕巴巴地跟着告别："那……再……再见。"

两帮刚才还势不两立的年轻人带着淡淡的尴尬错开身子，互相都不知道该用什么样的眼神看对方。

目送晏之扬等人离开后，贺鹏程靠近自家老大，欲言又止。

曹威斜了他脸上的青肿一眼："打起来了？"

"就前头那女的，估计是乔南的女朋友，拎着根棍子，见人就往死里砸，打起架来像不要命一样。"贺鹏程心有余悸地抱怨了两声，回忆起上次被乔南本人暴揍的经历，心说真是什么锅配什么盖，这一对颜值高还能打，心里酸溜溜的，"下次有机会我非加倍还给那小子不可。"

曹威想起刚才那个一碰就哭、声音和眼神都软绵绵的小白脸，反手给了他脑袋一巴掌："闭嘴，少没事找事，你不要脸我还要呢。"

贺鹏程捂着后脑勺一脸震惊："威哥你忘了？我上次肋骨都差点被他弄断！"

怎么能叫没事找事，那次受伤让他连躺了十多天好不好！

曹威白了他一眼，一个字也不相信——就乔南那跟女孩子一样温软的性格，能揍断他肋骨？简直是放屁。

身心都遭受巨大的伤害，贺鹏程这一刻终于委屈地哭了起来。

曹威却机智地分析，他一定是在演戏。再想到他刚刚说的乔南的女朋友，曹威忍不住嘬了嘬牙花，那姑娘长得是真抢眼啊，高鼻大眼、皮肤雪白，还有一双大长腿，外表简直完全是照着他的喜好长的，只可惜拎着棍子砸地的模样看起来实在太凶悍了，刚才一个眼神让他天灵盖这会儿还在发寒。

A市体校的扛把子强壮的体魄下，一直有着不为人知的独特癖好——他喜欢毛茸茸的、软绵绵的、温和无害的小东西，比如小奶猫、小奶狗，比如穿了好几年也没舍得换的小兔子拖鞋，再比如刚才十二中校霸湿漉漉的双眼和拖着哭腔说话时娇憨的神情。

嘤，为什么会是个暴殄天物的男孩子！要是能有和他一样性格的女孩多好！大块头的扛把子也想要个哭起来会哼哼唧唧的小娇妻呀！一定会捧在手心里小心翼翼，交出自己所有零用钱的！

乔南一语不发地走到车边才停下，沐想想跟在后头，想到一会儿估计会说到敏感话题，就让跟在身边被乔南目光吓得噤若寒蝉的晏之扬他们先在原地等一等，独自过去。

乔南的脸色太难看了，难看到冷静如她都有点压力，她提着那个价值五万八千八的纸袋忍不住开口："那个，衣服的事情是我……"

话音未落，胳膊忽然一紧，她被股大力拉了过去，随即胸口的衣料被人抓住，耳边响起大骂声："衣服什么衣服，你是笨蛋吗？"

沐想想愣住，她低下头，揪着自己衣服的那双手在微微发抖。

"你知不知道刚才那些人是谁？"

乔南还处于惊魂未定的暴躁中，就见沐想想目光怔怔的，然后脸上忽然露出一抹浅笑。

“我知道。”沐想想刚开始确实不明情况，结合后来诡异的气氛和晏之扬他们脸上的伤口，这会儿已经猜测出来了，“他们是来找你麻烦的吧？打架？斗殴？”

知道你还敢跟陌生人那么亲密地坐在一起聊天？还披人家的衣服？乔南双眼一利，还来不及说话，下一秒，面前的沐想想已经张开双臂，松松地搂住了他。

沐想想用的是乔南的身体，高大挺拔，几乎毫不费力就能把纤瘦的少女揽进怀中，又很快松开。

乔南亟待发泄的怒火有如被一瓢冷水兜头浇下，灵魂都暂时离体数秒：“你在干吗？”

“安慰你。”沐想想低头看他，脸上已经没有哭过的痕迹，只是神情和腔调还带着往日里少见的绵软，“别担心了，我真的没受伤。”

站在不远处的晏之扬他们看到视线里那个从出现就始终保持冷酷状态的少女，忽然如同被人抽了一鞭子似的原地起跳：“安慰个屁！谁、谁担心你……”

“啧。”郭志咋舌，“这不会真是南哥女朋友吧？”

“肯定是吧？你见过南哥抱过哪个女的？而且刚才被吼都没生气，还给她骑自己的车。”晏之扬回忆起被对方眼神差点吓跪的经历，心有戚戚，“……长得还是很漂亮的，不过是不是有点凶？”

郭志想到对方抡着钢管朝贺鹏程脑袋上砸的那股狠劲，浑身哆嗦了一下：“您也太客气了，这何止是有点凶，简直是南哥的翻版好吗！”

此言一出，现场所有的小弟们都震撼了。

另一个南哥……

晏之扬双眼放空，喃喃自语：“我怎么觉得她比南哥还要可怕，这种女人……真有人能降得住她吗？”

他话音未落，就见自家南哥不知道说了什么，那还在激动状态的少女表情忽然空白几秒，然后从脖颈到头顶瞬间变得通红。

沐想想好脾气地没有跟乔南继续理论有关“担心”的问题，平静地换了个说法：“那就算是感谢吧，乔南，不管是对我爸爸的关心，还是你联系晏之扬他们来救我，其实我都很感动。”

五秒钟后，乔南一把推开她，咬着牙爬上自己的摩托车：“滚滚滚！”

他连头盔都没顾得上套，摩托车绝尘而去，带着股落荒而逃的味道，沐想想这才想起自己似乎忘了跟他说换外套的事。

算了，反正不能退现金，左右换不来第二个结果。

沐想想发现自己这会儿心情居然还挺好的，是因为刚刚在公园里哭过吗？

她这么胡乱猜测着转过身子，脸上的笑意还没退去，就被出现在眼前的几双闪闪发亮的眼睛给吓了一跳。

当然这种惊吓并未表现出来，她神情依旧如常：“你们干吗？”

众人齐齐摇头，只是依旧用看天神的目光膜拜她，晏之扬道：“南哥！你是我一辈子的大哥，我再没有见过比你更牛的人了！”

有钱，长得帅，身材好，被体校生围堵却毫发无伤，还能游刃有余地披上对方扛把子的外套，一个眼神就吓尿晏之扬的火辣女友，跋扈嚣张到上可摩托飙车下可抡棍斗殴，对谁都不假辞色，偏偏在他面前撑不到两句话就会满脸羞红。

这世上还有比这更标准的人生赢家吗？

沐想想眉头微挑，不知道自己究竟做了什么居然能有幸得到此等夸赞，不过看到晏之扬他们脸上的伤口，心里还是一片柔软，同时又带着微酸。

这辈子还是第一次有朋友为她受伤呢。

沐想想心疼地抬手碰了碰晏之扬颧骨上的那片瘀青，柔声问：“疼吗？这附近有个社区门诊，我带你们去上点药吧。”

场面就这么忽然安静下来，沐想想莫名地看着面前这几个身体骤然僵直的年轻人。

晏之扬感觉到面孔被微微触碰的麻痒，心中疯狂号叫着：开什么玩笑！老子混江湖那么多年这点小伤算什么啊！没骨折、没骨裂、没头破血流，去什么门诊？南哥，您老人家今天吃错药了吗？

但他什么都没说。

于是A市某社区的居民，就在当天傍晚得见了一番奇观——

一大帮年轻英俊的少年忽然出现在门诊处，除了前头领路的那个人昂首挺胸，剩下的所有人无不红脸低头，神情羞涩，让干什么就干什么，比鹌鹑还懂事乖巧。

第16章

深黑色的摩托如利箭出弓，引来无数路人惊叹回首，最终穿过高楼密布的现代化街道，停在一处靠近城中村的窄巷里。

这里距离沐家不近，步行大概还需要八分钟，乔南每次在这儿换乘11路都觉得相当糟心，但想到那位说话柔弱无力仿佛风吹就倒的沐爸，他还是黑着脸下了车。

脸稍微不那么红了，羞愤却还在。因此今天他连迈开的脚步，听起来都格外重些。

但到了家门口，对上仍坐在外头顶着冷风编东西的沐爸抬头递来的目光，他还是下意识放柔了神情。

发现这一点后乔南更憋屈了——沐家这一家子，从老头儿到闺女，简直生来就是他的克星。

乔南能感觉到沐爸的视线在自己脑袋上停顿了片刻，和前天他刚剪完头发回来时的表情有点像，对方明显很不习惯女儿骤变的形象。其实那天回来的路上，乔南已经做好了要因为剪头发遭遇一番诘问的准备，毕竟这么多年来他早已习惯了和自己暴躁而强硬的父亲相处。

但沐爸没有，不仅如此，就连沐妈也只是在吃饭时不停地偷瞄，直到睡前才小心翼翼地问了一声。

这样的家人，乔南本以为自己会觉得很轻松，但从那以后，他反倒更克制了，比起以往避免露馅的谨慎外，更多出了一种生怕伤害到什么的惶恐。

沐爸照旧是拍开身上的竹屑后费劲地起身一瘸一拐过来，想接女儿的书包："回来啦？今天怎么有点晚啊？"

乔南目光落在他身上那件又脏又破的旧外套上，这衣服不知道穿了多少年，左肩有一处居然连布料都已被磨破，钻出黑乎乎的棉絮，质感之差实乃乔南平生仅见。从小锦衣玉食的小少爷不禁以此对比自己今天在商场挑中的那件每一根羊毛都写满"我很奢侈"的皮衣。

他垂下眼，错开沐爸朝书包伸来的手，将另外一只手上的纸袋塞进对方的手里，同时低声解释："放学之后，跟同学出去逛了一圈。"

沐爸愣了一下，提着那个纸袋回首看向错开自己进屋的女儿："这是什么？"

"给你的，街上看到就买了。"乔南回答了一声，脚步越发匆忙，进门前犹豫了一下，还是含糊地多加了一句，"不值钱，是打折货。"

女儿的背影很快消失在门后，沐爸怔愣片刻后才打开袋子，慢慢掏出里头的东西。

一件温暖蓬松的羽绒服。

吊牌上1999的价格被人用笔画了一道，旁边潦草地写了个600。

"太贵啦！下次不要给爸爸买这么贵的东西了，糟蹋东西，你们小孩子用钱的地方多，有钱自己多留点……"

乔南发现平日里安静沉默的沐爸话忽然变多了，一开始是让他把衣服拿去退掉，乔南搞不懂他为什么明明看着外套的眼睛都在发光却提出这种要求，拒绝了几次并板起脸后，对方消停了一会儿。

但新一轮的唠叨很快在对方洗净双手小心翼翼换上新衣后到来。

乔南刚开始还有点不耐烦，直到看到对方为了避免粗糙手掌触摸到衣料而双臂张开的费力站姿，发了很久的愣后，他才慢慢转开目光：“就这么穿着吧，挺合身的。”

沐爸很久没那么开心了，照了半天镜子后他还是恋恋不舍地决定将外套暂时收好，洗过澡之后再穿。乔南无奈地任凭他拖着不灵便的腿满屋子乱走，没一会儿，收拾好东西的沐爸再度出现在他面前。

“你妈今天有晚班，估计会回来得比较晚。”沐爸面上的喜悦还没退去，目光却很闪躲，倒像是壮着胆子才说出的这番话，“想想，今天的晚饭，爸来给你做吧？”

啊？为什么做个饭还得来征求他的意见？

从小习惯了被人照顾伺候的乔小少爷不假思索地点头：“好啊。”

他这一点头，沐爸反倒呆了呆。

站在厨房里，沐爸半天才回过神，朝外看了一眼，女儿确实不像在说反话，已经坐在客厅里开始玩手机了。

这一天的意外实在太多，沐爸觉得自己简直像在做梦。

残疾人的世界很残酷，这不仅仅体现在无法正常工作上。刚出事那几年，沐爸非常不甘，曾下定决心要跟命运抗争到底，家人虽然担心他，但一直对此给予无条件的支持。直到某一天，他趁着沐妈出门买东西的空当，偷偷爬起来想给一双儿女做顿午饭，却因为身体尚未完全康复而弄翻了锅。

被热油泼到后留下的伤疤直到今天依然爬满小腿，从那天起，沐想想再不让他进厨房。妈妈没时间做饭，小小的女儿哪怕搬来矮矮的板凳踩在上面煎蛋，也不愿意叫爸爸动手。

沐爸一直对女儿很顺从，或许是憎恶自己的无用，任何能让女儿开心的事情，他都会毫不犹豫地去做。

因此这七八年间，他真的再也没有碰过锅铲，要不是今天收到衣服太开心，他绝不会向女儿提出这个要求。

七八年了啊……

他目光恍惚地看向灶台，仿佛借由那些熟悉而陌生的炊具，看到了曾经意气风发的自己。

手摸上刀柄，握住，片案板上洗净的土豆，先是迟缓的几声咚、咚、咚。

而后越来越快，越来越快，菜刀几乎飞出残影来。

二十分钟后，乔南被一股飘出厨房的异香勾得神思恍惚，视线硬生生从手机屏幕里拔了出来。

晏之扬他们都是皮外伤，去社区医院消毒之后就没什么大碍了，沐想想送走这群似乎因为害怕看医生而表现得非常乖巧的少年，回到家时，被乔家拥挤的盛况弄得微微一愣。

乔远山和乔瑞坐在客厅的大沙发上，周围一圈都是人，他们似乎正在讨论工作，沐想想进门的瞬间谈话就终止了。

所有人转头看向门口，沐想想就认出其中一个，好像叫小楼，是乔父的助理，其他人一概不熟。

可她又不敢确定乔南对他们熟不熟，这会儿发短信问明显来不及了，只能若无其事地忽略他们，朝明显带头的两个人打招呼："爸，哥。"

在场的所有人对他冷漠的态度都没有表现出任何意外，唯独被他叫到的乔远山和乔瑞目光一凝。

乔瑞深深地看着弟弟，面不改色地"嗯"了一声。

乔远山则挺了挺腰，心中翻滚着激动，现在家里全是公司的下属，在大庭广众之下与他针锋相对才是乔南以往的作风，可如今，最叛逆的小儿子也知道在外人面前给爸爸留面子了。

他清了清嗓子道："回来啦？"又因为领导后遗症下意识多了句嘴，"手里拎了什么东西啊？这么大一袋。"

沐想想手上那个纸袋造型略微有点抢眼，实在也不能怪他注意到，但话一出口乔远山恨不能立刻给自己两拳：嘴怎么那么贱呢，儿子才给你点好脸色就不知道自己几斤几两了，问什么问，非得让他在外人跟前嘲讽你几句才开心吗？

但预想中的叛逆回答并未到来。

换好鞋子的沐想想低头看了手上的袋子一眼，语气特别平静："哦，这个是给你的。"说着趿着拖鞋走过去，将手上的袋子放到对方脚边，"那我回书房写作业了。"

乔父并没有对她的礼物给出任何回应，加上客厅里人太多，她有点不确定该怎么对付，倒不如先躲为妙。

转身时不经意撞上坐在乔父旁边的乔瑞的视线，沐想想微微一愣，因为对方此刻正直勾勾地盯着她，神情紧绷，看起来说不出的古怪。

沐想想被看得毛毛的，赶紧走了。

客厅里，长久的呆滞之后，乔远山头脑空白地伸出手，掏出了那个纸袋里的东西。

外套抖开，还能嗅到毛绒独特的味道，因为乔家小主人忽然回家陷入死寂的客厅立刻恢复了活跃："哎哟，乔董，这不是×××的当季新款吗？"

"您儿子可真孝顺啊，还特地给您买衣服。"

"哎呀我们家的那个讨债鬼什么时候能这么懂事一回就好了。"

乔远山："……"

他真的太震惊了，以至于根本无法给出任何回应。

见他不回答，客厅里有人还想再说，被身边的朋友扯了扯袖子拉住了。

"闭嘴吧你。"朋友凑到他耳边小声警告，同时眼神颇具深意地斜了斜乔远山旁边，"你没看那位都什么样了。"

乔家二把手乔瑞大马金刀地坐在沙发上，双眼盯着地面，神情冷得吓人。

当下所有想拍马屁的人统统闭上嘴，噤若寒蝉。

晚餐是叫人到家做的，据说是个相当有名的厨师团队，上桌的个个都是令人眼花缭乱的招牌菜，只可惜在场的食客们全都无暇欣赏。

领头的乔父魂不守舍，桌上也听不到任何说话的声音，沐想想安静地低头吃菜，全程感觉头顶发烫，一抬头，就对上乔瑞冰冷的神情和直勾勾的眼睛。

那眼神就像是要从她脸上抠走点什么似的。

沐想想被盯得食不下咽，整顿饭都在猜测对方跟乔南的关系是不是并非如她猜测中的那样要好。

好在有人比她更早被逼疯，晚餐结束后那群原本还要继续开会的客人里有人请辞，推说身体不适要回家休息。

乔父的反应似乎比平常慢得多，居然也没多关心两句，直接就同意了。

开不成会的其他人也只好跟着走，一大群人呼呼啦啦地走出乔家大门，下电梯的时候还心有余悸。

“吓死人了。”其中一个人面带菜色地抚了抚胸口，“你看见乔总的脸色没有？跟要吃人似的。”

同伴一脸深沉：“好歹也是亲兄弟啊，真想不到，居然已经到这个地步了。”

另一个人摇头：“这些大家族，你争我抢的还少吗？我倒不觉得惊讶，只不过没想到他们连装都不愿意装一下。”

直到电梯到达地下车库，众人表面结束八卦，内心却各怀鬼胎。

乔家兄弟不和，那么公司目前的和平估计维持不了多久了，虽然现在看来还是大公子乔瑞更有优势，但保不齐未来就会杀出一匹黑马。

这消息来得如此宝贵。

想站队的，想上位的，都该行动起来了。

沐想想一顿饭吃得胃疼，实在受不了乔瑞灼热的目光，下了餐桌赶紧躲回书房写作业去了。

只有写作业的时候才最快乐，在知识的海洋里徜徉完毕，时间已经不早，回房间洗漱之后沐想想躺在床上，回忆自己的一天。

乔南、晏之扬、郭志、曹威……

换了个身体之后生命里突然多出了那么多的人和事，她渐想渐深，关灯后好久都睡不着，就静静地蜷在被窝里闭着眼发呆。

忽然间，她听到房门被打开的轻响。

这一次不是半梦半醒的状态，沐想想吓了一跳，要打招呼又觉得尴尬，索性就保持原状没动，闭眼装睡。

脚步声很轻，从门口到床边，停下不动了。

头顶一阵灼热，沐想想心中沉默片刻，已经猜测出来人是谁了，只觉得莫名其妙。昨天晚上夜闯房间，今天又来一遍，乔南这位大哥莫非是有什么奇怪的癖好吗？

正胡思乱想着，一股淡淡的男士香水味混着沐浴露的香气靠近，沐想想感觉到被子被人朝上掖了掖。

她怔了怔，随后感到那道盯得人皮肤发烫的视线依旧没有离开。

沐想想有点后悔自己装睡了，琢磨着是否该现场表演一个“悠悠醒来”，紧接着便听到那在床边站了老半天的大佬终于开了进屋后的第一次口，声音低低冷冷的，如同金属碰撞一般：“我的呢？”

对方明显也没想得到回答，伸出手来轻轻拨弄她的头发，一边拨弄一边含糊地骂了句：“小没良心的。”

头皮忽然一痛！

乔家大哥似乎只是来报复一下，扯完头发后非常开心，立刻朝外跑，两秒之内消失不见，还不忘轻轻关好房门。

黑暗中捂着额头慢慢爬起来的沐想想：“……”

第17章

周六是高妍举办生日聚会的日子。

沐想想为此起了个大早，醒来后难得坐在床上发呆，在背单词和挑衣服之间权衡了一下，她毫不犹豫选择了后者。

她费力找到一套罩着防尘袋挂在衣帽间角落的、似乎很少被主人临幸的套装，她穿好后，还检查了一下之前乔南交给她的礼物，直起身那一刻心头的紧张感，说老实话，可能比当初发现跟乔南互换了身体还要强烈点。

这是她非常非常少有地被邀请参加集体活动。

小时候是因为无家可归跟着爸妈常换学校无法维持正常交际，长大一些后，她了解到父母的难处，越发将重心转移到家庭。久而久之，她似乎就这样失去了正常的交友能力，再到了英成这个周围同学的日常话题她都很难听懂的地方，“友情”这个词语，就越发遥远了。

她想那群面对她时总是格外沉默的家境优渥的同学们，或许也不怎么想认识她这个格格不入的贫困生吧。

比如高妍，两人同班一年多，却几乎没有说过话。沐想想不知道为什么对方这次会邀请装着乔南内里的自己，但她还是很高兴。

这份愉悦的情绪最终保持到拉开房门下楼。

乔家一层的客厅里，一老一少两位男主人已经端坐在沙发上，一人举着一张报纸，作认真阅读状，报纸后头的目光却先后“不经意”地扫了过来。

其中以乔瑞的最为犀利，原本就很严肃的神情板得比前些天还要紧些，沐想想甚至从里面分析出了控诉，她自我反省一下——

哦，昨天锁门了。

被人连续三天半夜潜进房间扯头发，不锁门才是智障好吗！大哥你控诉的眼神是认真的吗？

沐想想无力吐槽，跟第一天不一样，之后两天乔瑞来搞事的时候她是睡着的，对方每次都跑得非常迅速，不留任何痕迹。要不是第一天她托装睡的福看清楚真相，被头皮的刺痛唤醒后面对空无一人的房间，沐想想说不定真的会以为这只是幻觉。

因此她越发好奇，乔南他哥究竟为什么会在做出那么幼稚的事情之后，还能理直气壮地在弟弟面前装作若无其事啊？

她现在是真的一点也没办法对那张满是冷漠的面孔产生敬畏了，至于另外一个人……

她的目光从乔瑞身上转开，落在那位套着厚厚羊毛内里外套的中年男人身上——嗯，面色红润，看起来似乎精神抖擞。

前提条件是，乔家全屋都有地暖，室温全天保持在21摄氏度。

沐想想叹了口气，放弃跟他们僵持：“早上想吃什么？”

“粥！”

在异口同声的回答中，她认命地挽起袖子，走向厨房，同时发自肺腑地疑惑，她只不过是第一天给自己做早餐时碰到他们不好意思不邀请同吃而已，可为什么从那天起，这些人就开始那么自然地每天等她做早饭了？

跟乔南碰面后，沐想想心情复杂地问：“你要不要给你哥买点什么东西？”

乔南挪开盯着屏幕的眼睛，像看智障似的落在她身上几秒："你失心疯了？"

沐想想与他对视片刻，默默转开话题："我觉得你应该回去换套衣服。"

乔南今天穿了件深黑色套头衫配浅色休闲裤，外头罩着灰色开衫和一件黑色羽绒服，脚上踏着平底皮靴，都是他自己购置的装备，组合起来是一种又酷又潮的中性效果，挺好看，却未免过于休闲。

沐想想从未参加过派对，总觉得应该更慎重些。

乔南却是圈中的老油子，活到这个年纪，出席过的大场合不说成百上千，双手双脚也数不过来了，一场同龄人的生日派对对他来说不算什么。他毫不露怯："换什么衣服，老子不穿人字拖过来已经够给她面子了，倒是你，你神经啊？打扮成这样。"

他散漫地叉开腿坐在那儿，眼神不满地在沐想想身上游移，他自己开生日派对都没有打扮得那么风骚过，这会儿却被沐想想收拾得几乎要亮瞎双眼。

还尊不尊重他南哥玩世不恭的人设了？

A市，小明山，外海山庄。

这是个建在山顶的度假村，很偏僻，但因为风景秀美和收费高昂，还是打出了不小的名气。

周围几个城市的有钱人没事都爱跑这儿放松，而今天，夜幕降临后，往日的盛况依旧延续着。除了高妍这边的生日派对，另外几栋别墅还聚集了一群邻市的飙车爱好者。

食物的香气充斥在度假别墅大厅里，"寿星"高妍游刃有余地同好友们寒暄。A市不大，二世祖的圈子就那么些人，大家互为同学或从父母辈起就有交情，各自都不陌生。

场面相当热闹，这种热闹下，又有暗流涌动着。

英成的女孩们三五成群地靠在桌边闲聊，细心些看，就能看出她们今天都打扮得格外精致。

四处偷瞄却没能瞄到想要见到的对象，有人面带失落："高妍不是说南哥答应要来吗？怎么还没到啊？”

“不会是临时有事不来了吧！不要啊，我都快一年没看见他了，好不容易才有次机会……”

“啊啊啊，高妍刚才说打电话问过，已经在路上了！”

听着耳边的议论声，方伶俐跟着恍惚了一下，记忆似乎随之回到了高一下学期之前，那段与现在似乎没什么不同的日子。

她从初中起入学英成，一路直升到高中，跟身边的朋友们一样，见证了南哥在英成叱咤风云的日子，如今对方转学将近一年，她闭上眼睛，脑海中仍能清晰地浮现对方在场馆中意气风发地投篮的画面，不亲眼看见，真的很难想象那种荷尔蒙迎面而来的震撼。

这绝不是单纯的英俊面孔或者矫健身姿能达到的高度，英成上下几乎没有女生不为之倾倒的，方伶俐当然也不例外。

或者说，比起倾倒，那更像是一种崇拜，眼睛里只要出现这个人，其他的一切就都黯淡无光了。

还是直到对方转学之后，她才转而注意到同样帅气的姜海。

但时至今日，南哥的转学依旧是英成女生们心中揭不去的疮疤。

今晚能见到对方无疑是件令人开心的事情，方伶俐却显得有些心不在焉，她的目光在别墅里游移，冷不防听到好友蜜香凑到耳边的声音：“你在找谁？姜海吗？”

方伶俐愣了愣，含糊地点了下头。

“姜海最近都在带领校篮球队训练，估计没那么早到。前几年全靠南哥，今年南哥不在，他们压力肯定很大，听说为了练球，他连月底的物理竞赛都给推了。”蜜香一边说着，一边搭肩搂了上来，“你像样点，天天都能在学校篮球馆里见到，还没见够吗？”

方伶俐愣了愣，忽然想起自己似乎已经好几天没去篮球馆看姜海了，一时又不知道该怎么解释。

蜜香却忽然换了个话题：“对了，我听说高妍把她们班那个谁也请来了，就是你之前说的那个缠着姜海不放的那个穷嗖嗖的特优生。”

那张神情严厉的少女面孔忽然跃进脑海，方伶俐下意识点头。

蜜香翻了个白眼，回忆着去年期末那个上台领取全额奖学金的女孩，模样已经记得不真切了，只留下一道长发眼镜看不清面孔的身影，她不紧不慢地酌着杯里的起泡酒，不爽道：“什么人都往这儿请，高妍真没格调……”

话音未落，别墅大门方向忽然一阵喧闹。

蜜香跟着转头，立刻看到那张化成灰都忘不掉的面孔，惊得浑身一抖：“南哥！”

与此同时，目光却控制不住地落在了一同进来的另一道身影上——雪肤、短发，眉眼精致。乔南身边，竟跟着一个女孩子。

下一秒，或许是她的眼神太过凌厉，那女孩察觉地转过头，对上她的视线时眉头微挑，笑容忽然变得邪性，带着说不出的侵略性。

乔南眯着眼扫过屋里这群装深沉的“小动物”，没想到居然对上了几道不善的目光。他没费什么力就把那几个目光的主人弄了个面红耳赤，此时脑子里划过的全是她们在篮球馆为自己疯狂尖叫的形象。他朝旁边斜了一眼，心说也只有沐想想这种笨蛋会因为他们感到紧张了。

沐想想出于不安，把自己拾掇得格外细致，她不光穿了乔南深恶痛绝的套装，还做了发型，出门前更是找了一副平光眼镜架在鼻梁上。

戴眼镜多年，鼻梁上的重量能给她安全感。

但乔南衣帽间里的装饰眼镜跟她以往长期佩戴的肯定不一样，这架做工精致的银边框眼镜上脸，非但没有像黑框眼镜那样遮住五官，反倒让她的目光看上去更加深邃犀利。

这使得高妍怔愣许久之后才捡起上前打招呼的勇气。

但比起这个，更加令她意外的，却是另一个人。

穿着随意的短发少女见她视线转来，也不避开，只是轻松闲适地单手插兜站在那里，伸出一只胳膊，食指挂着来回晃动的纸袋，歪着头勾唇一笑：“生日快乐。”

尾音带着点调笑的味道，跟她额头滑落的卷发一样轻佻。

高妍对上那张笑起来没个正形的精致面孔，说不出为什么，在前校园男神面前都没红的脸腾的发起热来。

第18章

沐想想路上还在为自己询问乔南该如何应付聚会，乔南却报以毫无内容的嗤笑而忧心，结果到场还不到三分钟，她就明白对方为什么那么有底气了。

她一开始的想法是，乔南当初在英成人缘如此之好，这次聚会倘若推脱不掉的交际太多，她说错一字半句，恐怕会留下意想不到的祸患。

然而真相却是，派对上的大多数人确实一直盯着她，但除了那些如影随形的视线，没有一个人上来主动搭话！

这也就算了，就连她主动打招呼也很难得到回应。又一个女生与她视线相对的瞬间就红着脸转开头之后，沐想想不禁怀疑起自己世界观里不可撼动的“乔南人缘很好”的设定来。

乔南歪在沙发里，斜睨身边那个顶着自己的面孔却散发出奇妙禁欲气质的家伙——不得不说沐想想今天的装扮非常成功，连乔南第一眼看到“自己”时都忍不住惊艳了一把，他头一次知道自己不弯腰驼背和退去嬉皮笑脸后居然长这个模样，但沐想想刚才那一路是真的在担心有人胆敢当着她现在这形象的面造次吗？

更何况，即便在互换身体之前，乔南也并不像她想的那样左右逢源。

体育馆里每天都挤满了无数围观他打球的英成学生，但除了班里的同学和姜海这群关系好的朋友，又有几个能大胆到私下来找他说话？

而现在，因为转学前的事情，恐怕连姜海这群朋友也……

乔南凝视着手里端着的香槟杯，里头盛了气泡满满的……苹果汁。

沐想想这个身体没喝过酒，他怕自己会发酒疯，只能委屈自己喝这种小儿科的玩意儿。

面无表情地将杯中的液体一饮而尽，他懒散地揣着兜站起身来：“你先待这儿，碰上搞不定的就直接骂，我出去抽根烟。”

沐想想这会儿也不紧张了，她本来就是比较淡定的性格，发现自己估计不会被刁难后，立刻就安心了。她在沙发上待了一会儿，跟曹威打了一盘远程网游，喝了几杯工作人员递来的花里胡哨的饮料，没一会儿身体微微发起热来，觉得有些困，周围又没人跟她聊天，索性直接去了摆满食物的桌子边。

换成乔南的身体后，她觉得自己饭量大了好几倍，动不动就觉得饿。

明明来之前才在乔家吃过午饭，这才几个小时，肚子就又空了。

桌上琳琅满目的餐点散发着诱人的香气，沐想想没来过这种场合，又因为经济窘迫的缘故，很少有机会吃这些餐外小食，一时间对着面前的诸多糕点竟然感觉有些无从下手。

桌边的一众英成“小动物”见他们的校霸盯着餐桌散发出无比冷酷的气息，顿时四散奔逃。

没察觉自己已经清空周围直径两米之内的生物，沐想想迟疑了很久，才学着别人的样子慢吞吞地从架上取了个盘子，夹起一个看起来非常精致的小点心，矜持地咬进嘴里——

啊——

奶油和松软的蛋糕胚，配合新鲜果肉在口腔里迅速融化，草莓的香气直冲头顶。

沐想想觉得自己快要流泪了。

局限于贫困的家境，她真的没吃过什么好东西，记忆里爸爸出事之前做的饭菜算是浓墨重彩的一笔，但自从禁止父亲下厨后，这笔色彩便慢慢消融在了时光中。

说起来，除了个性比较冷静，沐想想一直自认是个非常普通的女孩。她会羞涩，会胆怯，会在情窦初开的年纪对某个帅气张扬的男孩生出好感，当然也会嘴馋。

她喜欢甜食，喜欢食堂价格最高的红烧肉，也会羡慕那些有零花钱在下课时间奔向小卖部的同学们，她只是不会表现在脸上而已。

而当下，一枚点缀着草莓的精致小糕点，已经完全足够填满她的幸福感。

那么多的点心，全都不要钱，可以一直吃到饱！

沐想想估算了一下自费购买所需花费的金额，索性不走了，就这么靠在桌边一种一个仔细品尝了起来。

不过这会儿也没人关注她到底在干什么，因为安静许久的大门方向再度变得热闹，可惜这一次到场的，却是帮不速之客。

高妍看到来人心里简直想骂娘，为首的英俊男孩却似乎看不懂她的脸色，还笑嘻嘻地打招呼："生日快乐啊，妍妍！"

两家人算是父母辈起的交情，高妍再不情愿也只能挤出个笑脸来："谢谢，关子名，你怎么在这儿？"

"周末跟朋友来小明山逛几圈，C市可没有那么好的车道。"关子名笑道，"我们在三、四、五号别墅聚会，本来打算十点钟上车来着，结果一听说你在这里，就先来看看你啦。"

高妍嘴角一抽，心说那我真是谢谢您专程来给我添堵了，就见关子名神情忽然一变，目光在别墅里扫了一圈，看似不经意地问了一句："我听说乔南今天也来了？"

一听这话，高妍脸色立刻变了，她身边的朋友们也是浑身警惕："你怎么知道的？"

关子名身后便有人发出笑声："当然是刷朋友圈看到的啊。"

高妍打开手机，朋友圈第一条就是某个女同学的动态，是一张偷拍的背影图，配着文字："啊啊啊，一年多了，终于再次见到男神，他变了好多，可是还是那么帅！"

蠢货！

高妍闭了闭眼，收起手机，脸上的表情严肃起来："关子名，今天是我生日，你给我个面子，不要闹事。"

关子名定定地盯着她，片刻后歪着嘴露出一抹邪气的笑容："我只是想跟他叙叙旧而已，你怎么说得我好像要找他麻烦似的。我是这种人吗？"

后一句话他是回头向他身后的几个哥们儿，关子名的一帮好友就嘻嘻哈哈地笑了起来："那肯定啊。"

高妍心道不妙。

关子名身后的这帮哥们儿来自隔壁C市，从初中起因为校际篮球赛跟英成有了交集，也从初一起做了英成连续四年的手下败将，或许一开始只是赛场上的一些摩擦，但到后面就慢慢变了味道，他们跟乔南的积怨，根本不是三两句话能说得清的。

普通的英成学生或许不知道，她却从姜海那里亲耳听到过，乔南之所以从英成转学，跟关子名他们脱不了干系。

情况复杂，让乔南跟他们碰面显然不是好事，高妍心知自己肯定拦不下面前气势汹汹的一行人，急得额角都渗出汗来："喂……"

不等她说完，搜索过别墅大厅的关子名已经双眼一亮，视线定定地落在角落的一道背影上，他打了个响指，眉头愉悦地挑起："找到了！"

"关子名你……"高妍试图阻拦，立刻被关子名带来的那群好友拦了下来。

这边发生的纠缠动静不大，关子名用目光吓退了周围不知他来意的英成学生，随着迈开的脚步，脸上的笑容跟着一点点消失了。

他死死地盯着前方的那个人，在心中咬牙切齿地重复对方的名字。

新仇旧恨尽数涌上心头，托这位的福，他去年足足三个月的时间要拖着打满石膏的右腿靠轮椅活动，这家伙倒轻松，以为转个学就完事了？

哪有那么简单！

多少次在赛场上被当作手下败将睥睨的阴影也冒了出来，关子名这一刻的心情居然是快慰的。为了今天的飙车活动，整个小明山上头都是他请来的朋友，打群架也是不怕的，他已经迫不及待地想要看到那张傲慢的面孔上出现惶恐的表情了。

于是他满怀期待地站定在目标面前，气势汹汹。

漫长的几个呼吸之后——

沐想想低着头仍在慢吞吞地啃食一块填满核桃仁的布朗尼。

关子名被这样无视，他的脸一阵抽搐，清了清嗓子，忍不住出声道："喂！"

就见眼前那个吃东西吃得无比认真的家伙终于抬起头，抿住的双唇仍在争分夺秒地咀嚼着，脸颊因为塞了食物鼓起些微的弧度。

关子名愣了愣。

很难得能够放开吃到那么多平常根本买不起的甜点，派对上各种口味的饮料也是新奇的体验，被糖分包围的沐想想此刻非常愉悦，就连心情都随着摄入的热量高涨起来，她这会儿看着所有的人和物体都是打着柔光的。

被人从享受美食的状态唤醒她也不失落，更别提站在面前的还是个打着柔光的英俊美少年，不通校园八卦的沐想想对英成风云人物的恩怨情仇没有了解，于是辨认片刻，并未认出只在几次校际篮球会上短暂露过面的关子名。

不知道是不是派对开太晚有点困了，沐想想觉得自己这会儿脑袋有些沉，思维似乎都变慢了一点，她盯着来人，这是今晚第一个过来打招呼的。长得还挺好看，站在那儿的表情有一点傻，气质莫名贴近晏之扬。

见对方傻站在面前好半天不说自己有什么事儿，她思索了一下，从盘子里拿起一枚黄油曲奇递过去，一边咀嚼布朗尼一边友善地询问："要吃吗？"

关子名："……"

沐想想朝他伸了伸手，态度很和善："这个味道不错。"

面前那张俊俏的面孔露出很少见的善意，嘴角微微勾起的弧度里没有寻常的讥讽。鼻梁上架着的那副眼镜后头，一双清亮的眼睛也笑得微眯，他嘴角还沾着布朗尼褐色的碎屑，脸颊因为咀嚼而鼓动着，就……很好相处的样子。

关子名见过这家伙嚣张的样子、鄙夷的样子、傲慢的样子、凶狠的样子、充满侵略性的样子，唯独没见过眼前这副无害的样子。

拿着饼干的那只手并不纤柔，关子名跟他对阵了那么多次，比谁都要清楚那只手在拍打篮球时拥有怎样精准的爆发力，但现在，它因为举了太久，小幅度地晃动了一下。

关子名怔在原地，头脑短暂的空白后，他的第一反应是——乔南在耍他吗？

与此同时，手却诚实地伸了出去。

一股甜蜜的黄油味扑进口中，对方收回手后立刻也给自己喂了一片，然后就这么又开始吃了，一点也没对他流露出警惕或者排斥的情绪。

“怎么样？”甚至还递来一杯桌上五颜六色的鸡尾酒。

关子名慢慢地咀嚼那块饼干，并不觉得这一块跟以前吃的有什么不同，但在对方镜片后清亮的双眼的注视下，他不知道为什么居然含糊地“唔”了一声。

对方很直白地露出微笑，问他：“还要吃吗？”

我是谁？我在哪里？我是来干什么的？

关子名在长久的自我怀疑和自我反省之中垂死挣扎，又实在没办法在对手的笑脸里口出恶语，然后就见对面那个没能得到回答的家伙露出疑惑的表情，然后，歪了歪头。

关子名：“要。”

从大门方向看到大哥关子名忽然端起了餐盘开始吃糕点的小弟们：“……”

等等，你不是去干这个的啊！

一阵漫长而尴尬的沉默之后，他们松开了同样深深无言的派对主人，双方都不知道该干什么地静站片刻，关子名的某位小弟咳嗽一声。

他觉得这个时候身为得力助手的自己总该说点什么才对。

不巧的是，抢在他张嘴的当口，今晚不见踪影的英成的最后一批受邀者终于姗姗来迟。

被关子名的人拦截在山道上，并已经借由那些人之口得知一切的姜海，刚踏进别墅大门就一脸凶狠地伸手拽住那位试图张口的小弟的衣领：“说了当时是我开的车，有事都冲着我来，南哥都已经转学了，你们还找他干什么？”

他身后的小胖等人也是同仇敌忾，各自挑选到顺眼的对手，忽略对方摇摆的双手和“等等，等等，等等”的解释声，直接扑上去扭打起来。

夜晚的凉风扑来，乔南钻出露台，望着头顶的星空，难得生出几分怅然。

快九点了，姜海他们还没来，刚才在屋里听了一耳朵姑娘们对英成新校草的八卦，他才知道这群家伙最近发疯一样练球的消息。

这群以前懒得恨不得混吃等死的家伙为什么忽然那么卖命他不用猜也知道，无非就是在即将到来的篮球联赛上，他们又要碰上C市的老对手关子名了。

打开手机，点开消息列表，姜海和小胖他们的聊天记录已经被十二中的那群哥们儿压到了最底部，点开来，满满都是刷屏一样的内容——

“为什么转走了？”

“南哥你人呢？”

“我和小胖他们到楼下了。”

“接电话啊哥！你在不在家？”

“是不是因为关子名你才走的？”

“哥你别这样，我一人做事一人当，这件事情跟你没关系，我现在就去自首。”

单边的消息排列到这里，乔南终于看到右侧出现自己回复的内容，一个字——滚。

那之后再也没有新内容，因为乔南把他们拉黑了，还不辞辛苦地跑去痛揍了姜海一顿，警告他不许节外生枝。

想起对方挨完揍后那张委委屈屈的脸他就想笑，这小兔崽子还有脸委屈，也不看看他给自己添了多大的麻烦，居然能干出故意跟关子名他们撞车的蠢事，简直白长了那张精明的脸。

那小子一开始还拒绝解释原因，挨了乔南一顿好打后，才哭哭啼啼地坦白，原来是当时听到了关子名那边一个输了球的队友打电话跟朋友抱怨，提起要到小明山跟正在练车的乔南“碰一碰”。

乔南那段时间练的是摩托车。

姜海一怒之下，脑子就白长了，直接追上去就怼，把坐在前车副驾驶的关子名撞了个腿骨骨折。

可他也不想想，关子名家手握邻市支柱企业的背景哪里是他姜海一个A市普通小开可以得罪的，关家较起真来，叫他吃场牢饭也未必是难事。

想到那个当时躺在病床上仍不忘梗着脖子嚷嚷自己不后悔的家伙，乔南头痛不已地准备掏出兜里的烟盒。

他哪能真看着自己兄弟去坐牢，更何况姜海扛不过关家，不代表他乔南也扛不过，反正这么多年来惹是生非的印象已经深入人心了。

乔南想起当时对他自陈的撞人行为没有表现出任何怀疑的父亲和大哥，说不好是什么心情，其实这几天在沐想想家住着，他已经很久没想到要抽烟了，这会儿看着远处灯火通明的山道，却忽然来了瘾头。

然而手刚摸进兜里，他就听到背后传来一阵凌乱的脚步声，是高跟鞋敲击地板时才会发出的独特声响。

摸打火机的手当即一顿，乔南低头发笑。

“蜜香，这样是不是有点不太好啊？方伶俐都让我们不要来找她了。”

“闭嘴，她犯傻你也跟着犯啊！”

蜜香打断朋友的追劝，警惕地扫视周围，从方伶俐口中得知那个跟乔南一起到场的短发女孩就是沐想想后，她相当惊讶，结合对方从前毫无存在感的形象，她陷入了深深的警惕里。

平凡少女改头换面后变成女神跟男神在一起，这完全是电视剧里的标准剧情！

虽然对方改变之后的形象，和传统的爽文情节稍微有点不同，不那么女人味反而走的是酷炫路线，但这并不能让人忽略她确实变得非常耀眼的事实！

蜜香深信人类的一切改变都是为了增强魅力，方伶俐却对她提出的论调不以为然，还红着脸含糊其辞地为对方辩解："不啊，说不定她本来就是这个性格才剪的短发，确实很适合她，很好看嘛……"

智障啊！恨铁不成钢！

想到对方今天居然还跟她们英成的前男神一并到场，拥有多年伪装经验，曾被无数同性背后"称赞"的蜜香觉得自己是时候来会会对手了，她绝不相信世上会有如方伶俐所形容的那种对帅哥毫无兴趣的女人。

她领着几个好友迅速地找到露台大门，运足气势后一把推开——深沉的夜色流淌而入，漫天星光里，她对上一双似笑非笑的眼睛。

乔南认出这是刚才自己到场时目光格外凌厉的那位姑娘，他那时用一个微笑让对方红着脸转开了头，总觉得眼熟，现在终于想起来对方是谁了。

英成的篮球啦啦队队长。

乔南对她其实没多大印象，就是平常跟姜海他们打球的时候，老能听见她带着一堆人在篮球馆嗷嗷叫，很烦。他没什么耐心，有时候觉得太吵，会直接抬头让她们闭嘴。

但这群奇怪的女孩似乎一点也不为此伤心，有时候被他骂完，一个个还会激动得满脸通红，总之是一种另类的叫乔南头痛的存在……

这位带头的姑娘最为热情，还会在旁边送水、递毛巾什么的，给乔南留下的印象大致就是温柔腼腆，谁知道对方对待女生时居然还有一副截然不同的面孔。

换个身体就见识到人间百态，interesting。

乔南为面前的"演员"竖起大拇指，懒洋洋地坐在露台的椅子里，扫了眼门口陷入呆滞的几个女孩："有事？"

未点燃的烟跟随嘴唇抖动，星光和夜幕里，少女张开双臂搭着椅背，仿佛全世界都属于她，包括她对面站着的那几个女孩。

蜜香微微一愣，气势不自觉就矮了半截，脸上更是下意识地带出平常对待异性才会显露出的柔和，顿了顿才想起此行的目的："我，我……"

她一跺脚心一横："你，你是沐想想吗？"

乔南靠在椅背上漫不经心地朝她笑着："你猜？"

蜜香咬了咬牙，对上短发少女在夜色里强势的目光，居然莫名其妙地羞涩起来。

神经病啊！为什么要对一个女孩子羞涩啊？

转头一看，自己带来的几个姐妹也是同样的面红耳赤，蜜香简直要被眼前的状况气死。

往常对待段数再怎么高的同性她都未曾露过怯，今天却不知道为什么，总有种自己被欺负了的委屈感，忍不住地想要像平常在男孩跟前那样撒娇。

但这念头刚一出生就被她迅速掐死。

"你不要装蒜，我知道你是沐想想！"虽是拼命保持理智，她来前凶悍的气势依旧减弱到了最低点，质问的声音听起来甚至有些娇嗔，"我问你，你跟姜海和乔南到底是什么关系，你是不是喜欢他们？"

乔南虽说预料到了会被问这样的问题，但真正听到后依旧非常想笑，他靠着椅背的姿势也摆不开了，叉开双腿双手挡着额头垂首闷笑起来。笑声中蜜香原本微红的面孔彻底涨成了猪肝色，但不知道为什么就是骂不出口。

乔南笑完一抬头，就发现眼前这位姑娘已经哭了，两行泪水静静地滑出眼角，微红的双眼里满是控诉。

虽然对这姑娘没什么好感，但他从不以弄哭女孩为乐，乔南于是赶忙收敛神情，咳嗽一声站起身来。

恰在此时，蜜香兜里的电话响了起来，她吸了吸鼻子后接通，对自己今天种种莫名其妙的反应生气极了："喂？"

"蜜香！蜜香你在哪儿？"电话那头传来方伶俐有些高亢的声音，在这片寂静的角落里清晰可辨，"关子名带着一群人跟姜海他们打起来了，说要一起上山道，我们劝不住他，怎么办啊？"

蜜香吓了一跳，还没等消化掉这个消息，身体已经非常敏锐地朝旁边一挡，拦住了似乎想要离开露台的短发少女："等等！你还没回答我的问题呢！"

方伶俐在电话里愣了一下："你在跟谁说话？"

乔南懒散的情绪被方伶俐带来的消息尽数清空，他急着要走却被拦下，立刻暴躁地朝拦路者递去凌厉的眼神，被他扫到的姑娘露出害怕的表情，但仍旧执拗地站在门口。

乔南服气了，又不能揍她，只好伸手推了一把对方的脑袋:“行了，赶紧让开，谁要抢你男人，老子不喜欢男的。”

想到对方居然把他跟姜海配对，乔南浑身的汗毛都要竖起来了，他喜欢的是女孩子！跟沐想想一样白白瘦瘦的女孩子！

等一下，沐想想好像……

算了，反正就是女孩子！

拦路的姑娘大概对他的回答非常满意，终于识相地让开身体，乔南没空搭理她，拔腿就朝别墅里跑。

姜海真是一刻也不让人消停！

他跑开老远后，露台上的几个女孩仍旧站在原地，蜜香的神情愣愣的，好一会儿才发现自己的手机并未挂断。

“那什么……”

听筒里传来方伶俐有些迟缓的声音:“闭嘴，我想静静。”

高妍这场生日会是彻底办砸了，客厅里因为一场斗殴已经变得一片狼藉。

乔南赶到的时候正听到姜海跟关子名的一个小弟争吵:“四公里下坡你敢不敢！”

“来啊！走啊！我把话放在这儿！今天谁认输谁跪下来说自己是狗！”

乔南额角青筋疯狂跳起来，姜海他们说的“四公里”指的就是小明山的山道，因为山道不长，只有四公里出头，所以来这儿飙车的常客给起了这么个昵称。

可四公里虽短，难度却一点不小，小明山惊险多弯也是出了名的，乔南以前带姜海来飙过一回，这货全程缩在后座吓得滚来滚去，就这样大的胆子还敢学人放狠话，乔南简直想抽死他。

于是他就顺从心意地这么做了。

姜海还在那儿逞能，冷酷地让阻拦他的高妍和方伶俐等人退下，冷不防脑门上扇来一巴掌，打得他整个人都蒙了几秒。

“走，走，我让你走！”没等他反应过来，雨点一样的巴掌噼里啪啦地降下来，闹剧中的所有人都短暂地沉默了一会儿，眼睁睁地看着那个突然出现的短发少女凶悍地暴揍姜海。

姜海从头脑空白的状态里挣扎出来，莫名被打，他的第一反应居然不是暴怒，而是抬起胳膊护住脑袋，神情茫然，看起来非常可怜。

就连关子名的小弟也颇为不忍，伸出手来试图阻拦：“那个……行了，姑娘……差不多得了……”

话音刚落，他就被短发少女骤然递来的视线吓得浑身一抖，默默收回自己的双手。

乔南发泄完对小弟的恨铁不成钢，暴躁已退去些许，他松开揪着姜海衣领的手，直起身来盯着方才那个跟姜海吵架的人。

这人他认识，关子名的头号马仔，外号大狗。跟姜海不一样，他很久之前就开始跟着关子名飙车了。

他冷哼一声：“四公里下坡，谁提的？你，还是他？”

大狗在他的视线下眨了眨眼睛，莫名气弱：“我。”

“哈。”就见站在对面的模样漂亮的短发少女忽然勾起一边嘴角，“谁认输谁是狗，没看出来啊，你们还挺厉害。”

大狗：“……”

这个好像不是我说的……

然而进入护短模式的校霸根本毫无道理可讲，他被这群人来搅和英成同学生日聚会，还欺负他以前小弟的种种行为弄得非常非常不爽。

他不爽，当然谁都别想爽。

于是他说：“我觉得这个提议挺好，四公里下坡，不如我跟你跑一趟？”

他话音落地，原本就很沉默的别墅越发寂静，在场众人消化了几秒，姜海第一个跳了起来：“不……”

姜海的后脑勺“啪”地挨了一巴掌，乔南居高临下地看着他，目露凶光:“闭嘴。”

姜海在头脑做出决断前，身体本能地蜷缩了起来。

见证这一幕发生的大狗目瞪口呆。

对面这姑娘虽然不知道是谁，但好像有点凶……

即便如此，他仍然觉得答应跟一个女孩子赛车有点不入流，因此皱了皱眉头，想要拒绝。

然而乔南敏锐地在那之前开了口:“说好的，谁认输谁是狗，你不会认输吧？”

大狗再度打量一圈面前盛气凌人的姑娘，他顿了顿:“当然不。”

乔南击掌颔首，神情很愉悦的样子:“那太好了。”

说着又忽然想起沐想想来，目光在周围转了一圈，才发现关子名也不在。

乔南脑袋里跳出几个感叹号，眼神瞬间犀利起来，脑海在半秒钟内闪过无数起恶性事件，霎时一阵心悸:“关子名呢？”

就离开那么一小会儿工夫，沐想想不会真的被怎么样吧？这回真的失策了，没想到关子名这群人居然能这么阴魂不散！他们最好没有真的对沐想想出手，否则的话……

乔南越想越怒火中烧，头脑飞速分析情况的同时，已经想到了九十九种报复手段，然后便见对面被他暴躁气压笼罩着的大狗面有菜色地抬起胳膊，指往一个方向。

乔南无意识跟着转头……

等一下，这是什么情况？

沐想想维持她一贯的本性，站在远离喧嚣之处，对上乔南内容复杂难解的视线，回赠了一个无辜的眼神。

她还觉得奇怪呢，怎么门口忽然就打起来了？她赶在姜海他们打到桌子这边之前抢救了一整盘糕点，现在端着盘子遗世独立，宛若一朵出淤泥而不染的芙蓉。

她有一搭没一搭地朝嘴里塞着东西，想起什么，给旁边模样好看的柔光少年也递了一块:“你还要不要？”

关子名:“谢谢。”

乔南看着那两个旁若无人分饼干的家伙，脑子忽然一阵疼，他站在那儿沉默很久，才终于找回自己遗失的声音:“过来。”

看上去不光乔南，关子名也很迷茫，具体表现在他居然收下了沐想想递给他的放满点心的盘子，还一直从别墅端到了山道。

他身边的小弟们一路欲言又止。

沐想想还没搞清状况:“怎么了？刚才你没在我也不敢多问，姜海怎么忽然跟人打起来了，是不是跟你有关系？”

乔南嗅到一股淡淡的气味，眯着眼看她:“你刚才喝什么了？”

沐想想:“桌上配餐的饮料啊。”

乔南叹了口气，他记得自己酒量似乎不太好，以前还发酒疯砸过一家酒吧，于是行走间望着头顶的星空:“你别说话，我怕我会打你。”

沐想想皱了皱眉头，不理解他莫名生什么气，到了山道边，乔南冷着脸跟大狗他们进了车群。她左右无事，又跑到柔光青年身边吃饼干。

端着盘子伺候她进食的关子名对上车队里不少朋友写满迷惑的视线。

另一边，大狗拍了下姜海开来的那辆车:“你不会就开这个吧？”

撞车的真相姜海家里应该知道，事情尘埃落定之后，姜海那辆维修好的跑车就被爹妈没收，换了一辆外形低调了许多的。

车队里一阵嘻嘻哈哈的窃笑，乔南轻巧地跳上引擎盖，脚后跟蹬着轮胎，漫不经心地扫过人群:“不行吗？”

少女的坐姿非常放肆，车灯为她泛着寒霜的精致面孔镀上一层光晕，大狗愣了愣:“当然可以，不过你是不是不懂车，这辆车的马力……”

乔南笑了一声，抬腿踹了小媳妇似的跟在旁边的姜海一脚:“钥匙。”

姜海犹豫一下，高妍和方伶俐这群女孩赶忙涌上来。

“沐想想你别跟他们比了。”

“小明山弯道很急的……”

“我们回去吧，你别拿自己开玩笑……”

乔南掐了把高妍的脸，没搭理她们，转头又踹了姜海一脚："钥匙，我不说第三遍啊。"

这莫名熟悉的恐吓让姜海直接哆嗦了一下，赶忙将裤兜里的钥匙掏出来恭敬奉上。

"让开点。"乔南从引擎盖上跳下来，直接钻进车子。

关子名这边车队里有人发出细细的笑声："这姑娘真要跟狗哥跑啊？胆儿还不小。"

"说不定真有两下呢？"

"可能吗？你看她白白净净的样子，估计太阳都没怎么晒过。"

话音未落，一阵迷人的声浪响起。

给油的轰鸣声一波盖过一波，没等在场的众人反应过来，那辆停在原地的小破车忽然原地一个甩尾。烟尘弥漫间，车窗缓缓落下，驾驶座的少女一手扶着方向盘，一手支在窗框上，似笑非笑地探出个头。

车队里的汉子们齐齐一怔，姜海跟方伶俐这边也安静了。

乔南弹了下方向盘，朝正出神看着他的大狗开口："上啊，你车呢？说好了的，谁认输谁是狗。"

大狗这才回过神，咳嗽一声，原地看了看，一副忘记自己车停在哪里的傻样，又偷偷瞥向车窗里的少女。

少女却已经不把注意力放在他身上了。

乔南盯着不远处的两道身影，沐想想一直在吃，关子名则端着一个糕点盘子，一副"我是谁、我在哪儿、我要干什么"摸不清楚状况的样子。

一种莫名的暴躁浮上心头，他额头的血管都跳了两跳。

沐想想便再度听到了那宛若叫魂的呼唤："过来！"

她迟疑了一下，还是决定听从，临走前从盘子里多拿了一个纸杯蛋糕，不忘叮嘱关子名："我先走一会儿，你别都吃完了，记得给我留点。"

今晚莫名其妙塞了一肚子糕点的关子名："你多虑了。"

沐想想这才放心，很有礼貌地说了句谢谢，上车后不忘朝对方点点头，而后才转向乔南:“开一圈回来要多久啊?”

乔南没有理她。

沐想想等了一会儿，于是打算再问一遍。

乔南的声音抢在她张嘴之前响了起来:“我真想带着你一起撞死在前面那棵树上。”

第19章

外形有些朴素的普通车滑进等候位，起点处围观的爱好者们立刻骚动起来。关子名组织的这场活动似乎规模还挺大，虽然已经分散了不少人流到各个弯道和终点，这里仍旧喧闹如菜市场。

乔南被烦得不行，索性把车窗升起，车里立刻安静了许多，他看向副驾驶眯着眼睛点手机的沐想想："喂，你干吗呢？"

沐想想说："跟曹威他们组队友下副本。"

手机就被旁边伸来的手抽走了，乔南扫了眼屏幕上晃动的小人，右侧的聊天窗口还飘出一排字——威震天下："小南过来过来过来给你个红buff。"

乔南："……"

沐想想看他把手机直接锁屏，丢到车门边框里，有点迷茫："你干吗？"

"沐想想。"乔南掀起眼皮递去视线，"不要用我的身体做奇怪的事情。"

沐想想迷茫道："我没有啊。"

"闭嘴。"乔南扫了后视镜一眼，大狗的车灯已经靠近了。

大狗的车很多人都认识，起点处的骚动越发热烈，在听到有人开始跟终点处沟通之后，四下的质疑声顿起——

“这家伙哪儿冒出来的啊？”

“搞什么……”

“大狗怎么忽然跟他比上了？”

“开车的好像还是个女的……”

突然冒出来个见都没见过的野路子，冲着心跳来的看官们颇有一种荒谬感，确认准备完毕后，开始倒数的那哥们儿得到了一片嘘声，另一边，英成的学生们也惊慌失措。

沸腾的人声无法焐热这边冰凉的气氛，倒数声中，高妍满脸煞白地去扯姜海的衣袖：“姜海你想想办法啊！马上就要开始了！”

“5！”

慢了几步才出来的蜜香脸色难看地质问周围的同学：“你们怎么没有拦住她？”

“4！”

方伶俐嘴唇都在发抖：“怎么办？她一个贫困生，怎么可能会飙车，一定会出事的！”

“3！”

大狗在朋友们劝他怜香惜玉的起哄声中升起车窗，目光穿过副驾驶的窗户朝外头递去，心中颇有些无可奈何。

飙了那么多年车，他还真没跟姑娘比过，更别提他这车的马力比对方还强得多。要不是话赶话到了没办法，他肯定不能答应这么丢人的比赛。

“2！”

这一趟跑赢了，回来估计要被兄弟们笑上半年，想到这个大狗就很无力，他长叹一声，懒洋洋地去拉手刹。

“1！”

同一时间，起点赛道，两辆车“弹射”而出。

沐想想被推背感弄得朝后一仰，听到驾驶座传来乔南的声音："没事吧？"

飙车的时候居然还有余力关心外界？

沐想想转头，意外地发现乔南看起来居然很放松——他脸上带着有些轻蔑的微笑，目光盯着前方因为马力充足占据起步优势的对手，依然跟刚才在起点时一样，懒洋洋地用一只手操纵方向盘。

沐想想愣了愣，总觉得似曾相识，高一上半学期那会儿，她常在篮球场上看到对方这副桀骜的状态，并且总会伴随观众台上的瞩目。

她也曾是其中一员。

没得到回答的乔南视线朝副驾驶扫来，沐想想立刻转开目光："没事。"

"你脸怎么那么红？"乔南还在看她。

沐想想："你看我干吗？看路啊！"

开车的时候怎么还那么多话。

乔南转回目光后，沐想想居然松了口气，然后立刻意识到了有点不对头。

"车里是不是开了暖气？"

她从刚才在别墅里起就觉得周围温度变得格外高，这会儿直接热得额角冒出了汗珠，伸手扯开脖子处扣得格外规整的纽扣，整个人都昏沉起来。

乔南声音淡淡的："喝多了还能怨暖气，你可真行。"

"怎么可能。"沐想想刚要辩解，就听对方嘲讽道："你以为跟糕点放在一起的杯子里倒的是什么？"

沐想想："果汁？"

乔南一声冷笑。

"果汁要专门跟招待要的。"

沐想想心说失策了，没想到有生以来第一次喝酒居然会在这种场合，又记起今天晚上莫名做出的比如狂吃甜品之类的不受控制的举动，顿时生出一种做错事的沮丧："完蛋，我不会给你惹麻烦吧？"

乔南瞥了眼她难得耷拉下来的面孔，回忆起这家伙跟关子名站在一起的画面："已经惹了。"说着抬手关掉了车里的暖气。

沐想想不愧是沐想想，酒精只是放大了她的某些欲望，即便在醉酒状态下她仍头脑清醒，借由乔南的四个字和一系列举止，她立刻得出了结果：“是不是跟我一起吃东西的那个？”

乔南哼了一声。

她露出挫败的表情，昏沉地缩进椅背里：“对不起，我不应该乱喝东西。”

乔南的车速已经提了上去，临近弯道时猛然降档。轮胎与地面摩擦出尖锐的惊呼，前车驾驶座的大狗忍不住扫了眼后视镜那道紧跟自己的灯光，场外为这个完美漂移喝彩的高呼钻进车里，他原本胜券在握的信心此刻已经消失了。

乔南依旧满脸淡定，过了弯道后又瞥副驾，沐想想已经是一副深刻反省的状态，臊眉耷眼的，有点可爱。

他拿挂挡的那只手随便摸了个小东西丢过去：“喂。”

沐想想抬起头，眼眶微红。

乔南看到了，差点踩下刹车：“其实也没那么严重。”

简略地叙述了一遍自己跟关子名的恩怨，乔南一边注意前车一边还得偷看沐想想的表情，见对方皱紧的眉头并不见放松的趋势，顿了顿才又加上一句：“是我跟你交代得不够清楚，不全是你的错。”

沐想想张了张嘴，他以为她会问些跟关子名有关的，结果却听到：“那你跟家里人交代过吗？”

乔南：“什么？”而后顿了顿，嗤笑，“我跟他们说这个干吗？”

沐想想：“家人们遇到困难应该开诚布公吧？你明明不是这种人，至少你爸和你哥他们不该误会……”

乔南不太乐意聊这个，打断她道：“行了，误会什么误会，我从小干的破事就没停过，他们比你清楚我是哪种人。”

这跟沐想想一直以来的观念背道而驰，她还想争辩，乔南放在中间的手机突然振了一下。

乔南示意她帮忙看下，沐想想拿起来，亮起的屏幕上静静躺着一条短信——

妈：“想，晚上几点回来啊？”

沐想想心脏揪了一下，怔怔地盯着这条短信，片刻之后才开口："是我妈，她问你几点回家。"

"至少得十一点了。"乔南开始准备最后的连环弯道，"你帮我回一下。"

沐想想发出信息后仍舍不得放下手机，摩挲着联系人处母亲的头像，哽咽道："我爸妈最近还好吧？"

"好啊。"想起那对温和的夫妇，乔南刚起来的焦躁不由退去许多，"放心吧，他俩可瓷实了，你爸天天换着花样做菜……"

沐想想猛然抬头："我爸做菜？！"

乔南被她突然拔高的声音吓得顿了顿："啊？"

沐想想一下急切起来："不行，乔南，你得帮我拦着他，别让他进厨房，里面又是火又是油又是刀，太危险了！"

乔南迟疑了一下，居然不知道自己该如何作答。

沐想想却已经快要被这个忽然得知的消息急哭了："算我求你了乔南，他的身体情况你也知道，他怎么能干那些重活……"

乔南被她少见的焦虑状态吓到，只能安抚："行了行了，我知道了！"

车外，前方，驾驶座，大狗额角的汗水已经凝聚成形，滴落下来。

身后那辆车从起点开始就如影随形，每一个弯道之后，下一场的尖叫都会更加热烈，那明显是两辆车都发挥得出众，致使一部分观众倒戈支持才能得到的效果，这对大狗而言绝不是什么好消息。

难不成今天真的要输给个女人？还是个此前于地下飙车圈毫无知名度的女人！

一想到这个可能，他就紧张得连肌肉都开始痉挛，然而不论他如何慌张，后车都仍是那副不紧不慢的模样。

大狗的胳膊开始发颤，他死死握住方向盘，凝视着即将到来的连环弯道，心中不妙的预感越发强烈。

下一秒，后车的灯光白昼般泼洒而来。

山顶，起点，拿着平板的解说抬起头，满脸震惊地宣布最新消息："大狗被超了！”

重新驶回山道，这一次是上坡，乔南驾驶的小破车每驶过一个弯道，都能得到热烈而高亢的喝彩，跟比赛开始前的嘘声天差地别。

这是胜利者才能获得的待遇。

然而乔南看起来一点也不为此激动，他仍是那副单手搭在方向盘上的懒散样，偶尔目光瞄一瞄副驾那个转开头缩成团的家伙。

沐想想几分钟后调节好了自己的情绪，抹了把脸坐直身体：“不好意思，可能是喝了酒，刚才有点激动，是不是吓到你了？”

乔南偷偷瞥她还能看出湿润痕迹的双眼，仿佛一只挨了拳头的狗，一时间居然不敢说话，过了一会儿才慢吞吞开口：“没事吧？”

沐想想摇摇头。

“那个……”乔南犹豫了一下，“其实你爸现在状态还不错，你真的不用那么紧张。”

沐想想神思恍惚，仿佛又回到了很多年前的某一天，她被哀号和哭喊从午睡里叫醒，一推开厨房门就看到父亲瘫倒在地，满腿鲜血的画面。

她的声音很轻：“可我从很小的时候起就发誓要保护他了。”

脑袋忽然被拍了一下。

乔南面无表情地收回手：“你还真是一点也不懂男人啊！”

沐想想摸着头顶：“啊？”

“男人要的不是保护。”乔南目视前方，一副非常深沉的样子，“是信任和肯定。你个傻子。”

山顶此刻已经换了一种气氛，小破车的回归果然同样掀起了又一波高潮。

“漂亮！”

乔南在欢呼中打开车门，迎接他的果然是一波来自英成的“小动物”。

“小动物”们眼睛都亮晶晶的，站在最前头的姜海却垂头丧气，不敢看他。

乔南没好气地给了他一脚：“四公里下坡？嗯？要不要现在去跑一圈？”

姜海非常害怕弯道，于是摇头。

乔南就拍了他脑门一下："蠢货。"

他说完这话后，就立刻被以高妍为首的女孩们淹没了，飙车是一件会让人肾上腺素飙升的活动，参与者和旁观者都不例外，女孩们的激动从得知大狗被超车起就没停歇过。

乔南仿佛又回到了从前在英成的日子，打个球都能被无数尖叫团团围住，他真的怕了她们，一边敷衍一边伺机挣脱。

包围圈外，姜海仍站在原地，他摸着额头一顿发愣，加上刚才在别墅里挨到的那些巴掌，他这会儿后脑勺跟额头都在发热，一种久违的感觉。

他记得自己当初开车撞了关子名之后，南哥就是这样冲到医院，直接扑上来一顿打。那时他满床乱滚嗷嗷叫痛，却除了抬起胳膊捂着脸躲避外，生不出一点点反抗的念头。

就跟刚才一样。

虽然挨了打，可都知道动手的人是为自己好。

他觉得自己简直是疯了，居然从一个女孩身上看到了南哥的影子，明明南哥今天也在场，他还亲眼看到了的！

胸口依旧塞满迷惑的雾障，多得快要装不下。

对方扑上来揍自己的画面，对方挡在自己面前跟关子名的人约战的画面，对方坐在前盖上踹向自己索要车钥匙的画面。

南哥最没耐心，"我不说第三遍"也是他一直以来的口头禅，通常一句话说到第二次还没有回应他就会开始暴躁，这也是当时姜海迅速掏出钥匙的原因。

姜海越想越多，脸都白了，脑海里隐隐有个骇人的猜测。他猛然抬头四顾，盯着人群中双手揣兜一脸不耐的少女："南哥呢？"

他记得南哥一起上了车的！

乔南先是愣了愣，随即眉头高高挑起："在车里，睡着了。"

大概是喝完酒又掉眼泪的关系，乔南煲完人生鸡汤后老半天没有得到回应，一转头才发现沐想想居然睡着了，起点处如此热烈的欢呼都没能把她叫醒。

心里吐槽了一堆这家伙喝完酒真是又多话又难搞后，乔南还是没有喊醒她，说到这里忽然想起来："对了，车借我，下周一到学校再还你。"

姜海一脸茫然："那我怎么下山？"

对着这头黏了自己四年，如今居然那么多天还没能认出自己的"驴"，乔南冷笑一声："我管你？"

校草大人露出可怜巴巴的表情，在场却无人心疼他，他发现就连方伶俐这会儿都含羞带怯地黏在短发少女身边，更别提其他女生了。

其实如此盛况，他曾经也是见识过的……因此他更加不敢回嘴，心中隐隐的猜测越发真实了。

另一边，小破车的手下败将大狗灰溜溜地钻出自己的豪车，起点这边的群众差不多都是他的朋友，立刻给予他一阵跟喝彩毫无关系的爆笑。

大狗恹恹地钻出来，目光不住朝远方瞟，狐朋狗友们激动地扑上来勾肩搭背。

"那女的到底谁啊？哪儿冒出来的？真带劲！"

"小细腰、大长腿，性格还够辣，简直是我的菜啊！狗哥你熟吗？认识吗？有主了吗？给哥们儿介绍一下呗！"

"小弟单身二十年，可以优先考虑一下。"

"滚滚滚！"大狗没好气地推开他们，"有你们什么事啊，全都滚。"说着整理好衣服，关上车门大步离开。

他一靠近，立刻被英成众人发现，喜气洋洋的气氛一下就散了。

乔南眉头微挑，望着朝自己走来的家伙，立刻想起了曾经的篮球联赛，每一次赢球之后，这群手下败将都得充满火药味地来放几句狠话。

被放了狠话，乔南肯定是要讥讽回去的，一般说不到十句话两边就可以开打了。

深仇大恨就是从这一次次斗殴里培养出来的，不过这对乔南来说完全是家常便饭，对方今晚如此嚣张，直接搞砸了生日聚会，乔南并不介意再跟他打上一场。

对方走到近前，乔南握了握拳头，舌尖舔过齿列，甚至有些迫不及待。

紧接着，在乔南和英成众多学生警惕的视线里，那个靠近的家伙踌躇了一会儿，掏出手机来。

大狗挠了挠头，脸上的表情有点不自然："加个微信吧。"

乔南："什么？"

对上面前少女错愕的神情，大狗有点不太好意思看那张白皙漂亮的面孔："那个……你有男朋友吗？"

乔南沉默了足足一分钟，然后神情狰狞地开口："你想死吧？"

在场的英成学生在乔南的暴怒中自发上前揍跑了敌人。

乔南回到车旁的时候仍旧气到爆炸，开门看到沐想想闭着眼蹙着眉的睡相后稍微收敛了一些，结果车门框振了一下，他拿出手机，又看到好几条不知道什么时候发来的短信。

威震天下："小南你掉线啦？"

威震天下："人呢？"

威震天下："来排位啊？"

他的目光盯着屏幕还没回神，忽然一道阴影靠近窗边，一抬头就是关子名那张脸。

关子名端着那个别提有多傻的餐盘，朝车里扫了一眼，发现要找的人居然已经睡着，当即沉默，然后就跟面无表情的乔南对上了。

乔南："有事？"

关子名对上这位刚把自己小弟搞得非常凄惨的嚣张少女，有一点尴尬，说实话他也不知道自己为啥还没丢掉这个盘子，可能是今晚的老对头表现得太友善了，他也不好意思违背承诺。

"他刚刚托我保管的。"关子名顿了一下，也觉得自己专程把糕点送来的举止非常智障，一时非常无语，"总之你帮我还给他吧。"

说罢把盘子朝车里一搁，不等乔南嘲讽他，飞快地转身走了。

还走得挺快，姜海当初怎么没撞断你两条腿？

乔南抹了把脸，盯着操作台上的那盘糕点，黄油甜蜜的香气弥漫开来，勾得他大动肝火。

这年头都不知道撒泡尿照照自己吗？怎么什么癞蛤蟆都敢来觊觎沐想想这块天鹅肉？

刚才真该把糕点直接砸在关子名脸上。

沐想想在摇晃的车子里非常香地睡了一觉，被乔南唤醒后揉了揉眼睛，朝外一看，才发现已经到乔家的小区了。

她酒还没醒，脑子发晕：“几点了？”

乔南开着车窗，一只胳膊搭在上头，面无表情地回答：“十点半。”

沐想想顿了一下才想起来，乔南现在开的这辆车是姜海的，怎么直接就开回来了？但没等发问，怀里就被塞进一个盘子：“行了别问那么多了，赶紧回去睡吧。”

沐想想怔了怔，认出这是自己上车之前交给关子名的那个，略微思考了一下就大概猜到了是怎么回事——乔南居然没扔掉。

她不由得多看了乔南两眼，对方这会儿很不爽的样子，掀了掀眼皮：“干吗？”

“乔南。”沐想想思索片刻，慢吞吞地问，“你刚才跟我说的，男人需要的不是保护，而是信任和肯定……是真的吗？”

乔南挑眉：“你那会儿没睡着啊？”

发现这句话被复述起来简直中二度爆表，乔南咳嗽了一声：“肯定是真的，不过……算了，你要是实在不放心，你爸那边我会……”

“那你呢？”

他话音未落，就被沐想想打断，愣了愣才问：“什么？”

“信任和肯定啊。”沐想想一如往常那样直白，“你需要吗？”

乔南沉默了一会儿，他缩回靠在窗户上的胳膊，转头面无表情地凝视着沐想想，然后慢慢靠近，伸出双手——

抱着盘子的沐想想眨了眨眼睛，脸忽然被掐住。

乔南双手贴着她的脸颊拼命朝中间推，语气非常不耐烦，眼里却有笑意：“你这个家伙，怎么喝完酒之后话那么多？”

莫名被批评话多的沐想想也觉得自己今天的状态有点不对，于是乖乖被乔南赶下车，走出老远后回头，那辆小破车仍停在大门口。

上电梯到楼层，打开门，乔家的一室光辉洒遍全身。

与此同时，是一道凌厉的目光。

她怎么就忘了这一茬。

正坐在沙发上敲电脑的乔瑞放下工作，声音很低沉："回来了？"

面对那种恨不得朝自己脸上剜下点什么的视线，沐想想谨慎地点头："嗯。"

乔瑞却非常敏锐，几乎在同一时间皱起眉头，站起身来："喝酒了？"

沐想想有点心虚，几乎要摆不开脸上冷静的表情，这是她人生中第一次喝酒，虽然是在不知情的前提下喝的，不过被家人问到的感觉还是不太好。

乔瑞逐渐逼近，沐想想头皮一阵幻痛，下意识地把怀里抱着的盘子递了出去。

乔瑞奇怪，为什么他的弟弟会端着一个放满糕点的盘子？

沐想想觉得自己得想个办法脱身才行："派对上吃到的，味道不错，带回来给你们尝尝。"

乔瑞深深地看了弟弟一会儿，伸手接了下来。

那剜肉一样的视线终于消失，沐想想松了口气，说了句自己要回去休息，匆匆上楼离开。

没一会儿听到动静的乔父从房间里出来，看了眼只有大儿子的客厅："南南回来了？"

乔瑞"嗯"了一声，目光扫过亲爹一身睡衣披着件皮衣的造型，面不改色地坐回沙发敲电脑。

乔父过来看了眼他的屏幕，顺势在身边坐下："这个提案我早上也看到了……"他说着目光扫过茶几上的一盘点心，恰巧有点饿，于是一边说话一边朝盘子伸手。

中途被一只罩在盘子上的手挡住，乔父满脸莫名。

乔瑞合上电脑，不理会父亲控诉的目光，直接端着盘子站起身来："有公事明天再说，我回去睡了。"

乔远山："啊？"

等等，你回去睡觉拿那么多吃的干什么啊？

沐想想发现自己是真的喝多了，洗澡的时候差点站着睡着，她昏昏沉沉地离开浴室，连头发都懒得擦，直接倒在床上。

忘了锁门。

于是半夜被脑袋上轻柔的动静搞得迷迷糊糊地睁开眼睛。

乔瑞扫了她一眼，手上的动作没停，继续擦了一会儿弟弟的脑袋后才把毛巾丢开："没事，睡吧。"

看到他的样子，沐想想忽然想起乔南在车上说的那番话，乔南说他们比谁都清楚他是哪种人，这种描述显然不是正面的。

想到乔南在乔瑞的眼中或许还是一个顽劣到能干出开车撞人这种事的弟弟，沐想想忽然就觉得委屈。

也许乔南说得对，她喝多了真的话很多。

沐想想昏昏沉沉间，几乎是无意识发出的声音："哥……"

乔瑞坐在床边挑起眉头："嗯？"

"开车撞关子名的那件事情，你还记不记得？"

乔瑞："怎么？"

沐想想觉得自己又要睡着了，声音非常微弱："那件事……不是我……"

困意实在强大，她颠三倒四地说着，几乎要睁不开眼睛，然后不知道是不是在梦境里，她听到一声低沉的叹息，头发被人朝后捋了捋，是一只温热的手——

"不是你做的，知道，我和爸都知道。"

对方这么说着，然后笑了一声："快睡吧，真是傻孩子。"

第20章

信任和肯定啊……

乔南把车停在城中村外，依旧是距离沐家有段距离的地方，然后熄火开天窗，望着头顶的星空发呆。

他掏出烟盒，拿出一根烟，在嘴上叼了一会儿又取下把玩，没多久那根纤细的小玩意儿就在手指间断成两截。

真奇怪，现在没人出面打扰，他却反而不想抽了。

加速分泌的肾上腺素逐渐回落，搞不清楚是因为飙车还是因为沐想想多嘴说的那句话，乔南感受到了久违的疲倦。

已经记不得自己第一次摸车是什么时候的事情了，不过那时候乔家应该已经空寂如坟墓。乔南其实并不迷恋飙车，跟着去玩的很大一部分原因只是出于无聊，因此，在发现赛道和观众的欢呼其实并没有让生活充实多少之后，他立刻厌倦了这项运动。

那段时间他经常深夜从各种赛道回来，顶着星光将车停在楼下发呆，现在回忆起当初真的很幼稚，高楼上黑洞洞的窗口有什么可看的？

架子上的手机响了一声，乔南躺在那儿随手一摸，把手机举到眼前——

妈：“想，快十一点了，回来了吗？”

乔南盯着备注上那个“妈”字看了一会儿，打个挺坐直身体，将指间断成两截的烟随便朝操作台上一塞，关窗下车锁门。

打老远就能看到沐家一楼窗外雨篷下的大灯泡，暖暖的昏黄色与居民区老旧的路灯一并照亮黑夜。连续那么多天，不管多晚回来，乔南都看它亮在那里，直到他进门才会熄灭，像一道指引归家的箭头。

沐家人的性格也都跟这盏灯同样的安静。

不过今天似乎有些不同。

敲门之前，乔南听到门里传来一记清脆的碎裂声。

开门的是沐妈，看到女儿按时回家她眼睛亮了下，屋里的灯光跟吵闹声一并涌了出来，乔南目光越过她朝里扫了一眼。

沐妈小声说：“是你弟回来了，正跟你爸吵呢，你别理他们。”

从交换身体起就没见过面，乔南这会儿听到沐妈的话后居然愣了愣，而后才想起来沐想想确实有个弟弟，叫什么来着，好像是沐松？

沐松比沐想想小好几岁，现在正念初中，虽然同在A市，平常却在学校住，只有周六和周日才会回来。

今天周六。

乔南刚搞明白，就听到房门被踢开的动静，伴随着“不用你管”的嚷嚷，沐想想对门的屋子里走出来一个一米七左右的少年。他气势汹汹，出来后直接朝大门走，一边走一边抖开一件毛衣朝身上套。

乔南看清他的模样，有点意外，虽然之前沐想想曾经给过他沐松正处于叛逆期、脾气不好的信息，但他没料到对方的画风居然会和沐家的其他人区别如此之大。

沐松瘦而精干，跟他姐一样白，穿着条款式宽松的牛仔裤，裤子上的破洞大概能露出腿上超过三分之一面积的皮肤。乔南的目光在他抬起胳膊穿T恤时露出的锁骨下头的几个疑似吻痕的红斑上停留了一下，没记错的话，沐松应该才……十四岁？

漂染过的短灰发从毛衣领口里钻出，随即是视线锋利的一双眼，这小子跟沐想想长得有点像，都是细致漂亮的五官，气质却截然不同。

乔南站在大门位置，两人直接对上，沐松愣了一下才认出这是自己亲姐，他躲开沐妈拦来的胳膊，皱着眉头朝乔南道："让开。"

还挺横啊，乔南很多年没听到有人用这种口气跟自己说过话了，立刻高高挑起单边眉头。

沐爸一瘸一拐地从房间里追出来，气得脸色铁青："这么晚了你还要去哪儿？"

"去我同学家住。"沐松声音发冷，见乔南没让开，还以为姐姐也要阻拦自己，又重复了一遍，"让开！"

乔南双手环胸，索性朝门框处一靠，不为所动。

沐松愣了愣，像是没想到会得到这种回应，有些不耐烦地抬起视线，接着就对上了两道锐利程度丝毫不弱于他的目光。

灰发小孩怔住，然后浑身充盈的气势一下就泄了。他抿了抿唇，不知道为什么一时居然不敢跟平日和爸妈一样温柔的姐姐大声。于是只好推开门，绕过乔南，灰溜溜地从边缘挤出去。

有点可怜的样子。

沐妈跺了下脚，"哎呀"一声："怎么又闹成这样了？"

沐爸没说话，理了理头发，转进屋又出来，手上多了件外套，看了看沐妈："你送一下吧。"

沐妈无奈地接过外套朝门外跑，屋里安静下来，沐爸佝偻着腰，脸色越发灰黑，双眼黯淡得几乎没有一点光彩。

乔南站直身体，看他这副大受打击的样子，犹豫了一下还是问道："怎么回事？"

"碰到你大伯大妈了，他们……说话有点不好听，你弟要打人，被我拦了一下。”沐爸叹口气，抬起头朝着面色复杂的女儿扯开个笑脸，“没事，他过几天就好了。今天玩得怎么样啊？同学生日聚会，吃到好吃的了吧？”

乔南盯着面前那个眼神里翻腾着浓浓颓丧的男人，片刻后转开视线：“我饿了。”

沐爸一遍一遍回想着儿子暴怒地扑向大哥一家却被他拦下的画面，那孩子该有多失望啊，他明明是在为了自己出头。

可他却不得不去考虑一时痛快之后的结果，他不是个称职的好丈夫和好父亲，别说衣食无忧，就连一个尊严平等的环境都没有办法提供给家人。

他沉浸在深深的自我厌恶里，听到女儿的回答后居然没反应过来：“晚上没吃饱吗？”

乔南面不改色地抱怨：“嗯，派对上的东西都很难吃，我尝了几口全吐了。”

“这怎么行！”沐爸的神情一下变了，扶着墙费劲地站直身体，“你这孩子，再怎么样也不能就让自己饿着啊，这都几点了，要不要爸给你弄点夜宵？”

因为女儿的允许，他这两天渐渐可以下厨房了，否则也不敢提到这个。

乔南于是理直气壮地点单：“嗯，我要面条，加两个荷包蛋。”

沐爸立刻挽起袖子一瘸一拐地转向厨房，背影充满干劲。

给儿子塞了钱，送了外套的沐妈披着星光神情颓丧地回来，一推门，意外地发现家里并不像她想象中那么灰暗。

这不是家里第一次爆发战争——沐松年纪小，并不懂隐忍，常常会因为跟今天类似的矛盾而暴躁，最后也通常会以夺门而出为结局。

沐妈能感受到丈夫的愧疚，每次儿子离开后他都会一整夜一整夜不睡觉地发呆，有时候还会偷偷地哭，哭完之后，连眼神都变得格外空洞。这种情况甚至能持续几天之久。

但今天，一切却似乎有所不同。

厨房里时不时传出碰撞声，她小心地掩好门，轻手轻脚地摸过去，问坐在餐桌上的女儿：“怎么回事？”

乔南正在为沐爸的小题大做而无语：“我只是想吃个荷包蛋面，随便煮一煮就可以了！”

沐爸正踮着脚卖力地按揉盆子里淡黄色的面团。这面团看似普通，可乔南刚才亲眼看他从冰箱里取了一块里脊和一个鸡腿，剁成肉馅混了进去，沐爸的手脚很快，刀挥得简直能见残影，看起来似乎很轻松的样子。可这种面条会不会太过头了？他哪怕在乔家时也没吃过有那么多麻烦步骤的面啊！

“那怎么行！你还在长身体呢，那种面条清汤寡水的，除了长胖，一点营养都没有！”

沐爸却对女儿的话很不赞同，他嗓门比平常亮些，斗志满满，一副势要让女儿吃饱、吃好、吃开心的架势。

灶上的锅开了，锅盖被水蒸气顶得噗噗响，香气从里头冒出来，乔南愣了愣，原本只是为了安慰沐爸在做戏，现在忽然就真的饿了。

沐妈露出一个笑容：“哦，我说呢，你今天早上专门跑去菜市场买什么鸡架、猪骨，原来是拿来熬汤啊？”

沐爸憨憨地笑了两声，家里经济不宽裕，他也没钱买什么好东西，只能去菜市场买点便宜的材料。剔了肉的鸡架子一个才四块钱，猪骨和牛骨不畅销的边角，价格也尚算实惠，这一锅汤总价不超过十二块，却能给女儿煮上好几碗面条了。

面团擀开，用菜刀细细切成大小均匀的丝儿，沐爸另烧开一锅水，将面丝均匀地抖进去。

他做这些事情的时候神情很认真，动作也很迅疾，由于无须走动，根本看不出来是个残疾人。

沐妈靠在桌上，看着这样的丈夫，神情一点点变得柔软。

乔南的肩膀忽然被拍了拍，抬起头，便对上女人写满幸福的双眼：“你爸帅吧？”

他没回答，忽然觉得现在的气氛有些奇怪，非要形容的话，就像盖上了被太阳晒得温暖干燥的被子，松弛得叫他不知该如何是好。

沐妈依旧笑着，神情中满是怀恋，似乎透过丈夫现在的模样看到了很久之前：“你爸他呀，年轻的时候就是这样，当初我刚跟他认识，两个人都还没牵手呢，他就请我到家里做客，亲手给我炒了一桌子菜，我当时只吃了一口，就下定决心一定要嫁给这个男人。”

她说着忽然伸手捧住乔南的脸，凑上去，吧唧——

短暂的头脑空白后，乔南抬手无措地擦脸。

“臭丫头，真是长大了，居然开始嫌弃妈妈。”沐妈说着嘿嘿笑起来，扯着嗓子转向厨房，“老沐，给我也下一碗，多放点香菜、辣椒油！”

沐爸头也不抬地切葱：“知道了，知道了。”

直到面条上桌的那一刻，乔南仍在发怔，他低头看着面前的大汤碗，淡肉色的面条卧在碗中，汤色清亮，上头撒了一小撮水嫩的碎葱，两个白白胖胖、单面流黄的荷包蛋，最后是一小团清透红亮的辣椒油。

香气几乎可以用肆虐来形容。

乔南从没缺过钱，更尝过不知道多少好东西，远的不说，单A市各大成名的餐厅、山庄、私菜馆，都曾经留下过他的足迹。但这样多的美食经历，仍无法掩盖眼前这碗面条的光芒。

手工面口感非常厚重，或许是得益于沐爸揉进里面的那些肉蓉，面条本身已经调了味，滋味咸鲜，汤因此就调淡了许多。

可这碗淡淡的不知道是用什么材料熬煮出来的清汤，混合上细碎的葱花和辣椒后，竟也成就出另一种毫不逊色于面条本身的美味！

坐在沐家餐厅昏黄的灯光里，喝下这一口热腾腾的汤面，真是让人浑身的筋骨都松散起来。

沐爸自己不吃，沐妈吃了几口后给他喂了一筷子，大约是出于在孩子面前做出这种亲密互动的羞涩，他吃完后不好意思地转开头：“我也没什么别的能耐，就会瞎做点吃的。”

“你可别听你爸谦虚，你爸当年可是我们厂食堂的台柱子，能拿比妈妈多两倍的工资呢。”沐妈笑着夹了块碗里的骨边肉搁进女儿碗里，“饿坏了吧？多吃点。”

乔南盯着碗里突然出现的那块肉，脸颊刚才被忽然袭击的位置似乎还在发麻，他一言不发地把那块肉塞进嘴里，然后低着头余光偷偷打量桌边的女人。

她的一举一动都散发着特别的气息，和乔南记忆中的另一道身影渐渐重合起来。

快十年了，乔南以为已经遗忘，但他发现自己仍记得那张慈祥的面孔，只是偶尔在梦里思念，再不向任何人提起。

沐爸因为妻子的吹捧露出笑容，但很快这笑容又多出了几分怅然："那都是过去的事了，现在时代变了，厂子也倒了，我被世界淘汰啦。"

沐妈怔了怔，夫妇俩对视着，一时无言。

乔南听出沐爸话里浓浓的自卑，不知道为什么心里很不舒服，他皱着眉头道："说什么淘汰，你够能耐了，这碗面条随便放在什么餐厅都能卖个一百多。你这手艺随便做点小生意够赚翻了好吗？"

说实话他从前几天起就觉得很奇怪，沐爸成天编那些竹筐、扫帚，一个月加在一起也未必能赚到一千块，图的是什么？你说他懒吧，他又起早贪黑，说他安于现状，可偏偏也不是这样，说他没擅长的技能，那桌上空荡荡的汤碗里之前装的是什么？

因为家里经商，从小耳濡目染长大的乔南真的没法理解，沐爸的厨艺要是分点给他爸乔远山，估计这会儿连锁酒店和副食品公司都能开到南极了。

脑子里跟着盘算了一圈诸如组建公司、拉融资之类的项目，乔南把碗里最后一颗葱花吃完，这才发现身边出奇的安静。

抬头，对上两双愣愣的眼睛。

乔南："怎么了？"

沐妈收回盯着女儿的视线，又转而看向丈夫，沐爸也傻傻地看向妻子。

夫妇俩脑子胀胀的，如迷雾初拨，一时间都说不出话来。

乔南在死一样的寂静里莫名地回房睡觉，第二天起床，手机收到一堆乱七八糟的短信——

陌生号码A："你好，是沐想想吗？我是××班的×××。"

陌生号码B:“我是××，高妍的朋友，沐想想，周末有空吗？要不要一起出来玩？”

陌生号码C:“沐想想，可以记一下我的电话吗？我是×××，你昨晚真的太炫啦！”

陌生号码D:“想姐！要不要一起出来吃火锅,A班的好几个同学都在哦！”

陌生号码E:“沐想想，我是大狗，昨天搅和了你朋友的生日，不好意思啊，周末请你喝奶茶赔罪好吗？”

以下省略三十余条。

都什么玩意儿？乔南看过一遍，理都不理，直接清空，然后找出沐想想的联系方式。

乔南:“傻子，酒醒了没啊？”

发完消息后，他起床洗漱，准备晨跑，刷牙洗脸穿衣时都不忘瞥一眼有没有回复，结果信息如石沉大海……

乔南憋屈地从窗户翻出去，决定今天早上非得跑个十公里，好好虐虐沐想想的身体不可。

沐想想真的很冤。

昨晚喝了酒，又出汗、又吹风、又掉眼泪、又洗完澡湿着头发睡觉，今天一早醒来，她的脑袋几乎要炸开，或者说不只是脑袋，整个人都像被丢进了油锅煎熬。

她立刻意识到不妙，刚刚坐起就累得几乎要虚脱。

以往在家里，生病的时候都有爸妈照顾，沐想想这下真的有点蒙。她第一时间去找药，然而她根本不知道乔家的日常用品放在哪里。

还是今天迟了一步没去公司的罗美生发现穿着睡衣在客厅翻东西的她，问她在干什么，沐想想顺势淡定地告诉对方自己发烧了，让对方给她找点药吃。

罗美生吓都要吓死了，哪能这么怠慢！可又碍于乔南以前的排斥，不敢随便近身照顾，于是立刻打电话联系医生上门，好说歹说把继子哄回了房间里。

医生很快到家，带着一应装备，最终确认乔家小少爷已经高烧四十度，必须卧床静养。

医生手脚麻利地给沐想想喂了药挂了针，交代完需要注意的事项后就离开了，留下沐想想一个人躺在乔家宽敞到近乎空荡的房间里。

世界一下就空寂下来。

沐想想昏昏沉沉地想一些乱七八糟的东西，比如家人。

她以前也偶尔会生病发烧，那时沐妈就会跟打工的单位请假，跟沐爸一起寸步不离地贴身照顾她，给她换放在额头上的毛巾，熬一锅稠稠的白粥，为她掖被子，喂她喝水。

都是一些小到不能再小的事情，她却能记得清清楚楚，或许比起那些土方措施，更重要的是爸爸妈妈都陪在身边吧？

跟乔南交换身体也有一个星期了，不知道他们现在过得怎么样。

沐想想抽了抽鼻子，眼睛酸酸的，眼泪控制不住地朝外涌，就这么迷迷糊糊地睡了过去。

得知乔南生病的乔瑞和乔远山几乎在第一时间就放下工作朝家里赶。父子俩办公点不在一处，乔瑞先到一步。

进门后连衣服都来不及换，他脱掉鞋子直接朝楼上赶，边走边冷声问："怎么样了？"

罗美生对这位大继子心里也有敬畏，小声回答："已经吃了药挂上针了，医生说可能是喝了酒以后着凉，好好休息就会没事。"

乔瑞很自责，昨晚不应该因为担心弟弟被吵醒就那么潦草地擦擦头发完事儿的，喝了酒不吹干头发就睡哪行，这都是他太疏忽的错！

他这么想着，神情越发地冰冷，吓得跟随他回来的助理都没敢上楼。

他轻手轻脚地推开房门，入目就是一道侧卧的背影，他轻叹一声，轻轻上前，坐在床沿。

药水已经挂完近半，他调整一下速度，想到电话里听到罗美生说弟弟拖着发高烧的身体自己在楼下找药吃的事情，心中真是说不出的感受。

那么多年来，他和父亲很少会在家，这孩子以前生病的时候，难道都是那样凑合过去的吗?

或许因为是男孩子的缘故，乔瑞从不觉得弟弟会有软弱的一面。这小子从小脾气就大，前些年一言不合就动手更是常有的事，最近一段时间愿意表现出一些对家人接纳的态度，已经是非常罕见的柔和了，让他和父亲都惊喜连连。

可现在，乔瑞忽然意识到了自己的疏忽，其实一直以来，不只是弟弟单方面在漠视他们啊。

乔瑞怔怔的，恰在此时，床上背对他的身影微微一颤。

以为弟弟醒来或者是需要什么，乔瑞赶忙站起绕过床尾到另一边:“南……”

然后他脚步一顿，猛地愣住了。

乔远山的到家时间略晚了十几分钟，他把夹着的公文包和脱下的皮衣递给妻子后匆匆上楼，立刻就见小儿子的房间门前蹲了一道人影。

认出是乔瑞后，他赶忙问:“你弟弟怎么样了？”

乔瑞抬起头，微红而冷漠的双眼着实把他吓了一跳:“怎么了？！”

大儿子的视线里七分指责三分厌恶，冷冷地凝视他几秒钟后才转了转头:“你自己进去看。”

乔远山不由讷讷，迟疑了会儿才进门，绕到床边定睛一看，头脑当即轰鸣一声，震得他浑身都麻了。

他往日暴躁的小儿子此刻正在昏睡中流泪!

泪水已经把枕头打湿了一大片，还在不断地朝下滑落着，那孩子脸色苍白，鼻尖微红，伴随着昏睡和哭泣，身体偶尔轻轻抽搐一下，脆弱得他简直不敢相认!

乔远山心中甚至生出怯意来，好一会儿才鼓足勇气上前，轻轻坐在床边，摸了摸儿子的脸，为他揩去一道泪水。

陷入昏沉梦境的沐想想感觉到面孔一阵温热，仿佛妈妈在为她擦脸，潜意识感到依恋，迷迷糊糊地开口:“妈……”

乔远山再一次顿住，胸口翻滚着说不出的滋味来。

发妻已经去世很多年了，那么多年来，他从未听到这孩子提到过母亲，于是理所当然地认为他已经遗忘了。

他也确实表现得非常坚强，坚强到让乔远山能够放心地把他一个人留在A市。父子俩极少数的相见里总伴随着争吵，每到那时，乔远山都很疑惑，他想不通自己的两个孩子到底是怎么回事，一个漠视他，另一个索性敌视他，可他们小时候，明明不是这样的。

曾经他也把孩子们放在肩膀上玩“骑马”游戏，曾经他也是一个普通的爸爸。

前些天收到的那件衣服仿佛成了什么信号，乔远山欣喜又无端地焦虑，想要抓住那种感觉，却又无从下手。

现在他好像忽然懂了——他一直期待着孩子接纳他，自己却从没有主动付出过什么。

乔远山意识到自己这么多年似乎真的对这个孩子做了很糟糕的事，心里难受得不行，他坐在床边轻抚儿子的头发，又觉得手感这样的陌生。

发妻去世之后，他们父子居然已经将近十年不曾这样亲近了。

蹲在门口的乔瑞站直身体，他靠在走廊的墙上，神情恢复正常，眼睛也看不出红过。

听到开门的声音，他像以前那样冷冷地斜过视线，只是单纯地瞥一眼。

乔父轻轻关好小儿子的房门，几乎没发出一点声音，然后他也抬头，看向站在门边的乔瑞。

乔瑞挑眉，通常来说乔家父子的相处就是这个模式，互相沉默着，用简短的语言和眼神进行沟通，接着该干吗干吗，比公司里普通的上下级更泾渭分明。

他在等待父亲发号施令，应该会是让他不要进去打扰弟弟休息之类的。

可没想到的是，下一秒，那个沉默的中年男人忽然迈开脚步，走过来抱住了他。

乔瑞整个人都僵住了：“你干吗？”

“瑞瑞。”中年男人疲惫的声音在他肩膀处响起，“这么多年，爸对不起你，也对不起你弟弟。”

乔瑞有点不知所措，这几乎是他这辈子第一次看到父亲示弱，以往任何时候，哪怕跟弟弟吵架时，这位唯我独尊的乔董都是势必不肯落人下风的。

脸上冷漠的神情忽然有一点摆不开，乔瑞眼角微抽，本想继续僵硬着，才发现父亲似乎没有松开手的打算，还把脸埋在他的肩膀上小声抽泣起来。

乔瑞这下真的蒙了。

他只好无奈地抬起胳膊拍了拍对方的后背，淡淡道："行了，说这些干什么。"

乔远山呜呜地哭了一会儿才松开他，一抹眼泪，迅速朝楼下走。

等在楼梯口的罗美生被丈夫疾速如风的脚步吓了一跳："你要干吗？"

只见这位估计连凉水都没碰过几次的，走路都恨不得鼻孔朝天的乔大董事长一边走一边狂撸衣袖，拿出要打群架的气势。

"米呢！米呢！我们南南都病成这样了，我得给他煮点粥！"

第21章

好不容易把米给找出来，乔远山洗干净手，拒绝了罗美生想要代劳的好意，自己蹲在灶台跟前捧着手机搜："感冒发烧可以喝稀饭吗？""小孩生病喝粥会不会好得更快？"

他顺着搜索点进一个妈妈论坛，结果看到里面有一条回复说发烧的人一般没胃口，白粥虽然对身体好但是不开胃，有一种土方子熬的粥，虽然麻烦一点，但是非常受她正在生病的孩子的欢迎。

乔董事长一拍板，就是你了！

不过做饭似乎并没有那么简单，因为忘记洗米和将米炒煳而连续清了两次锅之后，乔远山看着面前一片狼藉的料理台不由得叹息出声。

托有个勤快母亲的福，乔远山儿时虽然受穷，却从未摸过锅铲，长大后有了钱，越发的没有生活概念。这些年他流连不同的饭局，跟这个"总"那个"长"推杯换盏，吃饭这种事情，比起生活似乎更像是一种交际。以至于此时此刻，他已经快要想不起来曾经跟家人一起吃饭的场景了。

面目模糊的母亲或发妻端着热气腾腾的餐盘从厨房里钻出来，菜的香气萦绕在鼻尖，餐厅灯光昏暗，一家人都围在桌边嘻嘻哈哈地等待开饭。

这是多么久远的事情了啊，可此时回想，却仍能感受到残存记忆的余温。

他是感受过了，但孩子们呢？

他洗干净锅，倒进新的材料，一边按照帖子里说的土方用生姜煸炒，一边怅然叹息："这些年，我对南南和瑞瑞的关心真的太少了。"

罗美生第一次见如此要强的他露出这么落寞的神情，顿了顿，竟不知该怎么回答才好。

乔远山却摇摇头："你不用安慰我，我自己心里有数，我这个爹当的……一点也不怪他俩会恨我。"

两个孩子没有一个肯接纳他，要说为什么会这样，乔远山真的不知道原因吗？不，扪心自问，他其实是知道的。

但事业越做越大、越做越成功，这些年来，他天天被下属捧，被同行捧，被朋友捧，被媒体捧，早被捧得飘飘欲仙，以至于在公司里发号施令惯了，回家也听不得不想听的声音。

他拉不下那个脸，他端着父亲的架子，总在等待对立面的孩子主动跨出第一步。

但这一刻，他发现自己那种莫名的坚持简直可笑。

刚刚他凭着一股冲动主动拥抱了乔瑞，不但没有被推开，反而得到了大儿子难得慌乱的安抚。

而现在，他系着围裙站在厨房，也一点不觉得伤自尊，满心满脑只有对小儿子喝下自己做的粥后加速身体恢复的期待。

孩子们哪里是站在对立面啊，他们明明就站在自己身后，一直等自己回头看过来。

而他这个当爸爸的，居然就为一些莫名其妙的理由，耽误了那么多年才看清一切。

乔远山说不清是什么心情，他现在简直快要恨死自己。

但幸运的是，纵使迟到了那么多年，他终究还是挖掘到了深埋的珍宝。

他意识到，自己应该改变一下在生活中的态度了。

沐想想一觉睡醒，手上的吊针已经不见，眼睛不知道为什么胀胀的，但精力恢复了许多。

房门没关，能听到外头丁零哐啷的碎响，乔父嚷嚷着："潽出来了，潽出来了！"罗美生则大叫："锅盖锅盖！"

不知道是不是错觉，这个一直以来都只让她感受到深深寂寞的乔家，忽然莫名地温馨起来。

沐想想撑着爬起来，转头看到茶几上放了一杯水，伸手一摸，杯壁还是热的。

她正好口渴，端起来喝了两口，顺便摸出枕头下的手机。

收到了好几条短信，大多是曹威昨晚发来的，问她为什么突然掉线。由于一直没有得到回复，最后的几条都是各种掉眼泪的表情。

沐想想回了句不好意思，昨晚喝多了没看到，朝下一拉，才发现乔南早上也发来了短信，用嘲讽的语气问她酒醒了没有。

被这个问题牵引出的一大堆记忆撞进脑子，沐想想为自己的所作所为沉默片刻，心如止水地打了一句"不好意思，昨天给你添麻烦了。"

很快好几条回复几乎同时砸过来——

威震天下："我说呢，原来是这样，没事没事，不用道歉。"

威震天下："现在酒醒了吧？"

威震天下："刚好在组队，要不要一起来？"

乔南："起得可真早。"

沐想想看闹钟，已经将近中午十二点了，顿时沉默。

先告诉乔南自己生病发烧的消息后，又跟曹威道歉，说自己今天身体不舒服，没办法一起组队。

威震天下："啊！"

威震天下："没事没事，不舒服就多休息多喝水。"

威震天下:“那我不吵你了，你好好睡一觉吧。”

乔南:“服。”

手机安静下来，沐想想等待片刻后确认没有新的信息，丢开它接着倒回去睡。

没一会儿被骤起的铃声吵醒，她迷迷糊糊地接通电话，那头传来乔南淡淡的声音:“家里有人没？”

沐想想:“什么？”

那边顿了顿，声音变得有一点暴躁，沐想想甚至能透过这个看到他的表情:“我来给你送布洛芬，我吃这个退热最有效。”

沐想想立刻睁开眼睛，她坐起身:“你过来了？”

乔南“嗯”了一声，隐约可以听到“叮”的一声响，似乎是电梯到楼层的声音，配合他的冷嘲热讽:“都烧得听不懂人话了吗？你怎么那么能干，我自己都记不得上一次发烧是多少年前的事情了，那么完美的身体才给你用一个星期，就被你糟蹋成这样……”

他说着踏出电梯，走向不远处的大门。今天周末，按照以往的经验，家里一般是没有其他人的。

或者说A市这套房子里有人的情况才是少数，除了他因为上学而不得不住在这儿，乔家的其他人一年到头加在一起，都未必能在这儿住满三十天。

他这么想着，脸上不由得扯出一个冷笑，胳膊抬起，手指缓缓靠近密码锁。

下一秒，电话里传出沐想想压低的声音:“等一下，乔南，你爸和你后妈好像都在家，你哥可能也在！”

乔南:“啊？”

他缩回手的同一时间，大门打开，手上提了一个扎好的塑料袋的罗美生似乎是要出去丢垃圾的样子，正好与他四目相对。

罗美生愣了愣，神情有些意外。

乔远山此时从背后追上来:“这儿还有一个，香菇也炒坏了，你拿去一起扔一下。”

说着余光一闪，注意到了门口没有见过的短发姑娘，他身形一顿，想了想，脸上露出个笑容："你好，是南南的朋友吗？"

乔南盯着他身上那件粉红色的印着小猪佩奇的边缘还带了一圈蕾丝的围裙，神情恍惚。

从电话里知道了这不幸的一切是如何发生的沐想想拖着病体，从房间里踉跄地出来。

沐想想在一秒钟之内冷静地编完一个逻辑缜密的故事，三言两语就让乔远山朝提着药袋上门的女孩露出感谢的神情："哎呀，真是谢谢你这么照顾我家南南。"

我家南南……

乔南根本说不出话，九天之外降下的玄雷已经把他劈蒙了。

乔远山只当他认生，笑着请他进来，犹豫一下后，也朝小儿子露出笑容："那个，爸给你煮了点粥，马上就要好了，一会儿要不要喝一点？"又生怕被拒绝似的加上一句，"你现在发烧，精神不好，喝点粥对你身体有好处。"

乔南听得愣在原地，片刻后一点点转头看向身边画风滑稽的中年男人，对方此时脸上的忐忑被他尽收眼底，他一瞬间感到自己呼吸困难。

沐想想却不觉得有什么奇怪，很自然地点头："好啊。"

乔远山反倒怔了怔，然后才惊喜地连连点头："哎，好，那你快带你朋友去房间吧，病还没好呢，逛来逛去小心又着凉了。"

沐想想觉得今天乔爸爸似乎表现得格外亲昵热情，起先还有些惊疑，但想到自己以前生病时沐爸沐妈恨不能把她含进嘴里照顾的模样，又觉得可以理解了。

上楼的时候遇上了站在楼梯口的乔家老大，两个年轻人又是一愣。

乔南被刚才显得无比古怪的父亲搞得非常复杂的心情还没能平复下来，就见大哥乔瑞望着他和沐想想的方向，眉头微微皱起。

他记得他们兄弟已经至少三年没有心平气和地说过话了，对方此刻依旧是那个冷酷熟悉的"配方"。

说不清自己是什么感受，乔南转开目光，在心中嗤笑：幸好世界没有全崩，这儿还站着一个正常人。

下一瞬，就见那个皱着眉头的“正常人”从楼梯上缓缓踱下，抬起胳膊一抖，将一件薄外套披在了沐想想身上。

“发着烧还没轻没重地穿着睡衣乱跑。赶紧回去。”青年的声音低沉冷厉，视线却多出了几分温柔，淡淡地从自己弟弟身上转开，又落在跟在后头那个神情怔愣的女孩身上。

短发，白肤，高鼻梁，长得还挺漂亮，就是看起来有点傻乎乎的。

不知道为什么对这姑娘有一种莫名好感的乔瑞嘴角扯开一个不太明显的笑，在自家弟弟和女孩身上来回看了几圈，他抬手，啪地盖在弟弟的头顶上揉了揉，又弹了下姑娘的脑门。

小屁孩，才多大年纪就跟人学早恋，真是够能耐的。

沐想想紧绷的情绪直到关闭房门后才松弛下来，她呼出口气，顶着不太清醒的脑袋勉强回忆了一番她和乔南刚才的应对：“应该没什么问题。”

一转头，就对上乔南复杂到难以分辨内容的眼睛。

乔南顿了顿后转开目光，将药袋朝床尾的床凳上一抛：“回去躺着。”

沐想想踢开拖鞋钻进被窝，紧绷的神经骤然松懈下来后，疲惫悄然而至。乔南在她床边坐下，一副欲言又止的样子，半晌后只是伸手摸了摸她的额头。

一触即离的温度留在皮肤上，沐想想迟疑了一下，回忆到对方在电话里说的话：“不好意思啊。”

乔南正若有所思，听到后瞥了她一眼：“嗯？”

“你的身体。”沐想想解释道，“我确实有点太不爱惜了。”

乔南发出一声嗤笑，抬手拍了她额头一下：“你是不是傻？”顿了顿又慢吞吞地问，“我问你，你和……我爸我哥他们，这几天相处得怎么样？”

沐想想当然不理解他心中纷乱的情绪，很负责地回忆了一会儿才据实描述：“还行吧，感觉你家跟我家也差不多，你爸和你哥好像不太爱说话，这几天我们交流得也不多，最多早上我做饭他们一起来吃的时候聊两句。”

她说到这儿，就见乔南一副在忍耐些什么的表情，于是停顿下来：“怎么了？”

乔南：“没，你接着说。”

其实也没什么可说的，沐想想琢磨了一会儿，又把自己借花献佛把皮衣送乔父的事情提了提。

乔南沉默了一会儿：“你没有丢掉那件衣服？”

沐想想错愕，那件衣服五万八千八啊兄弟！

她迟疑了一下对方这样问的原因：“我把衣服给你爸这件事……是不是有什么问题？”

乔南也不知道自己该怎么回答了，事实上他连自己现在在想些什么都不知道，回忆起刚才在客厅里父亲跟以往相比那近乎天差地别的改变，心脏里填满理不清的情绪——似乎不是负面的。

半晌后他摇摇头：“没。”

沐想想略松口气，在乔南这样的反馈中她梳理了一遍刚才的谈话，得出一个结果——这段时间她跟乔家人的相处应该没出什么纰漏。

“对了。”沐想想又记起一个事儿来，“你哥老是半夜偷偷进我房间，我昨晚喝多了，好像一不小心把你之前跟关子名的那件事说漏嘴了，不好意思啊。”

乔南这次的反应似乎激烈很多，不同于之前的种种沉默，他立刻抬起了头。

沐想想以为他生气，赶紧解释：“对不起，对不起，我真的不是故意的，而且你哥好像说，他和你爸早就知道……”

乔南的声音与她一同响起：“我哥老是半夜偷偷进你房间？！”

他在“老是”两个字上加了重音：“他进来干什么？”

沐想想沉默了一会儿，有些不确定地回答：“一般是扯我头发……”

乔南摸了摸脑门，下意识想起很多东西，比如以前每次跟大哥吵完架后，基本睡到半夜都会被一阵锐痛惊醒之类的。

这一次他停顿了更久才再度开口：“你说他和我爸早就知道什么？”

沐想想：“就是开车撞关子名的人不是你这件事情。”

沐想想觉得今天的乔南看起来似乎怪怪的，不知道是不是跟自己一样太思念亲人的缘故，从进房间开始，他就一直在表演间歇性出神，这会儿又发着呆不知道在想什么了，脸上的神情复杂到似乎立刻就能哭出来。

但乔南终究没有哭，他闭着眼睛靠在床柱上很久，然后在沐想想有些担忧的视线里恢复了正常。

两人对视。

沐想想谨慎地问："大概就是这些了，没有给你添麻烦吧？"

房间里安静了很久。

最后乔南伸手揉了揉她的头发，淡淡地张口："没有。"

乔爸爸煮的粥带着一股形容不出的味道钻进房间，惊醒了谈话之后再度陷入困倦的沐想想。

她震惊地看着对方放在床头柜上的砂锅："这是什么？"

乔远山放下隔热手套，理所当然地回答："粥啊！用跟生姜炒熟的米熬的，我怕味道太单调，放了点肉末、绿叶菜跟香菇丁在里面。"

说着朝跟在后头的罗美生要汤勺和碗："网上说这个对风寒感冒有奇效，我多煮了些，最近天冷，大家都跟着喝点。"

沐想想震惊地盯着自己碗里的糊状物，颜色大概是暗红或是褐色，爆裂开的米粒当中依稀可见肉粒的踪迹，菜似乎放得太早了点，已经被熬得深黄，香菇丁倒是比较正常，只不过似乎大小不一，最小的跟肉末差不多，大的则比指甲盖还大。

气味从砂锅里散发出来，更加浓烈了。倒不是很难闻，不过肯定也不诱人就是了。

讲道理，沐想想真的是很不挑食的，她虽然嘴馋，但没办法满足味觉享受的时候，她并不计较用什么东西果腹，可是眼前的这碗粥真的是……

她抬起头，乔远山站在床边，有点局促，一边朝她递来期待的眼神，一边用左手大拇指无意识地抚摸右手。

那里有一块皮肤略红，似乎是被烫到的痕迹。

沐想想收回目光，用勺子拨了拨，轻轻抿了一口。

这碗放了肉跟香菇的粥，居然还能吃到红糖的甜味。

沐想想沉吟，犹豫是否要违背良心给出好评，同样喝到粥的罗美生在她之前耿直地喊了一声：“这也太难吃了！”

屋里气氛一肃，乔远山嘴角一抽，脸上露出深受打击的表情，下一秒，低沉的声音传来——

“还行吧，也不难吃，香菇的味道挺清淡的。”

乔远山愣住，看向出声的大儿子，乔瑞面无表情地端着碗转开视线。

沐想想正震惊乔家大哥果然异于常人的品位，下一秒，便听坐在床沿的乔南淡淡附和道：“确实不错。”

乔远山朝捧场的少女露出感动的神情，随即转向病床上的小儿子。

沐想想对上乔南朝自己挑起的眉头。

她的良心微微颤动：“是……是啊。”

罗美生陷入了自我怀疑。

第一次下厨就得到如此正面的反馈，乔远山简直高兴坏了，对那个登门给自家儿子送药的小姑娘也生出浓浓的慈爱来。

不知道为什么，从第一眼看到这孩子的时候他就很有好感，于是在喝完粥的小儿子再次沉睡之后，他拉着要告辞的女孩硬是多说了很久的话。

大抵每个父母心中都是以孩子为傲的，从对方口中得知自家小儿子在学校和朋友中非常英明神武后，乔远山乐得嘴巴都合不拢，立刻从房间里拿出儿子小时候的相册翻给对方看。

这一张是刚满周岁的时候，这小子可聪明啦，一岁的时候话说得别提有多流利。

这一张是三岁的时候，穿着幼儿园制服的样子可爱吧？

这一张是四岁的时候，在钢琴考级，是不是很多才多艺？

哇，以后不知道哪个姑娘能看上这小子，一定不会吃亏的！

乔远山一边说，一边饱含深意地看着对面认真翻阅相册的女孩，这么多年来，他还是第一次看到儿子跟异性走得这么近呢，小儿子终于也到了情窦初开的年龄啦。

乔南当然能听出这些话里的意思，他并没有反驳，只是神情淡淡地看着那些相纸，目光格外的专注。

每一张他和乔瑞的照片背后，都有遒劲水笔的注释，××年××月××日，摄于何地，大宝二宝几岁了，在干些什么。

他从不知道父亲居然还留着这些东西。

乔南过了很久才再度提到离开，那时候天已经快黑了。

乔远山还意犹未尽，不过也很知分寸地没有太纠缠小辈，他叮嘱罗美生去准备礼物，自己回屋去穿外套，执意要送乔南下楼。

乔远山出来的瞬间，乔南就看到了他那身眼熟的皮衣，衣服才买回来没多久，居然已经有穿着的痕迹了。

乔远山留意到他的目光，立刻露出骄傲的表情："好看吧？这也是南南给我买的，这小子你别看他别扭，其实很心疼人的。"

乔南心头忽然酸楚得说不出话，转开视线沉默片刻后才点头："好看。"

乔远山更喜欢这个会捧场的姑娘了，硬是送到小区门口才依依不舍地挥手告别，目送这丫头离开的背影，他不知道为什么心里还觉得空落落的。

真是，南南这小子怪有眼光咧。

乔南发呆了一路，跟乔远山在一起超过十分钟都没有爆发争吵，这还是母亲去世之后的头一回。

手上提着的袋子里放了茶叶和红酒，这是乔远山多年的珍藏，今天却说送就送，心情居然好成这样？

不过，那老头穿围裙的样子真是蠢爆了。

粥也煮得那么难吃。

翻相册时眉飞色舞的样子一点也不稳重，真不知道公司里那些家伙为什么会战战兢兢。

可他居然还觉得挺好。

啧。

难道换成笨蛋的身体，灵魂也会变成笨蛋吗？

乔南望着天边的红霞，意识到自己现在的心情也很不错后，立刻唾弃两声，然后嘴角诚实地勾起一边来。

乔家的小区距离城中村隔着一座公园，从外围走稍微有点距离，乔南看了眼时间后，决定抄个近路。

于是他拐进公园旁边的窄道。这是他以前街头巷尾飙车时发现的宝地，后来经常带着晏之扬他们来这儿胡作非为。

这里通常没什么人，但很难得的，没走出多久他就听到前方嘈乱的喧哗和脚步声，紧接着两道人影忽然疾跑着从他眼前的路口横窜出去。

两道人影，一男一女。

男的那个，一米七左右的个头，灰发，穿着牛仔裤，露出大半条腿。

乔南高高挑起眉头。

鲜血从额角淌落，沐松随手一擦，细致的眉眼因为这抹红色显得无比锋利。他靠在墙上，冷冷地扫向旁边哭了一路的女孩："有男朋友你不早说？"

女孩仍在呜咽，他烦躁地转开眼，伸手拨乱头发，口中啧了一声。

这次估计要悬，单枪匹马被堵在这里，叫兄弟也来不及，对方却有十好几个人，躲不开一场恶战。

好在这种情况也不算罕见，打得过就打，打不过大不了挨顿揍，受了伤随便去哪儿买点药，回头再找人打回去。

他冷笑一声，紧接着察觉到什么转过头，神情当即僵住。

一个短发少女正提着袋子站在不远处，平静的眼神扫过他，又落在旁边正哭泣的女孩身上，一瞬间脸上的神情……似乎是兴味？

沐松从短暂的怔愣中猛然回神："姐！"然后脸上首次出现了惊慌的神情，"你在这里干什么？赶紧走！"

乔南的视线落在这小子满头的鲜血上，心说沐想想那个笨蛋看见估计得吓死，他淡淡地问："受伤了？"

"你管那么多干吗？"嘈乱的脚步声在很短的时间内逼近，沐松终于慌了，上前抓住姐姐的胳膊，四顾着想找到一个可以躲人的地方。

然而已经晚了，一声嗤笑从背后传来:“两个妞？沐松你还挺能干啊。”

沐松顿了顿，转身挡在姐姐面前，神情变得无比阴冷:“裘广，别牵扯不相干的人进来。”

对面的带头大哥冷笑一声，带着人逐渐聚拢。沐松咬了咬牙，弓着身子，眼神变得狰狞。早知道姐姐会走这条路的话，他拼死也该把这群人拖在上一波战场。

真背啊！

身后传来少女的轻笑:“挺厉害啊，你小子。”

走近的领头人听到这话神情一下变了，沐松简直焦头烂额，头也不回地喝了句:“闭嘴！”

裘广这群人可不是什么怜香惜玉的主。

现在该怎么办？！要是一个人，挨打也就挨了，可沐想想为什么会在这里！

他投鼠忌器，又怕护不住姐姐，一时竟不敢进攻，只能任凭对手踱步过来放狠话，脑子里想的全是该如何将姐姐安全护出这里。

他姐跟他不一样，从小就是循规蹈矩的好学生，手无缚鸡之力，估计连脏话都没骂过一句，他就是拼了命也不能让人——

砰。

一声闷响。

沐松脸上还挂着焦躁而阴狠的表情，眼神愣愣地看着面前原本还在狞笑的对手倒了下去。

被他护在身后的姐姐拿着一根不知道哪儿来的棍子，身姿无比轻盈地跳进了人群，胳膊狠辣地一挥，然后在他的视线中微微侧首——

“傻啊你，还愣那儿干什么？赶紧上啊！”

第22章

沐松在那一刻完全是蒙的。

他柔弱的、温和的、纤瘦的、沉默的、老实的姐姐，最常见的活动是抱着各国语言自学教材背单词的姐姐，此时拎着一根木棍翻飞在人群里，挥舞出了连他这个初中一霸都难以企及的杀气。

挨骂之后他犯了会儿傻才反应过来，头脑空白地加入战场，不知道是不是错觉，总觉得今天这一架打得格外轻松，对面十几个人，没一会儿就横七竖八地躺了一地，跟他之前想象中的“恶战”截然不同。

“真校霸”乔南对此嗤之以鼻。

一群初中小屁孩的恩怨情仇，放在他这种老江湖面前实在是太不够看了，更何况小屁孩们懂什么打架，他们的“狠”无非是不分轻重而已。

他们知道拳头打在哪里最痛又不会出大事儿？

他们知道膝盖怎么踢才能恰到好处地让目标丧失力气？

这些乔南统统知道，他现在的短板只是沐想想这具身体的体力而已。好在交换的这一个多星期里，他一直都没落下该有的身体训练，又凭借对体力极其苛刻的掌控，每天增加运动量，截至今早，已经进步到可以在断断续续跑完六公里后，再做十个引体向上。

虽然依旧远远达不到他自己身体的程度，但已经足够让这群小屁孩吃点苦头了。

初中小屁孩的心理承受能力果然不行，战局风云变幻后，现场的小弟立刻跑掉一半，剩下的那一半也很快失去了对抗意志，只剩下那个好像叫裘广的老大在乔南的拳下啜泣……

乔南丢开这个小屁孩，叹息了一下祖国花朵的病变，然后回到墙角，提起之前放在那里的袋子，回头。

沐松站在满地哀叫的对手中间，表情愣愣的，听到自家姐姐平静的声音："还站在那里干吗？"

沐松现在满头血的样子肯定是不能回家的。

乔南带着这个一头灰发的小孩七拐八绕地找到一家药店，进去买了绷带、纱布和消毒药品，进公园处理伤口。

伤口不大，冲盐水，上碘伏，再包扎，他的动作很熟练，毕竟以前因为打架也经常受伤，久病成良医了。

沐松却坐在长椅上，看着自己神情平淡的姐姐的一举一动说不出话。

公园里有不少老年人在跳广场舞，这个角落却始终安静着。

沐松感受着额头逐渐被绷带缠绕的触觉，半晌后冷冷开口："你不问吗？"

乔南手指翻飞打了个结，边收拾东西边瞥他："问什么？"

沐松顿了顿，有些难以启齿，打架这种事情，很不堪吧？尤其在这个从小就品学兼优的姐姐眼里。

乔南作为过来人，几乎是一眼就看清了这小子心里在想些什么，他嗤笑："小兔崽子，毛都没长齐就学人混社会，你还嫩着呢，别以为烫个头说句脏话就是什么黑道老大了，你跟你那个什么女朋友那伙人，简直就是土老帽唱戏。"

沐松一时间竟然不知该吐槽姐姐地痞无赖似的腔调，还是姐姐话里的内容，他沉默了很久，眼神倔强冷漠："那个不是我女朋友。"

乔南："所以呢？你真的没发现哪里有问题？我刚才听你对头放狠话的时候，简直'尴尬癌'都要犯了，你们是在拍九十年代的黑道剧吗？"

沐松的脸色很难看，青春期少年的自尊心很奇妙，他们能够接受外界对他们叛逆行为的指责，甚至还会引以为豪，可唯独无法接受对他们所混圈子品味的质疑，更别提这质疑还来自一个在他看来成天只知道死读书的对象了，他觉得对方简直是在明晃晃地嘲笑自己老土。

换做平常，他根本都不会搭理，毕竟姐姐一直以来根深蒂固的好学生形象在他看来根本就是另一个世界的人，她懂什么啊，不同世界的人说的话有什么可听的？

可偏偏对方刚才还大发神威了一场，画面如此酷炫，把他和裘广这群称霸初中的扛把子们衬托得……似乎真的很土。

因为英俊的外表和帅气的举止，一直被本校女孩奉作男神的沐松此刻拼命按捺心中松动的自我怀疑，他坚决否认："你懂什么啊！"

然后就见对面的少女立刻冷下脸色，不等他意识到情况不妙，下一秒，对方的右手已经高高举起——

"啾——"

乔南把人揍过一遍，将收拾好的塑料袋扎紧后朝沐松怀里一丢，目光上下扫扫，在对方几乎要从牛仔裤破洞里冒出来的一双腿上停顿几秒，双手揣兜一声冷笑，留下嘲讽的余韵转身走了。

沐松被拍得后脑勺一阵热，他屈辱极了，很想接着倔强，但反应过来的时候，已经下意识跟上了前方的脚步。

一阵风吹来，刮进牛仔裤的破洞里，沐松冻得一激灵，忽然感到羞耻，尤其在前方还走了个穿戴整洁、身姿风流的对比对象之后。

那感觉就好像精心打扮之后，信心满满去参加米兰时装周，却发现自己的浑身装备已经是五年前的潮流。

明明在此之前，他还对姐姐身上那种毫无个性的休闲风嗤之以鼻，现在品味却忽然就变了。

回到家，很意外地，沐家爸妈都不在。

乔南没再搭理沐松，进屋后径直回了房间。反倒是沐松愣在门口，他本以为今天无论如何总会得到一番说教才对。

乔南自己就当过不良少年，他吃饱了撑的，哪有时间跟他说教？更何况叛逆期的年轻人，能听得进他人的劝诫才有鬼，乔南还记得自己中二的那段时间，简直就像枚炮仗，所有来自于亲人的只言片语，都有可能成为点燃引线的火种。

作为校霸，他从小到大身边出现的小伙伴几乎都有过这一时期，那些症状轻微些的家伙表现在抽烟喝酒，严重的根本上不封顶，沐松这样顶多谈谈恋爱、打打架的，在里头简直可以获封“纯真懵懂三好青年”，根本不需要注意。真汉子就该自己挨过去。

乔南回房间给沐家爸妈发了条短信，询问他俩现在在哪里，换好衣服后就收到了沐妈的回信，说她和沐爸两人正在外头置办东西。

置办东西？那就是短时间内不会回来啰？

乔南赶紧从抽屉深处摸出包烟，打算犒劳犒劳自己打完一架后略显疲惫的肉体。

烟刚叼嘴上，房门被咚咚敲响，乔南火都已经打起来了，只能又默默站起身。

门打开，外头站着一米七高的小孩，额头伤口的位置缠了个运动头巾，绷带被严严实实盖住。

乔南朝下一扫，那条令人窒息的牛仔裤也换成运动裤了，他心说孺子可教，却仍为对方打断自己抽烟而烦躁：“干吗？”

沐家小弟沉默了，目光从姐姐的眉眼扫到身体，一时竟陌生得不敢相认。

记忆里的对方，明明跟父母同样沉默安静，她逆来顺受，甚至面对大伯一家各种尖酸的刻薄话，都可以面不改色地平静回应，还能反过来安抚暴躁到快要失控的自己。

可现在，那个总是把自己压抑到看不出丝毫棱角的家伙，正顶着蓬乱的头发，叼着烟不耐烦地看着自己。

她穿着一件灰色老头衫（乔南最爱的睡衣）和一条夏威夷风格的沙滩短裤（乔南最爱的睡裤），尺码太大，挂在身上松松垮垮的，又趿着一双黑色的人字拖，浑身上下每一个毛孔都写满了吊儿郎当。

觉得在同为不良少年的沐松面前没必要像在沐家爹妈跟前一样克制的乔南，等了一会儿没等到对方的来意，眉头一下皱起来："赶紧的，有话快说，有屁快放。"

沐松讷讷地问："姐，你怎么变这样了？"

乔南挑眉，他可是记得沐想想说过沐松从上学起就跟家里人不太亲的，从上了初中之后更是连家都很少再回，对着这个家伙，他一点儿不担心露馅，于是理直气壮地回答："什么叫变这样，我本来就是这样。"

每天在沐爸沐妈面前夹着腿走路根本就不是人干的，他实在懒得再跟除他们之外的人伪装了。

本来就是这样？

那个安静、沉默、隐忍、循规蹈矩的姐姐，私底下居然是这样的？！

一时间，沐松就连面孔上终年常驻的狼崽子表情都难以露出，他卡壳了好久，久到乔南都想开口赶他的时候，才低下头闷闷出声："今天的事，谢谢。"

乔南用目光审视了他一会儿，侧开身子："进来吧。"

沐松没进过这个房间，但一般女孩房间长什么样他是知道的，因此在踏入的瞬间，他脚步顿了顿。

跟他的房间一样窄小的空间，很难想象如何才能折腾得这么乱。

靠墙的单人床上乱七八糟地丢了一堆衣服，T恤跟毛衣团成一团从床沿挂到地上，旁边的书包拉开了拉链，松松垮垮的跟衣服一起瘫着，门对面的书桌已经被堆得没有一点空地，试卷和辅导材料高高摞在一起，书柜上则空空荡荡的……

乔南居然没觉得有哪里不对，一边懒散地扒拉着头发朝里走一边随口说："坐。"

坐哪儿？

沐松无语地看着她，他从不知道自己的姐姐居然还有这样神奇的一面，堂堂一个优等生，私下里比他这个小混混还散漫，是不是有点过分了？简直枉为这一片区人人口中“别人家的孩子”。不过认真想想，他发现自己确实也很少跟对方交流。

或者说他一直认为自己跟这个家的氛围格格不入，比如面对那些惹人厌恶的嗡嗡作响的苍蝇，他的暴躁总是跟家人们隐忍的态度形成鲜明对比。

久而久之，他开始厌烦这样憋闷的环境，他无时无刻不想逃离，试图用自己的方式得到能力，然后解决那些问题。

而此时，突如其来的发现让他心中出现了一种奇妙的感觉，仿佛忽然间，他和姐姐之间有了一个属于他们自己的小秘密。

乔南扫了他一眼，皱起眉头啧了一声，心说真是够麻烦的，上前抱起床上的一摞衣服搁到椅子上：“坐啊。”

屋里倒是没有异味，但……沐松盯着那个险些被衣服埋葬的电脑椅，他努力忍耐了一会儿还是没忍住，受洁癖本能的驱使，上前挤开姐姐动手收拾起来。

他的动作很麻利，三下五除二就把那堆让人头疼的玩意儿搞定了，整整齐齐叠好的衣服重新回到床上，只占据一个小角落。然后沐松开始收拾桌子，辅导教材归辅导教材，教科书归教科书，就连试卷都分作不同科目整理成不同的几叠，乱糟糟的房间一下就清爽了许多，有点乔南刚来时的气质了。

乔南愣了一会儿，把烟从嘴上取下来，露出了惊喜的眼神。

可以啊这小伙子，整理房间很有一手嘛！居然这么轻松就把他从苦海里拯救了出来！

讲道理，房间那么乱真的不能全怪乔南，毕竟他从小到大都没做过家务。乔家一则够大，二则每天都有钟点工来收拾卫生，他过惯了这样的生活，刚到沐家时，真的不适应极了。

沐想想是个相当自立的人，不管学习还是生活，一点都不给爹妈添麻烦，她的衣服全都是自己洗的。

乔南用不来沐家那个老式到百度都搜索不到说明书的洗衣机，又不能贸然去问，他还爱干净，不论春夏秋冬，每天都得从里到外换一身衣服，短裤袜子那些还好，可以直接穿完就丢，可衣服那么大的目标能怎么办？

沐想想的衣服还少，照他这个换法，两天都撑不到。

乔南只好买回来一大堆先换着穿，打算等攒够一定的脏衣服数量，再找个沐爸不在门口的机会，翻窗户送去干洗店处理。

现在好了，有了勤劳勇敢的沐小弟，直接可以省去翻窗户的工序！

乔南见沐松叠好衣服、收拾好书桌后，似乎就想休息的样子，赶紧发号施令：“顺便帮我拿去洗一下吧。”

沐松抱着一叠黑、灰、白色的T恤，神情无奈地与他对视，满脸都是不情愿的表情。

五分钟后。

沐家卫生间里老式的洗衣机“咚咚咚”地开始运转。

当沐爸沐妈提着大包小包回到家时，差点被眼前的场景吓傻，他们离家出走的小儿子正举着晾衣竿，一件一件朝晾衣绳上挂衣服！

沐妈手上的编织袋“哐当”一下就掉地上了，里头发出疑似铁器碰撞的声音，把正在干活的沐松惊得回过头来，脸上当即露出尴尬的神色。

双方短暂的沉默被房间里出来的乔南打破，他盯着门外堆成小山的袋子，赶忙上来帮忙：“什么东西啊，怎么那么多？”

沐妈和沐爸勉强将自己的视线从阳台上举着晾衣竿似乎已经陷入僵硬的小儿子身上挪开，沐爸憨笑道：“不用你搬不用你搬，爸爸自己来，袋子脏，就一些锅碗煤球什么的。”

乔南没理会他的驱散，动手把几个编织袋朝里搬，一边朝阳台喊：“过来帮个忙啊！”

沐松迟疑了一会儿，放下晾衣竿阴着脸过来了。

门一关，沐妈就兴奋地蹲下开始收拾，她拉开编织袋，从里头一样样朝外搬——铸铁锅、锅铲、面粉、不锈钢的小盘子、搪瓷杯、一次性筷子……乔南看得莫名其妙：“你们买这些东西干什么？”

沐妈气喘吁吁的，脸上却带着笑，手心全是灰，一抹汗脸上马上脏了一道：“哎哟，我的宝贝闺女，昨天不是你说的吗，说你爸这个手艺弄点吃的能赚钱，把你爸给激动的，昨晚一宿没睡，今天着急忙慌就开始筹备了。”

沐爸有点不好意思地笑着说：“你别听你妈瞎说，明明她比我还激动。”又有些心疼地皱起眉，“就这点东西加在一起要一千多呢。”

他一个月也未必能赚到这个数。

沐妈赶紧道：“没事没事，做生意肯定得花点本钱，本钱花出去，未来说不定就几倍几十倍赚回来了。”

沐松没经历昨晚那碗面条，听得摸不着头脑，乔南回忆起自己的那句无心之语，却十分无言——昨晚吃那碗面条的时候已经快十二点了。

沐爸沐妈今天就去买回来一堆东西，中间差了有十个小时吗？这对夫妇做事情……真是太有效率了。

沐爸沐妈确实都是做实事的性格，昨天听到乔南无意说的话后，他俩躺在床上一宿没睡，你一言我一语地，直接把一个小生意的脉络给梳理了出来。夫妇俩那个激动啊，早上起来什么都没干，一上午都在列清单，中午就直奔集贸市场，忙到了这个点。

沐爸骑着他那辆政府发的残疾人电瓶车跑了一整天，这会儿居然一点也不露疲倦，兴冲冲地把地上的材料归置了一下之后，就提着一大袋尖椒朝厨房跑，没一会儿，就传来一股清爽的尖椒味。

乔南被他风风火火的样子弄得有些蒙，怎么这就开始做起来了？

没一会儿就见沐爸从厨房里端出一个巨大的脸盆，搁在餐桌上，开始调料，弄了一堆料酒、醋、酱油朝里倒。他这样节约的人，竟然少见地不心疼东西，“咕咚咚”倒空了好些调料瓶，直到料汁完全浸没脸盆里那些切成了指节宽的尖椒段。

屋里的尖椒气味立刻又被一股酸酸甜甜的调料味盖下，乔南被他做菜时的豪放镇住：“这是什么？”

“爸腌点辣椒，明天拿来当调料。”沐爸解释完后又声音洪亮地喊，“行啦，这里不用你们帮忙，明天你俩也得上学，赶紧回去睡吧！”

“明天？”

乔南一瞬间简直以为自己听错了：“今天一天时间你们连店面都搞定了？”

“怎么可能。”在那儿搬一个很奇怪的带很多小抽屉的超大不锈钢货柜的沐妈用看傻子的眼神扫向女儿，“A市店租那么贵，随随便便不得个好几万？我们家哪里有钱哦，我跟你爸先租了三天青年广场的早餐摊儿，试试水，如果生意可以的话，后天就可以领办卫生证和许可证了。”

夫妇俩一齐笑起来，沐爸已经腌好了辣椒，又去厨房搬出一大袋香菇来切，旁边还有肉丁，他似乎还有什么大工程。

他俩都一副对自己做的事情理所当然的态度，乔南却直接愣在那儿。

这也很超神了啊，一天时间……不，应该是十几个小时的时间，就确定了项目方向、项目种类、经营方式和销售渠道，还搞定了项目材料，听起来似乎还顺便去跑了证件办理。

乔家公司里都未必能找到几个业务效率那么高的员工。

这对夫妇外表其貌不扬的……真的是有点了不得。

那边沐爸简直杀气腾腾，菜刀抡得飞快，乔南脑子里转了个念头的工夫，他已经搞定了第二道材料，然后去厨房架起了锅。

肉丁、香菇丁以及其他七七八八的食材被热油一下激出奇香，乔南肚子一阵饿，不敢再待下去了，赶紧起来打算回房间，顺手扯了还在发呆的沐松一把。

沐松的视线落在厨房方向，久久没能回神，前些日子他没在家，这是他第一次碰上沐爸做饭！

那道站在厨房里掂着锅铲意气风发的身影何其熟悉又何其陌生！

他不过是一段时间没回家而已，为什么父亲也出现了那么大的变化？他不再像昨晚或者以往每一次和他争吵时那样浑身充斥着对生活的无力感，反而顶天立地，变得和他曾经幻想过的那个父亲的形象……越来越接近了。

沐松怔在那儿，乔南拽了一下竟然没拽动，自己歪了一把，披在老头衫外头的外套下摆被旁边那个袋子勾了一下。

“啪嗒”一声。

正蹲在地上整理一袋袋澄面的沐妈循着声音不经意抬头看去，目光登时直了，下意识伸手一捞——

红彤彤的，一包软中华。

乔南："……"

眼见沐妈抓着那包烟在短暂的发愣后，神情一点点变得严肃，然后抬头，似乎要看向他的样子。

霎时间他脑海中风云变幻、山呼海啸，灵机一动转过身来——"啪！"

还在怔怔看着父亲做饭的沐松后脑忽然一痛，他下意识抬手，捂着头茫然地转过脸。

下一秒他姐已经毫不留情地揍了下来："你个臭小子……"

沐松："啊？"

他姐毫不退让地对上他写满问号的双眼，方才小秘密般的吊儿郎当已经一扫而空，浑身散发着凛然正气："才多大就跟人学着抽烟！"

"什么什么！"正在烧汤的沐爸立刻一瘸一拐地奔了出来，扫过客厅的家人，又看向已经站起身来的妻子手上捏着的那个烟盒，他的表情立刻变了。

"臭小子！"

"爸！"他正要过来，又忽然被女儿打断，转头看去，就见女儿忽然想起什么似的，跑回房间拎出个纸袋来给他，"我都忘了，今天去朋友家玩，这是朋友家里让我带给你的礼物。"

沐爸的脑筋还停留在小儿子居然学会抽烟的噩耗上，对礼物毫无兴趣，只是女儿都已经上前了，只能给面子低头看一眼。

这一看立刻顿住，他伸手抽出里头的茶饼："这是普洱吧？"

乔南连连点头，这可是好年头的普洱，他爸珍藏了许多年，一般都舍不得拿出来待客。

沐爸拆开茶纸，凑上去嗅了嗅，露出了非常惊喜的笑容："真是好茶！"

他刚松了口气，紧接着便听对方说出了后半句话："刚好今晚给你们煮几个茶叶蛋，明天带到学校当早饭吃。"

沐爸说着就抱着那个茶饼转身走了，忘记了儿子抽烟的事情。

乔南站在原地，在阻止他和不阻止之间犹豫。

一分钟后，他转身回到客厅，对上正用无比复杂的眼神看着他的沐松。

乔南沉默了一会儿，还是转头先朝沐妈下手，抽走对方拿着的那包烟："没事妈，你忙你的，我来跟他说，一会儿顺便把烟给丢了。"

然后在安抚住好骗的母亲之后，与沐松再次四目相对。

乔南沉吟了一会儿："要不你接着晒衣服去吧。"

"……"

第23章

沐爸跟沐妈忙活了一整晚，客厅的灯彻夜长明。

六点多，乔南被一阵迷人的香气叫醒，出来时发现沐爸跟沐妈已经不在家里了。

他迷迷糊糊地循着香气找去，厨房的灯还亮着，在些微的晨光中打亮了餐桌上的一张纸条，他拿起来一看，是写得歪歪扭扭的一排字——

“我和你爸出门了，厨房里热着你爸昨天做的茶叶蛋和胡辣汤，吃饱了再去上学。妈留。”

哦，乔南醒了醒神，他想起来了，沐家爸妈昨天说要去那个什么青年广场卖早餐来着。

这对夫妇效率是真的高，一个晚上的时间就把原材料都给搞定了，屋里已经看不到沐爸昨天腌的那盆壮观的辣椒段。乔南摸进厨房，香气越发浓郁，是从灶台上的一口小锅里散发出来的。

打开来，入眼是深褐色的汤料和浮沉在里头的鸡蛋，鸡蛋已经去了皮，不多，七八颗的样子，一颗颗圆润饱满，被浸染出了诱人的光泽，还能看到粘在上面的些许茶叶梗。

茶叶梗……

乔南为那块乔远山收藏多年的价值不菲的茶饼默哀了一会儿，但这种心情又很快被驱散。没别的理由，这一锅茶叶蛋实在是香得有点过头了。

这种随处可见的平民小吃，乔南当然吃过，别的不说，十二中周边那些红红火火的早餐摊儿上就几乎每一家都有卖。仔细说来，茶叶蛋无非就是卤进料汁里煮熟的鸡蛋，味道比白煮蛋略浓郁一点而已，其余能有什么特别之处？

起床后胃袋空空的乔小少爷摸到碗筷，捞出一颗蛋咬下去的那瞬间，内心诚恳地向茶叶蛋道歉。

他错了，这明明就是太有特别之处了好吗？

淡淡的茶叶香味混合独特的卤汤，在鸡蛋遭遇挤压的同时涌入口腔，渗透进每一处味蕾，乔南根本吃不出汤里放了些什么东西，只觉得咸淡合宜，回味醇厚。弹牙的蛋白已经完全跳出了寡淡的原味，变得清香适口，更奇怪的是，蛋黄尝起来一点也不干燥，明明已经全熟，却还呈现出溏心的胶稠。

因为最近加大体力消耗的缘故，饭量比之前大了不少，乔南一连吃了两个蛋才停下来，还意犹未尽，打开旁边小汤锅的锅盖。

汤锅里盛的是胡辣汤，估计是沐爸出门前临时做的，放过那么一会儿，已经变得温凉，刚好适口的温度。

黏稠的汤汁带着淡淡的胡椒味，同里头被切成细碎的肉末、香菇丁，以及各种蔬菜丝搭配得恰到好处，新鲜的葱花、香菜洒在上面，再搅拌进沐爸自己特制的辣椒油，一口下去，咸鲜爽辣，喝得人连精神都振奋起来。

情绪忽然变得好高，乔南就这么站在厨房里吃了个饱，然后左右看看，扯了个保鲜袋，把锅里剩余的几颗茶叶蛋舀出来，趁着温度还热，回房间洗漱穿衣赶紧跳窗晨跑。

沐想想接到短信下来的时候还很疑惑："你怎么来了？"

乔南本来想问她病好点没有，结果一看到她，眉头首先高高挑起："你怎么穿那么多？”

这会儿已经过了立春，A市虽说还是冷，却已经不像年前那么低温了，沐想想却毛衣套毛衣，羽绒服套羽绒服，把乔南这样英明高大的身体套出了一副蠢相。

沐想想被套成这样，走路也很艰难，她回忆起出来之前被乔瑞和乔父先后拦截的经历，无奈道：“要多谢你爸爸和你大哥的关心。”

虽然已经看到了家人的一些改变，但听到诸如此类的内容，乔南还是好一会儿没能适应，毕竟真的疏远了太久，他当下竟然有些没办法想象大哥和父亲叮嘱自己添衣的画面，顿了顿之后把手上提着的东西递出去：“算了，给，这是你爸煮的茶叶蛋。”

沐想想发了会儿怔，缓缓伸手接下来。

她有些缺乏真实感。这是爸爸做的。

不久前从乔南口中得知对方开始做饭的消息时，心悸还没能过去，就在这样毫无准备的情况下看见成品，她沉默地盯着那个袋子。茶叶蛋还带有余温，浸泡在少量的汤汁里，隔着塑料袋都能嗅到隐约飘散出来的香气。

沐想想忽然想起自己小时候，那时候父亲还没出那场意外，常常会手把手地教她如何做菜。父亲的作品总是最受欢迎，就连周边兄弟厂的领导也常常会来蹭饭，一大锅的茶叶蛋，刚抬进食堂就会被哄抢一空。

小小的沐想想那时真是崇拜爸爸，爸爸高大英俊、风趣温和，又照顾家庭，跟爸爸在一起，什么都不必担心，总能学到很多很多的东西。

从什么时候开始，脑海中顶天立地的支柱就逐渐被瘦小佝偻的身躯所取代了呢？

蛋还留有余温，沐想想小心地打开来，慢慢咬上一口，平静视线里就染上了几分温和的水光。

那么多年过去，爸爸依然宝刀未老，他做的美食味道，是可以穿透时光的。

不过，对着眼下的境况，沐想想感动了一会儿，脸上的似悲似喜又慢慢收敛起来。

站在旁边的乔南双手揣兜，正无所事事地等待感谢，没料到下一秒反而得到了对方写满不甘心的眼神。

乔南怔了怔，心说几个意思啊，我特地一大早来送茶叶蛋，你不感谢就算了，还这么看我？

看他完全是一副已经沉浸在沐爸好厨艺的蜜罐里不知疾苦的单纯模样，沐想想联想到自己的处境，心态有点崩。

这还得从一早说起。

出于省钱考虑，沐想想在乔家的这些天，已经养成了早起一边背单词一边做早饭的好习惯，乔远山和乔瑞回来之后，她更是每天要多做好几倍的分量。

于是高烧退去后，她今天也是一样地早起下楼，谁知刚一踏下楼梯，就察觉到了非同以往的气氛。

这气氛不知道该形容成凝滞还是紧张，总归是不那么叫人放松的，沐想想心里立刻就生出了不妙的预感，很快她就意识到自己猜对了。

因为紧接着，穿着小猪佩奇粉色围裙的乔远山就从厨房里钻了出来，看到她，胖乎乎的脸上还露出了慈祥的笑容："那么早就起来啦？"

沐想想盯着他满手的面粉看了一会儿："您这是在做什么？"

"包子！"乔远山的回答风风火火，"今天不用你忙活了，爸来做早饭，一会儿等着吃就好。"说着又念念有词地进厨房忙活起来。

乔家的厨房非常大，但此时已经乱得连中岛都没有位置放东西了。乔远山面前放了一个似乎是装馅料的盆子，一手酱瓶，一手黄酒瓶，盯着墙上一个亮着的屏幕朝盆里使劲地搁东西。

"黄酒适量……"

"咚咚咚咚"，倒下小半瓶。

"酱油适量……"

小半瓶。

"盐少许……"

"咔咔咔"，三勺。

"豆瓣酱……"

半罐子豆瓣酱进去了。

盆里的肉馅跟切得长短不均的小葱拌得不分你我，根本看不出原有的色泽，泛着一股臭鞋垫的气味。

罗美生跟在后头试图阻止他："你说你一大早忙活个什么劲儿，一会儿还得去公司，别把自己给累到。"

初尝"煮夫"生活的乔远山却显得斗志昂扬："不累！老子照顾儿子天经地义，给儿子做顿早饭有什么可累的。"

罗美生看他咣咣拌馅儿时整个中岛都要颤抖起来的架势，只好委婉地换种方式："你说你也没什么经验，昨天才第一次做粥，今天就挑战小笼包，会不会难度太高了？说不定孩子不爱吃呢？"

乔远山露出嘚瑟的笑容："不会，我还是有点天分的，你忘了，昨天第一次做那个生姜粥，就连南南他朋友都说味道好。"说到这里声音忽然一顿，眼神谴责地扫向罗美生，"也就你口味怪。"

罗美生简直想跪下了，天地良心啊！

乔远山已经完全沉迷在了照顾儿子的快乐中，他再度朝那一盆越拌越黑、越拌越多的肉馅里加了五十毫升高级香槟，继续快乐地搅拌起来。

话说到这儿，沐想想仰头叹息出声，满脸苍白。

她对面的乔南完全呆滞了，脑子里全是昨天喝到的那锅稀粥的口味，他望着沐想想的视线中带着难言的尴尬："不好意思。"

虽然关系不怎么样，但那个给人惹麻烦的，毕竟是自己亲爹。

尤其在自己这边精通厨艺的沐爸的比照下，沐想想打开的通关副本，难度简直是地狱模式。

"算了。"

甭管手艺如何，毕竟乔远山做饭的出发点始于善意，沐想想纠结了一会儿还是释然，她吃完最后一个蛋后擦擦嘴："毕竟你爸这也是关心你。"

乔南愣了愣，感受了一下心中奇妙的情绪后，他低头轻笑。

"你话还真多。"

然而回去的一路，脸上却不禁挂上了笑容。

不过走到一半，他的脚步忽然顿了顿，似乎忘记了什么东西？

乔南站在原地，思索片刻，脑子里转了一圈，实在找不出头绪。

算了，应该是错觉吧。

此时此刻，沐家，狭窄的小房间中。

沐松在第四道闹铃的振动中疲倦地从床上坐起。他昨天晾了一晚上的衣服，后来梦里也在晾衣服，晾得他整个人都要虚脱了。

房间里弥漫着一股浓浓的香气，引得他有了些起床的动力，沐松理理头发，起床穿衣，打开衣柜跟以前一样朝某条破洞牛仔裤伸手的时候，他微微一顿，姐姐昨晚上下扫视时嘲讽的笑容忽然蹦了出来。

半分钟后，他胳膊一抬，转向破洞牛仔裤旁边的那条休闲裤。

不知道为什么，总觉得今天的衣服换得格外憋屈，总之他可以说是很不高兴了。沐松臭着脸打开房门，借着灯光也看到了餐桌上的那张纸条，拿起来扫了两眼，不在意地掉头朝厨房走。

灶台旁边已经搁了一套使用过的碗筷，不用说沐松都知道是谁干的，吃完饭居然连碗都不知道顺手洗，他对自家以前居然一直没看出来竟有那么懒散的姐姐无语片刻，还是动手把碗筷丢进了水槽里。

然后他回忆着纸条上的信息，自己取了一副碗筷，回到灶台前，伸手，揭开锅盖，黑褐色的卤汤里……除了茶叶梗，只有茶叶梗。

全部都是，茶叶梗。

沐想想回到楼上时，乔家客厅里已经弥漫开神奇的气味，如同臭鞋垫放在取暖器上烘烤出的“清香”。

她脚步一顿，就对上了罗美生几近绝望的眼神，更绝望的是乔远山居然没有感觉到任何不对，还在就着臭鞋垫的味道美滋滋地调蘸料。

沐想想严重怀疑他本身的味觉就有问题，因为昨天她借口想睡觉喝不完粥，最后那小半锅粥全是乔远山自己吃的。

他喝粥时神情非常自然，很明显是真的没觉得自己的厨艺有什么问题。

这就无解了，除非当面直说，沐想想还真没别的办法点明这一症结。可当面直说的话……那位已经在油盐酱醋里愉快地哼起歌的父亲，又让她有一些不忍开口，她虽然心直口快，却唯独很少挑剔家人。

于是静默片刻，她选择跟大哥乔瑞一样避开罗美生求助的视线。

乔瑞仍旧像往常那样冷酷平静，沐想想进家门的时候他在看报纸，换好衣服下来的时候他仍盯着同一页。

厨房里的乔远山似乎已大功告成，他端着一个精致的蒸屉快乐地出现，伴随臭鞋垫味道一并而来的，是他中气十足的声音：“开饭啦！”

沐想想心里哆嗦了一下，余光忍不住瞥着乔瑞，对方却只是平静地扫了厨房一眼，神情纹丝不动。

“哐当”一声，蒸笼搁在了桌上，锅盖被一把揭开，看到眼前出现的场面，沐想想眼睛都被辣了一下。

毫无卖相可言的小笼包横七竖八地躺在屉布上，黑褐色的汤汁放肆地从口子流淌出来，很难想象这种作品究竟是被人抱着怎样的心态进行烹制的，乔远山也终于流露出些许自知之明：“第一次包包子，还挺难的，包得不太好看。”

罗美生神情恍惚，沐想想一时间也不知该如何作答，沉默中就听乔瑞冷质的嗓音忽然响起：“不会，挺好看的。”

沐想想转头，就见乔瑞脸上的神情，居然……有点真诚？！

沐想想对他终于生出了些许敬佩，不论如何，对方能在惨淡挑战前还保持一份平常心，这份自持和冷静就足够她一辈子学习。

乔远山果然被哄得很开心，立刻开始分发筷子：“趁热吃趁热吃，包得不行但味道应该不错！”

乔瑞没有丝毫犹豫就接下了，就着乔远山递来的内容物不明的蘸料碟，非常痛快地朝包子们伸出筷子。

沐想想注视着他丝毫不见勉强的举止，已经彻底折服，这样的心性，真不愧是年纪轻轻就能成为乔远山左膀右臂的天才!

枉她还以为自己多么能吃苦，遇到这么一点小困难就畏畏缩缩!沐想想被这念头一激，立刻激出了勇气，她一咬牙心一横，学着榜样的样子，拿起筷子就要伸出，乔瑞的筷尖却在碰到包子皮的那瞬间忽然停下了。

兜里的手机响了一声，他顺势放下筷子掏出来看了一眼，然后眉头挑了挑，看向乔远山:“爸，公司里忽然有点急事，我得先去看看。”

“啊？什么事啊这大清早的，我怎么不知道？”乔远山露出茫然的表情，但他并没有察觉到不对，只是下意识地追问而已。

“是我手下项目组的，有个投标文件价格方面出了点问题。”乔瑞有理有据，边说着边站起身穿衣，一向冷酷严肃的表情也变了，眉头还凝聚着一抹焦急。

这样啊……

乔远山被大儿子煞有介事的态度吓到了，不疑有他，立刻示意他工作要紧，不过目光转回笼屉的时候，眼神还是带着些许失落。

恰在此时，乔瑞的声音再度响起。

“保鲜袋在哪里？”他语气平静地说,“我想带几个包子路上吃。”

乔远山愣了愣，立刻笑了，脸上还没成型的失望一扫而空:“我去给你找!”

乔瑞披上外套拿着保鲜袋脚步匆匆，离开前视线对上弟弟，他意味深长地挑了挑眉头。

大门关闭时发出一声微响，正准备以身试“毒”的沐想想盯着大门，头脑中还定格着乔瑞离开前脸上针对“投标文件”流露出的焦急中掺杂怒火的神情，头脑中有什么信念此刻轰轰烈烈开始倒塌。

沐想想头脑飞速转动，下一秒，对上门口转身的乔远山，她也撂下筷子，露出一个慌张的表情。

罗美生:“……”

大意了!

清晨,A市还未从沉睡中清醒。

沐爸顶着夜色将他的残疾车从楼道里倒出来，一边没话找话地问妻子：“家里留的东西应该够孩子吃吧？”

沐妈笑着回答：“肯定够啦，煮了八个蛋呢。”

沐爸“哦”了一声，开始把昨晚准备好的东西朝车上搬，没一会儿又问：“你呢？你饿不饿？”

沐妈知道他紧张，好脾气地安抚道：“不饿不饿，咱们赶紧吧，再不快点该来不及了。”

做早餐是份辛苦活儿，得赶在客户群起床之前就做好一切准备工作，可连轴转两天，沐爸这次却一点也不疲倦，满心只有对未来的期待和一些说不出的紧张。

他心跳得厉害，几乎要从嗓子眼儿里冒出来，望着天边还未落下的弯月，他深呼吸一阵，然后慢慢爬上车子。

车启动前，铁器碰撞的声音短暂地响起，沐妈赶忙按住编织袋，可似乎还是吵到了几个邻居。

二楼的窗户被推开，一个穿着厚睡衣的中年女人探出头来，皱着的眉头在看清楼下的人后高高挑起：“老沐？老沐他媳妇？”

沐爸转头，看清说话的人后脸上露出一个憨笑：“嫂子。”

“这大清早的，你俩不睡觉在外头干啥？又敲又打，吵死人了。”

“我跟阿斯去做点生意。”沐爸已经习惯对方这样近乎无理的说话方式，回应依旧温和，“不好意思啊，吵到你们了，下次我们会小心点的。”

说罢手腕一摆，启动车子，载着沐妈摇摇晃晃地走了。

二楼那女人得到回应后反而愣在窗口，半晌后床上传来不耐烦的喝问：“大冷天的你开着窗户坐在那儿有病啊！”

“嘿，你猜我看见谁了？你弟载着你弟媳妇在外头呢，说他俩要去做生意！”中年女人也不生气，关了窗户兴冲冲地钻进被窝里，脸上挂着看好戏的嘲讽神情，“你弟这是脑子也坏了吗？就他还做生意？他一个残废，出去能干个什么啊？”

她一边说，一边推搡被窝里的丈夫，似乎很想跟对方分享这个笑话。

她丈夫却只是哼哼两声，充耳不闻地打起了呼噜。

残障车的性能并不怎么好，开起来的时候会有小小的“突突”声，在清晨人烟稀少的时候很引人注目。

沐爸已经快记不得自己有多久不曾踏足离家如此之远的地方了，由于身体原因，他的活动范围一般局限在城中村周边，日升日落，只有那么小小的一块世界，因此他居然到了这会儿，才突然发觉A市日新月异的变化。

公路拓宽了，水泥路改成了柏油路，原本是工厂的地方已经翻新盖上了写字楼，以前空旷荒芜的停车场则变成了一座大商场。

恍如隔世的感觉笼罩着他，似乎这个世界已经不是他所熟悉的那个了。

沐妈坐在后座，搂着他的腰，在丈夫不住地左顾右盼里，心中生出酸楚又甜蜜的滋味。

多少年了，她看着丈夫日益沉默，日益佝偻，自己将自己禁锢在牢房一般的范围里，从原本那个意气风发的有志青年变成了连笑容里都带着隐忍畏缩的中年人。

她装作看不到这些改变，也从来不说出口，以免增加丈夫的负担，唯有内心，她深刻而清晰地为对方不甘。而现在，仿佛囚困在帘幕下冒出头来的些许微光，她从丈夫一点一点亮起的眼神里，终于咂摸到了久违的朝气。

青年广场算是A市城南的一处地标，周围罗列分布了许多的学校和商圈，日均人流非常可观。前些年市政整改不允许小贩随地摆摊儿后，这里就搞起了一些正规的固定摊贩点，只做租赁，经营了那么些年，已经小有名气，在附近上学的学生和上班的白领们，早上一般都会绕到这里解决早餐。

这里的摊位不好租，费用也不便宜，金额高到沐爸现在想起来还要倒吸一口凉气，在洽谈中得知这里空置的摊位有多么抢手之后，他和妻子还是非常果断地拍板花出了这笔钱。

说不上为什么，似乎这种果决就深埋在他们的骨子里，连贫困都无法遮挡它。

但这毕竟是一笔大钱，起初还不觉得有什么，到了这会儿，沐爸还是避免不了地感受到了紧张。

广场上各个摊位的小贩们差不多都已经到齐了，周围的人都在用好奇的眼神打量他们，沐爸本就不太自然的走姿越发得别扭。

许多人便了悟地交换视线——这是个残疾人啊。

大伙儿不再关注他们，来这儿起早贪黑的都是奔着钱的勤快人，残疾人愿意自食其力也是很叫人尊敬的一件事，只不过他们带来的装备太奇怪了一点，那么大的蒸箱可真是前所未见。

沐爸把蒸箱扛上摊位，忍不住跟老婆说话："你说咱们的东西能卖得出去吗？"

沐妈已经麻利地洗好手开始搅拌米浆，对丈夫仍旧是没有底线的好脾气："放心吧，你那么厉害，咱们生意肯定会很好的。"

沐爸心中仍是忐忑，这一来一回加上今天的摊位费，他们的成本支出已经将近两千，几乎已经用光了他们家的一半积蓄，今天的生意不好，这些东西就得白白打水漂，久违的来自生计的压力重重镇在心头，倒叫他意外找回了多年前养家糊口的心态。

养家糊口啊……这可是一家之主才能扛起的责任。

沐爸的眼神一阵恍惚，他已经不知道多久没把自己跟这个词语联系在一起了。

沐爸忽然浑身充满了力量，"嘿哟"一声将蒸柜嵌进了锅里，然后麻利地清洗蒸屉，开始等待客人。

七点，A市的各大主干道逐渐变得拥堵。

赶着上班的年轻人脚步匆匆地从各种交通工具里出来，一个身穿职业套装的小白领拢着朝内灌风的衣领，在晨光中打了个哆嗦，脚步在路口一顿，像往常那样朝青年广场转去。

那里是商圈白领们公认的晨间食堂。

刚踏进这里就能嗅到各种各样美食的香气，小白领越发饥饿难耐，她的目光在周围的各个摊位上穿梭。

那家的油饼味道还行，不过最近长痘，不能碰油；这家的煮粉嘛，清淡是挺清淡的，不过味道一般。

在这儿吃了将近一年，该尝的摊位几乎都尝过了，因为口味挑剔，她很少能吃到特别满意的东西，所以平常选择早餐的时候，总显得很纠结。

忽然间，她目光一顿，在视野中捕捉到了一抹新鲜的颜色。

不远处的一个以前好像是卖可丽饼的摊位，今天忽然换了陌生的老板，硕大的蒸箱正在汹涌地朝外冒着蒸汽。

她就说那家可丽饼那么普通，估计是做不长的。

小白领这么想着，一不小心扫到了那处摊位后头几乎已经全部坐满的进餐区。

蒸的东西啊，估计挺清淡的吧？

她打定主意，上前瞄了一眼，两位摊主已经忙得热火朝天，女老板正在朝一个抽屉里用勺子抹肉酱，抽空抬起头看她一眼，脸上立刻露出让人心生好感的笑容："您好啊，要吃点什么吗？"

小白领朝旁边看了一眼，摊位上有个手写的招牌，上头的字不太好看，不过很清晰——

肠粉：素粉3元，加菜2元，加肉5元，加蛋3元。

她沉吟一会儿："来个加肉加蛋的。"

随着一声麻利的"好嘞"，女老板利落地抽出一个大蒸屉，另一手拿了个跟刮墙腻子似的工具，尖角朝蒸屉里一滑，半透明的米粉状物就被那腻子一分为二，堆叠起铲出来，归置到一个干净的盘子里。

女老板的手一递，男老板很有默契地接下，然后胳膊一抬，从旁边一个不锈钢盆里舀出一勺汤，浇进盘子里。

小白领给完钱，端着盘子的时候还有些反应不过来，这就好了？也太简单了吧？

心中不由得对自己今天冲动尝试新东西有些后悔，总觉得这一盘素不拉几的东西好吃不到哪儿去，小白领懊恼地找了个空座，撕开一次性筷子，将那堆素粉跟褐色的汤汁搅拌一下，低头张嘴，打算随便吃吃填饱肚子回去上班。

素粉滑入口中出乎意料的质感令她微微一顿。

下一秒，那股来自褐色汤汁的醇厚浓郁的咸鲜，毫不留情地直冲味蕾而来。

第24章

肠粉这东西，沐爸是在很早很早之前，还在食堂工作那会儿，跟一个从潮汕来的同事学的。虽然许多土生土长的A市人从未见过这种小吃，但千里之外的另一个城市里，它却是一种随处可见且相当受欢迎的平民美食。

沐爸摆摊儿之所以选择做它，主要是看中它的轻巧方便，米浆混合蔬菜、肉、蛋，蒸熟即可食用，只要搭配调味的汤汁味道出色些，世上怕是再没有比这更简单的餐点了。

只不过厨艺精湛如他，根本就不知道，"简单"这种评价，哪怕在肠粉的发源地也未必有多少厨子敢大言不惭地说出来。

不说别的，光那道最后浇上的汤汁，想做到"味道出色"，就绝不是轻而易举的事情。

粉坯软嫩弹牙，薄厚适宜，加在里头的肉末调过味，混在米浆中一点也不出格，往里头打个蒸熟后肥厚滑溜的鸡蛋，再配上一口沐爸昨天小火焖了一整晚的、满是肉末和香菇丁的浓香醇厚的汤料，间或来上几颗餐桌上泡得酸爽可口的爽脆尖椒。

还有什么事情，能比一大早在昏昏沉沉上班前吃到这样一口美味更叫人精神振奋的吗？

于是同学、同事间短信纷飞，现吃的、打包的络绎不绝，很快，青年广场某处角落的摊位，在开业当天就掀起了一波热潮。

新开的早餐铺上，两位老板已经忙到天昏地暗，蒸汽夹带着食材的香味扑打在脸上，大冷天的，夫妇俩额角竟然都冒出了汗珠。

身后传来食客的高呼："老板！再给我来一盘加肉加蛋的！"

"好嘞！"

沐妈头也不回地答应一声，手上的动作已经快速到近乎机械，打蛋、抹肉、舀米浆、盛盘，源源不断的客人仍从广场的四面八方涌来。她抽空拿袖子擦了把汗，发现摊子旁边放鸡蛋的桶居然要空了，这可是她原本预计要卖一天的量！

而现在，不过九点而已！

一旁收钱的沐爸也忙得够呛，他拖着不太灵便的腿来回奔走，一下跑去买鸡蛋，一下响应客人们的请求给桌上已经被捞空的杯子里添泡椒，速度几乎要快过健全人。高度紧绷的神经让他没有余力去感受身体的疲惫，直至早餐时间告一段落，广场上的其他摊贩里已经有人陆陆续续开始收摊儿后，他才双眼发直地坐在凳子上，和妻子一并感受身体迟来的酸痛。

摊位上放钱的小桶已经被塞得满满当当，一旁卖煎饼的摊主一边收拾东西，一边笑眯眯地朝他们道喜："生意不错啊！"

沐爸成天待在城中村，已经很多年没有跟陌生人交流了，然而这一刻，或许是方才摊位上热火朝天的人气已经凝聚成实质的自信灌入他的身体，他居然神奇的一点也不局促，反倒还精神振奋地跟对方闲聊了几句。

沐妈整理一下那堆钞票，再加上不少靠扫码直接打进账户的收入，确认金额的那瞬间，她连胳膊都不觉得疼了。

"两千二？"

沐爸听到这个数字时，呼吸都不禁暂停了一瞬："你是不是数错了？"

沐妈也觉得恍惚，她是知道这年头做生意能赚钱的，可从没想过还能有这样的赚法。以往她每天打三份零工，几乎全年无休，每个月工资加在一起不过五六千元，这样的收入在并非一线城市的A市，已经能在平均线里跻身中游。

可当下，只不过是她和丈夫开始创业的第一天。所得的收入，居然就可以在刨除所有成本之外，还能留出将近一千的盈余。

长久的沉默之后，沐爸喉头微哽，他心头翻滚着说不出的滋味，千言万语，汇聚在了他握向妻子的手掌中。

那双手干枯粗糙，找不出一丝一毫各种艺术作品对女人纤手的赞美，却令他在走过半生后，仍能感受到心脏的激跳。

“阿斯。”沐爸的目光落在那一道道细纹和陈旧的伤疤上，大拇指缓慢轻抚，“这么多年，辛苦你了。”

沐妈喷笑一声，眼眶微红，泪光闪闪：“少来，你这个没良心的，明明前几年还老跟我提离婚呢！”

但太好了。真的太好了。

不论怎么样的磨难，怎么样的艰难，怎么样的劝说，她都没有同意抛下他。

另一边，距离青年广场并不遥远的英成，此时才到最最拥堵的时刻。

伴随着摩托车嚣张的声浪，校门口不少人都了然回头，视线当中出现的，果然是那道张狂的黑色闪电。

乔南在老地方停车，摘下头盔时感受到了校门口传来的格外灼热的几道视线，他转头看去，对上几张似乎在周六高妍的生日聚会上见过的面孔，挑眉。

这反应再度引发新一轮的脸红慌张。

乔南并不陌生这种场面，英成的学生们在自我情感表达方面，比十二中那种普通学校要大胆得多，他没转学那会儿，就经常会被女孩儿们这么盯着，只不过现在……

短发少女瘦削白净的面孔微微抬起，目光从形状好看的双眼底部睥睨出来。门口那几个跟女孩挤在一块的男同学们，脸立刻变得更红了。

乔南翻了个白眼，跟这群家伙擦身而过，路上已经出现了跟他打招呼的声音，这是上周根本没有的待遇。

这群人怎么回事？

乔南刚开始还朝打招呼的人瞥一眼，到后面根本理都不理，匆匆走进教室。

白白胖胖的腼腆小班委林珑，红着脸上来主动接走他卡在臂弯里的摩托车头盔，目光都不敢跟他对视，正在教室另一个角落里活动的女孩们也围了上来，像是不好意思主动跟他说话似的，她们相互推搡半天，才出来个姑娘，举着手机笑嘻嘻地跟他说："沐想想，你在咱们校园论坛里红啦！"

乔南反应了一会儿才意识到什么，当即皱着眉头朝屏幕看去。

天幕星光下，一处山道，满屏赛车，人群嘈杂而拥挤，车灯与路灯交错，尽显混乱奢靡。照片正中间，一辆白车侧停，万众瞩目中，打开的驾驶座车门处，懒散地倚靠着一个正在冷笑的女孩。

她瘦削高挑，目光清冷，神情傲慢，只勾着一边嘴角，昏暗的光线打在她夜色中精致到近乎妖异的面孔上，她仿佛凯旋的将领，锐意直冲天际！

姜海点进那个标题是"啊啊啊，我英成什么时候出了这等女神！"的校园论坛最新热帖中，立刻就被这张锋芒毕露的照片煞得胸口一紧。

0L："长话短说，楼主现在跟朋友在参加一个学妹的生日会，现场一群飙车党直接来砸场子约架，听说是从C市来的一群人，简直憋屈到窒息，结果女神从天而降，小明山四公里的山道，她飙赢了啊！帅哭我！"

下头跟着放了个视频，三分半钟，或许是有了现场亢奋尖叫和豪车声浪的加成，短发少女回到起点一个漂亮的甩尾后下车的那一瞬间，现场气氛简直热血沸腾。

视频和照片大概就是周六当晚被人上传论坛的，热度相当可观，一天多时间，已经有了数千条回复，要知道英成的初中部跟高中部加起来也不过一千多人而已。

没有年轻人能够抗拒这种美色与力量结合的刺激，一向循规蹈矩的学生们简直激动疯了。

2L："我死在了这个眼神里！"

3L:“酷炫啊！求联系方式，真的是我们学校的吗？”

4L:“我校竟还藏着这等美色？我记得校花卢小萱不长这样啊！”

……

150L:“这么久了，还没有人来认领小姐姐吗？”

……

270L:“同在现场，实名来作证，来找麻烦的是C市嘉合私立校篮球队关子名那伙人，还把姜海给打了，真的欺人太甚，他们带的人多，要不是首楼小姐姐出来打脸，最后真的不知道要怎么收场。”

271L:“那么久了都没人出来说认识，肯定不是我们学校的吧？”

272L:“这颜值，这身段，这气场，跟卢小萱比都不逊色了，估计真不是英成的，否则怎么可能没人认识……”

273L:“等一等，这个小姐姐，我怎么觉得好像见过？”

274L:“抓住楼上！”

275L:“抓住楼上！从实招来！”

……

455L:“我是273楼，想起来了想起来了！是开学日在校门口看到的！门口大榕树那里停着的那辆超级酷炫的摩托车你们见过没？就是这个小姐姐骑来上学的！”

于是底下展开了一系列对此酷炫作风的膜拜，往后翻，周六参加生日趴的不少人也跟着出现，照片主人的真实身份在种种疯狂的信息交换中水落石出，沐想想曾经登台领取全额奖学金的照片也很快被人从英成官网上抠了过来，英成校方给这张照片的配文是“热烈欢迎全省中考探花沐想想”。

面对镜头的沐想想一头长发，看上去沉默而冷淡，有如万年不化的坚冰。

全省中考探花……

看着这一行字，再对比首楼视频里赛车那道嚣张的甩尾，英成的学生们在之后的楼层里只整齐划一地回复两个字——已跪。

姜海忍不住笑了一声，很快又烦躁地开始扒拉头发，脑袋上周六被拍打到的胀痛早已经消失，此刻他胸口却仍旧浮动着说不出的焦躁。

首楼视频里的少女仍在锋芒毕露地冷笑，刨去在短发和车灯照射下极度精致的面孔，她的神情和气势何等的似曾相识！

姜海一边控制不住地发散思维，一边又觉得产生这种猜测的自己简直是疯了，他被理智和直觉轮番折磨得死去活来，直到篮球场上骤然响起一声响亮的痛呼，惊骇地抬头看去，正在运球的小胖似乎是滑了一跤，屁股重重地撞在地上。

“怎么样？”拿着手机朝热帖被扒主人公展示的女孩莫名羞怯，“沐想想，好多同学说要选你做新校花呢！”

看到一班不少同学与有荣焉的样子，乔南满头黑线地沉默了两秒：“无聊。”

目送他与人群擦肩后黑着脸回到座位，似乎真的丝毫不在意“校花”这一殊荣，一班的姑娘们非但不觉得自己被怠慢，心中还生出一种“沐想想果然是沐想想，真的跟其他人不一样”的莫名崇拜。乔南被包围在大家热情的视线里，心中的感觉很复杂。

乔南掏出手机打开论坛，点开热帖，正好刷新出最新的评论——

1960L：“好的，我从今天开始单方面宣布女神是我老婆了。”

乔南盯着这条留言眯了眯眼，今天从早上起来，他的心情就没来由的沉闷，这一下被搞得更加火大了，简直看什么东西都不顺眼，丢开手机后舔了舔口腔内里脸颊的位置，嘴角还冒了个痘。

他吐出口浊气，膝盖顶着桌沿，生无可恋地朝后一靠，看着天花板发呆。

一班的女孩们望着那张又颓又丧又精致的面孔，凑成一堆在教室的角落感叹：怎么办啊？越看越觉得沐想想好帅！

校篮球队的噩耗是中午传来的，据说小前锋小胖在晨间练习的时候脚下一滑摔倒，直接摔裂了尾椎骨，人已经送到医院了。

这离奇的受伤部位与在英成有着些许特殊地位的校篮球队联系在一起，受关注度立刻成倍增加，与对小胖伤势的关注一起，更多的人开始讨论起另一个问题，即将到来的校际联赛该怎么办。

一班的几个男生凑在一起，摇头嗟叹这突如其来的消息，七嘴八舌地点评：

“这下真的要完，校队里适合小前锋这个位置的人又不多。”

“以前都是南哥上的吧？”

“是啊，南哥走之后找不到人才换成小胖，他算是剩下来的人里准头最好的了。”

“那他一倒，英成不如躺平挨打。”

要完，真的要完。

第25章

听到医生叮嘱的注意事项中相当重要的那条“不要剧烈运动”后，病房里一群个头高大的年轻男孩全都露出担忧的神情。

“我怎么那么废物！”

半晌后，病床上趴着的小胖情绪激动地捶打自己的脑袋。姜海叹息一声伸手阻拦：“有病啊你，都摔成这样了，还有什么好自责的。”

小胖却不理会他的安慰，越想越气，最后眼泪都掉出来了：“假如真的因为我害你们输给关子名那群人……”

众人一时沉默，就连阻拦他的姜海都顿了顿。

不了解内情的人，很难想象英成的校篮球队究竟对“关子名”这个名字抱有多深的恨意，唯有他们这群亲历过老大黯然转学的队友们，才懂得校篮球队这段时间强度大到近乎癫狂的赛前训练究竟是为了什么。

“不能输给关子名”，几乎是印在每个人心中的魔咒。

遗憾的是，他们自己心里也清楚，以英成校篮球队现在的实力，不论小胖受不受伤、上不上场，恐怕都很难跟关子名所在的嘉合抗衡。

毕竟从初一校队成立开始，他们队伍里的得分主力，始终是那个极度擅长所有操作的南哥。

南哥是他们所有人的主心骨，他擅长规划，擅长分析，擅长后场指挥，擅长临场应对。英成的对手们并不弱，双方甚至势均力敌，一般在这种时刻，南哥的存在，就会成为他们最重要的制胜砝码。

从初一到高一，整整四年，英成没有败过一场，在他的带领下时刻立于胜利的荣光中。

姜海眼中流露出痛苦的神情，他想在场的队友应该也都同他一样吧？没有一个人希望在南哥离开第一年这样关键的时刻，丢尽对方为英成赚下的脸面，更别提即将迎战的还是关子名那群间接导致他离开的对手。

屋里除了小胖捂在枕头里沉闷的哭声一片死寂，作为也该被清算入导致南哥转学的罪魁祸首之列的一员，纵使从未被当面责怪过，姜海仍觉得又愧又恨。被当下的气氛弄得几近窒息，他“噌”的一声站起来。

一旁的惨绿少年耷拉着吊梢眼问他：“你干吗？”

“有点闷。”姜海揉了揉眼睛说，“我出去抽根烟。”

出门的那瞬间，视线里撞进一张从未预料到的面孔，姜海浑身一僵，眼睛当即瞪得老大。

双手抱臂，身姿懒散，靠在墙壁上正望着虚空的少女目光一转，斜睨到他，平静的表情没变，抬起一根手指，敲了敲嘴唇。

姜海张了张嘴，在背后发现到他异常的队友们询问“怎么了”的声音中，含糊地回答了一句：“没什么。”

他掩上门，迟疑一下，还是跟上了前方那道示意他安静后就自顾自朝一处方向离开的身影。

住院部休闲区，温暖的阳光洒落在葱郁的绿植和不远处正进行娱乐运动的病号们身上，耳畔能听到篮球砸击地面砰砰的碰撞声。

乔南斜了身后臊眉耷眼小媳妇似的姜海一眼，问：“怎么样了？”

姜海偷偷用余光看他，阳光下一身休闲服的短发少女背影很纤细，听到声音的那一刻他头脑空白了一下："什……什么？"

这是周六飙车之后双方第一次会面，各种胡思乱想塞在脑袋里，姜海后脑勺一阵幻觉似的闷痛，胸腔里的心脏怦怦乱跳。就见前方那个少女叹了口气，转过头，脸上露出烦躁又无奈的表情："你智障吗？小胖啊！"

小胖，大名孔家福，虽然外号小胖，学校里的许多同学私底下提起他也会用"小胖"来替代名字，可敢当着篮球队这群队员的面提起这个称呼的，无不是关系本就很好的人。

姜海眼睛忽然一热，他低头盯着自己的脚尖，委屈巴巴地小声抱怨："尾椎裂了，医生说至少两个月之内不能乱跑乱跳，这次联赛肯定赶不上趟了。"

这些话他在小胖和其他朋友面前根本不可能说出口，毕竟乔南走后，他就顶替了负责稳定人心的那个位置，时刻需要保持自己的坚强和理智。

"智障啊。"短发少女绝望地翻个白眼，毫无仪态地盘腿在草丛里坐下，一手撑在膝盖上支着脑袋开始发呆。幸好她长得好看又穿的长裤，这样大大咧咧的动作，看上去也不显得粗鲁，反倒凭空多出了潇洒不羁的味道。

这熟悉的语气和神态真是让人不自觉鼻酸，姜海在她面前蹲下，有那么一瞬间简直想问出声来，结果少女似乎察觉到了他的意图，冷冷横过来一眼。

虽然觉得不可思议至极，那些问题还是被默默吞回肚子里，姜海看了看她，小声说："要是南哥没转学就好了……"

少女冷哼一声。

姜海又看了看她，声音更小："要是走的那个人是我就好了……"

"啧。"乔南听得烦躁，"你哪儿那么多屁话？"

换作以前，他这样凶恶的口气一出来，姜海这群人哪怕再多牢骚也立刻统统憋回去，可今天，同样的神情换成不同的身体所表现出的威力似乎也有了差别，姜海被骂的那一瞬间，对着面前这张以前还对自己挺客气的面孔，心里第一时间感受到的居然不是畏惧而是委屈。委屈这情绪一出来就彻底憋不住了，乔南等了一会儿没得到回应，转头一看才发现那个蹲在旁边的小子居然把头埋在膝盖之间呜呜哭了起来。

乔南被恶心到了，露出嫌恶的表情："喂……"

"我真是个成事不足败事有余的废物……"大哥被迫转学的原因在心里憋了那么久，姜海觉得自己简直要被憋疯了，每天都沉浸在强烈的自我厌恶中，他总想找机会表达自己的歉意。但大哥自从最后一次因为他提出要去自首而专程赶来殴打他一场之后，就拉黑了他们所有人，他根本没有勇气也没有脸面去寻找对方，现在随着眼泪，心声倒是一鼓作气流淌了出来，"明明是我脑子不好，是我撞的人添的麻烦，凭什么最后苦头都让南哥一个人吃？我什么都做得没他好，球也打得没他好，小胖他们也没照顾好，他一走，我们所有人都乱套了，大家都特别想他，又不敢找他，全都是我的错，才害的事情变成这样……"

乔南听着那边抽抽噎噎的啜泣，脸上的表情先是茫然，接着意外，最后居然没憋住喷笑出声。

姜海的脑袋从膝盖里拔起来，泪汪汪地谴责他。

乔南捂着额头笑得肩膀发颤，他还是第一次知道原来朋友们对他竟然抱着这样一种心情。

说真的，车祸之后他之所以拉黑所有英成的朋友，除了想让他们别一时冲动，更重要的还是无颜面对大家。撞人的虽然是姜海，可导火索却确确实实是他乔南，是他把兄弟们拖进了洗不清的麻烦里，还在那种时候，半点不掺假地猛揍了一个为他冲锋陷阵的病号两顿。

他都不太愿意去想朋友们会怎么看自己，后来发现英成校队里居然没有一个人再主动联系他，更加不想去深思理由。

结果，真相居然是不敢？

这群"小动物"非但没记仇，居然还特别想他？

乔南笑得简直要坐不住，姜海在这种应对下气得也哭不下去了，默默生了会儿闷气之后，只能瘪着嘴小声说："反正，就是我没用，非但没办法给他报仇，这下连球赛都得输给关子名他们了。"

话音落地，球场方向传来一阵吵闹的喧哗，伴随着此起彼伏的惊呼，一道破空声朝两人所在的方向袭来。

姜海的余光捕捉到一抹快速接近的红色，瞬间呆住，而后惊慌地瞪大眼睛："南……"

坐在对面的少女此时半转过身体，双手一抬，稳稳接下了凌空而来的篮球，从始至终脸上的笑意都未曾改变。

篮球场上传来打球的球员们的叫好声，拿着球的少女便迎着那一声声对她反应迅速的称赞，懒洋洋地从地上站起来。

姜海被对方起身那一瞬间爆发出的耀眼光芒击中，讷讷地吐出后半个字："哥。"

少女好像没听见似的，视线仍落在篮球场里，两人此时都在场外，她盯着篮筐，若有所思，而后张嘴："放心吧，我们不会输的。"

语气是前所未有的温和。

手臂举起，膝盖微曲，她晃动手腕，一跃而起，漫不经心地投掷——

"哈哈哈，小姑娘姿势不错啊！"

"好样的！来个场外投球！"

"美美哒！"

球场里众人发出欢乐的笑声，这笑声随即又戛然而止。

篮球在半空中划出一道漂亮的弧线，而后砰然落下，触上篮筐，在边缘滚动一周。

进了！

死一般的寂静里，乔南脚尖落地，迎着球场内数道错愕的目光，他脸上淡定的神情有那么一秒钟差点维持不住。

因为腹部毫无预兆地袭来一阵尖锐的绞痛。痛到什么程度呢，仿佛有只手忽然拽住了他的肠子，朝四面八方拉扯。

一股热流……

乔南："……"

他表情管理得太好，以至于一旁的姜海居然半点没看出不对，还在为了那个精准无比的命中球和大哥温柔的语气而发愣，醒过神来立刻捧场地鼓掌，南哥好帅！

过了一会儿，才发现自家大哥还维持着原来的姿势站在原地，他愣了愣，偏头看看，忽然发现了什么，不假思索地竖起手指："南哥，你的裤子……"

骤然转过来的那张少女精致的面孔忽然遍布阴影，阴沉如恶鬼："嗯？"

"咿——"姜海被吓得更傻了，"血、血、血……"

乔南："……"

暴躁，突如其来的暴躁。

他右手哆嗦了一下，咬了咬后槽牙，他在心中告诉自己没关系，姜海把整个英成骗得团团转的外表下一直就是个智障，你早就知道了，用不着为这种事情揍他，他刚才哭得那么惨，已经很可怜了。

五分钟后，被揍得鼻青脸肿的姜海失去了自己上身所有的衣服，他顶着寒风，捂着自己光溜溜的胸膛，于几近爆棚的回头率中钻进小胖的病房，进门那一瞬间立刻痛哭失声。

朋友们吓得全部围上来："你怎么了？"

姜海右眼还肿着，抽噎得停不下来："南哥温柔的样子全是骗人的！"

众人齐齐茫然。

同一时间，A市遥远的另一处角落。

手机一声轻响，沐想想拿起一看——

乔南："你欠我一条命。"

乔南："现在，过来。"

第26章

沐想想赶到的时候，乔南正蹲在医院的角落里。

少女的蹲姿非常豪迈，腰上系着好几件衣服，视线阴沉，脸色黑如锅底，那些不断回首看她的路人都被她周身的冷气弄得下意识绕开一圈。

沐想想沉默了一会儿才上前，乔南同时抬头看他，两人相顾无言。

片刻后沐想想尴尬地咳嗽了一声："不好意思啊，没想起这件事，你现在感觉还好吧？"

乔南面无表情地掀了掀嘴唇："疼。"

沐想想有点想笑但立刻忍住了，左右看看后，从外套口袋里掏出一包东西递出去："那个……你有没有垫……东西？要不先去卫生间换一下？"

她路上想到乔南第一次遇到这种情况应该会束手无策，于是特地拐进店里买了一包卫生巾，当时没多想，现在对上对方平静的眼眸，不知道为什么忽然就感受到了几分局促。

乔南盯着她，过了一会儿视线又转到那包卫生巾上，他使劲地闭了闭眼，然后用尽全力去抵御那股这辈子所感受过的最可怕的羞耻感:“裤子，脏了。”

死一般的寂静过后，沐想想强迫自己的视线不要朝对方系满衣服的腰部扫:“我们还是先找个地方清洗吧。”

家里肯定是没办法去的，不管乔家还是沐家，谁都不敢打包票不会忽然回来人。磨蹭了一会儿后沐想想拿手机订了个房间，路上顺便买好换洗衣服和一些必备品，也没敢耽搁太久，毕竟乔南的脸色实在太过苍白。

订的时候没注意看，大门关上那瞬间，两人不约而同都看到了房间正中央唯一的大床。沐想想扫了乔南一眼，发现对方也在看着自己。

沉默了一会儿，乔南咳嗽一声转开视线，收拾出几件必备品:“我去洗澡。”

沐想想也有点不自在，但还是叫住他，撕开那包东西取出一片递去:“那个，你会用吧?”

乔南死死地盯着她的手，就在沐想想打算拆开包装教他如何使用护翼的时候，他什么也没说地伸手接下走了。

卫生间关闭的大门后开始有水声响起，沐想想努力让自己不要太关注里面洗澡的声音，维持镇定的神情开始收拾东西。

水声停下之后，卫生间安静片刻，响起几句不太清晰的脏话。不愿意听使用说明的乔南被卫生巾的使用方式似乎弄得头大。

很久后浴室大门才开启，水蒸气裹着沐浴露清爽的香气涌进房间，乔南裹着浴袍出来了。

目光在背对自己的沐想想微红的耳根扫过，他想到刚才自己见到的一切，一时也觉得语塞，空气里此刻仿佛跳动起令人不安的元素，半晌后他转开视线匆匆钻进被窝。

沐想想听到动静也没回头，专注手头的事情。她用刚才在楼下便利店买到的小电锅烧开一瓶矿泉水，放生姜和红糖熬煮，最后打进一个鸡蛋。

淡淡的甜味在房间里扩散开，她端着成品过来，目光落在被窝外头乔南唯一露出的几根头发上:“还好吧?”

被拱成小山似的被窝蠕动了一下，里头传出乔南闷闷的回答:“不好。”

沐想想有点愧疚，尤其在见过乔南这一路不时的停顿之后。每个月生理期的时候有多痛，她的身体她非常清楚，乔南遭遇这种折磨，完全就是无妄之灾，她叹了口气道："喝点东西吧。"

被窝又蠕动了一下，乔南的脑袋钻了出来，他转头盯着沐想想，面孔被闷出几分薄红，然后才半坐起来，不情愿地接下汤锅。

嫌弃地用勺子搅拌红糖水里沉浮的那堆生姜，腹部一阵阵尖锐的绞痛，乔南忍不住王子病发作："难喝。"

沐想想也不为自己辩解："对不起。"

她好像确实是一点也没能遗传到爸爸的好手艺。

一想到这个她就感到失落，语气不由得带出了一点情绪。还想挑毛病的乔南沉默了下，眼角偷偷打量她的表情，然后安静低头开始喝那锅味道很不怎么样的东西。

把打在里头的鸡蛋都吃干净之后他再次躺下了，这一次冷到像是蹲在冰窖里的身体终于温暖了一些，乔南缩在被窝里看沐想想沉默忙碌的背影，忽然良心发现地想起对方前几天发烧的事。

他问："你恢复得怎么样了？"

"嗯？"沐想想给一个电暖袋插上电，回头对上他的目光，"哦，好多了，不过你爸和你哥不让我去学校，跟老莫请了好几天假。"

乔南听到这种于他而言近乎不真实的内容，忍不住怀疑了一下人生。自从身体跟沐想想交换之后，生活里的好多人似乎都变得不太对劲了。不过这感觉其实也不错，乔南回忆起自己不久前被父亲拉着观赏相册和炫耀外套的经历，嘴角忍不住扯出个弧度。

沐想想把已经热好的电暖袋抱过来，见他脸色好转，问："好点了？"

乔南立刻恢复面无表情："没有。"

然后盯着那个电暖袋皱眉："你买这种东西干吗？"

铁骨铮铮的真汉子从五岁起就不用这种毫无气质的东西了！

沐想想不理会他的排斥："大姨妈来了都这样，捂一捂热的东西肚子会舒服一点。”

面前躺着的是自己的身体，她也没多想，直接伸手进被窝去扯那个乔南抱着顶住肚子的羽绒枕，乔南顶着那个枕头才让肚子稍微舒服一点，当然下意识想要阻止她的动作，于是五指一抓……

互相交握的双手迅速被双方松开，沐想想没说话转开视线，乔南咳嗽了一声，目光定定地盯着她。

奇妙的气氛萦绕在两人之间，直到一声信息提示音打破这尴尬。沐想想几乎以快如闪电之势去摸床头柜上的手机，一边低头回复，一边努力忽视现在奇怪的感觉。

那是我自己的身体，我自己的身体，我自己的手，我自己的手……

乔南平静的声音忽然响起：“谁啊？回得那么急。”

“曹威，说午休不想睡觉，约我一起打游戏。”沐想想下意识回答了一声，屋里又安静下来，等她回复完一抬头，才发现乔南的视线居然仍未转开。

沐想想：“怎么了？”

乔南目光深邃：“我说过的吧，让你别用我的身体干奇怪的事情。”

沐想想听得摸不着头脑，脸上跟着露出疑惑的神情。

乔南就冷哼一声，转开目光道：“上来。”

沐想想：“什么？”

“你这个破身体体温快到零下了。”乔南一副非常嫌弃的口吻，“我的身体比较暖和，上来，帮我捂捂。”

沐想想看了看自己，又看了看他，有点迟疑：“不好吧？”

毕竟怎么说都是不同性别的……

乔南脸上露出嘲讽的笑容：“你干吗？你对自己的身体有非分之想啊？你怎么那么变态，现在怎么看都是我比较吃亏好不好？”

沐想想无奈地滑进被窝，羽绒被很轻软，里头有酒店提供的沐浴露的气息，是从刚洗好澡的乔南身上散发出来的。对方的额发被被子磨蹭得有些乱，此时似乎仍在被痛经折磨，眉头时刻紧蹙，嘴唇隐忍紧抿，目光里带着对当下身体状况深深的烦躁。

明明是自己的身体，却从神情到气质都让身体真正的主人感到陌生，沐想想不自在地朝旁边挪了挪。乔南瞥了她一眼，撑起身体伸出胳膊按了下床头柜上的一个开关，酒店的自动窗帘缓缓合拢，室内光线立刻变得昏暗。

手机再次响了一声，屏幕亮起，大概是曹威回复的消息进来了。

沐想想下意识想伸手去摸手机，手背被轻轻打了一下。

乔南翻过手机来看了眼屏幕，直接帮她按下关机键，语气不耐道："吵死了，赶紧给我睡觉。"

醒来已经不知道是什么时候了，沐想想迷迷糊糊地睁开眼，她也不记得自己是什么时候睡着的，不过此时疲惫的身体状态似乎因为这场午睡有所好转了。

毕竟前几天还在发高烧，她怎么可能那么快完全恢复健康，虽然一直撑着没有表现出来，但不论是从家赶到这里，还是之后一系列照顾乔南的工作，她其实都进行得很勉强。

幸好一场恰到好处的午睡拯救她于水火。

屋里很昏暗，只有微弱的光线从窗帘未完全合拢的缝隙里钻出。沐想想打了个哈欠，伸手揉了揉眼角被挤出的眼泪，放下手的那瞬间，才忽然意识到有哪里不对。

她怔了怔才抬起头，视线里正顶着她身体的乔南还在熟睡，一双眉毛在睡梦中深深拧紧。

鼻息间能嗅到沐浴露很清爽的香味。

沐想想记得刚入睡的时候他俩应该是背对背的。而现在，乔南却舒展着身体，一只胳膊放肆地伸过来，手掌搁在她肚子上。

其实当下的情况非常古怪，认真说来，应该说是她的身体在摸乔南的肚子？

但沐想想这一刻仍旧僵硬了，下一秒，视线中正在皱眉沉睡的少女眼皮动了动，也终于醒来。

眼睛睁开的瞬间，少女沉睡时尚且存留的那丁点沉静气质骤然消失，裂变般巨大的改变鲜明到叫人无从忽视，沐想想又一次感受到了那种透过身体看见灵魂本质的奇观，心脏微微一窒，紧接着那双还残存着睡意的眼睛就淡淡瞥了过来。

搁在肚子上的那只手无意识来回滑动了一下。

四目相对，乔南停顿，然后脑子渐渐清醒。

超过两分钟的寂静之后，两个人默契地分开，乔南若无其事地收回手，抬手去按窗帘开关。

外面天还亮着，他拿起手机扫了眼，又转头看向床上正顶着血红的耳朵一语不发整理衣服的沐想想。

没人说话，也不知道该说什么。空气似乎都在随着这阵稀稀疏疏的响动而变得稀薄。

半晌后，沐想想听到一声无比尴尬的咳嗽——

“我怎么感觉我的腹肌，好像变得软了一点？”

回去的一路，两个人神情都有点僵硬，乔南走在前头，沐想想远远地跟在后面，绷着脸，全程避免视线接触。

乔南双手揣兜，偷偷用余光打量身后的沐想想，睡完一觉后他腹部的绞痛有所缓解，现在变成头痛了。

嘁，真是小气。

女人就是麻烦。

那个是老子的肚子，老子辛辛苦苦练了十几年的！

所以老子摸自己的肚子也不可以啊？

腹肌确实是软了嘛！没说错啊。

不知道在生什么气，一看你就没有好好锻炼还敢那么理直气壮。

哪儿来的底气哦？哼！

这些念头在脑子里弹幕般滑过，他嘴上倒是一个字也没敢说，站定在路边后，他迟疑了一下还是开口：“先送你回去？”

沐想想抿着嘴，整个人沉浸在难以言喻的情绪里，不过这块地方离城南有点远，打车回去真的要花不少钱，她努力让自己不要去思考乱七八糟的东西，轻轻“嗯”了一声。

同行的两人在出租车里分坐在副驾驶和后座，后座的男孩转头看着窗外，宁可盯着行道树也不把注意力放在车里，副驾驶的女孩却频频借着后视镜打量后座，这种古怪的气氛很快被司机察觉。

车里回荡着从后座打开的车窗灌进来的呜呜风声，司机憋了一路还是没憋住：“吵架啦？”

沐想想愣了愣，终于回头，对上后视镜里司机笑眯眯盯着她的双眼。

“吵架了不要紧，不能冷战啊，小情侣那么登对，有什么问题我们男孩子多让着女孩子点嘛。”

沐想想空白了一路的脑子回神些许，闻言皱了皱眉，刚想解释自己跟乔南并不是什么情侣关系。然而在她张口之前，副驾驶的一声嗤笑已经响起。

她侧目看去，就见坐在副驾驶的乔南抱臂拧眉，一脸暴躁的神情：“师傅，开车就开车，注意安全，别左顾右盼好吗？”

沐想想梦了一整晚这尴尬的场面，第二天昏昏沉沉起床时，一出门就碰上了正从健身室出来的乔家大哥。乔家老大似乎是刚做完运动，正单手用一条毛巾擦拭湿漉漉的脑袋，他身上白色的运动T恤已经被汗水打湿，沐想想无须刻意，第一眼就捕捉到了那两排隐藏在半透明布料下的肌块，立刻勾起沐想想一些不太美妙的回忆。

乔瑞发现了僵直在门口的弟弟，他擦汗的手微微一顿，停下脚步问道：“怎么了？”

沐想想痛苦地闭了闭眼睛，神情平静地回答：“没事。”

乔瑞却不是那么好糊弄的，还以为他身体仍不舒服，神情一肃，凑近来伸手用手背碰了碰弟弟的额头。

这种较为亲密的身体接触，在近段时间关系有所缓和的家里逐渐开始出现，放在以前乔瑞根本连想都不敢想，可现在，弟弟即便在神志清楚的情况下也未曾躲开他的触碰。

乔瑞感受了一下手背的温度，确定没有过热后才松开拧紧的眉头，他冷酷而锋利的目光上下打量弟弟，忽然问："是不是待在家里觉得无聊了？"

还没从腹肌魔咒里挣扎出来的沐想想回以茫然的眼神。乔父和乔瑞因为她生病的关系直接跟十二中请了长达一周的病假，这使得她拥有充分的时间可以待在家里复习乔南从英成拿回来的教学音频和笔记。无聊？怎么可能！她忙着呢，除了温习英成的功课，还得背很多德语单词好吗？

但乔瑞也不知道从她这个表情里领悟到了什么，不等她回答，就露出一个了悟的神情离开了。

谢天谢地的是早上乔远山没有做饭，他昨天很忙，实在没有力气大清早洗手做羹汤。围着餐桌吃到沐想想出品的素面的那一刻，罗美生眼泪都快下来了。这几天她总是因为种种原因无法逃脱丈夫的投喂，每天都过着生不如死的日子！

毫无自知之明的乔远山还朝儿子们露出歉疚的神色："对不起啊，爸爸这段时间有点忙，可能没空顾到你们吃饭，等过段时间有空了，一定给你们烧顿好吃的。"

两个不知道该如何回应的人齐齐将目光投向同一处地方，而被如此凝视的乔瑞则不紧不慢地吹着勺子里的汤："爸，今天带南南一起去公司吧。"

乔远山立刻被转移开注意力："怎么？"

"他这几天生病没办法去学校，待在家里也无聊，不如让他去公司多转转，认认人，毕竟以前……"乔瑞顿了顿，不去回忆弟弟以前在公司跟自己和父亲吵架的事情，理所当然道，"反正他以后也早晚要接掌业务的。"

这话说得简直就像在当场瓜分家业。事涉财产的话题，换在其他任何事业略有规模的家庭此刻气氛都该紧绷起来了，乔家饭桌此时却一派祥和。

乔远山一边仔细品尝小儿子亲手做的素面，一边点头："也对。"

沐想想听得头都大了："我不想去。"

"不要胡闹。"乔瑞锐利的视线强势地扫了过来，"家里的产业也有你一部分，你早晚要学着怎么管理。”

沐想想简直无语，乔家的产业是什么鬼，真的跟她一点关系也没有好吗?

乔瑞看她迟疑，以为她还是不情愿，不由联想到这些年弟弟对家人的抗拒，他立刻伤心了。

他伤心的表现就是生闷气，原本就很凌厉的眉眼冷却之后越发令人胆寒，一大早来接乔父出门的助理小楼刚进门差点被这可怕的一幕吓跪，目光小心翼翼在乔家众人身上打量，他一边猜测是谁惹恼了这位雷厉风行的少东家，一边尽量低调地提醒乔父:“乔董，车已经到了。”

乔父在外人面前形象还是很威严的，他高深莫测地“嗯”了一声，吃完碗里沾壁的最后一颗葱花，撂下筷子起身穿衣:“那就走吧。”

助理小楼刚要答应，却见他忽然停下脚步，转头看向屋里的另一位小主人:“你也赶紧去准备一下，跟我们一辆车去公司。”

沐想想不想去，又知道乔瑞在生闷气，这位先生一不高兴她就觉得头皮痛，只好磨磨蹭蹭站起来，上楼换衣服去了。

他一上去，等候在门口的助理小楼立刻瞪大了眼睛!

目光在坐在门口神情冰冷的乔瑞和满脸高深莫测的乔父身上来回转动，片刻后又加入了穿戴整齐的乔家小少爷。

怪不得，怪不得一大早乔家就这么山雨欲来风满楼，原来如此！原来是这么回事!

助理小楼直至爬上副驾驶时仍在心惊肉跳。

来了！终于来了！乔家这位以往只是偶尔才去公司的小少爷，这次看来终于打算玩真格了。

他还记得这位小少爷曾经在公司跟父兄一言不合能直接砸办公室的壮举。

局势扑朔迷离，按照当下他所看到的情况分析，乔董事长应当有意愿要扶持小儿子，可这样一来，已经早早进入集团核心管理层的乔家大少爷就会失去部分优势，他必然不高兴。

助理小楼生出一股淡淡的怅然，他望着窗外流逝的风景，由乔家联想到自己，一颗文艺心脏不受控地涌出许多嗟叹。

在诱人的金钱驱使下，一切人性都暴露无遗，就连本该亲密无间的父子兄弟都不例外。

豪门啊，这就是豪门。

第27章

工作日上午十点整，集团助理部工作群忽然跳入一条最新消息。

一分钟的寂静之后，整个办公室开始骚动，办公室外恰好有人推门进来送文件，见到这慌乱的一幕不由得愣住："怎么了？出什么大事了？难道最近新上的那个项目又出了问题？"

不应该啊，新上的这个项目虽说波折挺多，也不至于叫这群见惯了大风大浪的老江湖们紧张成这样吧？

正匆匆收拾桌面的众人齐齐用一言难尽的眼神看着她，半晌之后，终于有人开口："赶紧去通知你们部长吧，上午少触霉头，乔董带小少爷来了。"

四周传来文件掉落在地的声音。

商务车十分宽敞，沐想想坐在最后一排，乔父和乔瑞则坐在中间。其实刚才在车库时乔父本来提出分成两辆车，他跟沐想想同行就好，结果乔瑞没搭理，直接让司机下来换了辆座位多的。

沐想想本以为他是想聚齐家人一起聊天，谁知道上车以后又都没话了，从始至终皱着眉头严肃地盯着手上的平板，似乎是在处理什么文件的样子。

沐想想略一思索，心里就有了点数，她对乔家的生意没什么概念，但这几天在家里偶尔也听乔瑞父子俩提过几句，大概是公司去年开始进行的某个项目形势不太好，新年前就出了个大问题，直到现在也没能完全解决。

事情究竟有多麻烦沐想想也不知道，但这些天来，她亲眼看到了父子俩在家的作息。她已经属于很拼命的那种学生了，一边复习一边自习，每天基本只给自己六个小时左右的睡眠，可每每入睡前，她都会发现乔瑞和乔父仍在工作。最可怕的是，第二天早上她起来时，这对父子一般也早就醒了。

虽然他们并不是自己真正的亲人，但毕竟相处过有点感情，看着他们这样拼命，沐想想心里还是很不是滋味的。

她记得自己家也曾发生过类似的危机，那段时间沐爸的身体因为反复无常的天气出了些问题，再加上意外之后留下的后遗症，不得不住院治疗。高昂的住院费和医药费让他们本就不富裕的经济条件越发雪上加霜，沐想想的那些竞赛奖金也没办法填完窟窿。无奈之下，沐妈一咬牙又多找了两项兼职，每天不要命似的奔波。

那种拼命的程度，大概跟这对父子不相上下了。

她自己的家人和乔南的家人，虽然工作性质不同，可认真说来，他们都是在为了养活家庭而努力的家长。

沐想想那时候非常地心疼妈妈，她不善表达感情，只能在妈妈几次深夜回家疲惫不堪时，为她倒杯热水，按按肩膀。

现在换成乔南的父兄，她同样帮不上忙，又不知道乔南通常是怎么解决的。于是只能尽量让自己安静顺从，不给他们添乱。

想起乔南……

她低头盯着手机联系人处对方的头像，对话还停留在乔南来大姨妈那天召唤她的那句“过来。”

沐想想打出几个字，又很缓慢地删掉。

助理小楼借着后视镜看到她微微皱起的眉头，整个人几乎都要窒息在车内死一般的寂静里。

借着工作便利，他这些年也接触过一些大户人家，这些家庭的共同特点就是特别能装模作样，哪怕私下已经撕到无人不晓，业内小道消息漫天飞，八卦里的备选继承人当面还是能睁眼说瞎话地装作情同手足。

乔家这也太不走寻常路了吧，当着大家长的面居然就表演“我当你是空气”？

下车后助理小楼后背都险些被汗水打湿，他抱着文件走在前头，僵硬到同手同脚，只在心中祈祷今天众多领导不要想不开撞到枪口上。

助理跑去按电梯，乔父才想起自己这一路忽略了什么，他赶忙停下脚步回头看向走在最后的小儿子，儿子脸上平静的神情让他有些无措：“呃，南南……”

乔瑞沉浸在工作里的意识被他这一句猛然唤醒，立刻也跟着回头，心中不由得生出几分懊恼。刚才他打开平板只是想看看有没有重要的日程，结果可能是习惯使然，居然就跟以前那样开始工作了，完全忘记自己已经换车而弟弟正坐在后座。现在想来，路上弟弟居然也没有发出任何动静，是不是因为自己被无视已经生气了？

他想要解释却又不善言辞，眉头拧得死紧，沐想想走慢了一步，此时才跟上大部队：“嗯？”

乔父打量儿子看不出情绪的脸色，放在以往，他自尊心作祟，肯定是不会因为这点小担忧而解释的。现在可能是感受过了自己采取主动后家庭气氛缓和许多的甜头，想了想还是开口：“呃，路上无聊了吧？刚才公司发了几个文件过来，一不小心就没顾上你……”

沐想想还以为他叫住自己是什么事，本来还有点紧张，一听这话立刻放松了：“没事儿，你们工作要紧。”

乔父心头一暖，不由放柔神情：“你没生气就好。”

沐想想听得莫名其妙：“我干吗生气？你们工作已经很忙了，不要那么顾虑我。”

此言一出，别说乔父，就连一旁的乔瑞都顿了顿，父子俩对视一眼，脸上都有些动容，片刻后乔父转身掩饰自己微红的眼眶，嘴上不住念叨着：“好，好……”

乔瑞的视线里也有笑意，早上出门前的不愉快立刻一扫而空，他一边转身朝电梯方向走，一边提议:“一会儿上去之后，你跟我回总经理办公室……”

话音未落，侧前方的乔父已经出声:“不用不用，你上午不是还要出去？让他去我办公室好了，免得你到时还得找人安置他。”

等候在电梯里的助理小楼便迎来了一位脸色黑如锅底的总经理。

集团高层们灵通地得知了消息，一大早不得不前来汇报工作的人心中都叫苦不迭，尤其在乔瑞冷厉到吓人的面孔出现在电梯渐渐打开的门后的那瞬间。

众人腿软了一下才抱着文件哆哆嗦嗦上前:“乔董，乔总……”

乔瑞一看他们这没出息的样子就知道肯定是又出事了，声音冷得几乎要结冰:“拿来。”

接过下属双手敬上的文件，他刚一翻开，就听身后传来乔父的声音:“那你跟他们谈着，我带南南先上去了。”

来不及也没理由阻止，余光里那几道人影很快走远，乔瑞收回视线盯着文件，发现果然是那个除夕日爆出问题害得他没法回家跟弟弟过年的项目，他牙根紧了紧:“废物！”

拥抱在一起抵御寒冷的众多主管“咿”的一声飙出泪来。

“听说了吗？小少爷今天来公司了！”

“你消息太落伍了！何止是来公司，乔董直接带着他去自己办公室了！”

“说是当着乔总的面直接带回来的！”

“市场部老大早上看到现场了，说乔总脸色相当难看！”

“乔董这是什么意思？推小儿子上位？是不是这几年乔总手伸太长威胁到他的地位了？”

“有可能哦，乔总在公司那么多年，估计心腹发展了不少，听说董事会里好几个董事都想推他上位来着……”

集团内部沸沸扬扬的猜测沐想想一概不知，她跟着乔父到办公室不久，乔父就带着一群匆匆赶来汇报消息的管理层紧急召开会议，好像是某个棘手的跨国并购案又出了什么问题，他离开时的脚步焦急到迅猛如风。

沐想想被一个人留下，颇有些不知所措。

乔父的办公室非常宽敞，木质装潢，风格奢华又老气，透过落地窗，几乎能将整个A市尽收眼底。

这一切对她而言都是陌生的。

出于礼貌，沐想想没去乱翻任何东西，她坐在待客区慢慢地喝了一杯茶后，仔细回忆自己上来这一路上接收到的无数怪异眼神，她意识到自己似乎是把来乔家公司这件事情想得太简单了。

公司里的这些人看样子居然都认识乔南，从几个表情掩饰得不太好的人的反应上，沐想想又发现他们似乎很诧异“乔南”会来公司。沐想想对各种原因一无所知，皱着眉头思索了一会儿，只能默默掏出电话来。

其实她这几天实在是不怎么想联系乔南……

电话几乎在打通的瞬间被接起，乔南的声音从听筒那头传来：“喂？”

明明是自己的声音，沐想想却不知道为什么耳朵发痒，她抬手搔搔，忽然语塞，顿了顿才咬了下嘴唇：“喂，是我……”

乔南嗤笑：“是不是傻，我能不知道你是谁？”

沐想想沉默，乔南那边也不说话了，听筒里只剩下匀速的呼吸声。

气氛似乎又陷入那种玄妙的境界，片刻后沐想想才记起乔南暴躁又没耐心的个性，怕对方挂断，她赶忙喊了一声：“乔南……”

“嗯？”

耳畔响起一声堪称温柔的回应。

这一刻时间忽然变得很慢，沐想想有些不自然地抬手想别头发，然后她意识到自己现在用的是乔南的身体，清晰的理智回归头脑。

她简短又清晰地汇报：“我今天被你爸和你哥带到公司了，现在被你爸留在办公室。”

乔南的声音带上几分严肃：“碰到麻烦了？”

“也没有。”沐想想起身到大门位置，打开来朝外看了一眼，确认不会被什么忽然出现的人听到之后，才迅速地陈述了一遍自己的担心。

“他们都表现得很奇怪，为什么？”

乔南当然是知道原因的，因此现在回忆起自己从前在公司跟父亲和大哥打砸吵架的壮举，忽然感到十分羞耻。这些黑历史他当然是没有跟沐想想报备过的，这会儿因为心态问题，更加难以启齿，他沉吟很久才若无其事地回复道：“可能是我以前给他们留了点印象，没事，你装作不知道就好了，遇上应付不了的就直接骂。”

他曾经创下过徒手砸烂乔瑞总经理办公室大门的纪录，想必公司里也没有不要命的敢主动上前骚扰。

沐想想听得茫然，还想追问，乔南语速非常快地打断她：“这样，你要还是觉得不放心，遇到问题可以直接去事业部，找部长石家俊，不用说太多，就以我的名义，直接让他帮你解决就好。”

石家俊？沐想想觉得这个名字有点耳熟，仔细一想才想起刚才似乎在来找乔父开会的那群人口中听到过，她有些好奇：“这人跟你什么关系啊？朋友？亲戚？你们很熟吗？”

管家婆。乔南轻笑一声：“他是我小舅。”

“小舅？是你妈妈的亲弟弟……”沐想想话已经出口才想起乔南母亲已经去世的事情，“呃……”

“嗯，我妈最小的亲弟。”乔南的语气倒是没听出什么不对，依旧反常的耐心，“我跟我哥小时候在外婆那边待了很久，他一直很向着我，遇到事情你就找他，放心好了。”

沐想想听完后“哦”了一声：“我知道了。”

双方又开始沉默，听着对方的呼吸声，却谁也没有挂断。片刻后沐想想迟疑着开口：“那个……你那个还好吧？还疼不疼？”

乔南轻哼：“你猜？”

沐想想：“弄点暖和的东西捂捂，感觉会好点的。”

乔南被折磨得不成人形，一时口快地嘲讽道：“什么暖和的东西，你吗？”

乔南反应过来:“我是说……”

沐想想拔高声音:“挂了!”

乔南沉默地盯着手机，脸色黑如锅底，片刻后忽然抬起头来，朝前方已经凄惨练习了一上午仰卧起坐的校篮球队队员们大吼:“看什么看!接着练啊!就你们现在这个腰腹力量，还不自量力地想打败嘉合吗?”

同为“横尸”之一的惨绿少年，吊梢眼中盈满泪水，他忍受着腰腹处剧烈的酸痛，心态已经濒临临界点。他盯着那个正盘腿懒洋洋坐在地面软垫上，从出现起就表现得非常嚣张的短发少女，忍不住委屈地大喊:“我不做了!你以为你是谁啊?”

乔南捏紧手机，缓缓朝他看去，眼神里逐渐凝聚起在大姨妈的百般折磨下诞生出的杀气。

惨绿少年感觉自己的腰腹忽然充满力量!

沐想想按下挂机键后盯着恢复漆黑的屏幕发了会儿呆，用手背悄悄贴了贴脸颊，很快又因为门外一阵轻微的响动回过神。

大门推开，以乔父为首的一群人神情严肃地涌了进来，沐想想听到一旁有个戴眼镜的男人语速很快地说:“并购案这个项目后期一直是石部长在跟进，现在出了那么多娄子，他却说自己什么都不知……”

目光对上沐想想的那瞬间，他的声音跟被掐了一把似的停下，脸上立刻显露出几分懊恼来，他周围的其他人神情也变得有些奇怪。

沐想想正狐疑着，乔父咳嗽了一声:“行了，这事应该跟石家俊没关系，我知道你们怀疑他，可我也认识了他那么多年，他老不老实，我心里有数。”

说话的那个眼镜男应了一声，沐想想从他们的对话里立刻挖掘出了内容——哦，说的是乔南的小舅舅。

看来乔南跟他小舅的关系是真的很不错，这群人就连说句石部长的坏话都生怕被乔南听到，或许是担心乔南会因此发怒?

乔南会不会发怒不知道，沐想想肯定是不会的，因此对上一众紧张的视线，她只是平静地朝他们点了点头。

众人显而易见地松了口气，乔父眼中流露出淡淡的欣慰和骄傲，目光扫过身边这群蠢货，颇有一种炫耀宝藏的暴发户心理。

此时被众人关闭的房门再度被敲响，已经落座的乔父沉稳出声：“进来。”

门推开，一个瘦高的男人走了进来。他三十来岁的样子，穿着笔挺精神的西装，模样不错，高鼻大眼，嘴唇很厚，带着淡淡的笑容，从面相到气质都憨憨的，给人一种老实巴交值得信赖的感觉。

他看上去没什么城府，视线非常明显地在办公室里打量一圈，然后对上了沐想想，立刻笑了，是那种家人一般亲昵的笑容。

沐想想正迟疑，便听身边的乔父开口，如同招呼家里的小辈一般：“家俊啊，你来啦，过来坐过来坐。”

沐想想立刻反应过来，这就是那位石家俊了，头脑电光石火间思考完毕，她勾起嘴角，补救了一个淡淡的笑容。

石家俊果然没察觉到不对，他“哎”了一声走过来，温柔的目光从沐想想身上收回，站定在乔父身边，变得有些拘谨：“乔董。”

乔父笑道：“那么客气做什么，都是一家人，直接叫姐夫就行了。”

石家俊摇摇头：“不行不行，乔董，私下是另一回事，在公司你就是我老板，嘿嘿。”

乔父对自己这个小舅子十几年如一日的本分有些无奈，但这也是他最欣赏对方的一点，从不拉大旗扯虎皮。

因此乔父非常信任他，直接就单刀直入地进入主题：“说说吧，光海并购案从年前就一直出问题，这是个大项目，公司投入了很大的精力，这次据说有关操作价的泄露跟你们事业部有关系？”

石家俊的脸色立刻白了，慌里慌张地解释：“不可能，这些内容都是我亲自经手的……”

他似乎很紧张，话说得颠三倒四，但解释得倒是很清楚，大致就是并购案的机密他保管得很严密，事业部除了他，只有非常少数的几个人才有可能接触到。

他这样一点都不像是澄清，反而像是拼命把嫌疑朝自己身上揽。

可办公室里以乔父为首的一群高管们脸色却明显回温了许多，就连一开始进门的那个眼镜男都无语地转开了头，他眼神里夹杂着一些对石家俊的不屑，不过那种不屑似乎只是单纯的轻蔑，并不带有怀疑。

石家俊终于说完的时候表情简直跟要哭出来似的，乔父笑眯眯地听完他的解释，好脾气道："好了，这件事情我们会继续调查的，你不要那么激动，坐下一起喝杯茶，跟南南也很久没见了吧？"

石家俊的脸还涨红着，缓了很久才收敛起情绪，他望着沐想想，脸上露出怀念的笑容："是啊，南南真像我姐，越长越帅气了。"

沐想想不动声色地与他对视，心头一时盘算不好该怎么回应，索性拿起功夫茶盘里的小茶壶，顺手为开完一场会后神情显得有些疲惫的乔父倒了一杯茶。

石家俊看得顿了顿，视线似乎闪动了一下："也比以前稳重啦。"

乔父端着那个小小的茶盅，整个人都抖起来了，要不是不敢在儿子面前造次，他估计能开口让沐想想喂他。

办公室里的气氛和谐不少，这仨分明是一家人，于是没一会儿在座的外人们就识趣地起身告辞了。

被留下的石家俊看起来有点不自在，在沙发上坐立难安地挪了一会儿，也吭哧吭哧地开口道："乔董，那我也走了。"

习惯了自家小舅子老实到近乎胆怯的脾气，乔父也没多留，石家俊站起来后有点激动地给沐想想递眼色。

沐想想思索了一下，放下茶盏："我送你。"

乔父有点嫉妒地哼哼两声："每次都送来送去，你们舅甥俩感情比亲爷俩还好了。"

大门一关，石家俊就开始拍胸脯："吓死我了。"

沐想想没说话，斜睨着他，这家伙看上去没心机到近乎蠢笨，可拍胸脯什么的，他毕竟是个中年男人，总让她觉得很不对劲。

石家俊显然跟乔南是很熟悉的，立刻絮絮叨叨地跟沐想想聊起各种好吃好玩的东西，什么飙车、赌钱、开游艇、出海钓鱼之类的，沐想想对这些统统没兴趣，跟她聊辅导书她估计还能回答上几句。

单方面的絮叨在接下来的一个拐角戛然而止，石家俊停下脚步的同时拦住沐想想，拐角那头传来等电梯的一群高管的闲聊。

“光海并购案那事到底哪儿出了问题，我真是到现在都想不通。”

“我之前怀疑是石部长那边的事业部有问题，现在又觉得悬。”

“废话，就他那个智商，刚才在乔董面前你们瞧见没有？都快吓哭了，这还是姐夫呢，真是烂泥糊不上墙。”

“姓石的真有狗屎运，要不是有个好姐姐，他这辈子别说事业部部长，恐怕扫厕所都得被嫌弃不聪明。”

“哈哈哈哈！”

电梯载着笑声渐渐远去，沐想想睨着身边失落的男人，他简直无时无刻不把情绪写在脸上。

片刻后石家俊叹息一声，转向沐想想，脸上扯开一个非常勉强的笑容：“没事儿，我已经习惯了。”

沐想想犹豫一下，抬手拍拍他的肩膀以示安慰，石家俊的笑容就明显了一点，落在她身上的眼神满是慈爱：“真好，越来越稳重了，本来早就该把你带到公司历练的，毕竟这里未来早晚也有你的一部分，要不是你哥……”

他说到这儿忽然顿住了，沐想想也愣了愣，听出未尽的语意，朝他递去询问的眼神。

石家俊非常生硬地打了个哈哈掩饰过去：“没有，我是说，你现在这个样子，你妈地下有知，肯定也会很高兴的。”

说话间电梯到达楼层，石家俊匆匆进去，回身关门的时候，发现外甥还愣在那儿怔怔地盯着他。

他满脸做错了事的尴尬，匆匆摆手，然后在电梯大门关闭的那瞬间，所有的表情和动作尽数收敛。

盯着电梯屏幕跳跃的数字，石家俊平静到仿佛没有任何情绪，倘若有人现在站在他面前，一定会惊诧他此刻与平时憨傻形象截然不同的气质。

他的眼神精明到锋利，半晌后流露出一丝不太明显的笑意。

所有事情，都是恰好的点到为止，不管是光海并购案涉嫌泄密的嫌疑，还是他朝外甥说的那一字半句。

他了解身边的每一个人，也知道怎么样的表现能够让他们卸下防备，比如几十年如一日器重“老实人”的乔远山，再比如他恐怕至死都无法改正“别扭”这个毛病的外甥们。

不管乔瑞还是乔南，都同样热衷将心声和怀疑憋在心里，甚至乔远山都是这样。

今早公司里沸沸扬扬的八卦他有所耳闻，乔远山忽然带着乔南来公司，还当着大儿子乔瑞的面毫不掩饰对小儿子的信赖、倚重，甚至直接把小儿子带进了自己的办公室。

石家俊不知道他为什么这么做，却清楚地知道乔瑞上午朝光海并购案的项目组大发雷霆了一场，这位乔总经理，很明显对父亲的做法不满。

至于乔南……乔南也变了，石家俊回忆起刚才小外甥帮姐夫斟茶的画面，微微眯了眯眼睛。

长大了啊，也知道要在父亲面前用乖顺换取东西了。

他冷哼一声，脸上逐渐浮现出志得意满的笑容。

楼上，关闭的电梯门外，沐想想听到背后传来一声呼唤，转头就见乔瑞从不远处走来。

乔瑞忙完手上的工作立刻跑来找弟弟，此刻狐疑地看着弟弟脸上茫然的神情，他有点担忧，可惜语气还是生硬：“你怎么了？”

沐想想转头朝关闭的电梯门看了一眼，接着看回乔瑞：“哥……”

乔瑞：“嗯？”

她问：“你是不是不想让我来公司？”

乔瑞被这个直白的问题直接噎了一下：“谁说的？”

沐想想用一根手指挠了挠头发：“石家俊。”

第28章

场面沉默了一会儿，谁也没说话，紧接着沐想想就见乔瑞的脸色一点一点变得严肃。

他向来发冷的嗓音里第一次那么清晰地让人听出情绪：“谁？”

见他这个反应，沐想想也愣住了。

平心而论，她刚才问出那个问题的时候真的没有多想，她这个年纪，又没经历过商场，顶多是觉得石家俊一个大男人的举止让她不太适应，怎么可能看得破对方的伪装，她只是习惯了有话直说而已。

石家俊=跟乔南关系很好的亲戚=知道很多内幕=说出口的情报应该有一定的真实性。

她头脑里的等式，大概就是这个样子。

集团里的职工们对她到场的反应为什么如此剧烈，沐想想一直在琢磨这个问题，乔南那个“有印象”的解释又含糊又牵强，她之前听完就觉得很没说服力，可如果真的像石家俊说的那样是乔瑞不太喜欢乔南来公司，结合乔瑞集团总经理的职位，一切似乎就变得可以理解了。

沐想想的内心一点也没有因为石家俊透露的内容生出波澜，她毕竟是普通人家长大的姑娘，成天除了读书，基本没什么课外活动，她脑子里根本就没有需要代替乔南去“豪门争斗”的概念。

她只是很单纯地疑惑，毕竟早上出门前乔瑞还在为了她不同意来公司而生气，假如石家俊说的是真的，那大哥为什么不直接提出来呢？

一家人嘛，有什么想法为什么要藏在心里？乔瑞要是真的不喜欢，直说就好，多大点事啊。

于是她根本没多想就直接问了。

因此这会儿乔瑞跟被雷劈过似的反应她压根儿就没有预料到，她的神经因为隐隐感受到的来自对方的情绪也变得有些紧张起来。

总觉得乔瑞在面对的似乎是一个非常重要的问题。她迟疑了一会儿，也不敢拖延，将事情概述了一遍，用词直接而精炼。

乔瑞的眼神变得越来越古怪，一开始还跟沐想想对视，后来直接垂下盯着地面，他眉头紧皱，一副若有所思的表情，直至沐想想说完，也没能从自己的头脑风暴中醒来。

他们面对面在电梯口站了很久，久到连楼层柜台后面的接待人员都递来了古怪的眼神，乔瑞终于转身：“先去办公室。”

乔父还在办公室里为小儿子当着公司一众高管的面给自己斟茶而嘚瑟，加上之前当面收到的礼物，他觉得现在倍儿有面子，外头肯定不知道多少人羡慕得要死，让他连腰杆都挺得比以往要直些。

听到开门声的时候他还没反应过来，哼哼唧唧地在那儿抱怨：“一送送了快半小时，你跟你小舅天天哪儿来那么多说不完的话，不知道的还以为你们才是亲爷俩……”

“爸。”一道冷质的声音打断他。

乔父一回头才发现进来走在前头的居然是大儿子，正要为对方难看的脸色发愣，便听那声音继续道：“后头的工作推一下，我有事情要跟你谈。”

沐想想非常努力地掩饰住自己的紧张。

乔瑞那句开场白后，继续的内容她就越听越不懂了，她怕自己贸然开口会露馅儿，索性找了张椅子坐下安静待着什么都不说。乔父和乔瑞的谈话逐渐进入白热化，父子俩一边说还一边时不时回头看她。

看我干吗?

沐想想意识到此时的轩然大波似乎就是她的那句无心之言造成的，不由得更加坐立难安，只能死死地板着脸什么情绪都不敢泄漏出来。

乔父刚开始脸上还有笑，似乎对乔瑞提起的话题并不当回事，说了几句“怎么可能”“你会不会太多心了”“他哪儿有那个能耐啊”之类的话。

结果后来不知道乔瑞又继续说了什么，他的表情也一点点朝着乔瑞靠拢，最后眉头深锁，索性坐在那儿伏着身子，双肘撑膝开始了沉思，眼神变得越来越锋利。

“不可思议……”

难道将近二十年的时间，还不足以看透一个人吗?

他回忆着小舅子一直以来憨傻老实的形象，颇有些难以置信，却又在生出怀疑后，忍不住多想对方那么多年来一直都坐得非常安稳的岗位。

老实、憨厚、低调，似乎永远学不会如何争权夺利，工作能力也只是平平。石家俊集团事业部部长这个位置完全是靠乔远山一手推上去的，乔远山一直以来都没怀疑过这一点，然而此时想来，似乎又真的很有问题。

事业部那是什么地方，部门里牛人扎堆，靠项目成绩说话，这样的一批人，几年来在一个如此木讷的领导带领下，居然从来没起过乱子。

乔远山此前对这一情形还非常满意，觉得石家俊虽然笨点，却很让他省心。

可现在看来，似乎又太省心了一点。

乔父和乔瑞接下去的一个上午就在办公室里再没出去过，他们打电话让人去取各种资料回来翻阅，连午饭也顾不上安排，直接叫助理去集团食堂打包了几个菜回来对付。

沐想想简直食不下咽，好容易磨到下班时间，乔瑞直接拎着一摞文件风似的离开后，乔父才满脸疲惫地站起身，看向这一整天都显得格外安静的小儿子。

小儿子依旧面无表情，连眼神都平稳无波，似乎没有为他和大儿子的谈话内容生出任何感触，然而这怎么可能呢？

他明明就伤心到连午饭都没吃几口。

不会有人比乔父更清楚这个孩子跟石家俊的感情有多好了，那真的是让他这个做亲爹的都时常感到嫉妒的信任和亲密。孩子们到外婆家生活时年纪还小，石家俊从那时起就对乔南和乔瑞格外照顾，带他们吃喝玩耍，陪伴了他们几乎整段童年，那绝对是一段非常美好的回忆。

平心而论，乔远山非常感激，他后来对石家俊这样器重提拔，很大程度上是想回报对方的这份恩情。

而现在，随便分析一下也知道了，连他这个局外人都那么难以接受，身处其中的小儿子怎么可能毫无感触？

然而这个个性向来暴躁的孩子却没有大发雷霆，相反，他还咽下了所有愤怒，装出若无其事的样子。他表现得越反常，反而越能佐证他的悲伤。

乔远山眼中聚积起强烈的辛酸，他实在难以想象，他的小儿子当下内心正在承受着怎样剧烈的起伏。

但他知道，那种来自最信任的人的背叛，一定是让人生不如死的痛苦。

沐想想正绷着脸祈祷乔父别再用这种让人发毛的眼神继续盯自己，就听乔父语气非常温和地朝她说：“今天累坏了吧？你等爸收拾一下，一会儿就可以回家休息了。”

累？沐想想茫然了一下，她今天除了喝茶和发呆，好像什么都没干，连路都没走几步，到底哪里累了？乔南他爸爸也有点太溺爱孩子了吧。

不过能回家关上门不继续伪装，她还是很高兴的，立刻同意了。见儿子同意得那么快，简直像迫不及待要离开这片伤心地，乔父使劲闭了闭眼睛，内心已经酸涩得无以复加。

两人跟着助理小楼到停车场的时候，恰好遇上了似乎同样下班准备回家的石家俊，乔父的脚步在看到那张憨厚面孔的瞬间顿住。

石家俊有点意外，还是很快迎了上来：“乔董，南南，那么巧，你们也回家啊？”

目光一闪，发现乔父果然只带着乔南而没带乔瑞，他心中略做计较，脸上倒仍是无可挑剔的笑容。

乔父看着他，心绪复杂，面上倒一点没露，不过他这会儿实在没心情搭理这个人，只是高深莫测地“嗯”了一声。

石家俊为他少见的冷淡迟疑，正想揣测分析一下里头的深意，就见跟在姐夫后头的小外甥上车后非常主动地跟自己摆了摆手。

自从小外甥长大后，这种略微有点幼稚的亲密举动已经很久没见了，石家俊当即笑了，也哥俩好似的朝小外甥摆了摆手。

小外甥这边似乎是没什么问题，那姐夫的态度不好，估计是在公司时又被什么人给气到了。

他如是想着，放下心来，站在原地憨笑着目送商务车离开。

车里，沐想想转头看着开出老大一截后还站在原地的那道身影，她挠了挠脸，感觉自己现在心情很复杂，深究的话，大概是有点……心虚？心虚到忍不住想做些多余的事情来补偿一下，比如主动告别之类的。

那张脸上的笑容，很明显还什么都不知道。

沐想想惭愧地低下头：对不起啊，我好像给你惹了一个很大的麻烦。

乔父借由后视镜盯着儿子的一举一动，见儿子先是主动跟石家俊告别，接着又回头依依不舍，直到后车窗里再看不到石家俊的身影，才终于落寞地转回身体，低着头一语不发。

他眼眶一酸，险些为这孩子哭出来。

匆匆离开办公室的乔瑞直到深夜才风尘仆仆地回家，他夹带着室外的寒风，神情冷漠如坚冰，进门的第一句话就是：“查出来了。”

原本还期待或许只是误会的乔父浑身一震。

乔瑞径直朝他走去，在单人沙发上坐下，将拎回来的袋子一抛：“石家俊藏得真的很好，我让人从他查到他老婆又查到他朋友，什么都查不到，最后范围扩大到他在岳家的亲友圈，才在他老婆一个已经移民的表哥身上找到突破口。”

乔父如同看洪水猛兽般盯着那个袋子，很久之后才慢慢打开，里头全都是文件，他抽出一叠翻开：“这是什么？”

“永久能源。”乔瑞道，“石家俊老婆那个表哥的公司，登记地在美国，跟现在和我们竞争光海开发案的公司，这几年一直不间断地有合作。这期间还接到过几个从我们公司手上漏出去的项目。”

资料里显示永久能源很早就成立了，规模从五年前开始突飞猛进，如今早已敲钟上市，是一家实力非常雄厚的企业。

五年前……是石家俊被乔远山提拔为事业部部长的那一年。

乔父长长地叹了口气，他本来以为可能会是债务、把柄、外人挑拨之类的原因，没想到现实居然比他想象的还要难堪。

仔细地看完所有的文件后，他端着茶杯直发愣，愣完之后，才找回自己的思维和声音。

沐想想就在楼下，不想听也听了个全，这次乔父和乔瑞聊的都是经过确定的内容，她终于听懂，乔南那位从小关系就很好的小舅舅，果然出了很大的问题。

生活真狗血啊……

她端着热好的牛奶暗暗咋舌，心中第一个闪过的念头就是乔南万一知道肯定会气炸吧，就跟现在坐在那儿已经开始筹划接下去该如何不动声色地反借石家俊的手扭转局势的乔瑞一样。

乔家大哥很明显怒到极致，连每一根头发丝都写满了冷静和残酷。他一个下午的时间，就已经起草完一份相对完整的方案，石家俊背后的也不是什么全无底蕴的小公司，反击是一回事，乔家却不能冲着两败俱伤去。

他不伤心吗？听乔父之前话里透露出来的意思，小时候他是跟乔南一起住在外婆家的，跟石家俊的关系同样很好。

沐想想再一次对这位大哥生出敬佩的情绪，上回乔父做小笼包也是这样，乔家大哥时时刻刻都那么冷静，冷静到让人都忍不住怀疑他是不是没有感情。

人跟人真的不能比，她想修炼到这份儿上，还不知道得经过多少年呢。

沐想想不敢在这儿多待，说了句要回房休息后匆匆上楼，客厅里的乔瑞声音停顿了下，回首目送，直至弟弟的背影消失在视线中。

坐在他对面的乔远山疲惫地长叹一声："南南要是也能像你那么冷静就好了。"

他有时候甚至会想，倘若暴躁的小儿子乔南也能跟大儿子乔瑞学学，不要朝生活倾注那么多感情，会不会过得更轻松一点？

乔瑞看了他一会儿，没有表情，也没有说话。

楼上的沐想想在洗漱之后又做了会儿复习题，犹豫了很久。

她一向不擅长照顾他人的情绪，从来想到什么就说什么，因为这个毛病吃过不少苦头，却从来没打算改正。但很少见的，此时此刻，她居然在迟疑要不要将这件事情告诉乔南。

沐想想掏出手机，点开联系人，在对话框敲敲打打，又默默删除，烦躁地爬起来打开窗户，还是憋得透不过气。

已是凌晨，闪烁的星光遍布A市夜空，她打开房门，打算下楼给自己倒杯水压压惊。

乔家人这会儿应该都睡了，外头没亮灯，她点开手机照明，路过书房门口的时候忽然顿了顿。

书房门下的缝隙里，有微弱的光芒透出来。

这书房一般是她写作业用的，忘记关灯了吗？

沐想想几乎没有犹豫就握上了门把手，乔家书房挂的灯是一盏小水晶灯，开一晚上不知道得用多少电呢。

但打开门的那瞬间她就后悔了，因为视线同时出现了另一道身影。

乔瑞侧对着她的方向，正一手抵着额头翻一本什么东西，看起来仍旧冷冷清清，难以接近。

沐想想跟他相处得不多，这位大哥平常沉默寡言得像个机器人，还老是半夜到房间扯她头发，心里顿时打怵，赶忙就要收手，不过出于礼貌，还是在关门前叫了一声："大哥。"

乔瑞似乎惊了一下，当即转过头来，意识到自己的状态再低头已经来不及了。沐想想清楚地看到他灯光下的两行眼泪。

继不良少年晏之扬之后，又出现了一个在她跟前抹眼泪的男人。

她换了身体之后已经意识到原来男人平常也是会哭的，不过不管怎么样，看到之后还是难以适应，尤其眼前正在哭的这个人，还是那个她一直以为没有人类情感的乔家大哥。

沐想想忽然很局促，进退两难，现在默默关门离开的话似乎会很伤感情。于是她犹豫了一下还是选择走进房间，靠近后一看，才发现乔瑞在翻的原来是一本相册。

乔瑞似乎对自己当下的形象感到害羞，他的身体转了半圈，由侧对沐想想变成背对沐想想："你进来干什么？赶紧回去睡觉！"

语气冷飕飕的，却因为未退去的沙哑和哽咽，听起来并不像平常那样具有威慑力。

沐想想问他："哥，你还好吧？"

乔瑞没理她，沐想想又瞄了眼相册，发现已经有些年头了，最大的那张照片上定格了一个男青年带着两个小男孩举着风筝奔跑的画面。

画面上的所有人都在大笑，欢乐仿佛能肆无忌惮地跳出照片，孩子们呈活泼的跳跃状态，男青年则正对镜头，露出非常眼熟的五官。

正是年轻时的石家俊。

于是两个小男孩的身份呼之欲出，联想到对方大半夜在这儿一边翻相册一边哭的操作，沐想想虽然觉得很不可思议但还是猜测出了真相："哥，你在想石……小舅舅？"

听到这个称呼，乔瑞恍惚了一下。

弟弟在这样特殊的时刻到来，默默站在自己身后，还一反常态地主动关心自己，一切的一切，都仿佛上天的指引。

或许是灯光太温柔，或许是心灵太疲惫，乔瑞强撑了那么多年，这一刻忽然觉得很累，累到他没办法再假装自己毫不在乎。

沐想想正为乔瑞的沉默而踟蹰，下一秒，面前那道笔挺如钢板的脊梁忽然就松弛了。

乔瑞缓缓转头看他，脸上的泪痕尚未全干，双眼的冷静早已消失，目光带着对话里的对象不加掩饰的恨意：“不要叫他小舅舅。”

沐想想还是第一次看到这张面孔上露出如此鲜明的表情，正不知所措地沉默，乔瑞已经用双手挡住额头恢复成手肘撑在桌面的姿势，指尖微微颤抖。

乔瑞被手掌挡住的面孔看不清神情，眼泪却一滴滴直接打在桌面上，沐想想犹豫片刻，也不知道自己该说什么，只能上前轻拍他的后背。

这是乔瑞母亲去世后第一次得到真正来自家人的安慰，他绷紧了一整天的神经终于在几下轻拍中彻底松弛下来，于是再也维持不住淡漠的假象，反手抱住了弟弟。

“他骗了我们。”

沐想想对这个事情实在没法感同身受，但大概也能理解乔瑞这种被背叛的心情，这种时候，什么都不需要多说，安静倾听就好。

借此，她也了解到一些乔南小时候的事情。

乔南和乔瑞被送到外婆家时年纪还小，母亲又刚去世，两个半大孩子只剩下彼此，心态非常脆弱。石家俊当初真的给了他们很多安慰，比如在他们做噩梦时趴在床边陪伴他们入睡，跟他们一起回忆去世的母亲，牵着他们的手出去玩耍，在他们受欺负的时候挺身而出……

比乔远山这个当时一年到头也未必能见到几面的父亲，尽责不知多少。

乔瑞几乎将石家俊当成另一个父亲来看待，可曾经有多信赖，如今就有多憎恨。

一整个下午，他平静的表象下灵魂有如在岩浆中翻滚，实在是太煎熬了。若非如此，以乔瑞的个性，绝对做不出抱着弟弟掉眼泪这样没面子的事。

倾诉果然是纾解情绪的最好方式，感受着弟弟一下一下拍打在后背处的无言安慰，他终于慢慢镇定了下来。

乔瑞松开手，后背的拍打消失，映入眼帘的是弟弟那张仍没什么表情的面孔。

他原本以为自己理智回炉后一定会感觉无比羞耻，然而没想到，此时舒适的松弛感居然远远盖过了应有的尴尬。

他有些感触，得知石家俊的真面目后，弟弟应该也很伤心吧，却仍旧这样耐心温和地陪伴自己。

他有些抱歉道：“大半夜被拽住听那么多牢骚，辛苦你了。”

沐想想在家也经常听父母说一些生活中的问题，并不觉得这有什么，反倒对乔家人之间奇怪的距离感很不适应：“为什么道歉？”

乔瑞被问得愣了愣，一时竟不知道怎么回答，沉默时肩膀被弟弟拍了拍：“我们是一家人，有话直说，互相倾诉，是应该的吧。”

沐想想说完后看了眼时间，发现已经很晚了，感觉乔瑞应该不会再有什么问题，她留下一句早点休息就离开了，却不知道自己走后乔瑞一个人在书房里待了多久。

一家人，有话直说，互相倾诉，是应该的吗？

弟弟这段时间的转变，就是因为意识到了这一点吗？这么想想，他确实是做到了这一点，今天居然就这么直截了当地戳穿了石家俊的谋算。

好不好笑，石家俊苦苦经营十几年，时刻不忘在所有人面前伪装假象，把集团上下，包括乔远山在内的所有人都耍得团团转，最后居然就翻船在一句不经意的挑拨里，听起来真是蠢得无可救药。

可要是弟弟不说呢？

设身处地，倘若换成自己，听到石家俊的那些话后，自己是会拿出来开诚布公地讨论，还是永远烂在心里？

乔瑞如此自问，然后得到理所当然的答案，忽然笑了起来，为自己这二十多年自以为成熟可靠的种种。

笑到最后，他直接起身去楼下酒柜里开了瓶最喜欢的红酒，自斟自饮，权当庆祝。

凌晨四点，正在熟睡的乔远山被一阵急促的拍门声惊醒，他今天本就心事重重，很晚才勉强入睡，这下被搞得越发衰弱，起来开门的时候整个人疲倦得不行:“谁……”

“啊”字还没出口，头发蓬乱的中年男人就被眼前的一幕惊得猛然清醒。

他的大儿子乔瑞正拎着一瓶红酒，神情冷漠地站在房门外，一手撑墙，身姿挺拔如松。

下一秒个头高大的儿子忽然接近，他的衣领被一把揪住，酒气扑面而来。

乔远山吃了一惊，又不明所以，他一大把年纪了，还是第一次受到此等惊吓，下意识哆哆嗦嗦地去掰儿子强壮的胳膊:“瑞……瑞瑞……你怎么了？你清醒点……”

乔瑞只是眯着眼，神情莫测地盯着他。

“爸！”

凝视他半晌后，乔瑞终于开口，英俊青年逼近的眼神似乎正透过他看向远方，同时锋利得让人难以招架。

一字一句，掷地有声——

“他们都说你不要我们了！”

第29章

乔家的餐厅笼罩着神秘的乌云。

桌上四张面孔，四副表情，沐想想慢吞吞地喝着自己熬的味道不怎么样的菜粥，余光不着痕迹地从坐在旁边面带菜色的大哥乔瑞身上收回。

宿醉醒来，乔瑞已经恢复了平常冷淡的模样，他眉头微皱，仔细地舀起碗里的粥，凌晨时分的兵荒马乱仿佛只是所有人的错觉。

好在乔远山颧骨上那道小小的瘀青还诚实地挂着，那是他在惊慌逃窜下撞到门框留下的证据。

沐想想神经微跳，忍不住回忆凌晨把她再度从房间拉出来的那场闹剧。乔瑞拎着一个酒瓶子追着亲爹满屋子乱跑，乔远山则甩着两条胖腿，嗷嗷大叫，挂着眼尿溜得飞快。

罗美生披着睡衣站在她自己的房间门口捧着水杯看热闹，乔瑞发现她时，还很客气地打招呼："要不要也来一杯？"

老胳膊老腿、长得还胖的乔远山当然跑不过自己年富力强的大儿子，没一会儿就被逮住了，乔瑞一丢酒瓶，按住亲爹，气势汹汹的，但也没动手真打，只是摸了个枕头对着亲爹的脸狂甩。

总而言之，四处洋溢着一种新年般欢乐的氛围。

此时此刻，乔远山态度非常谨慎，他受气包一般从桌上摸了个水煮蛋剥开，一边注意大儿子的脸色一边小心翼翼地递过去："瑞……瑞瑞？"

乔瑞只是瞥了一眼，拌了拌碗里的粥，淡淡拒绝："我头疼。"

"头疼啊！"乔远山慌张地站起身，"那，爸给你倒杯水吧！"

乔瑞脸色发绿，乔远山给他倒了杯水后战战兢兢地站在桌边，挑起个话头："瑞瑞……你昨晚说的……"

"啪！"

话音未落，就见大儿子迅速撂下筷子，起身匆匆离开。

大儿子又恢复成了平常看不出喜怒情绪的样子，乔远山无措而失落，但想到凌晨对方对自己开诚布公说的那些内容，又觉得自己也应该更直白一点。于是对着儿子匆匆离开的背影，还是鼓足勇气接着说了下去："你昨晚说的那些，爸都仔细想过了，爸对不起你和南南，那么多年，爸从来也没去了解过你们在外公外婆家的生活，一直想当然地以为你们被照顾得很好，这是爸的失职，让你们受苦了！"

乔瑞什么都没说，没一会儿背影消失在楼梯的拐角处。

一拐弯乔瑞就停下了，耳根一片通红。

他懊丧地捶了下墙。天地良心，他从弟弟口中领悟到的"有话直说"真的不是这个意思，他只是下定决心以后要学着多跟家人沟通而已，结果酒劲一上来，情绪全都不受控制了，居然撒酒疯追着亲爹打架，还翻了一晚上的旧账。

从母亲去世，到跟弟弟在外婆家听到的那些闲言碎语，再到父亲再婚后的种种愤怒，全都说了，毫无保留。

父亲被拽住领口时错愕的样子，被自己撵着跑时慌张的样子，听到自己的那些话后神情从惊讶转为悲伤，最后又泪流满面的样子……

乔瑞统统记得，而且醒来后他还发现自己抢了父亲的大床，盖着父亲的被子，把父亲这位房间的主人，毫不留情地驱赶到了客房休息。

伴随醉酒头疼的脑袋，乔瑞呆滞在父亲有如战后废墟一般的房间里，一瞬间觉得不如直接从窗户跳出去算了。

全凭强烈的理智，他才没有结束自己年轻的生命。

乔远山却不知道儿子正被疯狂挑战的求生欲，如果说凌晨被从睡梦中叫醒的时候他还觉得有些恼火的话，那么此时此刻，面对自己的两个孩子，这位在商场上无往不利的乔董事长只剩下无尽的心虚。

他不是一个完美的父亲，甚至可以说是非常不称职，他这段时间也渐渐认识到了这一点。但一切的一切，终归只是泉眼般温顺的自省，大儿子醉后的那番宣泄，如同当面的耳光那样直接，打得这个年过半百的中年男人直到现在仍处于强烈的震撼里。

他从不知道，儿子们小时候过的是那样的生活。

成功的事业总是伴随着鲜花和恭维，乔远山的生活里充满了这些，几乎没有人会不开眼到让他觉得不痛快。他总是被捧着，不论是哪一边的亲戚，发妻去世了那么多年，孩子的外婆一家仍同他走得如以前那样近。

每个人都那么殷切，努力让他看到最好的东西，将乔瑞和乔南送去石家后，他每一次回去探望，都只会看到他们对孩子关怀备至。久而久之，他竟然从没想过，这些人背对自己的时候是否也是这个样子。

毕竟他从来没有看到过那些阴暗面，于是想当然地也以为孩子会得到和自己同样的待遇。

因此那些年，他只是觉得孩子们跟自己越来越不亲密了，一开始分别很久后回去探望，儿子们还会流着眼泪扑进他怀里说“爸爸我想你”，到后来，慢慢只剩下冷淡而公式化的招呼。

他曾以为这是父子相处时间太少的缘故，可如今才知道，原来并非如此。

昨晚去了客房的乔远山其实一夜没睡，他望着天花板发呆，想不通同为亲人，为什么岳家要对儿子们如此恶毒。告诉他们已经被父亲抛弃，告诉他们父亲再婚后会生更加受宠爱的孩子，告诉他们后妈进门后乔家可能再也没有他们的位置了……

那只是两个刚刚失去母亲，还处于惶恐不安中的孩子！

石家只是普通人家，随着他事业越做越大才逐渐过上如今宽裕的生活，那么多年来，石家的亲人小辈，但凡只要张嘴，从借钱到安排工作，他乔远山从无二话！

乔远山想不通，自己究竟怎么得罪了这些人，他对石家还不够好吗？

谜题无解。

他的情绪从困惑到愤怒，再由愤怒到悲伤，一夜之后，定格成了深深的愧疚。

不论意愿是否主观，他对孩子们的亏欠已经客观存在，且永远都无法挽回了。

不论乔瑞还是乔南，他们都已经回不去曾经期待父亲保护的年纪，他们已经从细幼的枝干长成了参天大树，而自己缺席的那段岁月，在遥远的已经流逝的时光中，永远都将是一片空白。

任凭他如何富有，都无从改变。

乔远山精明了半辈子，第一次这么挫败，大儿子既不愿意吃他剥的蛋，又不愿意喝他倒的水，直到所有人都开始准备出门，才再次出现在楼梯的拐角处。

乔远山期待地投以目光，但乔瑞的目光跟他刚刚接触就迅速移开了，随即快步过来，错开他的肩膀找到鞋柜。

乔远山难掩失落地叹了口气，果然没那么容易啊。

然后下一秒，那道背对着他的高大身影却忽然出声：“以前的事情，不要再提了。”

乔远山微微一震，转头看去。

前方的大儿子似乎在很认真地穿鞋子，低着头看不清他的表情，声音却非常清晰：“我也有错，把很多事情都闷在心里，以后不会这样了。”

沐想想早一步穿好鞋，一抬头就对上了乔父泪光闪闪的双眼，正迟疑间，身边忽然一阵体温袭来。

身体忽然被抱住，她僵硬地绷紧肌肉，紧接着就感觉到自己的后脑勺被轻轻拍了拍。

乔瑞留下一句“好好上课”就松开胳膊，从始至终没让人看清楚他的脸，打开门头也不回地离开了。

沐想想后怕了一下，刚才她差点下意识伸手去推开乔瑞。

乔南跟他哥平时是这样相处的吗？动不动就搂搂抱抱的。而且他们一家的交流似乎也比她以前分析得更加直白，那种“对不起啊”“没关系”之类的肉麻话，哪怕沐家，平常也不会随便乱说的。

看来为了不露馅儿，以后得努力学会适应了。

助理小楼来迟一步，刚好在电梯口跟自家集团总经理打了个照面，进屋时他还在想大少爷今天看起来似乎格外红的脸是怎么回事。

不过看到屋里同样僵硬的小少爷和董事长，那个才浮出水面的疑惑很快就得到了解答。

看来这一家人又吵架了。

于是他更加不敢多嘴，目送小少爷背着书包离开后，才翻开日程表跟老板汇报工作。

汇报之前他忽然想起一件事情：“对了，乔董，石家的石小姐早上联系我，说手上有个挺好的项目，正缺乏启动资金，想跟您约个时间，让您帮忙指点指点。”

石小姐当然是石家的亲戚啦，什么狗屁项目，指点指点，从没见他们把什么项目办起来过，找这种冠冕堂皇的理由最终目的不还是要钱？

助理小楼心里有数，石家亲朋众多，每个月打到他这里的类似这样另立名目的电话两只手都数不过来，说实话，挺叫人看不起的。

这一大家子有手有脚，又有乔家这个好平台，按理说稍微脚踏实地点的人，抓住个机会都能混得不错。可石家那么多年除了一个石家俊，愣找不到第二个肯老老实实自食其力的，从上到下都只知道摊开手心朝乔远山这个姻亲要零花钱。

也就是董事长不缺钱，人又大气，对这样的一家人，三节两寿还经常登门拜访。换成其他任何人，肯定早被烦到对他们敬而远之了。

小楼如是腹诽，心中已经准备好一会儿去公司联系会计部打钱了，十万？二十万？还是三十万？

然而话音落地许久，他迟迟没等来吩咐。

小楼的眼睛从平板屏幕上拔出，朝自家董事长看去，意外地对上一张看不出丝毫情绪的面孔。

乔远山的表情从面对儿子们时的柔和一点点变得冷硬。

石家……

他轻哼一声："说我没空，不见。"

虽然一时之间还不能把石家俊掀个底朝天，但这一家人，往后休想再从他这里拿走一分钱了。

第30章

生病请假了那么多天，A市的公交车依然如此拥堵。

沐想想坐在座位上盯着手机，屏幕点开在乔南的联系界面，她敲出一大排字，又缓缓删除。

她在犹豫该如何告诉乔南石家俊的真面目。

她自己都觉得自己的表现奇怪得不得了，不就是有话直说吗，有什么难的？可见过乔家大哥大受打击掉眼泪发酒疯的场面之后，她就忍不住会联想乔南得知真相后会是什么反应，于是好几次换了不同语气、不同措辞的开头，最后都没能接着打下去。

她分析究竟是什么原因让一向直白的自己如此犹豫，而后得出以下三条结论——

第一，乔南现在顶着自己的身体，贸然得知真相，假如他反应太过激，可能会给自己的家人造成惊吓。

第二，乔父和乔瑞的谈话内容里很直白地提到过那个石家俊估计没那么好对付，为此他们父子还决定在之后的一段时间仍要对对方保持以前的态度。乔南的个性那么暴躁，知道真相后，他会不会打草惊蛇？

第三，就连看起来那么冷静淡漠的乔家大哥都因为这件事情那么伤心，乔南他应该会……更难过吧？

不过沐想想觉得第三点在让她犹豫的理由里应该只占很小很小的比重，她只是随便加上这一条而已！

她左思右想，最后删除了一千多字的“小论文”，只发出去一句“放学我们见一面吧。”

不管怎么样，面谈应该都会比互发信息靠谱一些吧？至少乔南听完后倘若崩溃，她可以陪在身边略作开解。

这么想着沐想想心情终于轻松些许，抬起头来，她微微一顿，看向面前那个满头白发的老人家，缓缓站起身。

老人家一手拉着吊环，大概猜到她的意图，伸手朝她连连摇摆：“我……我我……我不是……”

沐想想摆手：“坐。”

今天刚烫了新发色的都市丽人同一时间坐在了座位上……

沐想想被落座阿姨那欲言又止、似乎很想向自己道谢又羞于开口的样子安慰到了。只要人人都献出一点爱，世界将变成美好的明天。

“放学我们见一面吧。”

一声清脆的信息提示音，英成校篮球馆，某位盘着腿席地而坐、姿态懒散的短发少女一下坐直了身体。

会场内正在训练的少年们被她突如其来的动作吓到脚下一滑，互相撞成一堆，篮球在与地面沉闷的碰撞声中跳开，观众台上传来校啦啦队的女生们略显亢奋的尖叫。

乔南盯着手机，似乎是被打扰到了，直接转头拧着眉暴躁道：“闭嘴！”

“呀——”

尖叫声忽然拔高之后立刻销声匿迹，乔南看也不看她们，目光仍落在手机上，片刻之后，他单边眉头高高挑起，朝会场内摆了摆手。

少年们眼神死死地看着那个一腿盘地一腿屈膝，坐姿潇洒帅气到有点不像话的短发少女，心中为对方这副如同召唤宠物的姿态感到屈辱，身体却诚实地围了上去。

其中以英成校草姜海最为殷勤："南……"在一记淡淡的眼神里他迅速改口，"沐想想同学，什么事情？"

乔南盯着他，片刻后淡淡道："你们接着练，被我发现少投一个篮，回来全部一起死。"

"哎？"姜海问，"哥，你去哪里？"

乔南撑着身体一跃而起，在啦啦队姑娘们骤起的尖叫声中因为痛经使劲闭了闭眼睛，才强撑着没有表现出来。

然后他薄唇轻启，掷地有声地说："洗头。"

见面地点仍在商业区，沐想想到场后差点被乔南闪晕，她望着对方那从头发丝到鞋子挑剔不出任何漏洞的帅出天际的打扮，再一次刷新了对自己身体潜力的认知。

乔南上下扫扫她，脸上露出些许不爽："噈。"

居然没换衣柜里那身潮到爆的套装，一看就没有用心去试，但凡试过就一定会知道自己这具身体穿那套衣服是最好看的。

一点也不重视。

乔南哼哼着将放在自己脚边的几个袋子抛给沐想想，他早来了一个半小时，除了给自己换了一套新装备，其余的时间几乎全都浪费在这几袋东西上了。

沐想想下意识接下，打开看了看："这是什么？"

"礼物。"乔南转开视线，不去看沐想想认真而清亮的目光，"老头子下周过生日，反正都得送东西，随便买了几样，你到时候以我的名义给他。"

这"随便"的几样东西买了将近一个小时，乔南觉得自己估计是魔障了，放在前几年，随便弄个手串、打火机什么的明明也能打发过去。

“哦。”沐想想也想起自己听说的乔父生日的事情，没多想就点头应下了，又想起什么来，“对了，你爸让我到时候也带你一起来。”

乔南闻言一愣，转头便对上沐想想迷惑的神情，他略一思量，似笑非笑地“嗯”了一声。

乔远山这个邀请，请的是“沐想想”这个人，因此沐想想很奇怪：“你爸为什么会请我呢？”

“沐想想”这个人，跟乔家似乎也不熟啊，总共也就一面之缘。

乔南低头开始翻手机，闻言朝她翻了个白眼，心说你个傻子，你是不是真的傻啊，嘴上却回答：“我怎么知道？”

沐想想得不到回答，分析了好多天也没分析出合逻辑的理由，只能接着看那几份礼物，口中夸奖：“没想到你还挺会买东西的。”

这随便买的几样，从裤子到风衣再到手套，风格和尺寸宛如为乔父量身定制，要是认真买买，那还了得？

乔南耳根有点发热，瞥了她一眼才确定她满脸真诚并不是在嘲讽自己，冷哼一声：“话还真多。”

说实话他也觉得自己很有病，一进商场眼睛就不由自主地在各种男装柜台、手表柜台转悠，从围巾到帽子看得无比认真。他本来是打算给自己买的，结果结账时才发现，挑出来的全是老男人的款式。

结账的时候忍不住就想起父亲当时拽着自己炫耀身上那件“儿子送的”皮衣的画面，付完钱之后还不停想象对方收到礼物后可能会有的反应，乔南觉得自己恐怕是被传染了“智障病毒”，否则怎么会在来见沐想想之前还特意去洗个头。

结果沐想想这个邋遢鬼，主动约他出来，却连衣服都不知道好好换一套。

感觉自己被怠慢的乔南哼哼着朝咖啡座的椅背上一倒：“行了你，看够了没有？”

沐想想翻看完袋子里的东西，发现清一色都是适合乔父用的，从裤子到手套皆是大尺码，没有任何可以匀出来给乔家大哥的玩意儿，头皮忽然有点痛。

她迟疑一下才谨慎地提道:“那个，乔南……”

乔南见她目光躲躲闪闪，神情欲言又止，似羞似怯，嘴角便慢慢牵出个笑容，歪在椅背里凝视她:“嗯？”

沐想想被盯得头皮麻了一下，赶忙转开视线:“嗯……那个，你觉得，你要不要给你哥买点什么东西？”

“我哥？”乔南茫然了一下,“我为什么要给他买东西？他又不过寿。”

沐想想几乎没有过主动开口要东西的经验，一听乔南的反问，立刻就不好意思了:“我随便说说而已。”

要不然还是用自己的钱买好了，买点便宜的，就当是拯救发际线。

乔南今天却格外敏锐，眼睛立刻眯了起来。

等等，沐想想她主动提出要给乔瑞买礼物。什么意思？他俩关系什么时候那么好了？

乔南心里打鼓，他记得他哥的女人缘似乎很不错，以前也经常听到集团里有人说他多金英俊，是不可多得的钻石王老五。

沐想想这个笨蛋不会是……

沐想想正在盘算自己兜里的钱够买什么东西，以及关于石家俊的那件事情该如何开口，没料到下一秒坐在对面的乔南忽地神情严肃起来，紧盯着她，视线锋利:“沐想想。”

沐想想:“啊？”

“我……”乔南“我”了好一会儿才难以启齿地接着道,“我再警告一遍，你不要用我的身体做什么奇怪的事情。”

沐想想已经听过很多遍这句奇怪的话，可依旧很莫名，但今天是来谈正事儿的，她没心思争辩，也只能将这种情绪暂时按捺下，胡乱地答应了一声。

重点内容在石家俊啊，该怎么提起呢？

沐想想打了个腹稿，话到嘴边，刚想出声，便听乔南哼了一声，不怎么情愿地站起身来，双手揣兜，又酷又跩地说:“行了，我买了六点半的电影票，都快开场了，走吧。”

沐想想："啊？"

她正想问为什么我们要去看电影，下一秒，兜里传来的手机铃声打断了她的声音。

乔南眉头皱起，脸上颇有被打扰的不快，沐想想看了眼联系人，说："是你们班的同学。"

她按下免提键。

高二（九）班某女孩焦急又无措的声音迫不及待地从听筒里流淌出来——

"南哥！怎么办！郭志又说要退学，被他爸打断腿送去医院了！"

第31章

直到坐上出租车，沐想想仍没能消化那个九班女生言简意赅的消息。

郭志偷拿了他爸一笔钱，留下一封信说自己要退学出门闯荡，没想到拉着行李箱在大马路上被亲爹撞了个正着，结果追打之下摔了个小腿骨裂。

与他一同被逮到的还有晏之扬和九班的另两位男生。

沐想想对皮肤苍白、长得也还不错的郭志很有印象，对方虽然看上去气质阴郁，可前不久却毫不犹豫地和晏之扬他们为她跟曹威的朋友们打了一架。

当时还是她亲自送他们去的社区门诊上药，那种被维护的感动直到此刻仍记忆犹新。

可他们才高二啊，为什么要退学？听上去居然还是自己主动的。

沐想想家庭贫苦，但托爸妈教育的福，从小就知道唯有读书才能改变自己一家的出路。沐家即便在穷到连饭都吃不饱的时候，沐爸沐妈也从来没有减少过她学习上的花销。正是因此，沐想想对上学这件事情始终心怀敬畏，也倍加珍惜。

她真的想不通为什么会有学生主动放弃这一权利。

乔南坐在她身边，双肘撑膝俯低身体，脸色阴晴不定，不知道在想什么。

沐想想能感受到他的焦虑，也有些自责："我之前一点也没听说。"

"不怪你。"乔南撑着额头酝酿怒火，"他们从高一起就提过不想读书，被我听到一次打一次，所以这次估计是特意背着你搞的。"

沐想想："……"

真是一群奇葩兄弟。

不过说实话，此前她其实也察觉到了一些九班的怪异情况，尤其跟乔南玩得最好的晏之扬一行人，他们跟沐想想所熟悉的"学生"这一群体，有着本质上的差别。

沐想想从小就是最让老师省心的学生，她成绩优异，又刻苦努力，换了那么多所学校，每一所进的都是最好的班级。这种班级里的学生，哪怕放肆如英成的那些大少爷大小姐，都绝对具备自律和对自我未来规划的意识，可乔南的那群兄弟们，却无时无刻不像在混日子。

当然他们并没有乔南之前讲的什么混乱班级风气、上课打牌、打架和任课老师关系紧张之类的那么夸张。至少沐想想待了一段时间下来，所看到的各科老师跟九班的关系都是很融洽的，不说跟同学们打成一片的班主任老莫，就是看起来比较严肃的数学老师和英语老师都时常会在课上跟大家讲讲笑话什么的，跟她以往见过的很多普通班级在氛围上没什么不同。

可他们又真的不学习。

老师在的时候他们都会给面子看看书，一下课立马就原形毕露，辅导试卷什么的沐想想只在开学第一天见他们做过，后来除了她自己，就再没人提过这一茬。

神奇的是九班的任课老师们居然也不对此加以约束，还个个都是一副"天啊！你们今天居然没有大吵大闹，真是太乖了"的容易满足的样子。

总之这个学校的人，从上到下都表现得很奇怪。

穿过充斥噪音的医院大厅，踏入已经人满为患的电梯，乔南的焦躁如有实质，沐想想看着他一反往日懒散的样子，说实话，心里还挺羡慕的。

羡慕乔南拥有晏之扬他们这些值得惦记的朋友，她是在换进这副身体进入十二中之后才看到友情真正的模样。

朋友可以勾肩搭背，互相关心，可以在她被牵扯进诬陷事件时毫不犹豫挺身而出，在以为她遇到危险时不顾安危集结赶来。

那是一种跟亲情有所不同，但一样温暖强大的力量。

美好到沐想想有时候都觉得自己招架不住，因此代替乔南生活的这段时间，她都在尽可能减少跟晏之扬他们的交流。

然而即便如此，现在心头浮现出那几张面孔的时候，依然伴随着甜甜的气味。

电梯门在住院楼层打开，几乎同一时间，暴怒的咆哮声从远处传来——

“老子供你吃！供你穿！你连好好学习都做不到！不上学你以为你能做个屁！老子不如现在就打死你算了！”

沐想想迈开的脚步微微一顿，随后视线里出现了一个被医院保安拦在走廊入口正朝着病房方向破口大骂的中年男人，她敏锐的目光在对方身上扫了一圈：衣着并不洁净，鞋边还有泥土，脊背疲惫地佝偻着，面孔和双手上都是饱经风霜的痕迹。

他应该靠苦力为生，沐想想几乎能从他身上看到自己父亲被岁月摧残的影子。

他嗓门很大，骂人的用词也很粗俗，满脸都是喷薄而出的怒火，似乎真的如他话里所说，恨不能把儿子当场手刃。

但他深深的眼眶里却分明淌出浊泪。

沐想想心中腾地生出一股怒火，她定了定神，一转眼对上了乔南回首递来的目光。

乔南打量着那张脸上表露出的少见的不快情绪，按捺一下心头的焦躁：“还好吧？”

沐想想为那个仍在流泪的父亲感到辛酸，她摇摇头：“我没事。”

乔南以为她在为忽然来医院而不快，这么一想也确实，好好的一场约会忽然被自己朋友闹出的破事给搅和了,原本都已经定好的电影也被搅和得一干二净,哪个女孩能受得了这个?

乔南可是看过姜海、晏之扬他们的各任小女朋友无理取闹的，沐想想不发脾气已经很难得了，他心中有点歉疚，小声道:“电影下次补给你。”

沐想想莫名:“什么？”

乔南没听到想听的回答,感觉自己很窝囊,扒拉着头发烦躁道:“我也没想到,第一次出来约会就碰到这种破事，晏之扬他们……”

沐想想觉得自己好像听到了一个了不得的词语:“约会？”

乔南被打断，愣了下抬起头:“嗯？”

两人目光相对，片刻后乔南的眉头缓缓蹙在一起:“你什么意思？”顿了顿眼神里又带上浓浓的不确定,“等等，你今天约我出来……干吗？”

沐想想沉默了一下，脸忽然有点热:“想跟你说点你家里的事。”

沐想想说完后转开视线，等了一会儿没等到回答，眼神又慢慢地斜回来，只见面前那个原本看起来就已经非常暴躁的家伙，气场忽然变得更加令人紧张。

半晌之后，乔南眼角抽动地转向病房方向，为自己羞耻的自尊寻找到了一个合适的宣泄口:“晏之扬这群狗东西……”

一个班那么多同学一起试图退学，这对学校而言不是一件小事，九班的任课老师和十二中几个重要的校领导悉数到场，挤满了本就不大的病房。

打着石膏的郭志一动不动地躺在床上，晏之扬和其他人则垂首坐在病床边，脸上带着被各自家人掴出的巴掌印，一副“非暴力不合作”的态度。

班主任老莫急得双眼通红，他实在是想不通，明明最近班级的风气和纪律都在肉眼可见地好转，为什么孩子们会忽然这样。

他们上课不喧哗了，不打闹了，不跟学校对着干了，各科老师都以为他们浪子回头了。好嘛！直接憋了个大招！

“退学！你们知道退学代表了什么吗？”老莫劝得声嘶力竭,“你们才高二，现在退学，真的一点也不把自己的未来当回事吗！”

晏之扬小声道:“不退学，以我们现在的成绩也考不上好大学啊。”

病房里的师长们竟不知该怎么反驳。九班这几个吊车尾的成绩确实稀烂，就以晏之扬为例，按照他现在的学习水平，高考成绩怕是连大专的门槛都摸不上。

可难不成就眼睁睁看着这几个孩子葬送自己的未来吗？

就连孙校长都十分头疼，他揉着额头道："你们才高二，还有的是时间，成绩差，不能再加把劲去努力提高吗？"

这话连他自己都觉得没有说服力，让一群不爱学习的孩子忽然用功读书，假如真的有那么容易，九班这种差生班早该不存在了。

果然孩子们全都不为所动。

老师们脸上都浮现出痛苦的无力，他们是过来人，知道这个年纪的孩子决计听不进去大人们的掏心掏肺，又不知该怎么才能阻止他们，女英语老师甚至流下泪来："你们这是要毁了自己啊！"

晏之扬想起对方在自己书上耐心写下英文名时对自己饱含期待的眼神，颇觉无颜面对，只能小声安慰对方："老师，我们再读下去也是浪费家里的钱，还不如早早工作养活自己。"

话音尚未落地，视野中忽然如风般刮进一道靓丽的身影。

那身影来得极快，夹带着一股让人难以忽视的气势，环绕眉眼周身的暴戾锋利到如有实质，在所有人都还没来得及反应过来的时候，已经气势汹汹朝病床扑去——

"嗷——"

噼里啪啦的暴揍声伴随少年们凄厉的号叫响起，晏之扬首当其冲，捂着脑袋慌乱闪避："你谁啊你！"

乔南目露凶光地挥动着胳膊："我是谁，我是你爹！"

晏之扬被熟悉的压迫感笼罩，听到这话还来不及生气，就认出了那张令人胆寒的姣好面孔。

我的妈呀！

几个哥们儿吓得纷纷跌倒在地，这不是南哥的女朋友吗？

对方拎着钢管砸人的英姿时至今日仍牢牢镌刻在他们的脑海中，这可是在某种意义上比南哥更加可怕的存在，他们一时之间莫说反抗，尿都险些被吓出来，只能抱成一团瑟瑟发抖，指望能在同为案犯的集体身上得到力量。

校领导们被这个忽然出现的凶残少女吓了一跳，眼睁睁看了好几秒对方施暴的画面，回过神来立刻就想去阻止。

此时一位英俊挺拔的青年从病房门口骚乱的人群中走了进来，他出现的瞬间，坐在地上团团抱紧的“小动物们”全都蔫了，有的甚至开始可怜地啜泣。

“南……南哥！”

谁给南哥通风报信的？

这是要男女混合双打了吗？

沐想想神情平静地扫去一眼，心说瞎叫什么啊，你们南哥正揍你们呢，一转头发现病房里的校领导们居然全都站在那儿盯着自己，立刻端正态度。

尊师重道是传统美德，她一个学生，哪有让老师们站起来迎接自己的道理？于是赶忙礼貌抬手：“老师们先坐。”

砰砰砰砰——

怎……怎么回事？

原本同样打算去拉架的孙校长接收到几道身边递来的茫然视线，他窝在椅子里颓丧了一会儿，决定还是暂时闭嘴。

于是他们再次眼睁睁欣赏了数分钟妙龄少女殴打病号的画面。

乔南打累了，屋里已经听不到哀号，全是奶狗般无助低幼的呜咽，晏之扬等人泪眼婆娑地抱头蜷缩，唯一能感到安慰的就是想象中的混合双打并未到来。

可单打也很可怕了！

南哥这个女朋友到底是哪里找的？为什么打人的方式跟他一模一样！每一巴掌都让人感觉被车撞了似的疼！

乔南撸了把袖子，捋了捋汗湿的额发，居高临下地站着，用眼神睥睨这帮不叫人省心的东西：“退学，嗯？来来来，来个人告诉我，还退不退了？”

晏之扬他们已经不是第一次嚷嚷着要退学，当然以前那都是私底下的，通常像这样揍一顿就可以解决了，因此乔南以为这一次应该也是差不多的结果。

没想到，下一秒屋里居然响起一声倔强的哭腔："退。"

乔南目光一厉，朝开口那家伙怒瞪而去，拳头一紧，正要动手，就听耳边传来沐想想冷静的声音："别打了。"

乔南转头，用眼神示意她不用蹚这浑水。

沐想想却摇摇头，她听着门外从中气十足变得断断续续的怒骂，脑海中几乎能浮现出那个中年男人声嘶力竭后疲惫的身影。她望着晏之扬他们的眼神跟这个屋子里的所有人都不一样，那是一种夹杂着嘲弄的不屑目光。

她从小看父母艰难，记事起就知道要尽可能地为家里分忧。没能力赚钱时就洗洗衣服、烧烧饭，长大一些后则为奖学金奔波在各种竞赛中，她并不觉得辛苦，只觉得自己做的不过是些理所当然的分内事儿，可见识到眼前的这些人后，她才发现原来世上并非所有孩子都这么想。

沐想想感到难过，这明明是一群善良重义气的，让她略作回想心中都能生出温暖的好人，为什么偏偏不能拿出对朋友万分之一的感情去体谅一下家人？

她想起自己同样常常跟家人争吵的弟弟，心中一酸，垂下眼来，声音倒是很平静："你们真的已经决定退学了？"

晏之扬从她听不出情绪的语气里感受到了希望，眼睛一亮："南哥！你会支持我们吗？"

沐想想笑了一声，忽然转向病床："郭志，你从你爸那儿拿了多少钱？"

说是拿，其实跟偷差不多，郭志"吭哧"了一下，却也不敢不回答："两千……"

两千？外头那个男人脚上穿的还是解放鞋。

沐想想又问："这个钱你们打算花多久？"

"啊？"郭志愣了一下，目光转向地上的几个哥们儿，发现大家好像都没概念，"呃，没想过，不过我们现在每周零花钱才一百，两千估计能花挺久了。"

病房里的几个校领导刚开始听到沐想想的问题时神情还有些迷茫，听到这个回答后立刻有人反应过来，互相开始眼神交流。

沐想想又问："工作呢？想过找什么工作吗？"

郭志他们没想到会从向来有钱到仿佛不食人间烟火的南哥口中听到如此现

实的问题，一个个开始挠头："没有啊。"

"不知道……"

"随便找找应该都能找到吧。"

沐想想露出一个淡淡的笑容："我相信你们，也支持你们的决定。"

郭志几人被突如其来的惊喜砸中，一个个脸上露出如同会发光的喜悦："南哥！"

乔南皱起眉头看向沐想想，眼神不解，就听她接着用自己平静的声音条理清晰地说道："不过退学是件大事，我觉得你们还是应该先做点准备，至少应该多攒点钱，对吧？"

晏之扬他们脸上的表情已经近乎感动了："是的是的！有道理！"

"我给你们出个主意。"沐想想道，"现在才三月，天气太冷，你们要走，不如等到四五月暖和些。中间的这一两个月，你们刚好可以先适应一下工作，还能攒点钱。"

男孩们愣了愣，互相交换视线，都觉得自家老大这个建议挺合理的。

沐想想见他们心动，又淡淡加上一句："对了，顺便还可以从家里搬出来，让那些觉得你们没办法经济独立的人看看你们的能力。"

男孩们立马热血沸腾了，开心地嗷嗷叫起来："对！对！"

"南哥万岁！"

沐想想扯了扯嘴角，然后转向正盯着自己的孙校长，神情放尊重了一些："您觉得怎么样？学校可以通融吗？"

孙校长眼神复杂地看向那群正紧张兮兮地盯着自己的小孩，咳嗽一声，心中不知是喜是悲，再转回眼前对自己客客气气、挖坑挖得不动声色的青年，心中居然生出点退缩："如果，家长愿意配合的话，学校当然可以。"

挨完揍的小子们爆发出新年般喜悦的欢呼，孙校长心中更加怜悯了，就这智商还闹腾着要辍学？刚出门就该被拐去卖了，卖完还得帮着人贩子数钱。

晏之扬觉得南哥太伟大了，简直无所不能，居然轻轻松松地搞定了学校这帮难搞的领导。

更美好的事情还在后头，校领导联系了他们各自的家人，也不知道中间说了什么，对他们辍学的想法反应过激的家人们居然也选择了妥协，除了看着他们的眼神格外奇怪，中间没有任何阻挠的力量出现！甚至同意他们搬出家，同意他们独立生活，同意他们暂时不去学校上学！

校方居然还同意在他们刚搬出家的那段时间，用学校的关系为他们找几个工作，这简直是……

万岁！

万岁！

十二中万岁！

南哥万岁！

一派欢呼中，真正的南哥面沉如水，他眼睁睁看着沐想想跟校方把一切程序敲定，没有任何回圜的余地。那个姓孙的校长居然当场掏出电话给晏之扬他们找了个立刻就能上手的兼职，美其名曰为他们即将到来的独立生活多攒一点钱。

晏之扬他们因为被同意退学而兴高采烈的状态可不是他乐见的！

他为自己这群哥们儿未来的人生而担忧，对沐想想的自作主张更加难以理解："你到底怎么想的……"

他们这会儿已经跟着一帮人来到了医院附近的大兴商厦，孙校长联系的工作地点就在这里，除了晏之扬一行人，班里的其余同学也悉数到场。九班的学生大多对学习没什么劲头，比起枯燥的学业，他们对未知的大人世界更感兴趣，因此就连打上石膏的郭志，都身残志坚地被一并推来。

商场的管理人员看到这一大帮青春朝气的年轻人到场，乐得几乎合不拢嘴，立刻拉来几个同事给学生们发工作服，是一堆带着大大头罩的笨重玩偶服。

周围的学生们已经撒欢儿了，抱着头套自拍玩耍相当有劲。沐想想冷眼看着这派欢声笑语，低头看向怀里双手才能抱住的大头套。

她没有回答乔南的问题，而是忽然问："乔南，你独立生活过吗？"

乔南一怔，怎么没有？虽然不知道为什么最近父亲和大哥一直没走，但以前的乔家可是一年到头大多数时间都只有他一个人在家的。

他刚要回答，又听沐想想加了一句："我指的不是独居，是从经济到精神完全不依靠家里，自己赚钱，自己付房租那种。"

乔南哑然，那真的没有。

沐想想一猜就知道，淡淡地笑了笑："那你今天就试着自己赚一天钱吧，然后你就会懂了。"

乔南听得云里雾里，开始皱着眉低头研究那个巨大的兔子头套。

沐想想叹了口气，觉得在场包括乔南在内的所有人，是真的很幸福。

不论家境是否富裕，他们都从未经历过那种被生活重担所压迫的痛苦，贫困如郭志家，他穿着破解放鞋的父亲都会每个星期给他一百元零花钱。

这个年纪的孩子，还处于抱怨"学习辛苦"的初级阶段。

其实比起养家糊口，学习有什么辛苦的呢？

沐想想想起自己小学的时候，也曾经为那些仿佛写不完的作业和试卷烦恼过。升上初中，意识到自己可以赚奖学金贴补家庭后，她再回忆起那段单纯只需要学习的岁月，留下的感触就只剩下太轻松了。

没有真正肩负过生计的人，是不会懂得"独立生活"这四个字里究竟蕴藏着多少辛酸的。

晏之扬特别嘚瑟，选了个巨大的章鱼服，穿好之后一边欢呼一边到处乱跑，跟其他哥们儿击掌庆祝。

乔南扮演的兔子非常滑稽地站在那里，沐想想收回看他的目光，觉得反正没事能跟着赚点兼职钱也不错，于是挑了套熊猫的衣服穿上。

没一会儿，管理人员进来登记他们的信息，训了一番话后，带着这群大多第一次接触兼职的孩子出去了。

一天一百块！

晏之扬顶着轮椅男孩郭志羡慕的眼神跑得飞快，总觉得从今日起，自食其力的美好未来就已经高悬在眼前，亟待他伸手采摘。

不用被学校严苛的作息束缚，不用被老师和校领导管头管脚，不用看那些天书般的课本，不用在课后写一大堆烦人的作业。

独立万岁！

男孩们被分派到不同区域之前斗志昂扬地击掌，然后满腔热情地摩拳擦掌。

半小时后，他们意识到似乎有点不对。

今天是商场活动日，傍晚后人特别多，冬天暖气又开得足，沐想想被分散到某块区域，活动了没一会儿就觉得非常闷热。

不过已经登记了，不接着工作肯定要被训话，打过暑假工的沐想想对一些职场规则还是很有数的，工作中的领导训起人来可不会像老师和家人那样点到为止。

不过实在是太热了，衣服和头套又重，穿在身上走路的感觉有如披上一层厚厚的盔甲。

她身体的力气倒是还有，就是觉得闷，找了个机会偷偷躲到角落里想要休息休息。

结果刚到拐角，肩膀忽然一轻，眼前豁然开朗。

她回头一看，就看到同样已经摘掉头套，脸颊被闷得通红的乔南。

乔南把她的头套也朝旁边一丢，满脸烦躁地用手扇风，整个人从头到脚都写满了不耐：“怎么那么热？”

汗水从额角滑下，沐想想随手擦了一把，看他这副深受困扰的样子，忍不住有点想笑。

她问：“看到晏之扬他们了吗？我记得他们跟你被分在一个区来着。”

乔南冷哼一声，神情讥诮：“那群狗东西到场十分钟吓哭六个小孩，又偷懒又犯错，已经被拉去训话了。”

沐想想心说果然，就平常的相处，她也能看出来晏之扬他们的性格，能跟乔南玩在一起的哥们儿，多少都有点随心所欲，他们连在学校被管一下发型、穿着都受不了，更别提职场了。

不过这还是刚开始呢，往后租房、出行、日常花销等等，还会有数不尽的麻烦等待着他们，到那个时候，他们还会如此坚定地向往校园外的天空吗？

沐想想看了眼时间，发现已经过了好几分钟，担心偷懒会被发现，赶忙俯身去捡头套。

已经脱掉玩偶服靠墙坐在地上的乔南抬头看她："你干吗？"

"登记过了。"沐想想道，"再不出去被发现之后我也要被训话的，说不定还会被扣工资。"

工资……一百块钱……那也叫工资？

乔南看她轻车熟路的样子，忽然问："你以前经常干这个？"

"啊？"沐想想被问得一愣，"还好吧，初中的时候寒暑假会来，有时候也发传单，现在兼职一般会找文稿翻译，报酬会多些。"

初中……初中的时候都还没成年吧？

乔南支着脑袋看她，见她弯腰捡起头套拍了拍，毫不犹豫地要往头上套，鬓角的汗水成串地滑下来。

他忽然一撑膝盖站起来，上去挡了一把。

沐想想疑惑地看着他："干吗？"

乔南保持一手揣兜一手撑着头套的姿势，淡淡回答："衣服脱了。"

沐想想："啊？"

"啧。"乔南皱了皱眉头，索性把兜里的另一只手也抽了出来，两手一举，把她的头套取下来，套在了自己的头上。

沐想想愣了愣，刚想阻止，黑白熊猫倒半圆的眼睛凶巴巴地看着她，嘴里传出乔南不耐烦的语气："赶紧的，我不说第三遍啊！"

"可是……"沐想想被盯得忍不住摸摸耳垂，"你自己不是有衣服吗？"

乔南说："你管我那么多。"

沐想想沉默一会儿，咬了咬嘴唇："其实我觉得还好，头套也不重，你这个身体力气挺大的……"

熊猫头晃了一下，沐想想觉得乔南大概在里头翻了个白眼，这位说话从不重复第三遍的先生并不搭理她的解释，直接绕到背后伸手一拉，将玩偶服的拉链一把拉下。

乔南扯了下布料示意沐想想赶紧脱，同时哼笑一声："你也知道是我的身体啊？爱惜点用行吗？”

玩偶服被彻底脱下后，清凉的空气包裹住身体，简直如同复活一场，沐想想瞥着身边一边套熊猫装一边骂骂咧咧的家伙，忍不住低头挠了挠耳后。

跟着熊猫装乔南出去的时候正好碰上疯疯癫癫跑过来的几只大章鱼，晏之扬打老远也看到了他，嗷嗷叫着：“南哥！南哥！”然后扑过来哭诉，“热死了，衣服又热又重还不让脱，我就坐那儿歇一会儿领导马上就过来骂人，骂得也太难听了，还扣我二十块钱的工资，这活简直不是人干的，我好想坐在办公室里吹空调啊！”

沐想想平静地回答：“管理层招聘最低学历本科。”

晏之扬几人沉默了一会儿，都有些恹恹的，随后忽然发现了什么：“哎？南哥，我记得这个熊猫装不是你穿的吗？”

沐想想：“呃……”

大章鱼们齐齐盯着熊猫：“哇！南哥你也太鸡贼了，居然找人代替你！”

熊猫嘴里忽然冒出一声充满戾气的女声：“所以你们有什么意见吗？”

章鱼玩偶们头顶具象化出惊恐的符号，齐齐大退三步，仓皇逃窜。

乔南哼了一声，抬腿就走。

沐想想看着那道顶着硕大的脑袋却不知为何步伐还是格外潇洒的身影，低头盯着自己的脚尖，不对，这也是他的脚尖，耳朵忽然发起热来。

跑远了的章鱼们狂拍胸脯，晏之扬心有余悸：“妈呀！南哥的女朋友太可怕了！”

“不过没想到她那么凶，居然还那么宠南哥。”一个哥们儿羡慕道，“长得漂亮，身材好，又辣又体贴，我怎么没有这么完美的女朋友。”

另一个哥们儿不忿道：“南哥也太不像话了，那么好的女朋友不捧着也就算了，还让她帮自己穿玩偶装！”

“就是就是！”

深夜十一点放工时，九班的少男少女们已经宛若虚脱，后场再听不到他们刚来时的欢声笑语，就连拿到工资时，也没几个人露出开心的表情。

“怎么样？”负责人笑着问他们，“明天店庆继续哦，你们还来吗？”

众人几乎以抖动的频率开始摇头：“不了不了不了不了！”

比起被闷在玩偶服里笨重地到处乱跑，他们情愿早一点去教室自习。

只不过，那几个比较特殊的人……

他们互相捅了捅：“喂，你们明天是不是要去找房子了？”

晏之扬和他的小伙伴们几近虚脱地席地而坐，他捏着自己被扣了二十块的当天工资，汗流浃背，眼神呆滞，听到这句问话的时候头脑一片空白。

是啊，他们打包票说过一星期之内从家里搬出去住的。

可这才短短几个小时，为什么就觉得很不妙了。

沐想想等在门口，商场广场上的喷泉在夜色下闪烁着绚烂的灯光，她心不在焉地瞄着喷泉，许久之后，余光才捕捉到那道熟悉的身影。

乔南因为中途丢掉玩偶服的行为太过恶劣，散场后被留下再教育，跟对方你来我往地讥讽了一场，他边走边有点不爽地扒拉头发，然后就看到那道等在商场门口的身影。

他眉头微挑，不紧不慢地过去：“怎么还没走？”

沐想想和他眼神对视上又很快转开，从兜里掏出一张票子递过去：“今天的工资。”

因为熊猫装登记在她的名下，最后钱被发到了她的手里。

乔南盯着那张红票子，眼神微动，揣在兜里的手伸出来，捏起摊开，举过头顶，借着灯光翻看，纸张透出清晰的纹理。

一百块……辛辛苦苦一晚上就为这么一点钱。

却是他凭借自己的双手赚到的第一笔钱，认真说来，感觉还挺奇妙的。

乔南笑了笑，低头将这张钞票叠起。

沐想想看着他轻声说：“晚上的玩偶其实都是你扮的，这是你的钱。”

乔南挑起眼尾睨了她一眼，神情似笑非笑，忽然一抬手，将那张叠成两指宽的钞票塞进了沐想想的上衣口袋里。

沐想想愣了愣。

听他语气轻佻地说道：“拿去花吧。”

语气嚣张如同土豪朝人塞黑卡。

第32章

人生中的首次兼职给高二（九）班的所有同学留下了深刻的印象。

第二天到校的时候，沐想想发现原本喧闹的班级安静了许多，坐在前排的几个成绩稍微好点的同学居然跟普通班的学生一样开始早自习了。

后排靠窗的一大块“学渣位”空空荡荡，包括晏之扬在内，九班走了七个男同学。有直接参与这场退学事件的，也有一直想退学但是之前没敢说出口的。

这群哥们儿往日里作风最出格，因此在叛逆的九班学渣中很有威信，他们的缺席，也成了九班同学们津津乐道的话题。

沐想想落座后还听到侧方向传来女孩的声音：“听郭志说他们今天要在市里找房子……”

找房子啊……是了，昨天在病房里商量的时候，那群小子迫不及待地要求家人同意自己搬出去。

那个八卦的女孩接着说：“我妈这两天老念叨我，什么睡得太晚、起得太晚、不专心吃饭、玩手机，唉，真羡慕他们啊，搬出去之后自由自在的，也不用跟我们似的那么早起床来学校。”

“不过自由归自由，工作可真辛苦啊，我昨晚累死累活还挨了好几顿骂，比起这个，我觉得还是上学轻松点。”

沐想想摊开桌面上的辅导书，阅读理解用的是《亲爱的安德烈》片段——

“孩子，我要求你读书用功，不是因为我要你跟别人比成绩，而是因为，我希望你将来会拥有选择的权利，选择有意义、有时间的工作，而不是被迫谋生。当你的工作在你心中有意义，你就有成就感。当你的工作给你时间，不剥夺你的生活，你就有尊严。成就感和尊严，给你快乐。”

晏之扬收到学校里的吊车尾朋友发来的信息：“嘿哟，恭喜你提前解放，可以好好去潇洒一把了。”

他丢开手机，没什么活力地倒进椅子里，忍不住闭上眼睛疲惫地叹了口气。

独立之后的生活，跟他想象中的差别也实在太大了一点。

他以为第一天晚上累到让人虚脱的工作已经是最大的灾难了，结果感受到后面的一堆麻烦事后，才发现穿着玩偶装被人骂几句算个什么啊！

周围乱糟糟的，到处都堆着破破烂烂的纸箱，衣服鞋袜行李箱乱成一堆，一起决定退学的哥几个满屋乱撞，反倒把一块本就不大的地方收拾得更加糟心。

屋子的陈设很简陋，比起学校寝室还不如，至少学校寝室里还能给配备几张桌子，这个完全没有任何装潢可言的空间里只简单粗暴地挤了四张高低床。

好不容易不用去学校上早自习，晏之扬本来是想睡个懒觉的，结果六点钟就不得不起身——因为房东要上班，他们得赶在上班时间之前完成交割手续。

房东是个临近退休的中年女人，非常不好说话，立了一大堆规矩，讲话时还颐指气使的。放在平常，这种人晏之扬根本连理都不会理，不高兴了说不定还要针锋相对一下，可这次却没办法随心所欲，谁让她的房子价格最便宜呢？

总之租房的过程非常憋屈。

郭志身残志坚，拄着拐杖在屋里跑来跑去，见他瘫在座位上偷懒，停下用拐杖敲了敲他的腿：“干吗呢？少磨洋工啊！赶紧起来把你的衣服叠好。”

晏之扬痛苦地抓了把头发，顽抗几秒后却不得不照做，不然房间就真乱得没处下脚了。

但干家务着实不是他的强项，干巴菜似的衣服到了他手里变得越发难以捉摸，好不容易揉吧揉吧勉强分成了几堆，又因为鞋子味道特别大，被受不了的兄弟们勒令清洗。大冷天自来水冰凉刺骨，刷鞋的时候手冻得跟要掉下来似的。除此之外，还得扫地、拖地、铺床等等，总之都是非常琐碎的工作，可积累在一起实在是太让人烦躁了。

但又不得不去做。

一群人高马大的年轻人折腾了好几个小时也没能搞定看起来轻松简单的事，屋里还是那么乱，晏之扬用疼得要命的手把湿漉漉的鞋子拿去窗外晒时，忍不住开始怀念自己干净整洁的家。

早上他收拾东西出来的时候妈妈还掉眼泪了。

那个平常又唠叨又烦人的妈妈，到底是怎么把一间偌大的屋子打理得那么井井有条的？晏之扬发现自己以前从没想过这个问题。干净蓬松的被子，每周一换的床单，被刷得雪白干净的球鞋，每天一睁眼就可以得到，那么的理所当然。

中午时分，肚子饿了，干活干得苦不堪言的年轻人里有人提议："出去吃顿好的吧？庆祝一下咱们正式开始的独立生活！"

在被这个提议迅速调动升温的气氛里，郭志掏出口袋里的公款数了数，有点为难道："可咱们只剩三百多了。"

提出要独立的时候，他们跟校领导和家人信誓旦旦打包票不会跟家里伸手要钱，可是各自的家人在他们离开时还是硬塞了点，加上以前的零花钱和赚到的工资，也不是一笔大数目，交完早上的房租和押金之后就所剩无几。

三百，三百能干什么？南哥请客的时候去的场合先不说了，就是他们平常自己掏钱聚餐，也少说得吃上个人均七八十吧。

众人安静了一下，都有点被这个消息打击到，难不成独立生活的第一天就靠吃泡面来庆祝吗？

半晌后，晏之扬苦中作乐地提议："没关系，这不有厨房吗，我们自己烧也可以嘛。"

结果去一趟菜市场，又是满地鸡零狗碎，从没有关注过日常家庭花销的男孩们头一次发现自己爱吃的那些食材居然那么贵。匀出一百块生活费，抠抠搜搜地买了七人份的肉菜米面，回来又因为分配洗菜工作斗争一场，抱着手机打开百度，查米放多少水、肉放多少盐，兵荒马乱后直至过了学校正常的午休时间，饥肠辘辘的他们才吃上饭。

没有桌子，搞了几个纸箱倒过来放餐盘。

大家的兴致明显没有提议聚餐时那么高了。

屋里甚至没有板凳，晏之扬蹲在地上捧着饭，很奇怪，明明肚子很饿，他却一点胃口都没有。

因为菜的味道不怎么好吗？感觉又不全是。

此时不知道是谁嘟囔了一句："还是我妈烧的比较好吃。"

晏之扬低头把脸埋在饭碗里，满屋沉默。

但这不是最叫人崩溃的。

下午上班，或许是觉得他们已经有了工作经验，商场为他们安排的工作更加紧凑严苛，此时他们才发现穿着沉重的玩偶装在商场里蹦来跳去的工作环境究竟有多轻松。

A市的初春很冷，夜晚尤其低温，太阳落山后，寒风刮在皮肤上就跟被刀切似的那么疼。

年轻人们拼命裹紧衣服，在广场上朝来往的路人派发传单。

风从领口袖口无孔不入地钻进来，衣服外露出的脸和手掌更加无处可藏，厚厚的外套根本没有办法抵御长时间的寒冷。他们被冻得瑟瑟发抖，只能靠不停地走动来缓解腿脚的僵硬，可最让人难受的，偏偏还不是冷风。

路人对递到眼前的传单并不待见，愿意抬手接下的只是很少一部分人，大多数人都选择目不斜视，直接无视他们的声音和笑脸。然而除此之外，还有更加激烈的反应——

"不要不要。"

"去去去——"

“别烦我。”

“烦死了，烦死了，没看到我手上拿着东西吗？你是不是瞎啊，赶紧滚好吗！”

这群从来在学校里颇有排面的风云人物们何曾受过这种委屈，拄着拐杖的郭志一听就炸了，勉强挂在脸上的笑容顷刻间消失得干干净净：“你再说一遍！”

等到商场负责人赶到的时候，这群年轻人已经跟喷脏的路人打得热火朝天。

男孩们被叫进办公室里一通臭骂，心里都委屈得不行：“明明是他先开口骂人的！”

“那又怎么样！这是工作！你拿了这份钱，就别想能跟在学校里似的顺心！这里没人会在乎你的感受！”

负责人根本不理会他们遭遇到什么，只是拍着桌子一个劲地怒骂，半点面子也不给他们留，最后还勒令郭志去向那位出言不逊的路人道歉。

郭志当然不愿意，明明不是他主动挑的事，那负责人就冷着脸放话说：“那好，那明天你们全都不用来了。”

晏之扬气得嘴哆嗦，立刻就想放话说不来就不来，你算老几，敢这么跟老子说话。

然而在此之前，郭志抬手拦住了他。

这一天放工后，大家的心情都很沉重。

他们脸色发青，小心翼翼地朝前头瞥，拄着拐杖走在最前头的郭志反而是脸色最平静的。

晏之扬搓了把脸，想到刚才郭志道歉时被那家伙不依不饶斥骂的场面，憋屈得连喉咙都蜷紧了，好半天才轻声问：“大志你还好吧？”

“啊？”郭志回头，看到朋友们脸上的担忧，露出一个无奈的笑容，“哎呀，我好着呢，干吗一个个都这样，碰上个傻子而已，就当被狗咬了一口。”

众人一时无话，其实心里都清楚他肯定没那么轻松。

可是他们才搬出家，正是最需要钱的时候，七个人的工作全系在他一念之间。

晏之扬捏了捏拳头，眼眶微微发热，却没有表露出来：“那走吧，一起去吃个宵夜。”

郭志笑了笑，语气轻松："不啦，你们去吧，我想一个人走走。"

顶着朋友们充满担忧的视线，郭志一个人拄着拐杖慢慢离开。他很累，脑子和身体都是，打从记事起就没这么累过。

头脑放空漫无目的地走，等他回过神来，发现已经不知不觉走到了自己家门口。

老小区的居民楼低矮破旧，这个点，家家户户的窗口都透出温暖的灯光来，郭志抬起头，寻找自己家的窗口，视线忽然有点模糊。

楼道的感应灯亮起，他惊了一下，左右看看，拄着拐杖迅速躲到一棵树后，接着愣住。

从单元门里出来的是一道熟悉的身影，中年男人被迎面而来的冷风一激，放下拎着的东西弓着背打了个寒噤，一边搓手一边朝手心哈气，然后他紧了紧衣领，拿好东西低着头快速离开。

郭志盯着他的背影，片刻后不知道为什么也跟了上去。

中年男人找到小区的非机动车停车棚，那里停着一辆非常长的手推餐车。中年男人将餐车顶棚的灯泡点亮，然后借着灯光开始慢慢朝车上放材料。

路过的小区保安老远喊了他一声："老郭！"

保安快步过来，皱着眉头挑剔了一大堆诸如这个车老停在这里非常碍事，好多业主都投诉了之类的话，语气咄咄逼人，非常难听。

中年男人却似乎一点也不生气的样子，灯光打在他沟壑纵横的黑黝黝的脸上，那张平常面对郭志时总是很凶恶的面孔上挂着讨好的笑容："哎呀，真的是不好意思，老给你们物业添麻烦，这样，你把晚上值班的哥几个都叫来我这儿喝一杯，我请客，就当给大家赔罪了。"

那个说话颐指气使的保安一边佯装拒绝一边叫了好几个人过来，中年男人笑眯眯地主动跟他们寒暄，开火的时候铁锅放歪了，他下意识伸手去抓了一下。

锅柄可能是被火烤到了，中年男人一把甩开，脸上露出痛苦的表情，整个人都跳了跳。

然而在保安们的催促声中，他只是把被烫伤的手心不在意地朝裤子上搓搓，然后给锅柄包了块抹布，开始炒面。

郭志嘴唇哆嗦了一下，父亲用平日凶恶的声音说出的那些恭维话飘进他的耳朵。像有一只手忽然抽走了他的声带，他张着嘴想要喊一声爸爸，却久久发不出声音。刚才跟那个路人道歉时都没酸过一下的眼睛，就这么毫无预兆地掉下泪来。

他都不知道自己是怎么回到集体宿舍，怎么完成换衣洗漱，怎么躺上那张狭窄坚硬的床。

房间里也没有其他人说话，原本聒噪的少年们这一天如此默契地沉默着。晏之扬躺在上铺，他床垫铺得不好，后背被硌得难受，睁着眼睛好几个小时都没能睡着。

黑漆漆的房间里，他听到有人哽咽地发出声音："我现在真后悔……"

乔南刷到晏之扬和郭志他们内容相似的朋友圈时，眯着眼冷哼了一声，没想到这么快就撑不住了。

城中村的路上已经没什么人了，乔南最近忙着给英成校篮球队训练，回来得很晚，借着路灯给沐想想拨了个电话，汇报这一喜讯。

沐想想似乎并不怎么意外，声音轻轻的："他们脾气跟你很像，肯定受不了兼职的那种委屈，早晚会回来的。"

乔南立刻回忆起自己兼职那天挨训时将骂他的管理员怼到哑口无言的场面，不由得挑眉："喂，我发现你现在说话很不客气哦。"

沐想想不说话了，乔南听着她细细的呼吸声勾了勾嘴角："干吗呢你？"

"复习。"沐想想听到他走路的声音，"你那么晚才回家？"

"绕路去买了点东西。"乔南顿了顿后补充道，"给你家老头老太。"

最近天气冷，沐爸沐妈每次又都出门得特别早，有次吃饭时乔南听到沐爸提了一句，说是沐妈好多年不犯的冻疮又犯了。

他最近酷爱买中老年用品，有时候路边随便瞥到点东西都会在心里判断这个适不适合自己亲爹用，只不过亲爹的生日礼物已经转交给沐想想了，那买给沐家爸妈也没什么区别。

沐想想愣了愣："你不用老给我爸妈买东……"

"行了，赶紧闭嘴。"乔南眯着眼朝不远处瞥去，对上一道从二楼窗口投来的目光，目光主人立刻缩头，他挑了挑眉毛，跟沐想想说话时语气倒是不变，"买的都是便宜货，犯不着你瞎操闲心。"

沐想想只好说了句"谢谢"，又问自己爸妈最近怎么样。

乔南一边回忆沐家二楼住的人一边哼笑："他俩好着呢。"

沐妈好像是辞职了，最近都跟着丈夫一块活动，因为做早餐的缘故，他俩上午一般不在家，不过下午通常空闲着，就会一起给放学回来的乔南烧晚饭。

沐妈近来走路越来越风风火火，沐爸的精神面貌也和以前有了很大的不同，弓着的脊梁都挺直了，眼角眉梢无时无刻不挂着笑容。

还有沐松，不知道为什么最近也经常回家住，不过乔南还是很欢迎他的，这小子整理房间和洗衣服很有天分，做得又快又好。

正琢磨着，推开家门的同时，他就听到了沐爸比以前中气足了很多的声音："你真的要气死我啊！"

乔南愣了愣，心想着幸好跟沐想想的电话已经挂断了，紧接着就看到了屋里对峙的父子俩："怎么了？"

沐松转头看了他一眼，没说话也没离家出走，神情恹恹地转身回了房间。这小子现在除了头发颜色比较特别，其他方面看上去都挺正常的，也没再穿那条颇具个人风格的大破洞牛仔裤了。

乔南目视房门关闭，放下书包的同时听到沐妈叹了一声："还能怎么，我跟你爸今天给你弟开家长会去了，你弟那个成绩……唉，他老师说他不好好学习，成天就知道跟一群狐朋狗友混在一起，搞那个什么什么……"

沐爸："乐队。"

"哦，是，乐队，就是一些乱七八糟的组织。"沐妈一脸头疼，"他还想跟你爸借钱买那个什么……"

沐爸："吉他。"

“哦，对。”沐妈叹气，“这不胡闹嘛。”

夫妇俩都非常焦虑，他俩活了这几十年，始终坚信“万般皆下品，唯有读书高”，也同样是这样灌输给孩子的。大女儿倒是还好，一直都不叫他们操心，这个小儿子，却从小成绩稀烂，现在参加的那个什么乐队，听说日常活动就是唱歌跳舞，这能算什么正经事，听起来就很不靠谱。

乔南脸色倒是很平静，乐队嘛，英成里这种个人爱好组织不要太多，他初中的时候还参加过，只不过大家的水平不怎么样，纯粹玩闹而已。

于是他毫无波澜地把手上的袋子递给沐妈，然后回房间换好衣服，出来敲沐松的房门。

没一会儿门开了，沐松精致而冷漠的面孔出现在门后，被调教了几天之后他已经不敢在自家姐姐面前放肆了，语气还是很克制的：“干吗？”

乔南把换下来的衣服塞给他，下巴朝卫生间努了努。

沐松心说，拜托，我现在刚和爸吵完架还在生气，你可以尊重我一点吗？

那当然是不可能的。

所以最后他也只能拉着脸抱着衣服出来，闷不吭声钻进洗手间。

乔南的目光在他出来的一瞬扫过他身后，微微挑眉。沐松的房间看起来跟沐想想的完全不一样，虽说同样的狭小，个人风格却很强烈——屋里黑漆漆的，灯光也很暗，床头贴了披头士、BEYOND等好些乐队的海报，墙上挂了个软木板，上面用图钉钉着好些纸张，纸张的内容看不太清楚，不过好像是六线谱。

哦哟，真是个叛逆少年，跟他的一头灰发十分契合。

乔南转开目光，就见沐爸和沐妈正拿着他买回来的手套翻看，脸上跟沐松吵架时的情绪早就不见了。

夫妇俩看向女儿的眼神暖得都快融化了，嘴上偏偏还要责怪：“臭丫头，老买这些乱七八糟的东西，贵不贵？”

乔南决定还是不要告诉他们原价好了：“地摊儿货，三十块钱一双，不贵。”

“三十块还不贵？”沐妈脸上露出心疼的表情，把手套仔细收好，“你身上有钱还不如给自己多花点……”

乔南本就不是有耐心的人，立刻开始烦躁。然后就见沐妈一边叨叨着贵一边回房间，片刻后再出来，手上也提了个袋子。

乔南看到袋子上的LOGO时愣了一下，被念叨得焦躁的情绪退下些许："这是什么？"

沐妈跟丈夫对视一眼，脸上就露出神秘兮兮的笑容："看！"

她打开袋子，单手从里头掏出个棕褐色的提包，乔南这下是真愣了，因为这样式熟悉的提包他以前也有过一个——这是英成学生里非常流行的手提书包。

这当然不是学校发的，而是历届的学生们自己带起来的潮流，英成跟A市其他中学的区别体现在很多方面，比如经济宽裕的孩子们对穿着审美更加高品质的追求。

沐想想平常背着的跟普通中学没什么不同的布书包在学校里反而成了异类，话虽如此，但乔南也能理解，毕竟这个皮质手提书包两千多的价格对于沐家的经济条件而言实在过于离谱。

沐爸却笑得眼睛都眯了起来："别人都有，我闺女也得有一个。"

乔南怔怔的："你们……"

沐妈把包塞进他怀里，伸手摸了摸他的头："拿着用吧，我跟你爸最近做早饭赚了不少，不贵。"

她这倒没有吹牛，做早饭比她想象中要赚钱得多，尤其他们选择销售的肠粉成本还格外低廉，食材设备、摊位租金之类的成本他们在第一天就挣了回来。

他们本以为那已经是非常了不起的成绩了，谁知道从那往后，生意居然一天比一天好。

肠粉摊儿的名声逐渐被打响，老客带着新客，许多原本不在青年广场周围上班的食客甚至会特地绕路过来品尝。

沐家夫妇这辈子就没感觉赚钱那么容易过，沐妈几乎毫不犹豫就辞掉了自己的工作，开玩笑，早餐摊儿三天的利润就能抵得上她一个月的工资了！

若非如此，夫妇俩也不会有底气踏进那个卖包的店。

乔南脑海中却浮现出这个母亲皱着眉头絮叨那双三十块的手套太贵的画面，

他低下头，没有像从前那样躲开对方盖在自己脑袋上的手，一时心绪纷杂。

恰在此时，有节奏的敲门声响了起来，外头传来一声耳熟的叫唤：“老沐？弟妹？在不在？是我啊。”

沐想想的大伯母？

乔南抬起头，暂时将情绪抛开，然后皱起眉，忽然想起刚才似乎就是这人在二楼偷偷看自己。

沐家大伯母虎翠眯着眼听了下门里的动静，给丈夫递了个眼色，她丈夫还有些迟疑：“你真要说啊？”

“那可不！”虎翠睨了丈夫一眼，“我前几天特地去看了，他们那个摊子生意是整个广场最好的，旁边有个老板说他们这种客流，每天至少赚这个数。”她比了个手指，脸上带出一种又羡又妒的古怪神情，“今天阿斯回来的时候还拎着××牌子的购物袋，那牌子的店我路过时连看都不敢多看呢。”

她丈夫沉默了一会儿：“可我们都已经答应……”

先前他们趁着沐爸急需用钱时搞来这套房子，在亲人之中掀起了不小的波澜，夫妇俩被人戳了好几年脊梁骨，直到他们主动提出把一层租回给沐爸一家，骂声才稍微少了些。沐家的其他亲戚们都挺爱管闲事的，他又是个好面子的人，天不怕地不怕就怕背后挨骂，实在担心再被人抓住把柄。

“答应什么？”虎翠却很不高兴，“就许他们赚钱，我们吃亏？哪有这个道理？涨涨房租嘛，又不是不给他们住了！”

说话间房门打开，她神情立刻一变，朝着开门的沐妈露出一个笑容。

“一年五万？”沐妈听到这个数字眼睛都瞪大了，“大嫂，这……这也涨得太多了吧？”

沐家原本一年的房租不过两万多，这一下直接翻了一倍！

虎翠斜了眼站在旁边的侄女怀里抱着的那个包，顿了顿，脸上露出笑容：“阿斯呀，你也知道，这房子本来给你们的租金就是低于市场价的，你对比一下周围那些房子，哪一家能租到这么便宜的价格？”

然后她看向沐爸，想到对方如今的收入，也不一口一个残废了：“大弟你说是吧？更何况你们也不缺这个钱。”

沐爸没有反驳，他和妻子都不是擅长口舌的人，大嫂当面这样提出要求，还说得有理有据，让他一时不知该怎么反驳才好。更何况，大嫂说得也对，按照早餐摊儿的收入，他们一家以后也确实不缺那五万块钱。

面对一直以来都对自己表现出碾压般强势的大哥一家，近段时间好不容易找回了生活自信的沐爸又不由得感到气弱。在对方面前隐忍和退让仿佛已经成了刻进他骨血中的本能，沐爸有点不敢接触大嫂咄咄逼人的视线，他低着头，脊背又不由自主弓了起来："那，那就……"

"爸。"

正在他想像以前那样秉着多一事不如少一事的念头答应对方要求的当口，身边忽然响起一道冷静的叫声。

他下意识转头，就看到女儿正抱着新书包面无表情地靠着墙壁。

乔南眯着眼扫了屋里一圈，在那两张让他很不爽的脸上停留了片刻，有点想不通沐家爸妈为什么到了这个份儿上还能继续忍让。

于是他顺从心意地问出了口："我们不能搬家吗？"

沐爸闻言一愣，沐妈也跟着怔住。短暂的寂静后，大伯母一家表情立刻变了："喂……"

但没有人再理会她，夫妇俩只是对视一眼，然后在同一时间，看到对方脸上浮现出与自己如出一辙的如梦初醒。

搬家？

是啊，现在的A市已经不是许多年前那个他们颠沛流离时拿着钱都找不到出租房落脚的城市了。

然而或许是他们在这个破旧的城中村住得实在太久了吧，久到让他们在听到女儿的话之前，居然根本没想到这一点。

第33章

沐家大伯母虎翠和丈夫对视一眼，都看到了对方眼中的惊慌，差一点就要骂娘。

“等，等等……”

她真的只是想要涨房租而已啊！为什么这家人忽然就说起了搬家？

沐家大伯父比她还要慌乱，直接噌地一下站起身来：“小……小弟，那个房租的事情，五万可能确实高了一点，涨不涨的，你们要是有意见，大家可以慢慢商量嘛！”

“是啊！”大伯母也立刻回神，帮腔劝说，“我就是照着市场价随口那么一提，怎么就说到搬家了呢？哎呀！都在这儿太太平平地住了那么久了！”

沐爸沐妈为他们忽然转变的态度愣了一下，他们不擅长拒绝，正不知道该如何接口，站在墙边的乔南这下是看出点门道来了，双眼一眯，直接任性道：“有什么麻烦的？住在这儿才比较麻烦，这里又破又小又潮湿，离我们学校还远，不如找个近点的，还方便我和沐松上学。”

沐爸赶忙点头："对对对！是这样！"

搬家这个念头一生出来就按不下去了，他脾气虽好，可这么多年来，被大哥一家趁火打劫在先，冷嘲热讽在后，真要没一点愤怒，那他肯定是圣人无疑。沐爸当然不是圣人，只不过此前他的个人经济能力不足以改变现状，为了不影响家人的心情，一直没有表现出来而已。

可现在，他发现自己不缺改变的钱了！早餐摊儿的收入已经足够他带着家人脱离这些乌烟瘴气！

沐爸从没有一刻这么清晰地意识到自己的生活出现了怎样的改变，他激动得连在大哥一家面前的畏缩都忘了，短短片刻已经是满面红光。沐家大伯心知不妙，气都短了半截，不死心地还想再劝，结果那句"你腿脚不好，住在一楼比较方便"的话还没说完，卫生间里忽然刮出一道奶灰色的小旋风。

沐松衣服洗到一半，手还是湿的，他弹着手指上的水，神情冷漠得吓人："赶紧滚。"

一副"你再说废话不滚蛋，老子立刻揍你信不信"的模样。

沐家大伯和大伯母就这么愣愣地被送到了门口，沐妈关门之前还跟他们道歉："不好意思啊大哥大嫂，孩子还小不懂事，说话不礼貌，我立马教训他，你们别往心里去。"

语气非常的真诚，要是关门的动作不要那么利索就好了。

夫妇俩被关在门外，天地间一片寂静，大伯母好久都没能回过神来。

她的思维或许跟沐爸沐妈也有着相似之处，沐想想一家在这座房子里生活了实在太久太久，久到让她理所当然地有了一种对方的生命已经和这套房子绑定的错觉。

因此提出涨房租的那一刻，她设想过各种可能，最坏的结果无非是弟媳一家讨价还价或拒不接受涨房租，唯独没想过这家人会这么痛快地决定搬走。

大伯母脑子里设想起这家人搬走会造成的后果，那些亲戚们刀子似的嘴巴让她背后发凉，一阵后怕。

她手抖了抖，不知所措地看向站在身边的丈夫，结果却看到了一向对她温和退让的丈夫铁青的面孔和写满怨怼、怒火的双眼。

“都是你！没事非要自己找事，闹什么涨房租！涨涨涨，现在怎么办？”

大伯母讷讷。

这一晚，从结婚起就没红过脸的夫妇俩吵了整整一晚。

天花板上透出摔摔砸砸的声音，吵得沐家一晚上没睡好觉。

乔南火大得要死，只能早早爬起来跑步，结果意外遇上刚要出门工作的沐爸沐妈，发现这对夫妇居然红光满面，精神焕发。

正喜气洋洋搬着一桶鸡蛋上车的沐妈看到女儿立马笑了：“想，晚上自己随便弄点或者在外头买点吃吧，妈跟你爸做完早上的摊子就去市里找房子，怕是没时间回来给你做饭了。”

乔南算是发现了，这对夫妇惊人的效率完全体现在生活的各个方面。

前一天晚上刚说要搬家，第二天就着手找房子，那第三天岂不是要开始搬家？人才啊！

沐妈说完这话一回头，发现昏暗的晨光下单元楼外居然站着两个人，这两人形容狼狈，头发乱七八糟，像是互相撕打过，各自脸上都带着一点瘀青伤口，向来盛气凌人的神情更是变成了八百年难得一见的忐忑。

双方目光相对，沐妈愣了一下，手脚却依旧麻利，同沐爸快速将残障车收拾好，从楼道里推出来，然后礼貌地说了句“大哥、大嫂起得真早”，就坐上车同丈夫风风火火地走了。

果然没过几天，乔南就接到沐爸的通知让全家一起去看新房。

乔南刚开始其实犹豫了一下要不要帮忙一起找，毕竟比起不上网的沐家爸妈，他手上能接触到的信息渠道无疑要多得多。只不过想到沐爸那个越给压力越有自信的性格，乔南又觉得让对方挑挑重担似乎也没什么不好。

他跟沐想想不一样，他从小看着自己强悍的父兄成长，打心眼儿里不觉得家人和长辈需要被捧在手中悉心呵护。而且作为男人，换位思考一下，他觉得沐爸应该也不希望家人觉得自己什么都不会干。

算了，大不了发现他们被坑的时候再跳出来呗，没什么大不了的。

于是他就真的没有再过问一句事关新房的进度，直到被沐爸沐妈带到一处小区外的时候，心中才生出些惊讶来。

这居然是一处还挺不错的小区，虽然称不上豪宅，但小区的建设水平在A市实属中上了，他回忆着沐爸沐妈之前叨念过的寻找出租房的方式问道："这是你们在那个'租房信息小广告栏'上找到的？"

"怎么可能！"沐妈一听就笑了，"我跟你爸当然找的中介啊，广场上一个做蛋饼的老板给介绍的中介。"

乔南这下是真的惊讶了，此前他考虑到沐家爸妈工作辛苦，其实也考虑过是不是给指明一下找中介这条路，不过想到那估计不低的中介费和沐家爸妈的消费理念，最后还是觉得不必多此一举。

但此刻，沐妈却笑着说："妈现在发现有些必要的钱还是得花。"

比如中介费，她跟丈夫刚开始也是心疼，结果自己照着小广告累死累活也没遇上好房子，中介却在听完他们的要求后非常迅速地找到了这个各方面都让他们无可挑剔的好地方。

钱虽然花出去了，可节约了大量的精力，这些精力投入到早上的工作里，又为他们赚回了比中介费更多的钱，他们一点也没吃亏。

夫妇俩经此一役，都觉得自己维持了半辈子的理念出现了些许改变，以至于不久前被鸡蛋饼摊儿老板拉住聊到合伙做生意时，他们居然还没听到开店所需投资的前期资金数额就断然拒绝。

他们不太理解自己态度的转变是为什么，乔南却转开头笑了。

他发现自己此前还是小看了他们，他一直以为以沐爸沐妈的水平，能从颓废状态振作起来自食其力就已经是最大的改变了。

可或许，他们所能到达的成就远不止一处早点摊儿。

进入大门的瞬间，就连跟在旁边因为这几天还在跟沐爸生闷气，所以一直沉默拉着脸的沐松都愣了一下。

迎面是满室温暖明亮的阳光。

这里跟城中村一层阴暗潮湿的环境一点也不一样，推开大门望去的一切都是开阔的，洁净温暖的木地板，整面墙通透的落地窗，外面是A市远郊群山环绕的绿色，温馨和现代的气息扑面而来。

这里楼层不低，可因为有电梯的缘故，腿脚不方便的沐爸根本不需费力气。

他也是第一次意识到随着时代的进步，他的残障所带来的不便，远没有他从前以为的那么可怕。有车、有电梯、有助力工具，他也能像正常的父亲一样为家人拼搏更好的生活。

眼前的这套房子就是最好的证明。

他已经来过很多次了，可每一次进门，心中都是止不住的激荡："怎么样？怎么样？"

从懂事起就一直生活在城中村的沐松已经说不出话了，乔南嘴角也勾起笑容，这地方虽然不如他家宽敞，但温馨整洁，以沐想想的性格，应该会喜欢的。

他都想拍照片发给沐想想看了，沐想想应该会跟他弟一个反应吧？这对姐弟一个模子刻出来的傻。

五万块说多不多，说少不少，租在环境这样漂亮的小区，面积肯定大不到哪儿去，整套屋子只有九十多平方米，还得划分成三室两厅。不过因为划分合理采光通透的缘故，看上去并不憋闷。

真的没什么可挑剔的地方，就连在家人面前最要面子的沐松，一进那个即将属于他的房间，身上都带出了属于他这个年龄特有的活泼，一刻也停不下来地到处翻动。

于是当即拍板签下合同。

出来的时候遇到了一个同楼层的邻居，估计是因为出门的原因，这位中年女人打扮得非常精致考究，气质也很严肃。

但看到沐爸和沐妈后她愣了愣，脸上却很快带出了笑容。

"是你们啊！"看上去非常不好相处的中年女人抬手打了个招呼，"昨天你们送的卤水鸭我们一家都尝过了，味道真不错，谢谢啊。今天带着孩子们来看房？"

沐爸被城中村的居民们碎嘴了那么多年，面对"邻居"这一群体心理还是紧张的，他刻意把身体挺直了一些，让自己一瘸一拐的脚步尽量不明显：“是啊，是啊，嗯……出去啊？”

“去公司开个会。”那视线锐利的女人却根本没多打量他，只是提着包节奏非常快地走进电梯，语气也很随意，“你可真有福气，儿子、女儿都出落得那么水灵。”

她……应该没注意到自己的不对劲吧？

沐爸更加紧张了，走得越发费力，每一步都尽量让自己看上去贴近正常人。

他觉得新邻居应该没看出不对，因为在电梯里对方说话时的目光从来没有扫过他的腿脚，聊到的话题也都是家人啊工作啊这些健全人之间的内容。

好容易挨到一层，邻居一边出电梯一边爽利地开口告别，沐爸连脊背都挺得发疼了，心中却只有自己没暴露出异样的庆幸。

然而紧接着，已经走远几步的中年女人又忽然回过头：“对了，沐先生！”

沐爸才迈开的脚步立刻僵硬顿住，下一秒，就听对方用非常自然的口吻接着说道：“花圃旁边那辆助力车是你的吧？我昨天回来的时候刚好看到你骑进小区。”

沐爸怔了怔。

女邻居还是照旧的态度：“咱们小区的物业磨叽得要死，你那个车停在花圃旁边到时候保安要找麻烦的。我跟你说，小区的非机动车停车棚在负一层，你到时候可以直接从二幢那边的入口下去，放心好了，停车位旁边就是电梯口，上来很方便的。”

说完摆摆手就走了。

沐爸愣了很久，久到沐妈还以为他腿脚又不舒服了。

然后他在妻子紧张的关心问询里，面孔上的紧张逐渐退去，缓缓露出一个浅淡的笑容。

原来并不是……没发现吗？

她还贴心地把残障车说成助力车，这里的邻居，跟他以前接触的那些真的不同。

沐爸不由得回想起自己以往被老邻居们开玩笑聊天时满口瘸子残废“调侃”的经历，其实他也清楚，那些邻居未必心怀恶意，他们只是根本没有意识到需要顾虑他的感受而已。

沐爸眨了眨眼睛，把眼里的水汽眨尽，他带着妻儿们离开小区，小区外围恰好有家房产中介，硕大的牌子搁在外头，上面写了他们身后这片小区的售房价格。

成交均价三万五，合计上房子的面积，是一个跟每年五万的租金有着天壤之别的数字。

可随着这个数字而来的，却是井然有序的生活环境和懂得分寸距离的邻居。

沐爸忽然觉得，自己一直以来的眼界真是太狭窄了。

摆个早点摊儿，赚几个辛苦钱，把妻子儿女带出城中村，在环境不错的小区租个房子暂住，居然就觉得很满足？

他的身体忽然涌动起满腔热血。

他心说不，这只是他们一家的开始，绝不是结束。

沐家开始了热火朝天的搬家，不过破破烂烂的房子里其实也没多少行李，大家撸袖子上阵，中间赶走一直在帮倒忙的大女儿，一个下午的时间就收拾得差不多了。

被勒令禁止干活的乔南觉得很不高兴，太看不起人了！

于是他想找沐想想的麻烦，结果还没掏出手机，那边的沐爸跟沐松又吵了起来。

沐松摸出被沐爸随手塞进垃圾桶里的海报：“你凭什么丢我的东西！”

“这个还能有什么用？”沐爸莫名其妙，“还有你板子上钉的那些纸，上面写的都是些什么东西？赶紧丢了，腾出地方放你初一初二的教科书。”

沐松怒气冲冲：“那些教科书明明更没用，带过去我也不会看的！”

于是父子俩你一言我一语，话题最终上升到沐松前不久提出想跟家里借钱买吉他的那件事，然后结束在沐爸的一句“不务正业”里。

沐松摔门回了自己房间，沐爸呼哧带喘地跟沐妈诉苦："你说这小子都在想些什么？就不能跟他姐似的让我省点心吗？成天不好好学习，弄唱歌、跳舞那些乱七八糟的东西，这是正经人家的孩子会干的吗？"

沐妈也不理解儿子的脑子里在想什么，在她看来这世上的学生们再没有比好好学习更重要的事了，于是跟丈夫一并忧心忡忡着。

乔南在他俩对儿子未来的忧虑声中上前捡起几张争执中掉在地上的纸张，发现果然是手写的吉他六线谱，上头涂涂改改，似乎是沐松自己写的。

因为以前也跟着玩过音乐，乔南看得懂一些，不由得感到意外。这曲谱跟沐松的年纪和外表作风都不太相符，看上去居然还挺专业的。

沐松在屋里生闷气，他真的很想要一个属于自己的吉他，前些天好不容易才说服自己朝父亲开口借钱，虽然一早就预料到父亲不会答应，可父亲这样坚决地否定他的爱好，他还是很不高兴。

老爸、老妈、老姐，都是这样，把学习看成一切，其余的全是妖魔鬼怪。

哦不对，老姐似乎稍微不一样一点。

可她还是非常热衷学习，从小到大，沐松就没见她有过书本之外的爱好。

他跟家人们从性格到思想都没有共同话题，要不是怕挨姐姐的揍，刚才早就离家出走了。

房门忽然被敲响，他顿了顿才起来打开，就看到自家姐姐站在门口，动作潇洒地将一叠纸递过来："自己收好。"

低头一看，是刚才被父亲弄得满地都是的曲谱，沐松有点意外地伸手接下，便听姐姐又开口道："水平不错啊，哪里学的吉他？"

沐松没想到自己能从似乎生命中最重要的事情就是学习的姐姐口中听到这个问题，愣了愣才回答："就我现在待的那个乐队。"

然后姐姐既没有叮嘱他重视学业，也没有批判他玩物丧志，只是伸手拍了拍他的胳膊就走了。

不知道为什么，沐松此刻忽然有种自己被理解了的感受，他皱着眉头盯着手上的那张纸，因为遭遇父亲的责备而变得焦躁的内心逐渐平息下来。

不愉快的争执只是很短暂的插曲，出于对全新未来的期待，沐爸跟沐妈很快又心情飞扬起来。

搬家公司的车直接叫到家门口，夫妇俩忙进忙出地陪着工人一起搬东西，就连腿脚不方便的沐爸都跑得飞快，间或与围上来凑热闹的邻居们告别。

城中村的居民们对他的忽然离开非常惊奇：“怎么回事？怎么说走就走了？”

沐爸倒是很好脾气地一直解释：“这里离想想、松松的学校太远啦，换个近一点的方便他们上学。”

邻居们却一个字也不相信，都在这儿住了十多年了，现在才觉得离学校远要搬走？又因为很清楚沐家过去的事情，一个个都将充满怀疑的视线递给单元楼外手足无措的沐大伯一家。

沐家大伯和大伯母从看到搬家公司的卡车停在门口起就蒙了，他们原本还想趁着这几天时间再劝劝弟弟一家的，却根本没想到弟弟一家动作会那么快！

眼见邻居们的眼神越来越奇怪，似乎已经确定了是他们在里头搞事，沐大伯欲哭无泪。

他没法解释啊，怎么解释？一不小心再捅出涨房租那件事，周围人的唾沫就能把他淹死。

因为埋怨老婆多生事端，家里已经爆发了好几次战争，打也打过了，吵也吵过了，可这对情况一点助益也没有。

他只能眼睁睁地看着弟弟一家爬上搬家车，然后在轻快的告别声中，烟尘弥漫而去。

同一时间，手机一阵嗡鸣，他刚掏出来，就看到屏幕上斗大的名字——沐家的某个长辈。

沐大伯眼前一黑，颤颤巍巍地按下接通键，下一秒，老人家怒不可遏的声音就从听筒里毫不留情地冲了出来——

“你个狼心狗肺的东西！”

搬家车上人坐的位置不够，于是乔南和沐松被塞了车费自己打车去新家。

乔南跟沐松没什么话聊，于是玩着手机懒洋洋地走在前头，沐松则拖着两个行李箱跟在后面。

可以说是非常合理的分工安排了。

乔南忙着给沐想想发新家的照片，一想到沐想想在另一部手机上看到这些照片可能会有的反应就非常想笑，结果身后行李箱咕噜咕噜的滚轮声忽然停了下来，他回头一看，就见跟在身后的那个一头灰发的小子正神情莫测地盯着路边一家商店。

乔南的眼珠转了转，琴行？

这小子气质阴郁，精致的五官倒是跟沐想想很相似，虽然气质大相径庭，可看到那张脸却一下就能让人联想到他姐。

沐松看着琴行门口陈设的小摊位，这家琴行在搞活动，工作人员正抱着吉他给上前凑热闹的路人们解释构造，沐松盯着那些被家长牵着手上前询问课程的小孩，这一幕永远都不会出现在沐家。

算了，那么多年习惯了，其实也没什么大不了的。

他转开视线，不再看那些对新事物充满好奇的面孔，然后就对上了停在面前回首看来的姐姐的目光。

沐松以为她是等得不耐烦，意识到自己似乎确实停留得有点久，立刻要迈开脚步。

不料下一秒，站在前头的那个面无表情的少女却提前动了，她把手机揣回兜里，目光上下扫了扫沐松，然后平静地转向琴行：“想要？”

琴行的工作人员敏锐地注意到了这边的俊男美女，立刻抱着一把吉他挤出人潮上前推销，沐松怔怔地被塞了一把吉他到怀里，肩膀骤然一沉，当着姐姐的面，不由得又羞又怒，下意识拒绝：“喂，我不……”

乔南看他跳跃着期待的目光却偏偏又阴沉如水的脸色，一种身为长辈的操心油然而生，这臭小子怎么就不能跟他姐一样直白一点呢。

于是他就地朝行道树一靠，懒洋洋道：“试试呗，弹得好听，我给你买一把。”

沐松怔了怔：“你哪有那么多钱？”

嘿！乔南心说少年你真的知道自己在跟怎样的大人物说这句话吗?

面上却嗤笑道:“你就说弹不弹吧。”

被他视线压迫的灰发少年神情在阴晴不定中转换了很久。

半分钟后，一串如水般轻柔的琴声让琴行门口所有喧闹的客人瞬间安静下来。众人纷纷四顾寻找音源，紧接着被眼前出现的场面恍了恍神——

夕阳的余晖里，一头灰发的少年正垂眸拨弦，他精致的面孔上没有任何表情，周身的气质更加冷漠到生人勿近，然而在音乐以他为圆心辐射开的那一刻，几乎没有人能够忽视他的存在。

那是一种和他瘦削单薄的身体毫不相符的自信到仿佛会发光的气场。

乔南抱臂的胳膊缓缓松开，慢慢站直身体，一点一点收起了面上漫不经心的神情。

半晌后，他掏出手机迅速地给沐想想发了个短信。

沐想想手机叮了一声，点开一看。

乔南:“你们家怎么全都是扫地僧啊？”

沐想想:“啊？”

第34章

乔南看着那发过来的几个问号无力地叹了口气。

“没事。”

他回完这句，将手机揣回兜里，觉得自己有点丢人。

当然丢人的原因并不是沐松弹得不好，相反，这位立于夕阳下弹琴的少年其实表现得相当出色。沐松本身的气质是很叛逆的，他总是神情冷厉、目光锐利，还染着那种毫不乖巧的发色，因此即便五官长得非常精致，仍旧会给人一种刺猬般想要敬而远之的感觉。

此时或许是因为跟真正爱好的东西扯上了关系，这孩子忽然变得很认真，深锁的眉头里也没有了那种戾气满满的感觉，整个人摇身一变，变得非常……

乔南说不好该用什么词语来形容，或许是耀眼？

这感觉其实还挺熟悉的，乔南还没退出英成乐团的时候，被同团的哥们儿拉去听过不少现场演唱会，某个摇滚乐团的主唱就有类似的气息。

乔南其实并不喜欢演唱会上那种周围的观众疯狂到近乎神经病的吵闹场合，他不追星，但他仍然得承认那位主唱非常具有个人魅力。当然，作为一个已经爆红到坐拥无数粉丝的著名乐团的主唱，对方身上那种谈笑间掌控整个舞台的自信比此刻仍很稚嫩的沐松要明显太多。

可这并不能证明沐松的能力有问题，毕竟那么多场演唱会下来，乔南唯独在那位主唱身上感受过这种气场。

因此乔南纯粹是觉得自己很丢人而已。

他一开始让沐松弹琴的时候，绝没想到这个幼稚小弟能有此等水准，他只是想逗逗小孩而已。毕竟他在英成乐团里玩的就是吉他，还一直觉得自己弹得很不错。

于是打从知道沐松喜欢吉他，他心态上就一直以前辈自居。开玩笑，他学东西一向快，即便并不是对吉他非常感兴趣，初中每次乐团排练的时候堵到音乐教室的女生也一点不会比校篮球队打球的时候少,水平如何,英成上下有目共睹!

结果一颗曾经还生出过提点念头的玻璃心，下一秒就被砸了个稀巴烂。

沐松才多大啊，指法估计还是跟着一群业余玩家学的，爹妈连琴都不同意给他买。

凭借着聪明的头脑在学习各种东西上从来都是为打击他人自信而生的校霸，第一次感受到了被打击的滋味。

沐想想这家人绝对是专门为克他而生的！从上到下，一个例外都没有！

乔南这么想着，在沐松专注而流畅的琴声中不爽地“哼”了一声，迈开自己似乎有些碎裂迹象的膝盖，穿过那些因为不由自主停下动作倾听琴声而显得格外痴傻的路人，推开琴行大门，在关闭的大门挡住大半音乐分贝的瞬间，恢复了校霸本色。

“把你们店里最贵的吉他拿出来我看看。”

不管怎么说，沐松既然有这个天分，就不该被埋没。

这段时间他也看出来一点，沐家的教育在某种程度上确实存在着不小的问题。

当然，身处沐爸沐妈这个角度，以他俩的经济能力和社会阶层，能认识到知识的可贵并不遗余力地支持孩子念书，已经非常伟大且睿智。可这不代表他们眼界上的缺陷就不致命了。至少在乔南曾经生活的那个圈子里，绝没有家长会觉得孩子们课业外的某项爱好是玩物丧志。当然打游戏、飙车这种得拎出来另说，可玩乐器……

姜海他爹妈为了让儿子学钢琴更有动力，能直接搬回家一台斯坦威。

沐想想应该已经受到了潜移默化的影响，谈起弟弟“喜欢音乐”时的语气很明显也将此归类在了“叛逆”里。

这种被从小灌输的认知是很难打破的。

乔南递出信用卡的时候，回忆起她忧心忡忡的眼神，再联系自己所见的情形，忍不住就觉得沐想想那傻不愣登的担心样儿可乐。沐松以后要是能做出靠谱的成绩，她估计也能少操点心了。

提着吉他包从店里出来的时候，乔南眉头皱了皱，朝前头的两个人喊了声：“喂。”

沐松和那个正拦着他说话的中年男人都回过头来，沐松满脸的不耐烦在看到姐姐手上提着的那个琴包时猛然一顿。

他弹琴的时候比较专注，一般很难有精力去兼顾其他的人和事，因此弹完之后发现周围只剩下一群陌生人时，他根本就不知道姐姐是什么时候走的。

来推销琴的店员盯着他的满脸呆相，周围那些陌生女人热切的眼神跟学校里那些傻子同样烦人，沐松觉得自己肯定是被耍了——他就说姐姐哪里会有钱给他买这个！

姐姐也太无聊了吧？居然装出那种胸有成竹的样子骗他在大马路上丢人现眼！

沐松简直崩溃，偏偏又无计可施，只能一边火大一边把琴摘下来还给店员，刚准备走的时候，就被这个快步从人群中冲出来的家伙给拦下了，然后就听到这人问了一大堆莫名其妙的问题。

这家伙跟在菜市场挑菜似的眼神让沐松很不爽，于是他眯着眼一语不发地用眼神示意他滚开，结果意料之外地听到了姐姐的声音！

老姐手上拿着的是……

乔南快步过来，盯着那个正在跟沐松对峙的男人："你是谁？"

周华采正在为了面前这个弹琴少年放下琴后骤然变得难以接近的样子无从下手，短发少女的出现着实让他松了口气。看到提着琴包的女孩一脸警惕的样子，他赶忙解释："你好，请问你和他的关系是？"

"姐，你别理他。"沐松刚才该听的来意都已经听过了，这忽然出现的男人自称是什么娱乐公司的经理，想知道他的具体信息和联系方式，沐松懒得搭理。

他现在待的那个地下乐团里足有十几个成员，每一个都被类似的把戏骗过。骗子们段数很高，专盯着怀揣不切实际明星梦的傻子，乐团里年纪不大的成员又普遍涉世未深，最惨的一个直接被骗走好几万。

他可没时间也没钱跟骗子周旋。

"原来你是他姐姐呀！怪不得，长得真像！"周华采听到弹琴少年的音色，眼睛又是一亮，赶忙把手伸进西装内兜掏东西，"你们不要误会，我不是坏人，我是大亚文化传媒公司的培训部经理，我叫周华采，刚才看到这位小兄弟弹琴，觉得非常有个人风格，才会想来认识一下。"

说着双手递了张名片过来，脸上还带着诚恳的笑容。

沐松并不理睬，乔南却因为从小受家庭影响，看到这张笑脸，下意识也带出了商业礼仪，双手接了下来。

名片很简单，就印了一些很基本的内容，跟对方说的没什么出入。

看出面前这对模样漂亮的姐弟对自己仍旧不信任，周华采有些失望，但又觉得继续留下来劝说反倒可能让他们更没好感。好在对方已经接下了自己的联系方式，他也只能不断重复自己不是坏人以及自己的目的，然后在识趣离开之前再次叮嘱那位弹琴少年，有发展音乐事业的意向一定要联系自己。

中年男人一步三回头地走了，沐松翻了个白眼："丢了吧，肯定是骗子，还拿他名片干吗？"

名片在手指间翻飞，乔南忽然顿了一下："他手上戴的表是××××品牌的

××系列。”

因为太熟悉了，他一眼就能辨认真假。

沐松听都没听过那个什么××××的牌子，露出迷茫的表情：“什么？”

乔南瞄了他一眼，懒得解释，抬手将拎着的琴包丢过去：“意思是那块表官方售价七位数，如果是骗子，财力好像过分雄厚了。”

沐松立刻在心中计算七位数是什么单位，确认之后脸上刻薄尖锐的神情都绷不住，露出几分诧异，他正想问自家姐姐为什么会知道这些，结果还没出口的疑问又被迎面抛来的琴包给打散了。

他紧张地接下琴包，感受到怀里的重量后仍觉得不真实，他姐真的给他买了个吉他？

忍不住就问：“姐，你哪来的钱？”

乔南还在想那块表，琢磨了一下直接掏出手机，点开姜海的联系方式，闻言头也不抬地冷哼一声：“你猜。”

沐松其实心里很清楚，自家姐姐的主要收入就是参加各种知识竞赛的奖金。可竞赛的奖金再丰厚能有多少？而且参加竞赛的选手大多都实力不俗，姐姐并不是每次都有把握赢的，因此每逢参加比赛的时候，都会学习得更加刻苦。

这种废寝忘食的学习强度下得到的每一分奖金其实都是血汗钱，因此姐姐总是过得很节约，节约到近乎抠门的地步。

下一秒，拉开琴包拉链的他情绪更恍惚了。

因为琴包里放着的吉他，居然不是他在外头试弹的两千多的那把，而是一把一万多的马丁！

沐松绝不可能认错，因为乐团里那个被假星探骗走两万多的团员有一把一模一样的！

沐松脑子都空白了一下，下意识停下脚步：“姐！”

乔南把那个周华采的个人信息发给姜海，一转头就见沐松神情凝重地对他说：“姐，你跟我回去把这个吉他退了！”

他先是愣了愣，然后才反应过来。哦，这把吉他比起他当初玩乐队时用的那把确实是差了点，但这确实是刚才那家琴行里最好的了。

骗人家小孩在大庭广众下卖艺似的弹了首小曲，被所有人看猴戏似的围观议论，最后就给买了这么个玩意儿。现在被沐松点破，他也很尴尬，只能假装若无其事地转过身不看对方：“少废话，先凑合用几天，以后再给你买更好的。”

更好的？

沐松站在原地看着姐姐的背影，心中浮现出的却是对方站在西饼店橱窗外驻足，最终却选择什么也不买就离开的场景。

抓着琴包的手猛然就攥紧了。

到新家后，乔南才收到姜海的回复，说那家叫大亚文化的公司确实有周华采这个人，还发了一张对方的照片过来。乔南辨认过后，终于确认那位看起来很像骗子的男士实际并不是骗子。

他松了口气，从房间出来，敲响沐松紧闭的房门，将名片递给面前不知道为什么回来的路上一直一语不发的小子，简单地解释了几句自己托人查过了，这是家靠谱的公司，至于联不联系对方，这需要沐松自己看着办。

沐松听完之后脸色却没什么变化，只是安静地接下他递去的名片，然后沉着脸与他对视，眼底深处仿佛跳动着两簇火焰。

乔南被盯得心惊肉跳，心说这是什么意思？

沐松忽然有了动作，他把名片随便朝旁边一塞，然后伸手扒拉开乔南，闷不吭声地走进乔南的房间弯腰收拾起来。

铺床、套被子、扫地、挂衣、抹桌子，一本一本把那些多达好几箱的书本整整齐齐理进书柜，顶着非主流发色，背影和气质仍旧那么生人勿近的小子老黄牛似的任劳任怨，甚至连乔南脱下来后非常不讲究地随地乱丢的袜子都毫不嫌弃地捡起来，跟床单、脏衣服团成一团抱在怀里。

灰发小旋风抱着待洗衣物从房间钻出来，对上乔南，神情平静：“还有吗？”

乔南：“没了。”

他站在房间门口茫然地目送那道朝着阳台洗衣机走去的背影，半晌没回过神，他好像还没主动让这小子来干活吧？

沐爸和沐妈都在客厅里收拾东西，也没注意到一双儿女的动静，乔南琢磨了一下也琢磨不出名堂，只能挠挠头不再多想。

正打算回房间的时候，客厅忽然传来一声惊叫。

他停下脚步，转头看去，瞳孔当即一缩——沐妈从纸箱里掏出了几盒烟！

那是一个乔南拿来装杂物的纸箱！

老房子当时兵荒马乱，沐家爸妈满屋子乱窜，乔南想到自己上次兜里掉出东西的意外，这次搬家爬上爬下的，没敢朝身上揣，就随便塞进了一个放零碎的箱子里，还在外头做了记号。

结果路上被乱七八糟的事情一耽误，他居然给忘了！

“怎么回事！这是谁的烟？”短暂思考的工夫，沐妈已经抓着烟盒拉扯丈夫的头发，“这才过上几天好日子你就学着吃喝嫖赌！”

莫名被骂一顿的沐爸在捂着疼痛的脑袋自辩清白后同样惊疑，夫妇俩对视一眼，参照箱子里那些散碎小东西的主人，以及外壳上醒目的记号，他们错愕地将视线缓缓转向站在房间门口浑身僵直的女儿。

四目相对，满室沉默，答案呼之欲出。

“想……”

乔南心中一记咯噔，立刻意识到不妙，然而还不等他想好对策，下一秒阳台方向忽然传来一把少年平静清朗的嗓音：“是我的。”

屋里的三个人都愣了一下，其中以乔南最为震惊，他直接回头看了过去，心说你怎么知道我正想嫁祸给你？

灰色的小旋风在爹妈的追打中毫不在意地拔腿就跑，帅气地跳开满地杂物，然后和屋里站着的那个正怔怔盯着他动作的短发少女对视。

他的眼神依旧桀骜锋利，冷漠带刺的躯壳下却跳动着一颗温暖的红心，温暖得他简直想推开新家宽敞明亮的窗户大声朝外头喊——

我的姐姐，是世界上最好的姐姐！

我要赚大钱！永远对她好！

第35章

托忙碌工作的福，沐家爸妈近来身体明显见好，追打儿子的时候，夫妇俩的行动都迅猛极了。

其中以沐爸为首，他拖着自己平日里连走动都不太方便的腿脚，将一竿竹扫帚挥动得虎虎生风。

挨骂时被老婆拉扯的头皮现在还在发痛，沐爸愤愤不平，他这个当爹的差一点就背了黑锅！

新主人们在入住这套小而温馨的新家的第一天，彻夜不眠。

倒不是为了最后的香烟事件，事实上鸡飞狗跳到下半段的时候，沐妈一边追打儿子一边忍不住笑了出来。

收拾屋子的时间毕竟太短，大家只能尽量将工夫集中在各自的房间里，沐家爸妈的房门没关，借着落地窗打入的月色，沐妈能清楚看到客厅里满地的糟乱。

未开封和已开封的箱子胡乱堆叠在一起，那之外是房东精心打理过的装潢。“室内设计”是个她曾经听过但觉得离自己特别遥远的词汇，总觉得房子不过就是房子，能满足基本生活需求就可以。然而此时此刻，她如此直观地感受到了精致的家居带给人心态的改变。在这样漂亮的屋子里，她连发现儿子偷偷藏烟都没办法生太久的气。

窗帘大而隆重，灯光是柔亮温暖的，地板是光滑平坦的，夫妇俩为了庆祝搬新家才第一次如此奢侈购置的优质床品温暖得叫人微醺，床垫也弹性适中，辛劳了那么多天后，沐妈发现自己睡在上头脊背一点也不疼。

入睡前洗澡的过程也是全新的体验，将身体浸入放满热水的浴缸之后，沐妈浑身疲惫的肌肉顿感松弛。

在已近半百的年纪里，沐妈错愕地发现自己居然还会像小女生那样雀跃。而且雀跃的原因如此简单，不过是宽敞干爽的浴室里那一个从前只能在影视剧里看到的浴缸而已。

沐妈忍不住笑了一声，背对着睡在身边的丈夫动了一下，片刻后一只瘦削而温暖的手掌伸过来，缓缓握住了她的手。

十指紧扣。

沐爸有点无奈，他总觉得自从开始创业以后，妻子对自己的态度似乎没有以前那么温柔了。至少放在以前，妻子绝不会因为怀疑自己抽烟就一边拉扯他的头发一边破口大骂。

那个时候她总是很小心，就像个保护自己儿子的母亲。

而现在这个“母亲”，似乎又不知不觉地变回了两人刚结婚时那个有点天真、有点任性的小姑娘。

奇怪的是，阔别对方这一面十几年后再度重见，沐爸却一点也没觉得不习惯。

就像此刻，他只是转头用温柔的眼神无可奈何地看着自己那么晚还不肯睡觉的小姑娘：“你想干吗？这么晚了还不睡觉。”

“你不是也没睡吗？”沐妈抓着丈夫的手，脸上仍挂着掩不住的笑容，然后缓缓将脑袋埋在了丈夫因为多年残疾而微微变得佝偻的后背里。

鼻腔嗅到新睡衣好闻的洗涤剂味道，额头顶到对方过瘦的脊梁上棱角分明的骨骼。

她的眼睛红了红，叫了一声："家书？"

沐爸听到自己的名字，轻轻"嗯"了一声。

便听到妻子微带哽咽的叹息从背后传来——

"真好。"

另一处大门紧闭的房间里。

沐松躺在床上，一手举高，借着月光，睁着双眼定定地盯着两指间夹着的名片。而后，他的目光慢慢从名片主人的名字上收回，转向床的另一侧。

双人床的另半边被窝里，安静地躺着一把原木色的吉他。

沐松蹭过去一点，挨着它闭眼入睡。

"世界上最好的姐姐"乔南在疑惑地接受了一系列诸如主动洗衣、主动夹菜、偶尔主动聊天之类的令人受宠若惊的示好之后，毫无压力地以自己的思维给出了解释——一定是自己的人格魅力太强大了。

自恋的英成校霸颇有些沾沾自喜，如此桀骜不驯的少年还不是折服在自己的王霸之气下？

乔南因此心情大好，连给校篮球队训练的时候都不太去吼越来越多越来越吵的啦啦队了，直到某天清晨，他被一坨突如其来的"狗屎"砸中。

英成高二（一）班的班主任在结束一段课程后笑眯眯地宣布："学校决定，下个月五号高二会进行一场全年级摸底考试。这是这学期以来的第一场统考，统考结束之后学校会组织一场家长会，综合大家的成绩跟家长制订大家接下去的升学计划。已经高二啦，高考迫在眉睫，大家最近好好复习，都争取考出一个好成绩。"

说完这段话，班主任离开之前，还用满怀期待的眼睛温柔地多看了上学期的全年级第一一眼。

她离开后，全班同学都为这个消息喧闹起来。

英成的学生们大多家境富裕，不把学习当作人生唯一目标，可这并不代表学习对他们来说就不重要，他们中大多数人的家长，对他们的成绩还是有一定要求的。

考试这种东西没几个学生会欢迎，富家少爷小姐们也不例外，以高妍和林珑为首的学生凑在一块儿怨声载道，一边说着，一边忍不住钦羡地看向班级的某处座位。

那里坐着一位以全省中考第三名的恐怖成绩被英成特招入校，并在上一年度全额领取到奖学金的奇才。

长得好看，能文能武，性格潇洒，偏偏还颇具个人魅力。这位人气迅速碾压卢小萱的英成新任校花实在是让人连嫉妒的心情都很难生出。

女孩们红着脸议论纷纷——

“沐想想这次肯定又是第一名吧？”

“可是她最近一直都在忙着帮姜海他们特训哎！我都没怎么见她看书，真的不会有问题吗？”

“喂！你说话注意点！你在怀疑谁？”

“对不起，如果是沐想想的话，她一定什么都能做到的！”

乔南在喧闹的议论声里靠着椅背发呆，然后缓缓转头，看向人群。

少女平静精致的面孔上挂着一双幽深空洞的瞳孔，顿时引发了人群一阵亢奋的骚动，众人纷纷拿出手机偷拍。

新年般欢乐的气氛中，身处目光焦点的帅气校花面色平静，稳如泰山。

一片空白的头脑却拉起了空前的警报，同时跳出一个可怕的念头——

完了，要崩人设了。

乔南心虚得一塌糊涂，其实说实话，他这段时间顶着沐想想的身体，除了暴躁一点、凶残一点、没耐心一点、一不高兴就随便骂人揍人，其他行为还是非常规矩的。

比如他一堂课都没有旷过，上课也很努力地不趴下睡觉。

英成比较注重全面教育，平常的作业并不多，老师也很少会在课堂上提问，即便是问了，也几乎不会让印象里腼腆寡语的年级第一来回答。

因此这么长时间以来，英成的老师除了发现年级第一头发忽然变短，居然都没感觉到什么不对。

乔南还觉得自己演技很不错呢，结果这就被晴天霹雳打了个正着。

天地良心，他确实有在遵守之前跟沐想想的约定上课听课。他脑子好使，也并不觉得内容晦涩，然而他之前在十二中荒废了那么久，最近又因为英成校篮球队和十二中晏之扬那边的种种破事耗费精力，哪怕再厉害，也不可能厉害到沐想想的程度啊。

沐想想的成绩好到什么份儿上？上学期的英成期末考，英成本校自己出的考题，数语外加理综，总分七百五十，她考了七百四十。

年级统考之后还要叫家长，还要跟家长沟通成绩！

那一刻乔南的内心几乎是崩溃的，他只能把沐想想约出来，打算商量一下。

两人在咖啡馆里面对着面，乔南看着沐想想接过自己递去的课堂笔记后迫不及待翻开的样子，越发不知该如何启齿。

他倒不是害怕沐想想发怒，事实上以乔南这个天不怕地不怕的个性，对着他气势威严的亲哥和亲爹都能拍桌砸椅子，他能真的怕谁发怒？而且沐想想这样好说话到近乎没有棱角的性格，连自己提出用她的身体抽烟都没有表达过抗议，乔南也不觉得她能让自己畏惧。

可乔南偏偏就是莫名没有底气，他不想把这种近乎无解的难题带到对方面前。

沐想想很敏锐地察觉到了他的焦躁，放下笔记面露关怀："你怎么了？特意约我出来，是不是有什么事情要告诉我？"

她顶着一张乔南过去每天都会在镜子里看到的、熟悉到无以复加的面孔，可偏偏此时此刻那双写满清澈的琥珀色瞳孔又如此陌生。

乔南觉得自己的视线中似乎幻化出了一个披着长长黑发的少女，少女瘦削的面孔上顶着大大的黑框眼镜，露出尖而小的下巴，镜片后的目光就是这样单纯又直接。

乔南更加沉默了。

就在他不知该如何开口的时候，另一伙倒霉蛋主动撞了上来。

沐想想接完一个电话后，往日里面对乔南时平静却总是带着点温和的气质就微微变了。

她放弃继续追问，而是站起身来，开始不紧不慢地收拾东西："是晏之扬他们，你要一起来吗？"

乔南怔怔地盯着她的面孔，脑海中勾勒出的仍旧是那个披着黑色长发的女孩身影，对方的眼神还是那么直接而清澈，甚至连表情都没有太大的变动，可从小就天不怕地不怕的乔南居然就这么没来由地颤了一下。

总觉得沐想想这个样子……还挺可怕的。

循着地址，穿过脏乱的走廊踏入房门的那一瞬，乔南下意识地屏息了。

作为一个男人，还是一个没什么家务意识的男人，乔南这段时间在沐家已经被似乎有洁癖的沐家小弟吊打了无数次。在沐松的对比下，他最近老觉得自己是不是太邋遢了一点，可此时出现在他眼前的这一幕，立刻让他生出的担忧一扫而空。

四张高低铺整齐划一地不叠被子，脱下的外套随处乱挂，粗陋的水泥地上各种污渍斑驳，脏乱得一塌糊涂。

但这个房间最大的问题，不仅仅是乱。

这群初尝独立滋味的年轻人似乎已经尽自己所能地去打理身边的一切了，可成效依旧不明显。

破旧的窗户上跟沐家的老房一样只随便扯了块布当作窗帘，屋里横七竖八地悬了好几根绳子，T恤和裤子、内裤、棉袜旗帜般地晾在上面。A市这几天在下雨，也难为他们能想到这种法子。破烂的纸箱倒扣在地上，用途似乎是餐桌，几个洗过的不锈钢碗什么也没盖地搁在上头，里面盛着剩菜，敞开的碗口上空就是正晾着的牛仔裤，不过这房间除了门口，确实也没有不晾衣服的地方了。烧水壶、电饭煲、电磁炉和铁锅毫不讲究地堆在墙角，同一处地方铺开的塑料袋上还放着已经切走一半的大白菜，十厘米开外，就是年轻人们放鞋的地方。

整个房间无处不给人一种毫无生活质量的绝望感。

乔南有点窝火，难以接受平常跟在自己屁股后头的小弟们居然住在这种地方，生活在这间房里的主人们很显然也不会觉得享受。

沐想想神情平静地扫过那几张沉默的面孔，目光在正躺着的郭志那一脸的病容上顿了顿："怎么了？"

以晏之扬为首的六个年轻人都沉默地站在那里，低头盯着地面。

半晌后，晏之扬舔了舔嘴唇，忽然蹲下开始号啕："南哥！我们该怎么办……"

这段时间以来的每一天，这群涉世未深的少年都过得很煎熬。

他们第一天就隐隐意识到了自食其力的生活似乎没有想象中那么好，没钱、受委屈、工作累、吃得不好等负能量充斥了他们的小天地，可这毕竟是他们好不容易争取到的"自由"。

大话已经放出去了，低头认错会很没面子，因此他们在强烈的不适应之后，只能拼命给彼此鼓劲，告诉自己这只是偶然和暂时的，毕竟谁会每天都碰到发传单遇上神经病的倒霉事呢？

可现实却告诉他们，真正的辛苦还远远未到。

就在前几天，他们工作的那家商场结束了一年一度的店庆活动，于是那些伴随活动而多出的诸如玩偶表演、派发广告之类的岗位同时被取消。换句话说，他们七个人同时失业了。

他们前些天虽说有了点收入，但每天都要吃喝花销，根本攒不下几块钱，得知自己失去经济来源，年轻人们立刻被笼罩在了惶恐里。

然而短工本来就是不可能稳定的，商场也没有义务要保障他们的生活，眼看着手里的钱越花越少，无奈之下，他们只好主动出击去寻找工作。

这成了灾难的开始。

商场的工作是孙校长一个电话就帮他们搞定的，这给了年轻人们找工作似乎并不是很困难的错觉。

那一道道无形却难以跨越的门槛，在他们真正自己出击以后，争先恐后地冒了出来。

他们就像是萝卜、土豆那样把自己摊开任人挑拣，可即便这样，也很难被人选上，真正好的工作机会，都是有竞争对手争抢的。

无数次留下联系方式后满怀期待却再也听不见下文，坐吃山空了两天后，身上真的一分钱也掏不出来的晏之扬，只能强忍羞耻主动联系了一个他最中意的职位，寄期望于对方或许忘记了自己求职的这件事。

但得到的回答却是这个不错的职位已经招募到了合适的职工，对方的学历和工作经验，都比他更占优势。

就在那一刻，晏之扬第一次清晰地意识到学历的意义。

几天下来，他们之中只有一个人幸运地找到了一个做网管的工作，然后提前预支了几百块工资，让还在待业的兄弟们不至于饿肚子。

可就在这种已经非常艰难的时刻，郭志病了。

他一向身体不好，还拖着断腿，这几天A市一直在下雨，或许是出门找工作的时候淋到了雨，或许是在家吃了他们做得不够卫生的东西，总之他忽然就开始上吐下泻，症状严重到喝白水都会喷泉一般涌出来。

所有人都被他躺在床上奄奄一息的样子吓坏了，晏之扬第一时间就想带他去医院，但最狰狞的问题此时终于横在了他们眼前。

没钱。

好几天没有收入，七个年轻人的饭量不是盖的，即便已经节约到只吃最简单的饭菜，他们也已经油尽灯枯，再掏不出一点点医药费了。

那一刻晏之扬的感觉，就像忽然意识到自己身处一场噩梦里。所有笼罩在眼前的绚烂全被揭开，露出满目疮痍的内在——那潮湿而不舒适的床垫，阴雨天也必须在屋里晾晒的衣服，一顿没吃完也不舍得丢掉的剩菜。

他们因为没有凳子而蹲着吃饭，因为没有灶台而在地上做菜，为了省钱开始留意菜市场里什么东西最便宜，买回来的食材不得不和发臭的鞋子放在一起。

他们在学校时，连课堂上被点名回答问题都觉得羞耻，如今却不得不一家家上门主动介绍自己，在那些挑剔的目光中仍要保持微笑，因为有一个名为“生存”的词汇紧追不舍。

郭志生病了，病得那么重，好像下一秒就会死，他们却因为没有钱而无法带他去医院。

大人的世界，这里是大人的世界。

自尊和现实几乎将他们撕碎，要不是真的已经绝望到了想不出任何办法，他们绝不会选择主动给自家大哥打电话。

毕竟他们不久之前还在这个最信任的大哥面前，拍胸脯打包票过绝对要打肿那些觉得他们太幼稚的大人们的脸。

乔南听着那一声声带着哭腔的叙述，心中暴躁得简直想砸东西，只能闭上眼背过身去不让自己看屋里凄惨的场景。

沐想想在这片愁云惨雾中却表现得出奇镇定，她似乎早就预料到了会有这一遭，于是撩开屋里那些乱七八糟的衣服走到床边，俯首端详了一下郭志的脸色，淡淡地说："行了，都闭嘴吧，来个人过来背上他，先去医院。"

郭志被确诊为急性肠胃炎，医生说大概是吃了什么不干净的东西。听到这个结果后，晏之扬捂着脸蹲在他的病床边泣不成声，他庆幸郭志并没有得绝症，又为自己一行人的雄心壮志最终居然被这样轻描淡写地打败而感到悲伤。

他的哭声里实在积压了太多东西，以至于到最后，病房里的其余少年也一并开始抹眼泪。

乔南蹲在墙角发愣，沐想想只是站在床尾看不出情绪，她甚至在这片哭声里扯了扯嘴角："别伤心，退学手续马上就要走完了，等郭志出院，你们就可以接着工作了。"

这话说得乔南都转头露出意外的眼神，毕竟从认识以来，他还是第一次见到好脾气的沐想想露出这样刻薄的一面。

晏之扬的心脏被狠狠扎了一刀，哭声更加撕心裂肺："南哥，我们想回学校，可现在该怎么办啊……"

他们真的后悔了，后悔得无以复加，独立生活后的每一天、每一小时、每一分钟都像一张豁开的大嘴在嘲笑他们的幼稚，他们清楚地意识到现在的自己根本就没办法有尊严地在大人的世界里生存。难道未来一辈子都要过着这样朝不保夕的生活吗？就像现在这样，过着生了病都不敢来医院的日子。

想到这个可能，年轻人们就控制不住地感到崩溃，沐想想的语气却依然轻快：“这怎么行？你忘了你们当初是怎么保证的了？我好不容易帮你们说服孙校长和家人，你们想来就来想走就走，把他们当什么了？”

晏之扬一行人闻言，个个脸色苍白。

是啊，他们当初为了争取现在的生活，那样不顾后果地伤害着身边的所有人，倘若设身处地，他们作为父母和师长，应该也不会原谅这种不识好歹的人吧。

一想到此，他们终于绝望，原地蹲下，捂着脸沉默品尝自己酿下的苦果。

正在此时，病房外却忽然传来一阵嘈乱的脚步声。

伴随着一道尖锐的“扬扬”，晏之扬惊愕地抬起头，病房门被一把推开，露出外头一路跑来的风尘仆仆的中年妇女。

晏之扬的嘴唇抖了抖，望着那张平常唠叨到让他看到都觉得很不耐烦的面孔，眼眶里的泪水哗啦一下掉落出来：“妈！”

随后第二个、第三个、第四个……

各家的家长悉数到场，抱着自家狼狈得不像话的孩子一顿大哭。

郭志看到父亲从门外进来的时候没忍住抖了抖，他盯着那双看着自己时总是凶恶的眼睛，哆嗦着嘴唇，好半天才气弱地喊了一声“爸”。

中年男人身体颤动了一下，目光扫过病床上的孩子那被病痛折磨得毫无血色的脸蛋，他走到病床边，咬着牙举起胳膊，郭志下意识闭上眼睛，等待着即将落下的巴掌。

然而半晌之后，他却只感觉到面孔上传来手指粗糙的摩擦。

睁开眼，四目相对。

父亲的指尖微微颤抖：“瘦了。”

十二中的校领导们很快也到了，屋里的所有人都很默契地给孩子们留着面子，谁也没提到“退学”这两个字。

孙校长只是很沉稳地说：“今天就算了，大家明天记得准时到校，除了郭志同学，一个都不准迟到。”

往日这些叛逆少年们听到这种叮嘱不嗤之以鼻就不错了，今天却一个个仿若劫后重生般红着眼睛点头。

沐想想在家长们回过神后的道谢声中仓皇离开，她带乔南下楼缴费，心中很不是滋味。

乔南见她脸色不好，本来就各种心虚，忍不住关心了一声："你还好吧？事情已经圆满解决了，犯不着再跟那群兔崽子一般见识。"

沐想想不高兴的主要原因其实并非晏之扬等人的叛逆，而是那些家长为他们操碎了心还如此卑微的模样叫她相当不好受，听到乔南的安慰，她忍不住有点搓火："圆满什么？就他们以前的学习态度，回学校也不可能有什么大进步。"

乔南一听学习两个字更加心虚了，声音顿了顿："那你还想怎么样？"

沐想想抿了抿嘴，对九班松散的学习氛围很不快："我会建议老莫抓抓班里的学习，至少应该用定期考试来确定学习进度。"

考试……

脑海中一不小心跳出英成年级模考那件事，乔南嘴皮子哆嗦了一下："那……那万一考得不好呢？"

沐想想没想到他居然问得那么细致，忍不住回头疑惑地看了他一眼。

乔南总觉得下午那种沐想想很可怕的感觉来得更鲜明了，他在心中痛斥自己真是没出息，身体却诚实地紧绷着："我的意思是，比如模考里发现成绩退步之类的……"

沐想想觉得乔南真的挺细致的，居然已经开始考虑起奖惩机制了，于是跟着也认真了点："是有这种可能，比如呢，退步多少？"

"就从你这样的第一名……"

"嗯？"

"到倒数第一名？"

沐想想："啊？"

那么大的退步？怎么可能？自己难道要直接交白卷吗？

沐想想觉得荒谬，以为乔南是在嘲讽自己，有点不高兴地顺口一答："那我还活着干吗？"

下一秒她猛然一惊，下意识躲开两步。

因为走在她身后的乔南似乎摔了一跤，忽然“扑通”一声跪倒在了地上。

第36章

人来人往的门诊挂号大厅里，青春正茂的美貌少女就这样跪倒在地，引来周围无数惊愕的目光。

几秒钟后，沐想想迟疑着上前：“你没事吧？”

乔南搭着那只伸来搀扶自己的胳膊晃晃悠悠地站起来，刚直起腰就对上那双澄澈见底的眼睛，眼底深处透出淡淡的担心。

乔南感觉自己在这一刻忽然摸索到了少女的可怕之处，他咽了下唾沫，想法子给自己挽回尊严：“这破地板太滑了。”

沐想想不疑有他，往大厅地面扫了一眼：“估计是外头带进来的雨水，是得小心点。”

付钱时刷的是乔南的卡，两个人挤在收费口前闹哄哄的病人家属中，乔南一边被吵得头疼，一边心里愤愤不平着——

书呆子！

“活着干吗”是什么意思？她是认真的还是说给我听的？

是威胁吧？

是吧？

都什么年代了，还有这种老思想！学习成绩不好连活下去的权利都没有吗？

太小看人了，老子当年在英成也是名列前茅过的！要不是后来转学，加上最近为了校篮球队耽误时间没顾得上好好复习……

而且我没复习怎么了？难道你就好好锻炼了吗？我上次都亲手摸到了，腹肌比以前软了很多，你别想抵赖。

看着吧，我非得用这事让你无地自容不可！

乔南这么想着，目光飞快地滑过沐想想的腰腹位置，从满腹心虚的状态一下变得气质锐利起来。沐想想收回卡和单据，低头确认了一下金额后递给他，对上他似乎要兴师问罪的样子，神情微顿："怎么了？"

是要跟自己说什么吗？

下一秒，她眼睁睁地看着对方的手忽然伸过来，在大庭广众之下，捏了一把自己的肚子。

沐想想耳朵红了红："你干吗？"

话音落地，乔南跟被烫到似的一甩手转身走了，心里愤慨着——

大不了回去看书到深夜。

怕你啊？老子信了你的邪。

不过腹肌好像真的软了。

隔着衣服透到指尖的热度，暖乎乎的。

十二中九班，这一天清晨，空缺许久的靠窗后排座位再度迎回它们久违的主人。

九班的大多数同学在看到那几张面孔的时候简直不敢置信，退学的年级老大们居然一起回来了？还一个不少地出现在了他们通常都会选择缺席的早自习课堂上！

然而他们又真的就像从来没有离开过那样自然而然地出现了，除了瘦了一些、憔悴了一些，他们甚至还规规矩矩地穿起了十二中又土又丑的校服，头发也一个个跟刚剃过似的，散发出整齐干净的味道，简直像被送去改造了一场似的，他们从眼神到气质都换了个人。

更有甚者，在没有老师坐镇的教室里，拿着书本背英语单词！

同学们在短暂的吃惊后“呼啦”一下围拢过去，将这群在九班乃至全校同龄人中都颇具人气的不良少年围了个水泄不通。

晏之扬捧着书，在诸多关切的视线里不自在地伸手撸了把自己的头发，被剃了短发的头顶凉爽得很轻松。在外灰头土脸了那么多天之后，他已经不觉得以前非坚持对抗十二中校规留长的锅盖刘海有什么帅气可言了，反倒是剃掉刘海那瞬间的感觉更加值得回味，发丝落下的同时，就像是遮挡在眼前的一团迷雾被缓缓拨开，视线里的世界都变得清晰了许多。

早上离开家时妈妈还是那么唠叨，怕他冻到脑袋，非要给他多戴个帽子。

晏之扬穿着温暖干净的新衣，站在井井有条的家里，第一次没有感到不快——其实有人愿意关心和照顾自己的感觉，真的很好。

老莫喜气洋洋地进来，目光扫过班里一大早就生气勃勃的学生们，刻意没有在那个热闹的角落多做停留，他抱着一大摞厚厚的习题试卷：“来来来，班委上来把这个模拟卷子发一下，从今天开始我们班也不能再懒散下去了，两周之内，我们要争取把这一套卷子做完。”

教室里的学生们呆了呆，当即发出了难以置信的哀号。

九班一直以来都是全年级学习规定最宽松的班级，老莫对他们的成绩几乎不做任何约束，他们愿意学习也好，不愿意学习也罢，期末不管考成什么样，总归都是高二年级的吊车尾。因此在高中年级紧张的课业中，九班的氛围一直如同桃花源那样松散。

公办中学的升学压力一向很大，十二中三个年级那么多的班，连高一都已经开始做模拟题了，唯独他们高二（九）班幸免于难。

对此，九班的同学当然觉得很畅快，这种特殊待遇要是能一直持续下去，大家混过三年，岂不是美滋滋？

于是，忽然转变的待遇一时间让众人怨声载道：

“不是吧老莫？”

“放过大家啦，写这些东西有什么用嘛！”

老莫在班里人缘不错，却没什么威信，满室哀号声中，就连班委和课代表都一脸抗拒地跟着大家拍桌子起哄。

一片喧闹声中，几道身影忽然站起。

场面瞬间安静下来，无数目光中，晏之扬带着身边的几个哥们儿朝讲台走去，默不作声地接下了老莫怀里的试卷。

老莫用欣慰的眼神看着这群外形举止都显得要比从前成熟许多的学生：“要好好努力呀，这都是为你们自己做的。”

晏之扬曾经听过类似的话无数遍，直到现在才真正理解话里的意思，他朝老莫笑了笑：“知道。”

然后转过身，面无表情地踹了桌子一脚：“都回自己位置上坐好。”

吊车尾班的扛把子说话的分量比班主任大多了，因此即便很不情愿，学生们还是迅速照做，晏之扬他们带着人将试卷发下去后，安静地回到自己座位上开始翻阅。

他们奇怪的变化当然引发了班里许多同学的狐疑，气氛沉默了很久，直到老莫离开，才有人大着胆子再次围回来：“晏哥晏哥，一起打牌不？”

晏之扬和周围的郭志等人齐齐抬起头看他。

发出邀请的男生僵直了一下，半分钟后，眼前的扛把子们脸上慢慢扯开笑容——

“想死的话，你可以试试哦。”

沐想想终于回归到熟悉的环境了：不论上课下课都同样安静的教室，即便在课间时间，桌面仍趴伏着无数认真做题的脑袋，满耳背单词和笔尖摩擦纸张窸窸窣窣的声响。

这感觉真是让人欣慰。

晏之扬他们应当是真的想通了，那种忽然开窍般的学习方式并不像三分钟热度的样子，沐想想想到他们同样不怎么富裕的家庭，和对他们无不满怀期望的父母，很乐于见到他们积极向上的心态，因此学习之余，经常会对他们加以指点。

她的知识面之广阔让以晏之扬为首的小弟们彻底折服，也唯有晏之扬他们自己知道，自从退学事件之后，南哥在他们心中的分量，已经远远不止是一个“玩得好的大哥”了。

叛逆期一夜间过去，真正品尝到成人世界的辛酸后，他们终于了悟到自己曾经差一点走错的那一步究竟代表了什么。

南哥说服校方让他们短暂“独立”的这一小段时间，或许会成为他们这一生最重要的转折点，他们从中感悟到的每一个道理，都将成为他们身体里密不可分的部分。

爸妈说得对，这不是朋友，不是大哥，是恩人。

这份恩情之沉重之深远，他们恐怕终其一生都难以回报。

他们能做的，也唯有不辜负对方为他们布置下的一切，好好学习，将自己活出个人样来。

沐想想讲完题后，一抬头对上小弟们比以前还闪亮的眼睛，她愣了愣，然后照旧撸一把那几颗脑袋，就听到门口传来一阵轻轻的敲击，抬起头，视线里多出一道中年男人的身影。

正在解题的郭志把笔一丢，拄着拐杖站起来，错愕地开口喊道：“爸！”

记忆里从来都是那么暴躁凶恶的中年男人扯了扯上衣的衣摆，努力朝儿子不熟练地扯开个笑容：“你腿还没好，你妈让我中午给你送点骨头汤来。”

骨头汤浓郁的香味充满整间教室，郭志埋着头，耳朵微红，将老大一个保温桶喝了个干干净净。

似乎，一切都在变好。

沐想想下课后望着天空发呆，温暖的夕阳洒在身上，她背着书包，回忆着那个竭尽全力朝孩子展露善意的父亲，不知不觉回过神来，发现已经走到了某处风景优美的小区。

结着花苞的树枝从院墙围栏里伸出来，透过栏杆的缝隙，能看到里头郁郁葱葱的绿化和整齐现代化的高楼。

家境显然不错的幼童们满脸无忧无虑，尖叫大笑着在小区游乐场里互相追打。

这是一处跟城中村气质截然不同的地方，沐想想驻足许久，目光从那些成长经历显然跟自己不同的孩子身上转开，落向远处小区大门上方的拱形招牌。

字体龙飞凤舞。

这里是沐家的新家。

真的好想念啊，已经很久很久没有见到爸爸妈妈了。

那总是会在深夜偷偷进房间为自己掖被子的妈妈，总是雷打不动坐在单元楼外编着竹篮等自己回家的爸爸，还有那个每周只能见到几面，而且每次见面都对自己表现得非常冷淡不屑的叛逆期的弟弟。以往总是理所当然出现在生活里的角色忽然就这么消失不见，沐想想忽然发现自己可能比想象中的还要在意他们。

乔南的家人也同样的可爱温和好相处，但那是不同的。

即便没有乔南的爸爸那么能干那么有钱，那道佝偻瘦弱的身影，依旧是沐想想心中独一无二的存在。

她一向是个善于克制情绪的人，可有些时候，思念忽然就呈几何倍增，强烈到难以按捺。

有时候冲动上来，她甚至会生出不顾一切就这么回来看一看家人的念头。即便不把真相告诉爸爸妈妈，也可以像乔南回自己家那样，以朋友的名义登门啊。

但她总有太多顾虑，她毕竟和乔南不同。

沐家爸妈也和乔南的父兄不一样，沐想想了解自己的父母，一贯孤僻到连同性朋友都没有的女儿忽然带回家一个同龄男孩，随之而来的各种揣测一定会把那对从小学起就叮嘱孩子不可以早恋的夫妇吓坏。

何必给他们徒添烦恼呢？

沐想想摸了摸从墙里伸出来的结着粉嫩花苞的树枝，视线接触到远处小区某位正在巡逻的保安递来的打量视线。

保安……城中村是没有保安的。

沐想想控制不住地想要微笑——真好啊，家人搬到了这样好的小区。

看不到人，能看看家人的新房子也是好的，沐想想循着乔南给他的信息，目光在大楼墙体上搜索，试图找到那个可能属于自己家人的窗户，很可惜失败了。

她皱皱鼻子，有一点失望，又有一点开心。

这里的房子窗户真大，朝向又好，屋子里一定不像老房子那么潮湿吧？爸爸身体不好，骨头老是疼，平常就该多晒晒太阳才行。

这个点，按照乔南说的时间表，爸爸和妈妈应该已经收摊回家了吧？

想象着自家爸妈此刻就在这栋大楼的某一处空间里走动，他们可能正点着温暖的灯，在客厅电视吵吵嚷嚷的声音下择菜，准备烧一桌香喷喷、热腾腾的饭菜，沐想想就觉得很幸福。

即便自己没办法参与其中，她还是控制不住地为他们感到幸福。

这样甜蜜的幸福感中，毫无预兆地，她听到背后一把熟悉到磨成灰她都不会认错的嗓音。

“哎哟！”

随着一声沉闷的碰撞，她猛然回头，紧接着就看到小区大门方向，一个瘦削的男人狼狈地摔倒在地上。

沐想想看到那道身影的瞬间，瞳孔一缩。

下一秒，在理智回炉之前，她的身体已经本能地朝对方窜了过去。

满兜的苹果、橙子滚了一地，沐爸根本没想到自己会崴到脚，坐在地上的时候整个人都是蒙的，心里闪过两个念头：有点疼；阿斯果然被骗了，她买的这双据说是什么大品牌的鞋子，贵得要死，好几百一双，穿起来还没有她自己纳的老布鞋合脚呢。

紧接着头顶一阵阴云笼罩，在小区保安注意到他的困境后立刻飞奔而来之前，温暖的体温靠近，一双有力的胳膊将他扶了起来。

力道非常适中，一点也没让他感到疼痛。

沐爸嗅到一股清淡的沐浴露味道，循着气味转头，对上一双琥珀色的澄澈瞳孔。

他没来由地怔了怔，感受到身上摔到的位置被人轻轻拍打了几下，扶他起来的年轻人声线出奇的温和："没摔伤吧？"

沐爸盯着他，忽然恍惚了一下，有种做梦的迷离感，总觉得面前这个清隽漂亮的年轻人，给他一种似曾相识的感觉。

帅气得这样鹤立鸡群的年轻人，按理说只要见过一面，自己肯定不会忘记的。

沐爸却想不起曾经在哪里见过他，但心中就是油然而生一股亲密感。

"没事没事。"他扶着年轻人的胳膊，忍不住想多看看对方，语气充满感激，"谢谢你啊。"

沐想想和父亲对视着，很惊讶地发现这张面孔似乎比以前年轻了一点。

这不是错觉，父亲鬓角花白的头发变黑了许多，站起来之后，这种年轻的变化更加明显，他的脊背，似乎比以前挺得更直了。

接着，沐想想敏锐地发现父亲身上焕然一新的装备，从衣服到鞋子似乎都是崭新的。

家人现在过得似乎不错，沐想想蹲下来开始捡那些滚了一地的水果，落在水果上的目光都是温柔的。

沐爸看这个陌生的孩子就这么闷不吭声地开始帮自己干活，感动得不知该说什么才好："哎呀，真是给你添麻烦了，谢谢谢谢，我自己来捡就好……"

说着伸腿一迈，扭到的脚腕当即一阵疼痛，他"哎呀"一声叫了出来。

沐想想立刻起来扶稳父亲，目光在对方悬着的那只脚上扫过，眉头皱起："没事吧？"

然后在父亲"没事没事"的逞强声中，她眉头皱得更紧了，索性提着那兜水果转到父亲面前蹲下："上来，我带你去医院。"

"不用不用，这点小问题去什么医院！我回家就好！"沐爸连连摆手，看出她的意图，更加不好意思了，沐想想却没给父亲阻止的机会，胳膊一揽，就将他背了起来。

乔南的这具身体很有力气，沐想想拎着东西再背个人也不感到吃力，她颠了颠父亲的重量，想到父亲刚才说的话，心中不禁有些期待："那我送你回家？"

清爽的沐浴露香味更加清晰地钻进鼻腔，沐爸忽然就沉默了，那种似曾相识的熟悉感满满地包围了他，甚至给他一种此刻背着他的并不是一个陌生人的错觉。

沐爸叹了口气，心里暖融融的，实在说不出拒绝的话来。他给这个年轻人指好方向后，便伏在他肩头止不住地道谢："你真是热心肠啊，这年头很少能见到你这么好的孩子了！"

沐想想朝上托了托他，侧头柔和地瞥这个比以前好像开朗了很多的小老头："得谢谢我爸妈教得好。"

"哈哈！"沐爸不知道为什么一阵莫名骄傲，"说真的，我一看到你就跟看到我女儿似的。"

说完又觉得自己这话有歧义，赶紧补救："我不是说你像女孩啊，我是说你给我的感觉跟我女儿很像，我女儿也跟你一样，又乖又稳重，学习还好，可有能力了。"

沐想想吐了口气，心头温热，眼神柔软得一塌糊涂："那你女儿还挺厉害的。"

"可不是嘛！"沐爸发现自己好像真的很喜欢这个陌生人，在对方的少言寡语下居然也没感觉到局促，反倒话越来越多，"而且啊，我女儿长得还漂亮，你别看我这个样子，她长得随她妈，又白又高。她在英成上学，你听说过英成私立吧？咱们A市最好的高中了，她全凭成绩考进去的，我一分学费没给她花。这孩子平常读书用功，在家还孝顺，你看看我身上这个羽绒服，我穿的这个毛衣，我家里还有可多东西了，全是我女儿用奖学金买给我的……"

他滔滔不绝地炫耀着，沐想想便面带微笑地倾听，随着电梯到达楼层，背着他靠近朝东的那处小门。

敲门声后，大门打开，赤着脚的母亲出现在视线里。

沐妈停顿两秒后，意识到眼前的情况不对，惊得赶忙上前："老沐你怎么了？"

沐爸"哎哟哎哟"地在那儿叙述情况，沐想想放下他，在他的声音里打量这道门后的一切，从地板到天花板，每一寸都不愿遗漏。

新家真的好宽敞啊，亲眼看到，比乔南发的照片还要漂亮些，果然有大大的可以晒进太阳的落地窗。

灯光很柔和，地板应该也很温暖，不然妈妈不会光着脚满屋跑。

那边的沐妈听完沐爸的叙述后，对这个好心帮助丈夫的年轻人顿时充满了感激，赶忙上来热情地握手。

双手相触的那瞬间，她为自己心中生出的暖意愣了愣，紧接着才反应过来，笑眯眯地发出邀请："哎呀，真的是，真不知道该怎么感谢你才好，你住在附近吗？快别在门口站着了，我女儿估计一会儿就能到家，不嫌弃的话今晚留下来一起吃顿饭吧？"

沐想想发现自己其实很少能在这个时间段看见母亲，母亲总是很忙碌，要做好几份工，回家的时候，通常都披星戴月。

而现在，她可以打理一个不错的发型，穿着看起来暖融融的新针织裙，踩着温暖的地板，向自己发出晚餐邀请。

沐想想觉得自己不能再留下去了，踩进这间屋子，她可能会开心得掉下眼泪。

热情好心的年轻人拒绝了晚餐邀约后，放下水果转身离开。夫妇俩都愣了愣，几秒钟后沐妈被一股莫名的冲动指引，鞋都来不及穿，赤着脚追了出去。

硬是给好心人塞下两个苹果后，沐妈站在电梯关闭的大门外怅然若失，回过神来，有些不知道自己这情绪的由来。

她笑了笑，心说这真是个让人一见如故的好孩子。

傍晚，乔南提着特地去新华书店疯狂购置的补习资料刚进家门，就看到了沐爸贴着膏药高高跷在沙发扶手上的脚。

他愣了愣，快步上前："怎么回事？怎么伤到了？"

沐爸和沐妈正在聊天，一看到他，脸上立马露出灿烂的笑容，沐妈朝女儿招招手："正说着呢，今天你爸在小区门口摔了一跤，有个好心的小伙子直接把他背回来了，哎哟，本来还想留他吃顿饭，结果那孩子客气得不得了，硬是没肯进门。"

沐爸呵呵傻笑："是啊，那孩子人真不错，热心肠，还一表人才，模样特别俊，长得跟明星似的。你以后找对象，就该找个这样的。”

说着一拍大腿，露出非常懊悔的表情：“哎呀！刚才真可惜没把他留下来，该叫你俩见一面的。这么难得的小伙子，以后怕是很难碰上了，万一你俩都觉得合适呢？”

乔南的眼角抽动了一下，松开手中因为放了过多辅导资料而重到不可思议的袋子，袋子撞在地上发出一声沉闷的碰撞声，他本来就因为决定彻夜复习而非常不爽的情绪越发焦躁了。

这个当爹的是不是有点太过分了？被人背了一路就想把女儿送出去，他把她女儿当什么了？

一表人才？特别俊？长得像明星？

搞笑。

你老人家知道几个明星啊就长得像明星，一口一个像明星，长得像潘长江吧？老子这种从小到大被所有女生公认的美颜盛世才有资格被说长得像明星好吗？

没见识。

乔南烦躁地按了几下指骨，听着嘎嘣嘎嘣的声音，心说算那小子运气好，识相地没留下来。

沐爸还在那儿念叨着万一下次见到要如何留下联系方式，乔南冷哼一声，还有下次？想得美。

真有下次，他不搞死那小子他不姓乔。

第37章

沐爸还在那儿叨叨个没完，把那个不知道从哪儿冒出来的小子从脸蛋到人品恨不能夸到天上。乔南越听越暴躁，忍不住跟他顶了两句，结果夫妇俩误以为女儿在害羞，居然说得越发兴起。

乔南对着他俩温柔的眼神和笑嘻嘻的面孔，想骂脏话硬是骂不出来，反倒把自己气了个半死，因此只能拎着东西钻回房间，对着桌子上摊开的各种习题册、辅导书发脾气。

《××高考××模拟》《××曲线解题秘诀》《××密卷》《××秘诀》《三十天巩固××××》……

连初中升学的时候都没有出现过的紧张感随着这些书本密密地笼罩了他，乔南觉得自己这一回当真是要拼掉一条老命了，不由郁郁地倒在床上。

心里实在很不服。

他堂堂一个校霸，酷炫狂霸跩才是天职，跟沐想想似的抱着书拼命啃，像话吗？那是书呆子才能干出来的事，南哥去做就崩人设了好吗？

再说，他凭什么要帮沐想想巩固成绩？跟沐想想换身体他也很不乐意好吗？双方根本就没有必须为对方做什么的义务，沐想想不也不锻炼吗？腹肌都给她搞没了。他作为腹肌的主人，说什么了吗？

让沐家爸妈去开家长会又怎么样？在十二中那会儿，每次考试交白卷他心里都没有罪恶感，也根本不担心亲爹和大哥知道自己一塌糊涂的成绩，换成沐家这对爹妈，小老头和小老太太气势还比不上乔远山身边的助理小楼呢，他南哥，一届校霸，还怕了他们不成？

目光停留在天花板圆形的顶灯上，乔南发了会儿呆，余光渐渐将黑暗房间中的种种陈设收入。

新房间看上去很宽敞，事实上这是沐家这套新房子的主卧。新房是三室两厅，只有两个房间朝南，沐家爸妈把面积大一些的分给了女儿，另一间分给儿子，他们自己则坚持要走了唯一朝北的那个屋子。

乔南刚开始听到这个分配的时候非常不情愿，即便他一直以来跟自己家人的关系很不好，但该懂的事情也都懂，天底下哪有孩子住主卧爹妈住次卧的道理？

可他提出异议的时候，一向对他非常顺从的沐家爸妈态度却出奇的坚定，沐爸甚至还发了脾气，乔南最终也没能拗得过那个看起来瘦巴巴骨子里却充满倔强的老头。

小老头那时候说的话他现在还能记得，“你只要好好读书，别操心这些乱七八糟的！”

乔南能看出来，沐爸似乎一直很愧疚以前没能给品学兼优的女儿创造一个良好的学习环境，因此搬家的第二天，他就喜气洋洋地带着家具城的工人上门，给女儿的新房间添个了巨大的书柜和书桌。

而现在，那套设备正安静地伫立在夜色里，乔南没开灯也没拉窗帘，屋外的月光和万家灯火透入房间朝南的巨大玻璃窗，洒在它们一看就知道不便宜的木质表面上。

乔南盯着黑暗中那些宛若催命符的书本，满脑子都在想自己到底是造了什么孽，才会遇上沐家这一门克星。

半晌后却还是焦躁地爬起身，坐到桌前一边扯头发一边翻开书本。

沐家的晚餐伴随着沐爸沐妈收入的增加变得越来越丰盛。

饭菜的香气充满餐厅，做题做到头昏脑涨的乔南捂着脑袋出来，便看到沐妈面带笑容地从厨房里端着一锅鱼汤出来的身影。他这才想到自己忽略了一件同样重要的事，英成高二统考之后，还得开家长会呢。

他落座喝了口沐爸炖的香醇浓厚的鲫鱼汤，刚想开口就听到沐爸和沐妈的聊天内容，提起沐妈下个月要去×市一趟。

乔南愣了愣："去×市干什么？"

黏在一块儿正讨论去×市该穿什么衣服的夫妇俩这才注意到自家闺女，沐爸脸上拉开个灿烂的笑："爸发现家里摊子的食材消耗还挺大的，再在A市的菜市场买，价格有点不划算，你×叔叔给我们介绍了一个×市的禽类养殖工厂，说是可以直接给咱们供货。爸腿脚不方便，就让你妈跑去看一看，要是合适，以后估计能省下不少材料钱。"

提起这个，就不得不说起沐家爸妈的新生意了。

他俩一开始只在青年广场摆早餐摊儿卖肠粉，每天早早出门，大概十点钟就能结束，之后的大半天时间，都待在家里休息。

早餐摊儿收入不错，每天都有四位数的纯利润，而且肠粉这种东西，除了开卖的时候忙碌些，回家后并没有很多需要准备的东西。这种忙半天休息半天还能赚到不菲收入的生活节奏，显然会让很多A市的小个体户心生羡慕，可沐爸不知道是受了什么刺激，在搬到新家之后忽然打起了鸡血，觉得现在的自己实在是太懈怠了！

因此他很快琢磨出了一个新的赚钱门路，那就是卖烧味。

其实也就是在家里卤个鸡、鹅什么的，早上跟肠粉材料一起带出门，等到早餐时间结束以后，再摆开来多卖一段时间。

青年广场附近全天的人流量都不小，沐爸原本的念头只是觉得做完早餐后一整个下午的时间全都荒废掉实在太可惜，想利用起来做点东西。

结果没想到，这些新加入的商品竟然出奇的受欢迎，沐爸一开始还很严格地把卤禽装箱，等到肠粉摊儿收好才摆出来，可购买完回头的老客越来越多，最近根本就等不到那个时候了，早餐时间还没结束，预备下午拿出来卖的鸡鸭鹅肉就提前销售一空。

沐爸每天拎回来的食材越来越多，新家的厨房里架着的锅也越来越大，里头二十四小时不间断散发出卤汤的香气，很显然夫妇俩是打算好好发展这门营生的。毕竟这份多出来的收入丰厚到比起做早餐也毫不逊色。

乔南夹了一筷子桌上的鹅肉，很能理解他们为什么会受欢迎。细腻滑嫩的肉质纤维浸饱了沐爸特调的卤汁，伴随着咀嚼的动作，丰富的味觉层次逐步展开，这是一种从嗅觉蔓延到舌尖的享受，让乔南被书本折磨得疲惫不堪的精神都得以舒缓许多。

他对夫妇俩的商业发展没什么特殊感慨，只是从沐爸的话里意外发现他们还挺有商业头脑，生意还没做大就已经有远见地知道该如何合理控制成本了，然后顺口问了一下沐妈的出发时间。

原料考察不是小事，沐妈似乎要在×市多停留几天，乔南算了下时间，发现非常不巧，估计正好会撞上英成的家长会。

沐爸见他打听得那么细致，一边给他夹菜一边问道："怎么了？是不是有什么东西想叫你妈从×市带回来？"

乔南摇摇头，他本来顾虑到沐爸行动不便，不想用开家长会这种事情操劳到对方的，这样一来也没办法了："没，就是我们学校下个月统考完要开一场家长会，估计得辛苦你跑一趟了。"

他话音刚落，就见对面探出上半身给自己夹菜的沐爸神情猛然一僵："我……我去？"

"是啊。"

乔南看到他的脸色，刚想问怎么了。沐爸忽然放下筷子，闷闷地站了起来："我……我去给×市养殖场打个电话，让你妈给你开完了家长会再走。"

乔南一愣，看着他因为脚腕不舒服走得非常艰难的背影，有些摸不着头脑：

“干吗搞得那么麻烦？到时候你反正在A市，顺便去一趟不就行了？家长会一般在下午，又不会耽误生意。”

沐爸回头看了他一眼，神情微动，但还是迅速躲回了屋里。

乔南只好将目光转向沐妈，沐妈叹了口气，神情有些哀伤，却什么都没说，只冲他无声地摇了摇头。

夜里，沐想想托腮看着桌上的两颗苹果。

书房温暖的灯光披洒在这两颗寒酸的小果子上，沐想想伸出一根手指头轻轻碰了碰它们，指尖能感受到坚硬冰凉的触觉，母亲将它们塞进自己怀里时那怅然又慌乱的模样再度浮现在脑海中。

为什么慌乱呢？为什么怅然呢？

妈妈站在电梯口那迷茫的神情，似乎真的很想留下自己，爸爸也说看到自己就想起女儿，真好啊，换了一具身体，他们之间仍有着说不清道不明的联系。

不知道爸怎么样了，扭到的脚踝还疼不疼。开门的那一刻屋里传出的香味也真的很浓郁，几乎不用思索，沐想想就知道那一定是爸爸的手艺。爸爸做的菜里有着独属于他的味道，很多很多年以前，这份味道就深深刻在了沐想想的记忆中。

爸爸变黑了许多的鬓角和精神了很多的面貌在眼前挥之不去，是因为开始工作的原因吗？这一刻沐想想觉得自己隐约懂了曾经乔南说的那句“男人需要的是肯定”是什么意思。

她鼻酸了一下，抽出两张纸巾仔细擦拭那两颗苹果，借着微红的果皮，仿佛触摸到了自己一家的温度。

手机铃声忽然响起，她揉了揉眼睛，看向屏幕，是乔南。

沐想想才想起自己在家里还有这么一位线人，接起电话，刚想问对方爸爸的脚腕如何了。

乔南的声音抢在她之前响起：“喂？沐想想，我有个事要问你。”

乔南一边看书一边回想沐爸的反应，被搞得根本就没办法好好复习，偏偏沐妈什么都不肯解释，于是无奈之下，他只好将电话打到沐想想这里。

沐想想怔了怔：“什么？”

然后听着乔南的叙述，她陷入了长久的沉默。

许多原以为已经遗忘的记忆就这么毫无预兆地从脑海深处钻了出来。

直至隔天踏下到达英成外国语学校的公交车，沐想想仍在想这件事。

英成难得的热闹，毕竟是一年一度的校际联赛，连校方都很体贴学生们的激动，将这天下午的课程全部取消。于是初中部和高中部的学生们全员出动，分散到校区的各个角落里活动，沐想想几乎在踏入校门的瞬间就被发现了。

沐想想感受到那些无处不在的对乔南的关注，心情有些复杂。

比起担心被发现的紧张，更多的应该是种怅然吧？

明明乔南已经离开一年多了，而“沐想想”却在这里的高中部待得更久。

可周围那些写满张扬的笑脸却始终跟她隔着一道难以跨越的天堑，沐想想从进入这所学校开始，就从没抱过可以交到朋友的奢望。

她从初中起就意识到了自己的不同。

那天乔南告诉她英成要进行统考并召开家长会，并问她为什么沐爸那么抗拒到学校。

这让沐想想怎么回答呢？事实上，她和弟弟沐松的家长会由母亲出席早已经是沐家不成文的规定了，沐爸即便到场，也只会等在学校门口，而不会出现在学校的师生面前。

至于原因……

似乎是自己初一下半年吧？

沐想想望着英成宽阔的校区，目光深远，她想到那一天，自己搀扶着父亲从老师办公室里出来，父亲正拿着她全部满分的成绩单笑得合不拢嘴，紧接着，他们迎面碰上了一大群追逐打闹跑来的同学。

那些同学的模样，此时她已经记得不真切了，因为自那之后的整个初中时期，她再没有跟他们说过一句话。

可当时他们诧异的眼神和不假思索的质问，直到此刻仍像刀子那样插在沐想想的胸口——

“哇！全班第一，没想到你爸爸居然是个残疾人！”

他们嘻嘻哈哈互相推搡着开始模仿沐爸走路，很快被听到动静从办公室里跑出来的班主任赶走。

沐想想永远记得那一刻从父亲身体传来的震颤，她气得双眼通红，想上去跟他们打架，却被爸爸紧紧拉住。父女俩无声地走了很久，最后还是父亲主动费力地半蹲着给了她一个拥抱：“没关系，想想，没关系，不要难过，不要生气。”

怎么能不难过？怎么能不生气？沐想想当时揪着爸爸后背的衣服大哭，这些同学，让爸爸伤心了啊！

从那以后，爸爸就再没出现在她的学校里，初二和初三各种需要家长出席的活动，全是沐妈出面的。

然而“年级第一沐想想有个残疾人爸爸”的消息还是很快在班里流传开，当时她所在的A市第一中学是A市名列前茅的初中，大家为了本校高中部的直升名额竞争压力很大，重点班的同学们大多从小学就开始同窗，唯有总是转学的她从一个莫名其妙的小学冒出来，还稳稳占据着年级第一的宝座，成为老师们口中用来对比和激励大家学习的榜样。

沐想想就像是一个被竖起的靶子，每次被老师夸奖完之后，就会有一小撮人怪叫，然后阴阳怪气地到她面前模仿爸爸走路的样子。

更多的同学，虽然不参与起哄，但也都会选择冷眼旁观。

沐想想一开始还会愤怒，到后来见得多了，情绪已经很难再起波折。

总之，这些孩子从根本上就和她不一样，她的贫穷，她的父母，甚至她优异的成绩，在与周围格格不入的时候，都是可以被拿来取笑的东西。

初中那些除了出色的成绩并没有更多可取之处的同学们，都有着这样凌驾于她之上的傲慢，更何况英成呢？

打从背着跟整个教室的同学都不一样的布书包走进大门，并收获数道诧异打量视线的那刻起，沐想想就放弃挣扎了。

贫穷是无法掩藏的，她的言谈举止，她的穿着打扮，无处遁形。

因此跟尝试去接触最终却惨淡收场相比，她更希望自己能这么一直沉默地安全下去，无法融入夏威夷旅行的话题没关系，得不到同班同学高妍的生日会邀请没关系，没有朋友也没关系。

沐想想这个人，这具身体，本来也没什么值得被人高看的地方。

沐想想平静地收回放在那些三五成群嬉笑打闹的同学身上的目光，远处匆匆跑来一个人，她辨认了一会儿那张脸，发现还挺熟悉。

姜海神情复杂地看着自己面前清清冷冷的南哥，撑着膝盖喘了会儿才开口：“呃，南……沐想想叫我来接你的。”

沐想想已经从乔南那边听过姜海猜到真相的事了，于是难得面对乔南的朋友没什么压力，她礼貌道谢：“谢谢。他呢？”

问的当然是前一天叮嘱她一定要到场，这会儿又不见人影的乔南。

姜海对上那双清澈的眼睛，脑子里不由自主地浮现出那张现在已经属于自家大哥的漂亮面孔，他感到微妙的不自在，咳嗽了一声：“他在体育场，忙着赛前准备呢。”

沐想想愣了愣：“他准备什么？”

姜海也愣了：“你不知道吗？南……呃，他，他今天要上场啊。”

沐想想直到被带到篮球场观众席上时都没能反应过来。

姜海给她找了个位置：“这是，呃，他让我给你留的。”

沐想想还在为乔南要顶着自己身体上场的事情错愕，心不在焉地点头：“谢谢。”

姜海挠了挠头，为这张自己熟悉的面孔突如其来的礼貌再次不自在了一下，然后很快回忆起了南哥这几天格外暴躁的情绪，他生怕自己晚回去一会儿会被暴打，不敢多留，留下几句叮嘱后就匆匆走了。

球场里已经聚集了不少的观众，尤其是那帮啦啦队女生，沐想想认出了里头好几张脸熟的面孔，比如方伶俐，再比如自己班里那几个几乎没怎么说过话的白富美同学。

英成的女孩们还是一如既往对学校这群风云人物热衷，在此之前，沐想想就见过她们在乔南和姜海他们练球的时候围在场馆里尖叫狂呼的场面了。

沐想想的脑袋一阵疼，她没想到乔南居然会这样胡来。

这是英成的篮球场啊，这种无数目光聚焦的地方，根本就是属于另一个世界的人的场合，他现在不是“乔南”，顶着“沐想想”的身体贸然出现，是生怕平常过得太轻松吗？

沐想想身为女生，虽然缺乏交际，但平常也没少见识英成的女孩间相互排挤争锋的场面。这群傲慢的大小姐自己内部都还要由家庭背景分出个三六九等，现在一个平日里看不起的贫困生跑到面前蹦跶来蹦跶去，她们会怎么想？万一再传出点风言风语，引来一群方伶俐那样的人……

沐想想立刻掏出手机给对方打电话，乔南居然不接。要不是不知道从观众台到后场该怎么走，她这会儿估计已经起身去后场阻拦那个冲动的家伙了。

只可惜时间在她的焦虑中片刻不曾停止，似乎还走得更快了一点，仿佛只是眨眼之间，篮球场内松散的气氛就变得紧张起来。

以关子名为首的C市嘉合校篮球队的队员齐刷刷地出现，穿着整齐划一的球服，青春逼人的男孩们顿时成了所有人的目光焦点。

关子名抱着篮球，站在会场中心，朝观众台环顾一圈，目光对上沐想想的时候愣了一下。

“关哥！是乔南，他居然还敢出现！”他身后有人脸色大变，立刻要上前找麻烦，紧接着被他抬手拦住了。

关子名的心情有点复杂，他跟乔南已经是多少年的宿敌了，除了球场上针锋相对，生活中因为各自的家庭而碰上时也相处得很不愉快。事实上，之前把对方搞出英成的时候他心里还觉得很痛快来着，结果自从上次在外海山庄给这人端了一晚上糕点盘子，心态好像就变了。

那感觉就好像跟人单挑之后又一起坐下吃了顿火锅，情绪一下就变得很奇怪，这会儿再碰面，居然一点儿气也生不出来。

因此他只是平静地喝退自己想找事的哥们，然后没好气地踹了脚抻着脖子看入场口的大狗：“你能像点人样，别给咱们学校丢脸吗？”

“大哥，你讲点道理，我女神一会儿要上场啊！”大狗激动得抓耳挠腮，“又不止我一个人激动，你看看观众台上那群女生，哈喇子流得比我还长呢！”

关子名有渠道登录英成的校园论坛，当然对这些天英成论坛上炒得火热的一些话题心里有数，想到那些掩饰不住激动的发帖和回帖内容，里头一口一个“校花威武”，据说发帖的还有不少是女生，他实在无语得不知该说什么才好。

片刻之后，入场口终于有了动静。英成的校队成员们穿着另一种颜色的球服在姜海的带领下缓缓出现，站定在嘉合篮球队对面，观众台上的英成女生们一阵尖叫。

沐想想没在那群成员里看到乔南的身影，顿时松了口气，心说还好还好，乔南心里对“沐想想”的能耐总算还有点数。

谁知挺直的脊梁还没放松下来，下一秒，场内双方正在对峙的队员们经过一番观众台听不见的沟通后，居然一同再度转头看向了入口方向。

大门打开，平稳有序的脚步声响起。视线中，一个身穿黑色外套的短发女孩不紧不慢地出现。她看上去那样懒散，步伐中透出不羁的味道，她站定后神情不变，只抬起胳膊，挑衅般抓住了自己外套的拉链。

整个会场都变得安静了，那些因为姜海他们出现而显得非常亢奋的啦啦队女孩都闭上了嘴，她们聚集在一起，神情严肃，锋利的视线齐齐汇聚在同一处。

沐想想为自己的这个发现瞳孔微缩，心说这下完蛋。

下一秒，超乎她想象的一幕忽然出现——

少女一把拉下拉链，露出了外套下深红色的宽松球衣，盯着对手球员，嚣张地直接将外套脱了下来，随手一甩。

伴随着黑色外套被抛向场外，死一般寂静的篮球场内仿佛忽然被人按下了开关键，第一声尖叫就这么毫无预兆地响起。

随即第二声，第三声……

越来越多的女孩们高亢的声音汇聚在一起，逐渐变得整齐划一，不容忽视——

“沐想想！沐想想！沐想想！沐想想！”

真正的沐想想僵直了一会儿，错愕地转向围栏方向，栏后依然有她认识的面孔，然而这些面孔的主人，此刻却一个个陌生到让她不敢相认。

因为她们正一起尖叫着一个本不该属于这里的名字。

意识到这一点后，随之骤起的，是胸腔里心跳的声音。

第38章

心跳的声音。

扑通——

扑通——

这一幕似曾相识，究竟是什么时候呢？

沐想想的眼神里带着些微的迷茫，耳畔充斥高呼自己名字的尖叫声，篮球场地内时光斗转，她忽然间就觉得自己站在了光阴里。

高一上半年，午休的某一天，她抱着借来的书离开图书馆，偶然路过某个场馆前。

那一天阳光非常好，暖洋洋地洒在身上，英成遍布绿化的校区内浮动着盛放的花香，天地间只有静谧的脚步和鸟啼。

她鬼使神差地推开了一扇门。

然后看到了那道穿着球衣，身形矫健正在敏捷运球的身影。

他投了个篮，轻盈地自半空落下，湿润的额发黏在光洁的额头上，他拿手指梳理向脑后，球衣下露出的四肢覆盖着紧致的肌肉，他无意识地抬头朝打开的大门方向瞟了一眼，然后转开，嚣张地臭骂运球的同伴："你刚才朝哪儿丢啊？"

他大汗淋漓，语气张扬到锋利。

身后的花香和鸟啼忽然间就全变成了背景。

而这一刻，换上另一具身体之后，对方似乎仍不知道收敛为何物。

看台上激动的尖叫声似乎让他有点不爽，穿着深红色球衣的少女满脸不耐地转过头，在啦啦队再度拔高的声音里伸出一只手指，皱着眉敲了敲自己的嘴唇。

这真是非常不识抬举。

可围聚在栏杆后的女孩们却似乎一点也不觉得过分，她们仍旧热情地抖动着手上的手摇花，只是随着少女的动作迅速闭嘴，克制地将自己的尖叫声压至最低。

那个憋得脸颊通红的女孩真的是曾经因为自己疑似跟姜海有暧昧，就带着人气势汹汹跑来找麻烦的方伶俐？

那个激动到一边挥舞手臂一边原地蹦跳的姑娘，真的是自己班里那个矜持高傲，只来往于她们白富美小圈子的高妍？

她们到底有没有意识到自己在朝着谁尖叫啊？

身后忽然传来一个男声："她就是那个你天天叨叨在嘴上的新校花？"

校花？

沐想想再度错愕。

另一个姑娘亢奋地回答道："是啊是啊，漂亮吧？"

先前那人似乎有点无语："不是，漂亮是挺漂亮的，可不就是个女的，你们学校啦啦队至于吗？我看你们之前对卢小萱也没这样啊。"

"你懂什么？"姑娘怒了，"什么叫不就是个女的？想姐跟卢小萱怎么能一样？"

"好吧好吧，虽然她确实很漂亮，但我觉得你们根本就是把她当校草了。"男声屈服道，"不过你们学校高一的联赛我也来了，当时怎么好像对她没有印象？她是今年刚来英成的？"

“没啊，她高一就在，人家成绩可好了，当年的全省中考探花，上学年直接拿了英成全额奖学金的超级学霸，厉害吧？”姑娘一副与有荣焉的样子，“你去年不知道她，那是因为人家不想让你知道。我认识她们班班委，林珑你知道吧？”

沐想想装作在看赛场，脑子里悄然浮现出自己班班长白净圆润的形象。那姑娘因为收作业的原因跟她接触得比同班其他同学要多一点，印象中对方似乎并不怎么情愿搭理自己，虽然平常跟班里的其他女孩们都有说有笑，可每次一站在自己面前，话就变得格外少。

不过这也不是特例，高二（一）班的那群同学，从男到女跟她都不是一个世界的人，相互排斥是必然的。

身后的女孩此时顿了顿才又继续道：“林珑说想姐高一的时候跟现在区别可大了。那时候她还没剪头发呢，留着一头黑长直，又不爱说话，看起来就是很文静的那种女生。不过她长得漂亮，才开学就被班里好几个男生注意到了，有几个男的还想去追一追来着。只不过想姐那时候特别冷淡，估计是看不上班里的同学吧。反正平常都不说话的，一个人独来独往，搞得他们也不敢主动去和她搭话。哈哈！林珑说她每次去收作业的时候都想聊两句，对上想姐的眼睛后就连屁都不敢放了，高妍更是，因为怕被当场拒绝，犹豫了好几天，结果最后还是没敢去请她参加生日会……”

“这么神奇……”

身后的讨论声渐渐模糊，沐想想坐在位子上发呆，她发现自己好像触碰到了一些以前不知晓的真相。

有什么东西被缓缓剥离身体，就像退去血痂的伤口，露出下方新生的皮肉。

锐利的目光由球场中心打来，沐想想回过神，就对上那道远远递来的意味不明的视线。

赛场上，面容姣好的少女缓缓挑起一边秀气的眉头，浑身都散发出一种和她瘦削的身体不相符的强大气魄。

这一刻沐想想甚至不知道自己正在想什么，说不出的情绪浮动在胸腔中，心跳的频率越来越快，内容也越来越复杂，情绪被一种放肆的试图尖叫的冲动充满。这似曾相识的场面，让她不由得想起时光的另一头，篮球场内的惊鸿一瞥。

她放松表情，勾起嘴角，朝视线另一边的乔南，缓缓露出一个笑容。

乔南立马振奋起来！

嗨呀！不枉费我找了个那么好的座位给你。

看到了吧？老子的出场方式，多么独树一帜。

老子不是假帅，是真帅啊！

于是，他心情飞扬，在某人专注的视线中，脊梁挺得更加笔直，看向关子名一行人的视线也更加嚣张了。

双方之间气氛剑拔弩张，和以往的见面似乎没什么不同。毕竟英成跟嘉合对立不是一天两天了，由赛场竞争发展到乔南转学，个中矛盾早已不容调和。乔南早习惯了每次碰面双方都恨不能直接扑上去互殴的场面。

而且他现在看关子名格外不顺眼，老是想到那天在外海山庄对方帮沐想想端糕点盘的样子。以至于对方身后跟着的那串队友也格外面目可憎，尤其那个外号叫大狗的，以前可没少打交道。

他冷飕飕的目光扫过去，往日对着英成向来跟真狗似的跃跃欲咬的大狗，下意识觍着脸露出笑容："想想，你穿红色真好看。"

乔南："……"

姜海看了看大狗，又看了看身边的短发少女，略一思索，露出惊恐的眼神。

乔南的眼睛一点一点眯了起来，他盯着那张挂满笑的脸，忽然想起来了。是哦，他好像很惦记沐想想的样子，那天飙完车还上来要求跟自己互加微信。

隔天是不是还发了短信？都不知道要撒泡尿照照自己的吗？

紧接着，大狗发现自己马屁似乎拍在了马腿上，因为女神的表情忽然变得更难看了。

他正不知所措，小腿肚忽然被人踹了一脚，回过头，就对上自家大哥关子名无力的神情："闭嘴。"

然后大家就权当没有出现过这个插曲，进入了正题。

关子名上下打量了一下站在面前的短发少女："这里是男篮赛吧？"

乔南收回定定落在大狗身上的刀子般锋利的目光，他耸了耸肩膀，无所谓道："有什么关系，小胖本来也是替补，他尾椎骨骨裂，我来顶个名额而已，又不一定上场……你害怕啊？"

关子名感受到一种似曾相识的让人不爽的嚣张，这嚣张放在随便哪个同性身上，他肯定都会讨厌对方讨厌得要死。可对方偏偏是个姑娘，还是个长得很不错的姑娘，那情况就很尴尬了。再怎么着，关子名也是个男人，对着一个长得不错的异性，他虽然不至于跟大狗似的想摇尾巴，骨子里却也有着身为男人的天性。

他一低头，没留神又被晃了一下——深红色的布料真的衬皮肤，少女本就非常白净的肤色在对比下变得更通透了。

球衣很大，挂在她身上简直就像个宽大的麻袋。其实她个头挺高的，但男女在体格上有本质的差异，注定了她没法把球服穿出身后姜海他们杀气腾腾的效果。她瘦削的身体带着那种女孩特有的娇柔感，关子名看了一会儿忍不住神游，女孩子的脚腕怎么那么细啊，细到好像自己一只手就能圈住。

还有小腿，又细又长，连腿肚都没有，弧线非常完美。

至于大腿……好像还没有自己的胳膊粗？

"喂。"乔南不爽地皱起眉头，"你看哪儿呢？"

关子名被叫得略微抬头，目光在落上少女面孔之前，不小心将球衣领口上露出的一片白腻皮肤收入眼中。同样纤细的脖颈下，两道精致的锁骨正静静地躺在左右，凹陷出一点迷人的弧度。

关子名咳嗽一声，转开脸道："随便你好了。"

虽然此前从没有过女孩参加联赛的先例，可那根本跟允不允许没关系，只是两所私立中学的淑女们都对体力运动没有兴趣而已。英成和嘉合连女篮队都没有，根本谈不上允许不允许，再说高中对高中的联赛规矩哪有那么森严？一个替补而已，都未必会真上场呢。

一声哨响，双方就位，离开场地之前乔南狠狠给了姜海后脑勺一巴掌："卖力点！要敢丢分，下场后老子把你脑袋拧下来。"

而后他在看台上无数炙热的目光中，慢悠悠地走出圈外，随便找了一个地方坐下，拧开瓶水，胳膊支在曲起的膝盖上，盯着场地中央面无表情地喝了起来。

看台上又是一波小范围的尖叫，比起看校霸们打球，姑娘们似乎对自家校花的一举一动更感兴趣，有几个甚至突然掏出相机，开始对焦拍摄。

球赛一开始，关子名就感到了些许意外。

他本以为乔南走后，英成的校队应该会实力大减。毕竟在两校此前的比赛里，乔南一直是英成主心骨一般的存在，而英成的战术也通常都会以乔南为重点展开。

该怎么样防守，怎么样进攻，英成的现场指挥通常也会在比赛开场之后由乔南来担任。如今这个最重要的人物离开了，他猜想英成实力倒退也是一种非常合理的推测。

然而出乎预料的是，姜海他们这场球居然打得非常稳。

稳到开场还没五分钟，就有人投进了一个三分球。

进球后，满场的欢呼声里姜海兴奋地握拳朝场外高喊一声，真没愧对这段时间南哥制定的地狱式训练计划！他们每天除了吃饭、上课、睡觉，只剩下练球和体能训练，现在在场上奔跑的时候，很明显就能感觉自己的肢体力量跟去年比已经不是一个重量级的了。

大狗阴着脸挤到关子名身边："不行，他们比以前还默契了。"

原本以为轻轻松松就能赢得这场比赛的关子名眯着眼，只能飞快朝中线跑去："一会儿尽量把球朝我这儿运。"

他的实力此前只是比乔南略逊一筹而已，而最重要的一个成员的离开到底还是对英成造成了很大的影响。没有了强悍矫健的南哥坐镇，对方主力认真起来后，姜海等人立刻就应付得艰难起来，连续丢了几个球后，队友们上场前的劲一下就泄了。

看台上的英成啦啦队原本亢奋的状态不复存在，女孩们皆挂着紧张的神情，很快连对准外场校花方向的相机也放下了。

到了第三节休息时间，双方已经拉开了九分的距离，暂停哨响后姜海怔怔地站在场地上喘气。打从初一开始，他就没打过这么吃力的比赛了。

他转头和同样沉闷的队友们对视着，都看到了相互眼中的不自信。

他们真的有能力兑现自己的承诺，给这群直接导致南哥离开的家伙好看吗？

嘉合的队友们笑嘻嘻地相互击掌，大狗跑出人群，觉得自己刚才连进两球的样子真的很帅，忍不住汗津津地凑到女神跟前："能给我瓶水喝吗？"

乔南的目光错开他，看向他手边不到两米处整整齐齐摆放的水箱，又转向球场内的"小动物"，最后落在看台某处远远的一道身影上。三秒钟后，他面无表情地将矿泉水瓶从嘴边移开，一点点盖好，盯着大狗的眼睛，抬手将水瓶砸了过去。

在大狗手忙脚乱接水瓶的动作中，他冷笑一声，撑着膝盖站起身来："姜海！换个人下来！"

大狗转头看着错身而过，径直朝场地里走去的少女那纤瘦的背影，泪汪汪地抱紧瓶子。

女神真是太火辣了！

观众席骚动了一阵，他们看到赛场内忽然开始一番交流，紧跟着英成的阵营换下去一个吊梢眼，离开前，吊梢眼跟面无表情的替补少女轻轻击掌。

那个上半场全程坐在场馆边缘喝水看戏的少女留了下来！

现场当即一阵骚动，沐想想皱起眉头，听到背后传来诸多窃语：

"搞什么？"

"你们校花真的要去打球？"

"她难道不是吉祥物吗？"

"哇，她一个女生真要往篮球队凑热闹啊！"

她在这些似乎来自校外人员的讨论中不由自主地盯着乔南的动作，对比场地里那些男队员的体格，她忽然发现自己的身体真的看起来非常弱。

和唱衰的讨论声态度不同的是英成的校啦啦队，几乎在乔南起身朝赛场走去的同时，那群因为此前失分过多而显得没精打采的女孩们忽然全"活"了过来。等到确定她会留下后，女孩们已经开始神采飞扬地再次喊起口号，这份情绪以她们为起点，一直蔓延到了观众席上的女生里。

依然是此前闲聊的那对男女，男声的语气一言难尽：“你们学校这些人是认真的吗？偶像滤镜是不是有点太重了？我承认你们校花长得漂亮，成绩好，非常牛，可她一个女的，去掺和男生的比赛……认真的？”

沐想想想到自己的体格，在心中认同地点头。

“啊！”女孩们却已经开始亢奋地疯狂尖叫了，抽空才砸过来一句，“你个凡人！你懂什么！”

乔南抖了抖衣服，开始做拉伸。嘉合那边的队员们看到这个情况也愣了，正在场外规划最后一节战术的关子名带头跑了过来：“你不是吧？你真要上场？”

乔南瞥了他一眼，没说话。关子名更蒙了，他此前一直以为这替补只是个充数的。

“喂！你们都不说句话吗？”他拽住姜海，“就她这个体格，她知道篮球怎么打吗你们就让她上？万一球场上不小心被我们撞飞怎么办？”

姜海听出对方话里对自家大哥的不信任，当即怒了，简直觉得是自己亲身经历了莫大的侮辱：“你你你……你懂什么啊你！”

疯了！英成这群人全都疯了！

第四节开赛之前的准备时间，嘉合集体沉默，连外场的裁判也是一脸无语。

英成校队正中的那名少女出现得如此自然又如此突兀，对峙间，站在关子名身后的大狗忍不住出声：“球场上很危险的，你真要待在这儿啊？”

乔南没理他，微微躬身，侧头开始小声朝姜海叮嘱之后的配合。

他现在这具身体，最大的短板就是体力，好在作为替补，之前的几场他一直都在休息，最后的十分钟比赛，以他近段时间从不间断的锻炼强度，应该能撑得下来。

叮嘱几句后，他下意识抬头去看观众席，然后在比刚才要近上许多的距离里，分毫不差地对上一双藏在棒球帽檐下，写满了担忧的澄澈的眼睛。

他勾了勾嘴角，什么也没说就转开了。

沐想想看到他照旧那么漫不经心的样子，心几乎提到了嗓子眼儿，紧接着一声哨响——

场上气氛突变!

关子名瞬间就察觉到了不妙!

坐了一下午替补席的少女居然并不是他想象中的篮球门外汉！从运球到走位，她的一举一动，无一不显露出她极其熟悉球场上的规则!

她瘦削到似乎毫无力量的身体竟然也有着完全超乎他想象的爆发力！在这种爆发力下，就连她纤细的体格也从劣势摇身一变转为了优势，配合着飞快的速度和精确的走位，她穿梭在篮球场一众人高马大的男生中，简直就像一条滑不溜秋的鱼!

看台上的啦啦队简直跟疯了似的在尖叫，似乎恨不能直接从看台上纵身一跃跳下去。场上的气氛热烈成了一锅烧开的水，这个时候，乔南已经没有余力去呵斥她们闭嘴了。

他凭借沐想想灵巧的体形从一堆汗臭味里钻了出去，然后贴着底线狂奔，同时朝人群大吼:“球！”

几乎没有任何犹豫，英成校队的某个少年不假思索地将刚抢到的球一把朝他掷去。

这毫无间隙的配合让嘉合校队根本没办法立刻回神，下一秒，乔南运着球快跑几步，然后在引来嘉合众人一拥而上的瞬间原地起跳——

篮球越过场馆上空，划出一条漂亮的抛物线，在已经追到近前的嘉合队员们反身回去阻挡的脚步中，精准地落进了篮筐里。

一声沉闷的落地声。

三分。

“啊啊啊啊啊啊啊！”

“好球！”

同一时间，尖叫声几乎要掀开屋顶，场上狂奔的英成“小动物们”跟着沸腾了，姜海嗷嗷大喊着开始抢球，原本衰弱的士气一瞬间飞涨至顶峰。

重振的士气带来了可怕的力量，战况当即扭转，英成从上几场越发疲弱的被动挨打状态里忽然觉醒过来，开始了与嘉合长久的胶着。

比分一点点咬着尾巴追了上来，从悬殊的九分、六分、四分、两分，再到追平。

最后的两分钟时间，会场已经被一道接着一道打来的声浪淹没。

就连一直以来表现得像是“来看看学生们玩游戏”的老师们都激动地从座位上站了起来，跟着年轻的孩子们一并拥到看台栏杆处，朝着下方奔跑的少男少女们嘶喊。

乔南已经跑不动了，先前开场太风骚，搞得嘉合不少人之后一直把注意力放在他身上，此时手上有球也没办法跑到合适的位置去投。

电子秒表开始倒数，他朝场外看了一眼，不出意外地找到那双澄澈的眼睛。

他一咬牙，朝着旁边大喊了一个名字，然后抬起手臂。

在嘉合众人循着声音朝名字主人看去的目光中，他身形一晃，转身将球朝另一边的姜海传去。

篮球划破空气，姜海怔了怔，居然接到了，他毫不迟疑地开始运球朝篮下跑。

十秒！

被声东击西骗到，嘉合的队员们开始疯狂朝篮下涌去。

八秒！

肢体的碰撞声，英成的校队成员同样上前掩护。

五秒！

现场乱成了一锅粥，姜海在无数干扰中不假思索地奋力一跳，篮球被高高掷起。

无数跳起试图阻拦的胳膊和直勾勾递去的视线中，篮球碰上篮筐，发出一声沉闷的撞击，然后半圈旋转——

进了！

那一瞬，看台处已经维持了许久的尖叫声竟然再度拔高，英成的观众们不论男女，都开始疯了似的咆哮。学生们在原地一边尖叫一边蹦跳，激动的神情将五官扭曲得近乎狰狞。

场外的比分板最后一记跳动，与此同时，结束的哨声响起。

“啊啊啊啊啊！”

“赢了！”

“赢了赢了！”

英成观众的山呼海啸中，校篮球队的成员们急喘着站在原地，盯着比分久久回不过神来。

他们居然赢了？

打败了嘉合这群逼走南哥的对手？

这一刻，众人的感受简直跟做梦差不多，已经耗尽体力的姜海双腿一软坐在原地，他撑着身体朝后半仰，将看台上本校师生疯狂喝彩的模样尽收眼底。

他转头，看向那些神情迷茫的队友，这么多人里，唯有他明白为什么他们能从之前几场已经显露出败象的颓势中挣扎出来。

视线落在那个站在场地边缘正双手抱臂，嘴角微勾，并不像大多数人那样觉得这份胜利来得不可思议的少女身上。

那种主心骨一样的存在。

他越喘越急，激动得热血沸腾，然后在看台喧闹的尖叫声中忽然仰头大喊了一声：“沐！想！想！”

现场混乱的呼喊立刻跟随着他的声音变得整齐划一：“沐想想！沐想想！沐想想！”

乔南翻了个白眼，目光在现场划过一圈，对上看台上那双已经无法掩饰激动的眼睛，他轻哼一声，抬手捋了把汗湿的头发，转身朝外走去。

少女的背影消失在大门后。球场内的尖叫仍无法平息，与胜利方英成处于对立的嘉合校队就显得有些尴尬，然而沉默片刻后，他们当中忽然传来一声突兀的喊声：“沐想想！”

嘉合众人默默回头看向队伍里的叛徒。

关子名盯着自己满脸通红的哥们：“你在干吗？”

大狗没理他，径自抓着那个一直没丢的矿泉水瓶，一边亢奋地直敲栏杆，一边跟着看台上的观众一起狂呼。

沐想想几乎下意识地跟着乔南离开了那片欢腾的海洋，她找到乔南的时候，乔南正站在篮球馆外的公用洗手池前洗脸。

站在水池前的少女动作十分豪迈，大冷天的，穿着薄薄的篮球衫，居然就这么用双手掬起冰凉的水朝自己的脸上泼。纷飞的水花溅得到处都是，又在半空折射出太阳的光线，璀璨如钻石一般。

沐想想停下脚步，远远看他，她不知道自己为什么要追出来，大概是被赛场内经久不息的那些高呼自己名字的声音蛊惑的吧。

正在洗脸的乔南听到动静，掬水的动作微微一顿，他转过头，就着躬身的动作看了她一眼。被沾湿的额发一缕缕垂落下来，他的表情还没退去从赛场带下的锐利，挂着满脸的水珠，仍叫人心口一窒。

对上沐想想的眼睛，他眉头微挑，抬手关上水龙头，直起身来，靠着水池，伸手捋了把湿漉漉的头发。

这普通的动作让他做来潇洒得不可思议，乔南盯着沐想想勾唇一笑，双眼亮晶晶的，语气非常轻佻地说："怎么样，有没有帅爆？老子今天轻轻松松打爆那群小子。"

沐想想怔怔地看着他，时间又回到一年前，同样的大汗淋漓，同样嚣张到近乎锋利的语气。

同样初春的天气，同样曼妙的花香，同样从高处传来的清脆的鸟啼。

对方的灵魂钻进了完全不同的身体，却依旧嚣张得不知收敛为何物。

而这世间无处不精彩的万物，仍永远只能做他的背景。

隔着一道大门和那么远的距离，她依旧能听到场馆里那一声声未曾平息的欢呼，和自己胸腔里心脏跳动的声音。

没能立刻得到肯定的乔南眼中露出些不爽的情绪，他啧了一声，挑起眉头，刚想教育沐想想不要试图对扛把子不敬，紧接着就见眼前那张始终平静的面孔上忽然露出了一个罕见鲜明的表情。

"是啊。"沐想想开口，微微笑着，用那种她所特有的非常认真的语气答道，"你今天真的很帅。"

四目相对，五秒钟后，默契转开。

英成扛把子咳嗽了一声，脑袋钻到水龙头下方，抬手拧开了水龙头。

第39章

初春的自来水温度很低，激得乔南整个人激灵了一下。

沐想想看到他的反应，下意识上前去关水龙头，结果凉意袭来，手腕被一把抓住。

抓住她的那只手有点小，有点白，有点细腻，却爆发出和外形不相符的控制力。

“还管挺多。”乔南关了水，站起来摇晃下脑袋，对上她的目光后转开视线，用另一只手扒拉着头发笑了一声，“行了，真冷，你别去碰了。”

阳光从斜侧面洒落下来，穿过路旁的嫩叶，斑驳的光晕弥散在空气和他的脸上。

乔南身上像镀了一圈光环。

说完他就打了个喷嚏。

德语教材摊开放在一边，沐想想托腮看着桌上色泽粉嫩的苹果，鼻腔能嗅到隐约的香气，耳畔仿佛还能听到下午的声音。

并不仅仅是自己被反复狂呼的大名，还有其他更多的……

大门被缓缓敲了两下，她刚回神，书房门就被一把推开，乔远山端着一个托盘站在门后。

目光扫到小儿子书桌上摊开的各种试卷作业辅导书，乔远山眼中闪过欣慰的神色。

他想起几年前自己偶尔回来时总会看到的场面。这间书房的使用率远没有现在那么高，屋里也冷清得吓人，儿子通常选择跟朋友们去外头，父子俩很少能碰上面，最有生活气息的，反而是客厅茶几上塞满烟蒂的烟灰缸。

那时候他很少去思考自己的问题，总是把一切归咎在孩子的叛逆期上。于是日复一日，他出于工作忙碌，也出于逃避心理，回来得越来越少，家人之间的矛盾变得更加难以调和。

最近他痛定思痛，终于做出了真正的改变——将日常办公点直接转移到A市，以确保自己能尽量多地出现在家人面前。

这是个大工程，也势必影响到他日后的办公效率，可乔远山一点都不后悔。因为就在他做出这个决定的第二天，常年居住在S市的大儿子也默不吭声地让人把行李从外地搬了回来。

冷清的乔家一下就变得热闹，家人们也开始像正常的家庭那样抬头不见低头见。

大家都在努力地为这个家做出改变，虽然谁也不曾明确摆开过自己的付出，结果却切实存在着，所有人都看得见。

以往热衷出差的大儿子尽可能多地回家，小儿子……也几乎没再见他发脾气和抽烟了。

四散在圆心周围的每个人同时朝中间踏出的一小步，相加在一起，就是很长的一段距离。

乔远山欣慰的同时，更加不愿落在孩子后面，他实在太愧对这两个从前关心不够的孩子了，因此意识到这一点后，越发斗志昂扬地想要补偿回去。

他补偿的方式一点也不像个洋气的总裁，既没有甩银行卡，也没有一掷千金，而是非常老套，非常没新意。

“南南。”他缓步进来，将托盘放在桌子上，温声朝儿子道，“已经写一晚上作业了，吃点东西吧。”

沐想想一看那托盘上的东西就忍不住为难——一杯热牛奶、一个切开的橙子，以及一小碟糕点。

前面两个现成的玩意儿倒是没什么问题，关键就是最后那盘糕点。纸托里造型坚挺、颜色诡异、看起来硬度惊人的这个东西……是纸杯蛋糕吧？

乔远山近来热衷亲自下厨做饭，甚至还为此订购了一大堆美食书籍，在家没事干的时候就泡在厨房里，做完中餐做西点。

沐想想刚开始还觉得很亲切，毕竟沐爸也是个爱做菜、会做菜的人，她在乔家没法天天看见自己的父亲，多瞧瞧跟自家爸爸有着诸多相似之处的乔父也是好的。

可……上帝为你打开一扇门的时候，势必会关闭所有的窗户。

在商业上有着惊人判断力和敏锐度的乔远山，在做菜上确确实实一点天赋都没有！

沐想想刚开始以为他只是手艺生疏，后来才慢慢发现，乔远山根本就是味觉有问题。他的那些叫人“欲仙欲死”的作品，每一个他都能面不改色地吃下去。

因此除非有人当面点破，靠他自己，势必是无法发现真相的。

沐想想心直口快的技能，每次对上那双独属于父亲这个角色的充满期待的眼睛，就总是发挥不出来。

她只能寄希望于乔家的其他两位成员，结果如何，你也看到了。

这个纸杯蛋糕吃下去命就不用要了，沐想想盯着碟子头脑飞速转动，两秒钟后，她平静地起身去书柜边拎出来一个纸袋：“送给你。”

乔父愣了愣，注意力顿时从让儿子吃糕点上转开，他盯着纸袋动容道：“这是什么？”

“马上十二点了。”沐想想把袋子递过去，发挥出“小棉袄”所特有的天赋，

“爸，生日快乐。”

那瞬间，乔父差一点热泪盈眶。

接下袋子翻开一看，从休闲服到手套，全是合适自己的尺码。

这……踩着生日的钟声送上第一声祝福这种事情……这臭小子，以前怎么从来没看出居然那么肉麻。

乔父已经感动得说不出话了，这大概是他为父以来收到过的最受感触的生日礼物，即便这些衣服鞋袜的价值与他的财富相比不值一提，这仍是他和孩子情感破冰路上里程碑式的一笔。

乔父抽了抽鼻子，鼓起勇气给了小儿子一个拥抱后，拎着自己今年的第一份生日礼物闷不吭声地出去了。

沐想想刚松了口气，紧接着乔父因为太过激动离开后忘记关闭的书房大门外头，又出现了一道身影。

大哥乔瑞气质幽深而平静，他双手抱臂，面无表情，轻轻倚靠在门框上，冷峻锐利的视线笔直射了进来。

沐想想对上那双写满了“你是不是忘记了什么”的眼睛……

第二天寿宴开始前，到达现场的助理小楼忽然被司机用胳膊捅了捅：“哎，楼哥，乔董居然换衣服了！”

小楼转头一看，果不其然！老板今天换了一身条纹格子的休闲服，看上去宽松又舒适。

“怎么回事啊？”司机难掩惊奇，“乔董不是不喜欢这个花色的衣服吗？上次我穿了一身，他还特地告诉我不好看来着。”

小楼也搞不清状况，沉默片刻后只能道：“反正总比穿皮衣合适。”

司机也沉默了，片刻后只能讷讷点头：“也对……”

两人同时想起了之前受到的冲击，要不是很清楚集团最近的经营状况很稳定，他们简直以为乔家出现了什么经济危机。

他们家财万贯的乔董，这段时间居然翻来覆去盯着一件外套穿，恨不能一件皮衣走四季!

刚刚入春，天气特别冷，那种内里翻了厚厚羊绒的皮衣特别保暖，穿起来倒还很应景。

可后头气温转暖，再穿这衣服是不是就有点不太合适了？乔董偏不！他选择减少内搭的分量，将皮衣里的保暖内衣脱掉，又将高领羊绒衫换成T恤，最终到了连换T恤都没办法解决温度问题的时候，他做出了一个很出乎意料的操作——

把皮衣反过来穿。

真的是非常聪明。

那件内里羊毛蜷曲的外套几乎成了“精神污染”一般的存在，以至于此时看到换上新衣的董事长，助理小楼心中竟然生出恍如隔世的错觉。

抱着这种奇怪的感触，他上前贺寿，很快又发现了乔家另外一个表现诡异的成员。

集团一向沉默冷峻的总经理乔瑞，今天心情似乎也很不错的样子，他跟在父亲身边一同接待宾客，同人寒暄的时候，脸上竟一直带着笑。

只是不知道是不是今天穿的衬衫不舒服的缘故，他动不动就要整理一下领带，搞得别在领带上的那个带着亮晶晶小水钻的银色领带夹一直在随着灯光折射出闪亮的光线。

“乔董，祝您年年有今日，岁岁有今朝，身体一直这么健康硬朗啊！”小楼强迫自己将视线从集团总经理整理领带时不羁的动作上移开，笑着给自家老板作揖，“您今天看起来真是太年轻了！”

“哈哈哈哈！”乔父挺着小啤酒肚笑眯眯的，“小楼啊，你可真是越来越会说话了，我这都奔六的年纪了，居然还能被夸一声年轻。”

那边的领带夹小水钻又闪烁了一下，小楼被晃得眨眨眼，笑着回答：“乔董，我这可不是在拍马屁啊，您看看您这身板，您这气质，还有您今天这身打扮，三十多岁还差不多，谁信您奔六了啊！”

乔父笑得更畅快了：“我今天这身衣服很好看？”

“相当适合您，正宗的英伦雅痞休闲风。”小楼道，“有品位。”

乔父拍拍他的肩膀，笑得合不拢嘴：“下个月让人事给你涨工资。”

小楼吃了一惊，还来不及疑惑，余光忽然一闪，他立马意识到自己忽略了另外两位大人物。

他赶忙醒过神转头道：“哎呀，乔总和小公子也是越来越帅气了。乔董您真是好福气啊，两个儿子承欢膝下，都一表人才，还那么孝顺，陪您一起招待客人，多少人羡慕都羡慕不来呢！”

乔父笑着看了两个儿子一眼，继凌晨收到小儿子的礼物后，大儿子也给了他意外的惊喜。

那么多年来，他们父子三人还是头一次在他生日的这天，在公开寿宴前提早私下庆祝。

在早餐餐桌上看到大儿子面无表情拿出给自己买的生日蛋糕的那瞬间，乔远山心中只有一个念头——这辈子真是死而无憾了。

早几年，他哪怕做梦，梦境里都不敢出现这样的画面。

感动实在来得太快太多，乔远山都不知道该说什么才好了，唯有感谢上天，让他在还来得及的时候醒悟过来，没有错过这两个生命中最珍贵的存在。

他双手拍拍儿子们的肩膀：“是啊，都越来越懂事了。”

小楼看向老板的两位公子，左侧的小公子闻言没什么情绪的样子，一直侧目站在老板右边的大哥。

大公子乔瑞还在整理领带。

小楼沉吟了一下，觉得场面有点诡异，于是机智地决定转开话题。

正不知该说什么才好，眼睛就被乔瑞领带上那个闪闪发光的夹子再次闪到，他立刻笑道：“乔总今天看起来也是帅气逼人，尤其这个领带夹，简直是画龙点睛的一笔。”

话音落地，现场沉默了一下，乔瑞似笑非笑地睨了他一眼：“真的？”

“真的不能再真了，这是哪个品牌的限量版吧？一看就价值不菲。”小楼刚点头，就见总经理用那种神秘的目光扫向他的弟弟，收回来后，淡淡朝一旁的父亲开口：“给他涨百分之三十吧。”

乔父：“什么？”

乔瑞：“工资。”

小楼：“啊？”

哈？什么情况？

沐想想站不下去了，小楼那句“价值不菲”彻底击败了她！乔瑞领带上的那个夹子是她为了防止头发被扯光而从淘宝买的，全价一百二十九块！

她不是小气，是真的没有钱啊！

可谁知道乔家大哥会直接把这玩意儿带到宴会上来，还一直炫耀。

沐想想掏出手机：“我朋友来了，我去外头接一下。”

紧接着就在身边几人一同转来的目光中，羞愧难当地离开了现场。

忽然之间就涨了百分之三十的工资，小楼觉得简直跟做梦似的。

一旁的司机难掩羡慕地冲他道喜：“恭喜你啊楼哥，这一下一个月又多好几千块呢，人跟人的脑子真的不一样，我怎么就没你那么讨老板喜欢呢？”说罢忍不住求教道，“你刚才到底说了什么，才让乔董和乔总那么高兴啊？”

小楼也迷茫着，他怎么知道刚才到底发生了什么？

但面对着身边那双充满求知欲的眼睛，他还是很快陷入了沉思，片刻之后，灵光一闪，他隐隐感觉自己触到了一点门道。

豪门秘辛啊！

小楼摇摇头，朝司机露出意味深长的表情：“我劝你还是不要知道的好。”

司机：“啊？”

小楼望着小公子匆匆离开现场的背影，又转头看向开始跟下一个拜寿的客人聊起领带夹的大公子。

大公子那微微笑着意气风发的模样跟小公子退场前的表情简直形成了鲜明对比。

这样少见的好心情，看来在近期的豪门争斗里，原本陷入劣势的大公子，已经站了上风。

自己这笔工资增加的理由……真叫人细思恐极。

沐想想在外头吹了一会儿冷风，才把一百二十九块钱带来的尴尬吹走，顺便等到了拎着东西从出租车上下来的乔南。

乔南今天打扮得很整齐，态度比上次去高妍生日会要庄重得多，只是举手投足间仍带着一种他所特有的气质。

两人目光相对的时候都微微愣了愣，乔南随即嘴角微勾，拎着东西上前："门口那么冷，你等在这儿干吗？"

沐想想侧开脸不看他的眼睛："我没在等你。"

对面传来一声轻笑。

周围已经聚集了不少人，乔南心情不错的样子，受到了诸多打量也不见烦躁，只是拉了她一把道："行了，赶紧一起进去。"

沿途不时有人朝沐想想打招呼，沐想想一个都不认得，因此也不敢留下寒暄，只点头示意。她觉得自己这样已经挺不礼貌了，谁知还听到乔南吐槽："你搭理这些人干吗。"

"你都不理他们的吗？"沐想想有些不赞同，"能来参加你爸爸大寿的，应该都是认识的亲朋好友吧？"

乔南冷哼："我可不认识那些八竿子打不着的亲戚。"

除了母亲那边的亲人。

想到这里他四下搜寻了一下，问："我小舅来了没？"

沐想想一时间还没想起来："小舅？"

"石家俊啊，他还没来吗？"乔南没找到那道熟悉的身影，还有些疑惑，以往父亲大寿这种场合小舅一般都会直接被找来帮忙的，"你上次在公司没见到他？"

话音落地后没得到回答，他转头看向沐想想，就见沐想想脸上的表情有些不太对。

乔南："你身体不舒服？"

沐想想眼神复杂："没。"

她已经想起了对方话里提到的那个人是谁。

此前因为种种原因，她一直不知道该怎么和乔南提起石家俊被乔父和乔瑞查出来的那些事，到了这个时候，更觉得难以启齿了。

生怕对方多问，她咳嗽一声转开话题："我去帮你登记。"

乔南看着她难得有些慌乱的背影，眉头微微一挑，总觉得有什么地方不太对劲。

紧接着余光一闪，视线中忽然捕捉到几道熟悉的身影，乔南刚刚转头，就看到一家三口拎着大袋小袋的礼物从酒店旋转门外进来。

目光落在走在前头那个行色匆匆面相憨厚的中年男人身上，乔南勾着一边嘴角露出个坏笑。

毕竟是陪伴了他几乎整个童年的玩伴，亦父亦友的存在，那么长时间没见面，说实话他还真的挺想念的。

只不过一段时间没见小舅，怎么看起来变成了一个小老头？以前不是还挺年轻的吗？

小舅妈倒还是老样子，眉眼温婉，没脾气似的，举手投足间充满了他们一家特有的气质。

那种食草动物一般，一看就让人想欺负，被拎着耳朵提起来估计也只能迷茫蹬腿的傻乎乎的气质。一想到就真是让人操心。

乔南这么想着，朝后一靠，眼神立刻不怀好意起来。

他虽然叫石家俊小舅，可一直以来，双方相处都挺没大没小的，偶尔互相恶作剧也不会有负罪感，毕竟关系真的太亲密了。

乔南想起小时候的黑历史，啧啧，说起来真的不好意思。母亲刚去世的时候他只有屁点大，一点也不像现在这么嚣张，那段时间的他胆小得要命，还特爱哭，是个"世纪大怂包"。

记忆里刚到外婆家生活的那段时间，他每天都要哭一场，还老是拉着大哥的手问妈妈在哪里，为什么爸爸要把自己和哥哥送到这个地方。

大哥话很少，被问到这样的问题后总是沉默发呆。换成现在的乔南，那肯定得回去给自己一顿暴揍，你哥的妈也一起死了好吗？你哥跟你一起被丢出来住的好吗？你问的是什么问题，哪壶不开提哪壶，叫人怎么回答啊？

可那时候小小的乔南，在这样寂静的回应中，能感受到的只有恐惧。

他恐惧到晚上开着灯都不敢睡觉，一直缩在床上，整晚整晚睁着眼睛等爸爸妈妈。

当时自己怎么就这么胆小呢？居然一点也没有发挥出后来身为一代校霸的潜力。

乔南现在回忆起来都得嘲讽自己两句，但他仍旧很感激在那个时候照射进生活里的那道光。

在他和哥哥跟周围的一切都格格不入的时候，小舅舅出现了。

这个现在已经娶妻生子的小老头那会儿可活泼了，刚见面朝自己说的第一句话是什么来着？

哦，乔南想起来了。

那时候他被石家俊一把抱起，双脚腾空，无处依靠的惶恐才刚刚浮上心头，就听到一个青年爽朗的声音——

“你就是我小外甥？长得跟大姐一模一样啊！走走走，跟这群小屁孩混在一块有什么意思？小舅带你们抓鱼去！”

结果那天一条鱼也没抓到，还因为下水感冒了。

小舅被还没去世的太婆一顿臭骂，一边拿毛巾擦头发，一边偷偷朝自己挤眼睛憨笑。当天晚上，他把挣扎不休的哥哥从另一个房间抱过来，一把丢到了自己的床上。

“爸妈是不是神经啊，你俩才多大就让你俩分房间睡？”小舅说着纵身一跃也扑了上来，把皱着眉头想要离开的大哥抓小鸡似的按住，然后哈哈大笑，“别闹啦！舅舅陪你们一起睡！我小时候跟你妈妈就一张床睡的，害羞什么啊！赶紧赶紧，我都感冒了，你俩别闹腾我了！”

但那天晚上三个人其实都没有睡着，反倒说了一整夜不着边际的话。

乔南记得自己那时候又问了那个妈妈在哪里的蠢问题，小舅用暖洋洋的胳膊搂紧他，回答说：“妈妈去天上啦。”

乔南偷偷说:“我想她了，她什么时候能回来找我们啊？”

小舅沉默了一会儿，然后笑了起来:“我也想啊，以后我们一起想她吧，总有一天能再见到的。”

睡在另一边的哥哥忽然就哭了，乔南当时还很惊慌，毕竟大哥从母亲筹办葬礼那天起就一直愣愣的，一滴眼泪也没有掉。

现在想起来，真是感触良多，尤其一向冷峻的大哥那时候一把鼻涕一把眼泪的蠢样，搞得乔南都觉得自己也不是那么胆小了，至少他哭的时候吹不起鼻涕泡吧。

啧啧啧，你说小舅当初还挺机灵的，怎么后头就越来越傻了。

那对傻夫妇拎着东西到了近前，小舅朝小舅妈叮嘱了两声，然后自己上前登记。

乔南挺身从靠墙的姿势站直身体，决定上前搭个话，以陌生人的身份逗逗他俩。

结果走到近前，还没来得及出声，恰逢小舅妈转过头来。

乔南对上那道视线的时候微微一愣，怎么……

一向温婉的舅妈皱着眉头，锋利的视线从他的面孔一路打量到鞋子，在他拎着的纸袋上停留了两秒，然后神情变得有些不耐烦:“有事吗？”

乔南怔了怔，小舅舅此时登记完毕挤了过来，嘴里还在念叨:“赶紧的，别磨蹭了，一会儿乔远山万一又说自己忙，没时间……呃，你是？”

再次对视，乔南回忆着方才从对方口中听到的提起自己父亲时的语气，还没来得及回过味，下一秒，就看到小舅妈伸手过来扯了扯小舅的衣袖:“别管她了，连礼服也没穿，蹬个休闲鞋，拎个二线牌子，谁知道是干吗的。”

他俩很赶时间的样子，说完就匆匆走了。乔南愣愣地低头，看着自己的纸袋和脚上的鞋。

介于沐想想的财力，他考虑了很久还是没有选择跟对方能力相差太远的礼物，总归真正想送的东西已经让沐想想代为转交给父亲了。

至于礼服，枪指在脑袋上乔南都未必会妥协。

他也穿不来女孩的高跟鞋、小皮鞋什么的，穿运动鞋又觉得不合适，只能踩一双款式相对郑重些的休闲鞋来。

乔南猜测到自己这个打扮或许会引发一些乌合之众的非议，但从没想到，这个“乌合之众”居然会将小舅一家囊括进去。

他们怎么会……是这个样子的？

沐想想也登记完了，出来后见乔南发愣，拍了拍他的肩膀：“你怎么了？”

乔南转头看着她，片刻后摇了摇头。

进去后刚好看见小舅一家围在父亲身边在说些什么，父亲乐呵呵地拍着小舅的肩膀，没一会儿短暂的交流就结束了。

目送那几道身影朝着角落走去，乔南回过神才听到父亲的声音：“哎呀，你这个小丫头，说了让你不要带东西来的……”

乔南转头，第一眼就看到了父亲身上焕然一新的装备，当即又是一愣。

乔远山注意到他的目光，立刻嘚瑟地嘿嘿笑起来：“怎么样？南南给我买的，跟你说了他眼光很好，不错吧？”

情绪短暂地从那种迷茫里抽离出来，乔南别扭了一下，还是忍不住露出个笑容：“不错。”

然后递上礼物，有点不自在地咳嗽了一声：“嗯，祝您长命百岁，身体健康。”

乔远山发现自己这次看到这个小丫头还是莫名开心，他接下袋子打开一看，是条围巾，立刻取出来围在了脖子上，问周围众人：“好不好看？”

那围巾一看就不是大品牌，可看到乔远山高兴的样子，又有哪个敢出言不逊？周围果然一片称赞，许多原本还觉得这个新来的小女孩穿衣打扮不像是大家出身的宾客当即也不敢小看了。

没一会儿，又见乔家向来冷峻的大少爷居然亲自给她取了一杯果汁，再看乔家著名暴脾气的小少爷在她身边也一副温和好说话的样子。

得嘞，这估计又是个背景恐怖的富家小姐。

乔南记挂着石家俊那边的事情，有些心不在焉，乔瑞给他端果汁过来的时候一直在摆弄领带，他也没搭理，只草草说了句谢谢。

额头被弹了一下，他抬起头摸不着头脑地与乔瑞对视，只看到乔瑞把领带塞进西服又取出来，领带上一个丑得惊人的夹子随着他的动作不停闪光。

搞什么啊？

他用眼神问对方的意图。

头发忽然被用力地扯了一下，乔南捂着脑袋愣了愣，看着乔瑞若无其事离开的背影，心说什么意思？神经病啊你。

但总算还是找到了合适的机会偷溜。

趁着大家正聊天的时候，乔南循着记忆里小舅一家离开的方向悄悄摸了过去。

酒店的场地非常大，旁边就有卫生间，至于周围可通往各处幽静的四通八达的廊道，几乎没有宾客会没事跑来这里。

乔南脚步很轻，他不知道自己为什么要跟上来，心情也十分复杂。他回忆着入场时跟小舅一家碰面时的场景，或许是想看看许久不见的对方究竟是发生了什么样的变化吧？总之有那么一瞬间，他心底甚至在期待不要如愿碰面。

可老天显然没有听见他的心声，走出大概十分钟的路程后，一个拐弯，他就听到了那道非常熟悉的声音响起。

那声音熟悉到化成灰他也能辨认出来，此刻却带着一种陌生的尖刻。

“能不能别催了！能不能了！乔远山不愿意我有什么办法？别说你家，我侄女上回说要干项目他都没投钱！”

似乎是小舅妈的声音：“他最近到底怎么回事？让他帮忙在集团安排个工作而已，怎么忽然变得那么不好说话？”

“你小声点，你问我我问谁，谁知道他吃错了什么药，我让我爸妈出面请他出来吃饭他都说没时间，不会是你家那边出问题了吧？”

“怎么可能……”

沐想想一回头发现乔南不见了，发了个短信过去后，得知对方这会儿居然在天台。

外头起风了，天台有点冷，从电梯出来后沐想想缩了缩肩膀，目光一转，就看到了那道正站在星光里发呆的身影。

“乔南？”她试探地叫了一声。

乔南转头，表情平静地看着她，过了一会儿后淡淡开口：“过来。”

“你怎么了？你爸和你哥刚才还问起呢，你哥以为你先回去了，让我跟你道歉说他不是有意的让你别生气，你俩怎么了……哎？”

沐想想发现他没事，放下心来，一边上前一边慢吞吞提问，谁知道刚走到他面前，外套忽然就被一把大力扯去，下一秒，乔南有力的胳膊狠狠地箍住了她。

沐想想愣住了，小心翼翼抬手搂住他后背：“喂……你没事吧？”

“别说话。”乔南深吸了一口气后缓缓吐出来，似乎觉得这样拥抱的姿势不太舒服，过了一会儿后开口，“你缩起来点。”

沐想想默默照做，紧接着乔南的脑袋埋在了她的颈窝里，然后一动不动。

热热的鼻息喷在脖子上有一种奇妙的感觉，沐想想脸红了一下，小声问：“你干吗？”

乔南没说话，过了一会儿才缓缓摇头。

刚才很多个瞬间，他都以为自己会怒不可遏地跳出去，揪着石家俊的衣领狠狠给他一拳。

但不知道为什么，他却只是安静地站在拐角处，直到石家俊一家离开，才平静地离开那里。

忍耐并不是他的性格，连乔南都不知道自己在什么时候学会了这个虚伪的技能。

可他当下，即使指尖发抖，也没有做出和从前一样冲动的选择。

后背缓缓爬上一只手，在沉默中无声而有节奏地轻拍。

乔南在这份安慰下逐渐找回了自己的理智，很久之后，他只是将怀里这个身体搂得更紧了一点。

“真的没事，让我抱抱就好。”

沐想想不清楚他到底遭遇了什么，但终究没有多问，只是任凭时间在沉默中流逝，直到这份死寂被突如其来的电话铃声打断。

沐想想犹豫了一下，从兜里掏出电话来："能接吗？"

乔南抱着她，脑袋仍埋在她的颈窝里，他似乎在发呆，几秒钟后才不爽地哼了一声："随便。"

这就是同意的意思了，虽然两个人姿势还是没变。

沐想想被他说话时喷到脖子上的热气弄得缩了缩脑袋，红着耳朵将电话接通，凑到脸边，听到一个陌生的女声结结巴巴地问："你……你好，请问……请问是乔南同学吗？"

"啊？"沐想想愣了一下，"呃，我是，请问你？"

"呜——"

那边忽然就传来一声啜泣。

"请……请问你，记不记得之前跟一个女孩子在城西公园的池子里救起来一个小朋友？"

沐想想听得愣住，乔南此时也听到声音，抬头跟她对视了一眼。

沐想想被电话里的语气吓到，心说救个人不会还惹麻烦了吧，有点紧张地开口："呃，好像是有这么件事，不过请问您找我们……有什么事情吗？"

"真的是你们！"对面一听，当即大哭起来。

紧接着便语无伦次地号啕道："我想跟你们说一声谢谢！我想跟你们说一声谢谢！我是他的妈妈！我儿子从被救上来后一直昏迷，直到上星期五早晨，他醒了！他醒了！你们是我们一家的救命恩人！我找了你们很久！我只知道你们的名字和学校，可是另外那个女孩的学校不肯透露她的信息……"

初春的寒气里，听筒中传出的来自母亲的嘹亮哭声，直达天际。

第40章

女人的声音很响，穿破沐想想的手机听筒，没开扬声器，乔南也能听得一清二楚。

突如其来的哭声让两个人都有些无措。

对方或许是太过激动，说话的语序有些颠三倒四，以至于沐想想听了一会儿才听明白是什么意思。

她有点意外，要不是对方主动联系，她几乎都要忘记救人这件事了。

新学期报名日那一天，她因为又一次被方伶俐带人锁进厕所而心情不畅，于是拎着新领到的书本去城西公园的亭子里散心，在准备离开的时候，看到了一个不慎跌落进公园水池挣扎的孩子。

那一天，她遇见了乔南。

那一天，他们都不假思索地跳了下去。

那一天，他们相互交换了身体。

他们离奇的经历，由此而起。

交换身体之后，沐想想当然试过寻找原因，她上网调查了很多有关A市城西公园的资料，包括公园往年发生过的每一次新闻事件，甚至连那一塘池水在地图上具体的坐标都没放过。

但一直也没得出什么结论。

被救的那个孩子，在这当中反倒成了最微不足道的点缀。

那天他们从公园保安室离开的时候都没有留下自己的联系方式，除了突遭巨变非常慌乱，最重要的原因还是根本就没想过要得到感谢回报什么的。

因此这是他们第一次得知那起事件的后续。

或许是冬天实在太冷了，被救的那个孩子又实在太小，从被送到医院起他就发起了高烧，同时各种并发症接连出现，心跳几度骤停，抢救回来后，一直都在沉沉地昏睡。

小孩的家人几乎都要放弃希望了，连医生都沉痛地告诉他们要做好心理准备。

谁知在不久前，情况忽然出现了转机，那个孩子的生命体征越来越稳定，直至上周，居然睁开了眼睛。

家人们在莫大的狂喜之后，总算有余力去兼顾其他了。最重要的当然还是那两个将自家孩子从冰凉的池水里救起的陌生人。

只可惜当时乔南和沐想想溜得太急，除了登记自己的名字，什么联系方式也没留下。他们只能去找媒体，在媒体和警方的帮助下翻看了公园当天的监控视频，靠着视频里两个年轻人身上的校服判断他们就读的学校，再去找校方寻找具体信息。

英成的生源特殊，面对贸然登门要求报恩的一行人，什么都没敢透露。

好在十二中的管理没那么严格，几分钟之前，他们终于得偿所愿，此时这通电话，就是守在十二中校领导办公室里拨出来的。

孙校长在那位母亲的哭声中倒是乐得合不拢嘴："好！好！这样见义勇为的好事，学校一定要大力表彰！大力宣扬！"

电话挂断后，天台再度陷入沉寂，半晌后乔南才"啧"了一声，心里很不快活：

“这都什么破事……”

随手救个人居然还救出后续来了。

沐想想收好电话，看了他一眼，小声问：“那什么，你没事了吧？”

听到这种仿佛自己非常脆弱的语气，乔南皱了皱眉：“我能有什么事？”

紧接着忽然一股来自手臂的力量，仿佛萝卜被提着缨子从土里拔起来，乔南发现自己已经双脚离地。

他，抱着沐想想的脖子，双脚离地。

乔南：“……”

沐想想：“……”

乔南：“你干吗？”

沐想想有点羞愧的样子：“对不起……我腰有点酸……”

乔南：“……”

他这才意识到两人当下的状态。

因为身高不对等的关系，刚才为了能被他搂住脖子，沐想想只能委屈地微弓着身子。刚才那通电话打得有点久，一直保持这样的姿势确实……

两个身体还紧贴在一起，乔南转头就能看到一只近在咫尺的被染上淡淡粉色的耳朵。

那是一种连夜色都无法掩住的羞涩。

有什么沉甸甸的东西忽然就从心头被驱散了。

听到哼笑声的同时，右耳感受到一股热气，沐想想更加窘迫：“你笑什么？”

搂在腰上的手背忽然被拍了拍，乔南淡淡的声音传来：“抱够了没有？”

双手跟被烫到似的松开，沐想想退开两步，对上乔南夜色中发亮的视线的那一刻，她率先转开了目光，整个身体似乎都开始发热。

“我没……”

乔南嗤笑一声，动作懒散地整理被抱皱的衣服：“没什么没，你自己说你暗恋我的。”

沐想想这下真的急了，热到冒出汗来，脚步不由自主地朝后蹭：“我说了那是以前……”

“行了。”没等她说完，乔南忽然又出声打断了她的反驳，“瞎跑什么，过来陪我待会儿。”

沐想想脚步一顿，就见视线中的对方已经背过身去，转向了天台之外。

原地犹豫一会儿，她在走和不走间权衡，最终还是慢吞吞地挪了过去。

“你今天……”她想起乔南刚才忽然抱住自己不说话的低落状态，到底还是觉得非常反常，“你今天是不是遇到了什么不开心的事？”

不开心的事？

乔南视线恍惚了一下，他望着远方深蓝色的天幕上那点点散碎的星光，其实他现在的心情，很难用“不开心”三个字来形容吧？

交换身体真的很神奇，居然能看到那么多原本看不到的秘密。

父亲、大哥、小舅……

乔南回忆起刚才站在拐角处窥见的秘密，他沉默了一会儿，没有回答，反倒叫了一声：“沐想想。”

沐想想：“嗯？”

乔南：“你后悔吗？”

沐想想：“后悔什么？”

“后悔跳进那个池子里救人。”乔南转头看她。

沐想想被问得愣了愣，她跟着转头，夜色中乔南平静的瞳孔里倒映出了整片星空。

跳进水里救人，尤其救的还是个孩子，这是理所当然的做法吧？她发现自己好像真的没想过这个问题：“为什么后悔？”

乔南凝视着她，目光闪烁了一下：“我们就是跳进那个水池以后交换的身体吧？从那以后，生活就乱套了。”

沐想想怔了怔，脑子里忽然划过很多东西。

是啊，一切都由此而起。

她转向天台外，看着夜空发呆，耳畔听到乔南意味不明的陈述：“你跟你爸妈感情那么好，却从那天以后，没办法和家人见面，还必须得强迫自己习惯我的生活，我的社交圈……不觉得后悔吗？当初不跳下去可能就不会有那么多事了。”

沐想想伸长胳膊趴在栏杆上听着他的声音发呆，天台的夜风扑打在脸上，让人昏沉的精神都振奋起来，脑海中忽然闪过前些日子看见的父亲精神了许多的脸。

她笑了一声：“好像真的像你说的这样哎。”

乔南垂下眼，却又听到她紧接着道：“不过好像也没那么糟糕吧？”

“什么？”

“就是你说的，生活乱套之类的。”沐想想托腮望着夜空，视线盯着月亮边上最闪烁的那颗星星，“我觉得其实也还好。”

“我爸妈他们……我确实很想他们。可是现在换成你待在他们身边，他们也都过得很不错。想见面总是能见到的，站在旁边看着他们变好也是一种幸福……跟你交换身体好像不全是坏事，至少我真的看明白了很多东西，而且你的生活和社交圈也没那么不好，不过……”

沐想想转过头：“你这么问，是代表你后悔了吗？后悔跳下去？”

她的眼神通透得像是打磨之后的宝石。

乔南盯着她，视线渐渐变深，没有立刻回答。

过了一会儿，他慢吞吞地转开头，笑了一声：“你可真是……”

沐想想：“嗯？”

乔南情绪似乎变好了一点，语气从莫测变成了戏谑：“我说你，你都没有想过吗？”

“啊？”

乔南说：“我们可能永远都换不回来了。”

沐想想看着他。

乔南：“我们可能永远都没办法找到变回去的方法，说不定一辈子都要代替对方生活下去，就像现在这样。”

沐想想：“……”

“你真的清楚这代表什么吗？除了代替我上班工作生活，以后年纪变大，你可能还会被我爸和我哥催着结婚。”

沐想想沉默不语。

乔南似笑非笑地看着她：“这还不糟糕？真到了那个时候，你怎么办？”

沐想想听得愣了，这个现实实在太残酷，残酷到她一直在尽力避免去正视，但此时此刻，却被乔南毫不留情地一把揭穿。

她也不知道该怎么回答才好，想到对方话里提到的那个有很大概率出现的可能，有点被吓到。

天台上变大的夜风刮来，钻进她因为在室内出席宴会穿得不太多的衣服里，沐想想小小地哆嗦了一下。

乔南脸上的笑容收了收，他转身走到电梯口的咖啡机前，鼓捣了一阵，熟练地买了两杯咖啡，然后端着热腾腾的咖啡过来，抬起胳膊，用其中一杯的杯壁贴了下沐想想的脸。

沐想想被烫得缩了下脖子，她愣愣地接过乔南递来的纸杯，纸杯发烫的温度熨在手心，身体舒服了很多。

“笨蛋。”乔南看着她的样子嗤了一声，挨着她靠在栏杆上，轻轻酌了口咖啡，仰头望着夜空。

然后在很久之后，他抬手盖在了沐想想的脑袋上，手指穿进发丝里，轻柔地抚摸了一把。

“放心吧，会有办法的。”沐想想听到他在风声里意味不明地笑了一声，“而且你说的不全是坏事，其实也对。”

他说的不全是坏事是什么意思呢？

沐想想翻来覆去也想不明白。

而且她被乔南戳穿的那个可能真的吓到了。倘若两个人没办法换回来，那到了适婚年龄，乔家势必会催促她娶妻生子。

可她怎么可能做到像一个正常男人那样跟女孩生活呢？

到了那个时候她又该怎么办？

乔南肯定是早早就想到了这些，所以才一直没有回答他是不是后悔下水救人吧？

沐想想一直觉得自己是不后悔的，但到了这个时候，她居然也不太敢确定答案了。反倒乔南，却是一副根本不受困扰的样子。

沐想想出电梯的时候被涌进来的人流绊了一跤，胳膊立刻被扯了一把，她一抬头就对上乔南皱起的眉头："你是不是傻？怎么走路也能发呆？"

沐想想立刻从出神的状态里清醒过来："不好意思。"又看到乔南提在手上的满兜水果，丈量了一下对方此刻的身高后有点脸红，"我来拿吧。"

"行了，少给我闹腾了。"乔南没搭理她，抬起胳膊把她拢到身后，"人真多……你走我后面点，几号病房来着？"

沐想想被他拢到身后，被人流迎面拥挤的滞涩感立刻消失。明明是可以看到对方头顶的身高差，却奇妙地有种被悉心保护的错觉，她嗅着对方身上散发出的马鞭草沐浴露的香气小声回答："1209。"

他们即将去探望一位因他们获救，又导致他们如今过上如此复杂生活的小病人。

她怀揣着各种各样难言的情绪朝病房迈开脚步。几分钟之后，所有的思虑都伴随着病床上的那个小小的身体消失了。

老实说，救人的时候沐想想根本没时间注意这孩子到底长什么样，救完人后担心自己都来不及，更不会没事去回忆了。因此直到这时，她才真正意识到自己跟乔南挽救的到底是怎样脆弱的一条生命。

看上去最多不过五六岁的孩子插着呼吸管躺在病床上，瘦得像一根可怜的小豆芽，他圆圆的小脑袋已经被剃光了头发，挂着输液针，上半身贴满了各种检测设备的线路，沉沉睡着，看上去一点生机也没有。

沐想想趴在窗口看得简直不敢喘气，记忆仿佛回到了很小很小的时候，她看到爸爸被送进医院的场景。

世界上怎么会有这么残酷的画面？

孩子的妈妈，那个疯狂寻找他们的中年女人跟在后面抹眼泪："我和我丈夫都四十多岁了，才试管出荣荣这么一个孩子，以后应该都不可能再有了。她外婆外公知道这孩子出事的时候直接进了医院，现在还在病床上，要不是……要不是后来孩子挺过来，他们肯定都……"

"是我的错啊！"大约是孩子爷爷的老人家在亲人的搀扶下一脸愧疚地抹眼泪，"要不是当时忙着看人下象棋，荣荣肯定不会……要是他真的出了事，我这把老骨头死不足惜……"

孩子的奶奶，那个看上去一头白发、养尊处优的老太太好几次试图下跪又被乔南拦住。

孩子的父亲，高大体面的中年男人搂着妻子哭得泣不成声。

沐想想在一片兵荒马乱中恍然领悟到了什么。她和乔南救上来的根本就不单单是一个孩子，而是这孩子背后的整个家庭吧？

那么多生命的分量压在心口，重到她几乎喘不过气。

可她忽然又一阵无比的庆幸。

真的太庆幸了，自己当初不假思索地选择跳下去。

孩子的家人提出让他们进病房看看的时候，她趴在窗口眼眶红红地看向乔南。乔南叹了口气，没有拒绝，只是抬手摸摸她的脑袋。

进去的时候，孩子的妈妈还有点不好意思："最近他每天都会醒，但时间一般不长，说不定没法给你们亲自道谢。"

谁知穿着无菌服的一行人刚到床边，就听到病床上那道细细小小的童声："妈妈……"

孩子的母亲呼吸一窒，脸上露出惊喜的神情，转身蹲到床边小心翼翼地去抓孩子细瘦的手："宝宝，你睡醒啦？头还疼不疼？"

"小豆芽"摇了摇头，看了会儿妈妈，又抬头看向屋里的两个陌生人："他们是谁啊？"

母亲抹着眼泪说："是那天把你从水里救起来的哥哥姐姐，快叫人，跟他们说谢谢。"

沐想想看着那双盯着自己的琉璃般通透的大眼睛，心里又酸又软，忍不住上前捏了捏小孩的胳膊："你好呀。"

小孩就看着她，过了一会儿露出腼腆的笑脸："谢谢姐姐。"

沐想想愣了愣，转头看了乔南一眼。孩子的妈妈有点不好意思，赶忙开口纠正："这个是哥哥哦。"

小孩露出疑惑的神情，盯着沐想想看了半天，执拗地说："就是姐姐，后面的才是哥哥。"

中年女人着急起来，试图再次纠正，沐想想在她开口之前出声打断了她。

"姐姐就姐姐吧。"沐想想微笑着捏了把那孩子已经瘦到几乎没有肉的脸颊，"不客气，要快点好起来哦。"

回去的路上她脚步轻快，心不在焉。乔南双手揣兜不紧不慢地跟在她后面，两次在她跟自行车相撞前出手相助，到最后实在是无语了，暴躁地拽着她的胳膊："看着点路行吗？有那么开心吗？"

"乔南。"沐想想转头跟乔南对视，平静的表情几乎都快绷不住了，目光也亮晶晶的，"你发现没？那小孩长得很漂亮哎。"

没记错的话那是个男孩吧？

乔南仰着头有点不爽地睨过来："你是不是花痴？"

沐想想对他的思路很莫名："什么啊，他本来就很好看啊。"片刻后依然难掩兴奋，"居然是我们俩帮助他活下来的……"

我们俩……

乔南微妙的不爽略微散去一点，目光扫了眼路两旁穿梭在人行道的非机动车，想了想，索性拽着沐想想换了条安全些的窄路，然后似笑非笑地看着她和平日里淡定模样截然不同的表现，有些无奈："没看出来，你思想品德很优秀嘛。"

沐想想愣了愣，随后意识到他在说什么，神情严肃了一点。

"乔南。"她沉吟了一会儿才正色道，"我想了很久，你昨天说得很对，确实，我们有可能一辈子都没办法换回来。你昨天问我后不后悔的时候，我说不后悔，其实是骗你的，今天早上想过这些之后，其实我后悔了。”

乔南笑容也收敛了一些，站在那儿定定地看她。

沐想想抬起头，没有焦距的目光扫了眼天空，依旧是黑夜，散碎的星辰铺洒在深黑色的天幕。

她看了很久，才慢慢开口：“我们会慢慢长大，一辈子代替对方生活，会遇到很多很多很难解决的问题，就像你说的，长大之后，可能会被你家人催着找女朋友，但是……”

她低头看回乔南，目光专注又认真：“但是，如果你现在问我，再给我一次机会，我还会不会选择跳下去。我的答案一定是会。你呢？”

四目相对，长久的沉默后，乔南没有回答，嗤笑一声转开头：“小姑娘，你个人英雄主义真的很重哦。”

沐想想没得到回答，只能低头笑笑：“好像是有点。”

这么想着她又有些不好意思了，总觉得自己的表达估计在乔南眼中会非常幼稚，于是赶忙装作若无其事的样子转身朝家的方向走。

走出两步，身后忽然传来乔南的声音：“喂。”

她愣了愣，下意识转头，乔南正双手插兜闲适地站在身后不远处。

他开口道：“喂，我说，假如真的有那一天，我是说万一被我爸和我哥逼婚的话。”

沐想想闻言站定，疑惑地投去视线。

就听他用轻快的语气不急不缓地接下一句：“那我就牺牲一下，跟你凑合凑合好了。”

沐想想怔怔地挺直了脊背，遥遥望他。

夜晚的车灯和霓虹灯打在他身上，乔南一只手伸出口袋，正把玩着一片不知道从哪儿来的叶子，脸上仍是那副对什么东西都不在意的表情，但双眼里却带着温软的笑意，和许多未能出口的话。

“喂，问你呢，你觉得怎么样？”

他未能出口的话是——

假如时光倒流，再给他一次选择的机会。

他应该也还是会像这个傻子那样，义无反顾地跳下去。

第41章

乔南："你觉得怎么样？"

沐想想呆呆地看着他。

夜色下，他的眼神幽深到看不见尽头，沐想想试图从他似笑非笑的表情里找到一些情绪，但他看起来仍旧如同往日一样轻佻。

沐想想屏住呼吸，他是认真的吗？

乔南没有立刻得到回答，气氛安静了五秒钟后，他微微挑起眉头："你……"

沐想想像是忽然被他的声音提醒回神，脱口而出："你在跟我表白？"

乔南："喂！"

紧接着，他像是被谁掐了一把似的突然找回了自己的声音，转开头语速飞快地解释："我就是分析这种可能性，随口一说！咱们俩现在这个情况，未来难不成你还真去找个女朋友吗？先不说你能不能……"

话题内容好像变得有点不对头，乔南狠狠地皱起眉，手心原本在把玩的树叶已经快要被捏烂了，他转头锐利地盯回来："你哪里来那么多问题，好好回答不就行了！现在是我在主动自我牺牲好吗？”

沐想想率先移开视线：“哦。”

乔南依旧不满：“‘哦’是什么意思？”

沐想想也说不好自己现在是什么心情，她垂下眼，转身接着朝家的方向走：“那你牺牲得确实很大。”

乔南：“喂……”

沐想想背对着他走在前面，两个人都没法看清对方的反应，在沐想想看不见的位置，乔南焦躁地抓了把头发，快步追上去。可惜沐想想已经不愿意搭理他了，目光一直盯着别处，气质又变回了来医院前那种平淡冷静的样子。

乔南无语地捂脸叹息。

他捡了块石头焦躁地朝着远处的水塘一抛，扁平的石片立刻轻灵地在水面上跳跃起来，一连跳了四五下才无声地沉没水底，平静的水面顿时被骚扰出大片涟漪。

他蹲在岸旁的一块景观石上盯着被弄皱的池水，耳畔还能听到公园中必备的老年人广场舞的伴奏，不远处拉二胡的、吹萨克斯的、下棋的、算命看手相的应有尽有，夜晚的城西公园一向如此热闹。

沐家搬迁的新家离这里有些距离，乔南已经很久没路过这里了，最近的一回还是听说沐想想被曹威带人找麻烦后领着晏之扬他们一起到的，不过那一次活动范围主要在亭子附近，并没有靠近这塘池水。

孩童落水事件给这个公园带来了不小的变化，水塘边上加筑了一圈围栏，还竖立了几个醒目的警示牌，乔南的目光在警示牌上转了一圈后悄悄落在一旁背靠树干站立的沐想想身上。

沐想想望着水塘发呆，脑子里回忆的是双方在这里相遇的那天。

乔南穿着十二中配色一言难尽的校服，外头罩着普普通通的黑色羽绒外套出现在通往凉亭的石子路上，和记忆里风光耀眼的模样没有任何不同。他一边打电话一边淡淡扫了她一眼，目光是看陌生人的那种，然后他跟电话里的朋友解释说“遇到了一个英成的学生”。

不过对乔南来说，她也确实只是个“英成的学生”而已。

“喂，气够了没有？”不远处对方的声音忽然传过来，沐想想看过去，对上乔南映着水波和灯光的亮晶晶的眼珠。

乔南的蹲姿非常豪放，即便顶着一个少女的身体，也丝毫无法掩饰他时刻从骨子里钻出来的嚣张。沐想想看得顿了顿，她想说自己并没有生气，视线里打够水漂的少女已经拍拍手撑着膝盖站了起来。少女懒洋洋地伸了个懒腰，从石头上一跃而下，双手揣进兜里转向她，叹了口气：“饿了，走吧，陪我去吃点东西。”

城西公园旁边有一条短短的夜宵美食街，挂着新春过去许久仍然懒得取下的红灯笼，大排档喧闹的人声和食物的香气充斥了这片天地，一溜下去，小龙虾、烤串、火锅、臭豆腐应有尽有。

乔南甩着手上的摩托车钥匙走在前面：“想吃什么？”

沐想想没什么胃口：“随便啊。”

前头的乔南回首看了她一眼，不知道为什么好像很无奈地叹了口气，然后他扒拉一把自己的头发，左右四顾：“烧烤行吗？”

沐想想无所谓地点头。

烧烤摊儿摆在美食街入口，生意很好的样子，后头的用餐区坐得满满当当，食客们拼酒拼得不亦乐乎。老板是个胖乎乎的光头，眯着眼专注地在烟熏火燎中翻烤食物，炭火的热力让肉类油脂在高温中滋滋作响。

乔南指着摊位上排开几列的食材：“羊肉串吃不吃？”

“随便。”

“小黄鱼来几串？”

“随便。”

“鱿鱼呢？碳烤几串鱿鱼？”

“随便啊。”

以上雷同的对话重复几次后，乔南简直焦头烂额，实在不知道该怎么哄下去。摊位后抓着烤串的老板此时听不下去了，忍不住满脸不赞同地朝沐想想开口：“我说小帅哥，你跟你女朋友出来吃饭还生什么气啊，你女朋友对你那么关心，咱们大男人有什么矛盾也别那么斤斤计较，真把人弄伤心了，心疼的不还是你？”

沐想想两秒钟后才意识到对方这话是对着自己说的，只觉得无奈，一时竟不知道该先反驳哪个才好：“那个，您误会了，我没生气，还有他也不是我……”

“老板。”乔南忽然打断她，指着刚才问过一遍的食材道，“这个这个这个这个这个，每样都来十串，你要不要辣？”

他转头问沐想想。

沐想想对着他的视线发愣，乔南没得到回答啧了一声回头：“算了，都少放点辣吧，你家里吃菜好像挺清淡的。”

烧烤摊儿同样胖乎乎的老板娘手脚麻利地朝托盘里收食材，一边收，一边来回打量他俩，将两人之间莫名的气氛收入眼底后，她笑眯眯地找话题跟乔南闲聊：“你男朋友这个脾气，跟我老公真是像，又倔又闷，什么话都喜欢憋在心里。”

乔南在老板娘无奈的语气里似笑非笑地睨了沐想想一眼：“能怎么办，还不是只能让着。”

“是啊。”老板娘也笑了，“谁叫咱栽上头了呢。”

五大三粗的光头老板立刻不好意思了，跺着脚开始嚷嚷“我什么时候又倔又闷了”之类的话。沐想想在面前骤起的笑骂声中怔怔地看着乔南，最终又在他意味不明的视线下转开头，死盯着一打生蚝。

老板娘将放着烤物的袋子递给她的时候，嘴里还喋喋不休地劝：“好啦，帅哥，小两口有什么矛盾不能摊开来说？有这么漂亮的女朋友，要知道珍惜才是啊……”

沐想想发现自己居然也没反驳，还在心中暗暗赞同老板娘对“乔南”很漂亮的评价。

跟乔南交换身体太久是不是会坏脑子啊？怎么思维方式都跟着变了。

她几乎是落荒而逃地离开了烧烤摊儿，随便找了处僻静的地方，香味从打开的塑料袋里散发出来，“噗”的一声，乔南拉开了一个易拉罐。

“要吗？”发现她的打量后乔南随口一问，然后才想到了什么，从袋子里捡出一瓶可乐打开递来，“你还是喝这个吧。”

江风迎面吹来，他们正站在堤坝上。乔南俯身靠着栏杆，望着江对面的夜景静静地喝了口啤酒。

沐想想也喝了口冰冰凉凉的可乐，转头看他，同样是喝东西，可偏偏乔南松垂的两根手指捏着易拉罐发呆的样子就是有一种和寻常人泾渭分明的气质。他似乎在发呆，过了一会儿才回过神，将纸袋朝沐想想这边推："吃啊。"

沐想想双手捧着易拉罐摇头："我没胃口。"

乔南盯着她看了一会儿，再次叹了口气，这已经不知道是他今天的第几次叹气了，然后使劲地闭了闭眼，转头看回了夜景。

沐想想盯着那摊买回来却没人动的烧烤发呆，忽然听到他叫自己的名字。

他说："我怕了你了。"

沐想想："嗯？"

脑袋被撸了一把："至于吗你？生那么久的气。"

沐想想身体朝后仰想要躲开他的手："我没有……"

她这么一躲，乔南踮着脚都没法如愿，暴躁地"啧"了一声，索性伸手去抓耳朵。沐想想被抓着耳垂强迫低下头，两侧的脸颊就立刻被捏住了。

乔南捏着她的脸颊一脸不爽："算我不会说话好吗？"

他很明显相当不习惯服软，说这句话的时候眉头拧得都快打结了，但还是坚持说了下去："你真以为我是雷锋啊？"

正要挣扎的沐想想闻言立刻愣住，困惑地看他。

"哎！"乔南被她这迟钝的傻样气到了，抓着她的脸颊使劲抖了抖，"听明白了吗！我根本没有那么伟大的情操，没事去搞什么自我牺牲！"

他撒开手，沐想想怔怔捂着被捏得发疼的脸直起腰来，下意识喝了口可乐压惊。

气氛整个凝滞。乔南扫到她被可乐沾湿的嘴唇，咳嗽一声转开了头，拿起搁在堤坝台上的啤酒狠狠喝了一口："就是这样。"

沐想想已经傻了，甚至连呼吸都停顿了几秒，她捂着脸茫然地看着乔南一系列的动作，忽然满脸通红。

她抿着嘴不知所措了一会儿，也转头看向江面，嘴角根本控制不住上扬的弧度。

许久之后，江风里飘开乔南暴躁的声音——

“喂，你怎么那么能吃？羊肉串至少给我留一串啊！”

“我饿了。”

“刚才不是还说自己没胃口吗！”

“现在饿了。”

“这都四十多串了，再加两瓶可乐，大晚上你吃那么多又不运动我的腹肌怎么办！”

“我饿呀。”

一连串的脏话之后——

乔南：“烤鱿鱼还要不要？”

“嗯。”

“羊肉串？”

“嗯。”

“生蚝要不要也加一打？”

“要，多加点辣椒，还有冰可乐。”

“真想抽你……”乔南长叹一声，“在这儿等着！”

分别时两个人的态度都怪怪的。

目送沐想想的身影消失在小区门后乔南才转身离开，一路夜跑回沐家，乔南洗漱时抬起头来，居然发现镜中的自己一脸嚣张的样子。

这种独属于他的表情真的相当不适合这张脸，乔南试图收敛，但每次一想到沐想想离开时通红的耳根就不见成效。

他索性凑近一些，第一次那么认真仔细地打量这张脸。

沐想想的皮肤很白，而且细腻，明明不见她用任何护肤品，脸上却几乎找不到毛孔的痕迹。她长得很像妈妈，大眼翘鼻，脸很小，嘴也是微笑唇，听说这种唇形很难遇到。

乔南忍不住抬手摸摸两边微微翘起的嘴角，试图摆一下沐想想的表情，又觉得自己没办法摆出那个味道。

别的不说，就那种通透的眼神他就根本学不出来。

她过去顶着这张脸时是什么样的呢？乔南试图在记忆深处挖掘一些信息，但很糟心地发现，没有任何线索。

最早的记忆大概就是在城西公园亭子里的那一面吧？而且那个时候他也没顾上去留意一个对当时的自己而言完全陌生的女孩，最深的印象居然是那一头黑黑的长发。

长发，安静，又瘦又小，穿着英成女生的校服，在公园夜晚的灯光下拿了本书看，有点傻。

但这一刻，脑海中那个白白净净的小书呆子忽然就可爱了起来，挠得他心里痒乎乎的。

乔南啧了一声，扯了把现在被自己糟蹋得短短的额发，在交换了身体那么久之后，忽然有一点后悔。

离开浴室看到那堆满了整个桌面的书后，他立马浑身一震，清醒过来。

瞎想什么，你下周一就要考试了好吗！

乔南想到自己这些天没日没夜的复习，忍不住都想打摆子。

但现实是残酷的，即便努力复习到每天只睡三个小时，乔南仍没办法打包票自己能考出沐想想的成绩。

这可是英成上学期末足足甩开第二名四十二分的年级第一啊！

除非乔南是机器人，否则怎么可能在荒废了一年多学业之后，仅凭短时间的努力就达到这种水平？

可一想到这场考试考砸的后果，乔南就根本无法松懈下来。

英成校方的压力暂且不说，单房门外那双对女儿抱有极大期待的夫妇，乔南就没办法说服自己心安理得地让他们伤心。

这对传统的父母一直以来那么骄傲于女儿优异的成绩……

乔南被压得几乎要喘不过气，在乔家时，因为关系疏远的关系，父亲和大哥从来都没有表露出对他学业和成绩的期待，因此活了那么多年，这还是他头一次那么真切地认识到自己是一名身负升学压力的高中生。

乔南坐在桌子前叹气，其实他已经连续两天没有睡觉了，每天都在通宵做题。

没办法，谁让他已经肩负起了沐想想的人生。那么从今往后，就只能将沐想想的责任也一并承担下来。

他给自己泡了杯浓咖啡，打开台灯，翻开习题册和课堂笔记。虽然结局基本已经注定，可过程努力过，负罪感总会小一点吧？乔南压下头昏脑涨的不适，为这种奇怪的信念燃起了空前的学习热情。

这本该是一个不眠之夜，他奋笔疾书到晨光熹微。然而不知道从什么时候起，眼前恍惚了起来。

一头黑发的沐想想穿着英成的校服不知道从哪儿冒了出来，睁着那双通透的眼睛，耳根发红地站在堤坝边。

江风将她的裙摆吹得微微扬起，露出裙下白皙纤瘦的一双腿来，江风将她的一头长发也吹散了，随意凌乱地飞扬着。

英成衬衫式的校服被风吹得紧贴身体，包裹她玲珑有致的身段，衬衫的纽扣没有扣到最上面，领口微微敞开着，纤细的脖颈和玲珑的锁骨，白得几乎能晃花人的眼。

她很娇怯，小到乔南一个巴掌就能挡住的面孔微微垂着，散发出一种清纯又迷离的气质来，漂亮得让人移不开眼。

乔南看得发愣，心里又着急，夜市旁边那么多人，沐想想怎么能给人看见这种模样！

于是，他立刻脱了衣服上前要给她披上，谁知还没等如愿，胳膊就被一只凉凉的小手给抓住了。

那只手又小又软，手指葱管般水嫩，骨节和指甲盖都透出微微的粉色，手腕细到不堪一折。乔南根本不敢挣脱，生怕自己一不小心把她给弄伤。

沐想想抬着头可怜巴巴地看过来，眼睛眨啊眨的，睫毛跟着扑闪。

她水润的嘴唇一掀，声音也出奇好听，像是有人用一根羽毛棒在耳道里撩拨那种感觉:“乔南。”

乔南盯着她的嘴唇，呼吸都变轻了，小心翼翼地问:“怎么了？”

沐想想踮着脚凑上来，一点点靠近，乔南甚至能感觉到她鼻息喷洒在侧脸上的麻痒，下一秒，他听到那道悦耳的声音悄悄说——

“我饿了。”

我饿了……

我饿了……

乔南浑身激灵一下，猛然睁开眼睛，盯着天花板上的顶灯，尚未从那种不知道去哪儿买东西给沐想想吃的焦躁中挣扎出来。

紧接着头脑慢慢清晰，他开始在心里骂脏话，怎么会梦到这种诡异的剧情!

他猛然睁大眼睛，一挺身从床上坐了起来!

左右四顾，宽敞到近乎空荡的房间，大到再多几个人也能睡下的大床，未完全拉拢的窗帘后头依稀能看到整面落地窗的设计,窗外的景观宽敞到不可思议。

这里，是他自己的房间!

乔南近乎茫然地掀开被子，看到的就是自己穿得整整齐齐的睡衣。他咽了下唾沫，脑子里忽然闪过一道身影，当即转头要去摸自己平常都会放在枕边的手机，但此时，枕边放着的是一本德语自学教材。

乔南盯着教材封面看了一会儿，镇静下来，他从床头柜上找到手机，解锁后第一时间去寻找自己的号码，拨通。

没人接。

对了，乔南想起，昨天为了专心复习，他好像在喝完咖啡以后给手机设置了静音。

乔南深呼吸几口气，想了想，先编辑了一条短信——“别怕，我现在就去找你。”然后立刻起身。

沐想想把他的生活过得井井有条，第二天要换的衣服整整齐齐叠好放在床凳上。乔南拿起来抖开，发现是一套低调的休闲服，这不是他的风格，但到了这个时候也顾不得那么多了。

洗漱完毕，久违的站着尿尿了一回，乔南发现自己的心情居然一点也不急躁。这在以往总是很没耐心的他身上绝对是非常少见的，也许是跟那群需要照顾的家人相处了一段时间的缘故，他居然也开始学会了沐想想式的平和。

只可惜这份平和很快在几分钟之后就被打破了。

乔南匆匆换好衣服，趿着拖鞋打开门，几乎在同一时间就发现了自己家中同过去有着天差地别的变化。宽敞的屋子在视觉上好像变小了一点，但仔细分析后，乔南才发现这大概只是屋里东西变多了的原因。

乔家总是空空荡荡的客厅不知什么时候多出了一堆植物，电视边上两盆结满了果子的金橘，高高的脚台上一字排开的兰花，窗边盆景里不知道是什么玩意儿的花草，天顶还吊下了几个架子，从迎客松到观赏竹，布置得非常具有观赏性。

不仅如此，博古架上、电视柜上、茶几上、鞋柜上，一眼能看到的地方几乎都放着花瓶，里头插满了各种正处于盛放期的鲜花，香气隐约传来。

墨绿色的皮沙发上不知道什么时候多出了一堆圆圆胖胖的抱枕，颜色各不相同，互相错杂着到处乱丢，有几个甚至掉在了沙发和茶几当中的地毯上。

连地毯都被换了！

他原本挑选的土耳其民族风地毯被替换成了一堆乳白色毛茸茸的羊皮毯！

总之铺着的是一堆蓬松到连视觉都能感受到它的柔软的玩意儿，让人一见之下，甚至会忍不住生出上去摸一摸打个滚的冲动。

一眼望去，从墙到地，花花绿绿，十分接地气。乔家一直以来用简约装修营造出的高雅感已荡然无存。

乔南下楼的脚步顿了顿，动作立刻变慢，甚至不由自主地伸出手抓住了楼梯边的扶手。

楼梯边的墙壁上，原本挂在上面的各种珍贵名画被尽数取了下来，替代它们的，是一个个尺寸不尽相同的相框。

最大的那个相框里放的是一张很有年代感的艺术照，眉眼温婉的漂亮女人穿着格外隆重的礼服，侧坐在一个充满暴发户气息的欧式沙发上，她望着镜头，脸上露出略显羞涩的笑容。

乔南怔怔地与她对视，一步步走下台阶，直到站定在她的面前。

这是一张他从未见过的母亲的照片。

以母亲的照片为起点，蛛网般布开了无数画面——父母老旧到边缘几乎都开始发黄的黑白结婚照，挣脱襁褓露出肉乎乎胳膊大腿的正在号啕的哥哥，略大些的哥哥一脸好奇地扒着婴儿床看趴在里头睡觉的自己，一家四口在野外铺开餐布朝镜头大笑，年轻很多的父亲趴在地上给不知道是谁当马骑，长大了许多的两个男孩手牵着手一起背着小书包……

甚至，在病痛折磨下苍老了许多的母亲，躺在病床上搂着自己和哥哥，眼眸微垂，依然温柔如水的笑脸。

这些照片，有一些他在不久前顶着沐想想的身体从父亲珍藏的相册里翻到过。

但更多的，都是从没见过的。

怎么会……怎么会挂出来呢？

从罗美生和父亲结婚之后，母亲的存在，就成了乔家一向避讳的话题。大家都在努力避免去触碰这道疮疤，每次公开提起，必将会伴随撕裂的疼痛。

然而此时此刻，他居然在家里楼梯的墙壁上看到了这张放大的笑脸，不远的距离外甚至还挂了一张罗美生端正面对镜头的独照。

但奇异的是，看到这样的画面，乔南竟然没有像从前那样下意识地想要发怒。

楼上忽然一声开门响，他从怔愣中回神，抬头一看，正对上一双锋利的眼眸。

乔南一惊，立刻挺直脊背，总觉得大哥一副想要挑事的样子，前些年他和对方的相处模式可不怎么愉快。

乔瑞看到他后双眼一亮，果然径直靠近。乔南看着他不善的面色，本能地生出对抗的戾气。然而眉头还没来得及皱起，下一秒，乔瑞已经逼近，抬起胳膊，将一个东西举到了面前。

乔南愣了愣，定睛一看，发现居然是一个……亮晶晶的领带夹？

丑得相当眼熟。

乔瑞的表情依然严肃。乔南警惕地疑惑着，这是什么意思？

短暂的对视后，大哥再次逼近，眉头微微皱着，气质锋利，然后——

“水钻掉了。”对方指向领带夹一处小小的空缺，用那种冷淡得几乎没有温度的口吻不满地说道，“质量这么差，你要重新给我买一个。”

乔南：“啊？”